魅丽文化 花火工作室

玫瑰调

Fuiwen 著

江苏凤凰文艺出版社
JIANGSU PHOENIX LITERATURE AND
ART PUBLISHING

图书在版编目（CIP）数据

玫瑰调 / Fuiwen 著 . -- 南京：江苏凤凰文艺出版社，2023.2
ISBN 978-7-5594-6716-4

Ⅰ . ①玫… Ⅱ . ① F… Ⅲ . ①长篇小说 - 中国 - 当代
Ⅳ . ① I247.5

中国版本图书馆 CIP 数据核字 (2022) 第 050469 号

玫瑰调

Fuiwen 著

责任编辑 张 倩
出版统筹 曾英姿
特约编辑 黄 欢 胡 蓉
装帧设计 殷 舍
内页设计 黄 芸
出版发行 江苏凤凰文艺出版社
南京市中央路 165 号，邮编：210009
网 址 http://www.jswenyi.com
印 刷 湖南天闻新华印务有限公司
开 本 880mm × 1230mm 1/32
印 张 10
字 数 338 千字
版 次 2023 年 2 月第 1 版
印 次 2023 年 2 月第 1 次印刷
书 号 ISBN 978-7-5594-6716-4
定 价 45.00 元

目录

C O N T E N T S

C O N T 目录 E N T S

第一章 初遇

酒店外飘起小雨，细微的沙沙声衬得灯火璀璨的宴会厅更显浪漫。

尤妍靠在宴会厅外的阳台上看风景，偶尔瞥一眼身后攒动的人头，没进去的打算。

Sixteen(十六)时装品牌这日在席氏酒店的十八层宴会厅办六周年庆，虽然尤妍是创始人之一，但她在品牌手工坊工作，应酬的活基本不需要她。

外面这雨下起来后，温度降得很快。

尤妍寻思着是不是进去裹一件披风再出来，但这个想法没能落实，因为有两个女人站在阳台的玻璃窗前聊天。

“麦小姐，好巧啊。”

尤妍靠着阳台上的柱子，边抿着手中的香槟边瞥了一眼。说话的是一个一身艳红鱼尾礼服的女人，大波浪鬈发披在身后，明艳动人。

她不认识。

而那位被喊“麦小姐”的，她知道，是一个平面模特。

麦沁此刻朝对方点点头，问：“你好，你是？”

“不会吧。”红色礼服女人精致的脸上飘过一丝戏谑，“你和席骞在一起，会不认识他的前女友？”

尤妍恍然，原来是情敌见面，分外眼红。

不过这个男主角的名字倒让她有点意外。

尤妍正想着，里面又传来说话声。麦沁很淡定地微笑着说：“哦，但是，没规定认识一个男人，就要知道他的全部前任吧。”

红色礼服女人歪着脑袋莞尔一笑：“好像是这个道理。不过，你不是在我们还没分开的时候就已经勾搭了他吗？”

麦沁一愣。

尤妍挑眉。情况越来越复杂了啊，感觉三两句话讲不完。她到底要不要进去？快冻死了。

尤妍睨了一眼宴会厅，那个红色礼服女人盯着麦沁，浅笑着说道：“这还不认识的话，麦小姐可真是天真哦。”

麦沁的脸色终于有了变化，有些不自然地问：“我什么时候勾搭过他？”

“哦？”对方漫不经心地开口，“你是不是不知道这个人的手机不防女朋友的，我晚上最喜欢拿他的手机玩游戏了。”

麦沁的脸色发红。

红色礼服女人失笑道：“我记得，我看到两次麦小姐十二点发信息给他，一次约吃消夜，一次约吃早餐，好浪漫。具体内容还需要我说吗？”

麦沁深吸一口气，捏着酒杯的手紧了紧。

她面前的女人双手抱臂，语气咄咄逼人：“不过还是有点失算的样子，这人表面上回复有女朋友，不方便，但是转头呢，还是被麦小姐勾搭走了。”

她端详着麦沁：“别说，麦小姐长得很好，平面模特嘛，靠的不就是脸吗……”

“你怎么确定我和他在一起了？”麦沁冷声问。

“哦，没有在一起？所以昨天你是和哪个男人吃饭呢？”她调侃道，“怎么？费尽心机弄到手的男人还没真实感吗？还是他没给你名分，都不敢承认？”

“你到底想说什么？羞辱我吗？”麦沁饮了一口酒，朝她微扬起下巴，“如果席骞和你分手了跟我在一起，你确定是在羞辱我，不是羞辱你自己？”

对方的脸色变差了。

麦沁微笑起来，语气轻快：“席骞今晚也会来，心里不爽你去找他啊，反正一个巴掌也拍不响。当然，你也别想在这里给我一巴掌，今天是Sixteen的周年庆，梁小姐应该不会在这种场合给人家找事吧？”

梁园抿着唇，直勾勾地盯着她。

麦沁睨她：“你自己玩吧，我就不奉陪了。”

话落，她迈开腿就准备走，却被梁园伸脚挡住。

麦沁脸色不好看：“你干什么？”

尤妍敛眉。不是吧，不会真要砸她的场吧？

她揉揉太阳穴，无奈地迈开腿从柱子后走出来，踏入了宴会厅。

那两个争论不休的女人一起看了过来，似有些惊讶。

尤妍装作不知道她们在这里，脚步微滞，接着朝她们微笑点头。

麦沁认识尤妍，见此，她的表情立马变为招牌甜笑：“尤小姐，外面那么冷，注意别着凉了。”

“嗯，想进来披条围巾。”

那个红色礼服女人倒是一直双手抱臂高傲地站着，没有打招呼。

尤妍也没想和她说话，和麦沁说完就打算走。但临了她又停下来问：“对了，麦小姐，见过焉晗没有？”

“焉总好像在那边落座了。”

“好，谢谢啊。”她迈腿走去，边走边注意身后，麦沁随着她的脚步也走开了。

尤妍松了口气。

Sixteen 是尤妍和闺密焉晗创立的，焉晗是首席设计师。

既然问了麦沁，尤妍就只能顺着话先去找闺密了。

见到尤妍，焉晗好奇地问：“你去哪儿了？我刚刚还在找你。”

尤妍失笑，坐下后放下酒杯，人靠上椅背，在暖气里感觉身子舒服了些许：“我在阳台，刚才就想进来了，但是那里挡了两个人，我就被迫听了一个……八卦故事。”

“什么八卦故事？”焉晗笑了，迅速好奇起来。

尤妍正要随口跟她说，好让她注意一下那两个人，别被砸了场，但远处忽然传来一阵小骚动。

焉晗的目光落在那个方向，又点了点头，好像在和谁打招呼。

尤妍顺着她的目光看过去。

一个穿着暗红色西装的男人从远处走来，边走边与人交谈，不多时就站在距离她们不远的地方。

男人好看的轮廓在这光线下很明晰。

她看过去，他自然也看到了她，朝她微笑着点头致意。

她回过去一抹浅笑。

收回目光后，尤妍好奇地低声问闺密：“席骞为什么会来？”

“哦，”焉晗道，“席骞今晚在酒店招待客户，这会儿闲着没事，就来捧捧场。”

尤妍颔首：“他是做什么的？和你老公一样在席氏工作吗？”

焉晗摇头，伸手拿了酒瓶往两个杯子里倒酒，边倒边说：“席骞只负责席氏海外业务，他自己有一个聿翎集团。”

“聿翎？”尤妍略微惊讶。

焉晗点头，放下酒瓶，瞥了她一眼：“你也知道这个集团吗？”

尤妍端起酒杯和她碰了一下：“我们在国外的时候听过。”

“对。”焉晗抿了一口酒后道，“它大多是海外业务，旗下都是航空公司、房地产、航海业务、酒庄等，席氏的海外公司他只是顺手管理。”

尤妍感叹道：“不愧是姓席的，家大业大。”

焉晗笑了，看着她揶揄道：“怎么？你怎么忽然对他感兴趣，不会看上了吧？”

尤妍咳了声，忙摆手：“没有，随口一问。”

焉晗微舒一口气：“没有最好，席骞不太适合你。”

尤妍漫不经心地瞥了一眼闺密，调侃道：“是不是很花心？”

焉晗含笑点头，然后转移话题问：“你刚刚听到什么故事了？说来听听。”

尤妍瞄了一眼不远处在与人谈笑风生的男人，低语：“你应酬去吧，回头再说。”

“为什么？”焉晗乐不可支，“你把我的瘾勾起来了又不说。”

尤妍真的说不了，笑着摇头：“你老公呢？大设计师，快去找你老公陪你应酬去，我回头再跟你讲。”

终于把人送走，尤妍起身也离开了宴会厅，去化妆间找了条披风裹上。

再回来时，焉晗已经代表品牌致辞完毕，场内一片热闹。

不过最热闹的还要数席骞在的那一片，这男人随手举着酒杯靠在桌子边和人攀谈，这华灯璀璨的宴会厅中就属他最亮眼，吸引了不少女人的目光。

尤妍笑了笑，拢着披风径直去用餐了，没再过多注意这个男人。

她和席骞不熟，只算认识。

落座后，麦沁带着几个女人过来闲聊，说了说最近的时装，又合了影。

尤妍很配合，不过人走了她就继续原地待着享用精致的点心。她的性子不是那种喜欢与人攀谈的，这些一般都是由焉晗来。

待晚宴结束，天色渐暗，一众人交谈甚欢地往宴会厅外的电梯走。

尤妍和焉晗走了专用电梯。

“你叫司机了吗？”焉晗边走边问。

尤妍裹着披风，抱臂呼了口气，有点冷：“我打车来的，今晚出门前车坏了。”

“嗯？那我顺便送你回去吧。”

“不用了，你们和我住的地方不同方向。”

“没事，现在也不晚。那要不然你坐席骞的车，他也是住市区的。”

尤妍一顿，随即迅速摇头：“不了，不了，人有女朋友呢，肯定要送女朋友。我自己打车就行，很方便的。”

“席骞最近有女朋友吗？”焉晗呢喃。

尤妍想起早前听到的八卦，开口表示：“好像有吧，那个平面模特，麦沁。我早前听到她和一个穿红礼服的女人在争论，红色礼服好像是前女友。”

“哦。”焉晗恍然，“那是梁园，一个名媛，我知道他和梁园在一起过，不过他们好像才分手，所以他和麦沁我还没听说过。”

焉晗听到老公喊，让尤妍先进电梯，转身回去了。

尤妍进去后靠着电梯等人，随口低语一句：“没想到这人这么花心，处处留情。”

话落，电梯口出现一双大长腿。

尤妍一顿，看着那暗红色的西裤，脑袋有点僵。

她的眼神缓缓上移，经过那颀长完美的身姿，最后再落到来人的脸上。

男人单手抄在口袋里，双眸中荡漾着笑意：“我处处留情？”

尤妍绝望了。

席骞也是来坐专梯的，话落便迈步进来。

尤妍尴尬到窒息，靠着电梯壁，表情满是不自然：“抱歉，不是故意说你的。”

他看着角落里好像要融化的尤妍，微笑道：“我处处留情？”

“嗯？挺感兴趣的。”他的声音磁性中带着一抹温软，魅力十足，又有点绅士的味道，好像他真是想听自己的新闻一样。

尤妍轻咳一声：“没有，就是……今晚不小心听到了一段和你有关的聊天，不是故意的，你别生气。”

“什么聊天？”

尤妍深呼吸一口气，抱着手臂站在那儿，超级不自在：“就是那个，麦沁和你前女友，好像叫梁园？那位梁小姐说麦沁在你们还在一起的时候就勾……勾搭你，导致你们分了手，所以……对不起，对不起。”

席骞失笑，伸手按了电梯的关门键后，云淡风轻地说：“说了多少句了，没事，不用说了。”

尤妍瞄了席骞一眼，见这男人的脸色很正常，还荡漾着闲散的笑意，松了口气。

尤妍本以为没事了，电梯下降的途中，静谧的空间里却忽然传来一句：“不过……我和那位麦小姐，没在一起。”

席骞点着下巴，双手插袋，接着道：“和那个梁小姐是分了，但是和别人没关系。”

尤妍想到刚刚麦沁好像不是一开始就承认在一起。估计是梁园一直咄咄逼人，她索性借此羞辱回去。

不过……她在人家还没分的时候就勾搭，被骂也不算无辜。

就是好像真和席某人无关。

尤妍越发不自在，低语了一句：“不好意思。”

他浅笑看着她，目光温润。

尤妍不小心和席骞对视上，立马收回目光，浅浅一笑。

席骞也慢悠悠地收回自己的视线。

电梯到达，两个人并肩一起走向外面。

路上，席骞出声问：“尤小姐，送你回去？”

“哦，不用，不麻烦了。”她浅笑，抬头，“你送你……”

他淡然道：“没女朋友，不用客气。”

可是，尤妍想到了麦沁。

她摇头道：“不用了，你和那位麦小姐……应该关系匪浅。”

他挑眉：“怎么说？”

尤妍更不自然了，这还要她说？

她只能道：“哦，我今晚听到的，你们吃过饭。”

他漫不经心地表示：“朋友聚餐，不止我们，她也不是我叫去的。”

“……”

不过尤妍还是不想麻烦席骞。

尤妍正要推脱，身后传来焉晗的声音，她和她老公从另一部电梯下来了。

焉晗喊了尤妍一句后，就问席骞：“方不方便送尤妍回去呀？她住在天榭舍那栋酒店公寓。不方便就不用了，没事的。”

尤妍正要开口说不用，身侧的男人已经先她一秒道：“没什么不方便。”

他说着瞥了一眼尤妍，眉毛轻挑，嘴角勾起一抹弧度：“尤小姐，那坐我的车吧？”

尤妍只好点头："好，谢谢啊。"

算了，反正他没女朋友，那坐一坐也没事。这人也很有风度，从头到尾都是笑脸。

出了酒店大门，外面小雨初歇，寒风肆意。

尤妍站在酒店门廊下，立刻深吸一口气，拢了拢披风。身侧伸过来一只手，她将手搭上去，踩着高跟鞋下楼梯。

席骞一边扶着人，一边解开西装纽扣，等到平地的时候，将西装外套给尤妍披了上去。

尤妍微愣。漫天冷风里，周边赴宴的女人们也悉数看过来。

尤妍忙朝席骞微笑道："不用了，谢谢。"她说着要拿下来，席骞摇头，迈开腿就走，尤妍见此，只能跟着他往车子的方向走去。

到了一辆黑色车子前，里面已经有司机在等候，席骞过去给她打开门。

尤妍道了谢上去。席骞帮她提了提礼服裙摆，再小心地合上门，转过身去另一边上车。

尤妍在内心叹了一句，这人是真的很绅士。

尤妍和席骞其实不熟，两个人是一个月前在朋友的酒席上见过。当时她抱着焉晗的孩子，他路过时摸了摸小侄子，所以就聊了两句，算认识了。

车子开出席氏酒店，很快并入市区宽敞的马路，乘着晚风向前。

席骞随口问："尤小姐住在天榭舍？"

尤妍从窗外飞快掠过的风景上收回眼神，点头道："对。"

他点点下巴，示意司机去天榭舍。

车厢里安静下来，尤妍不知道该干什么了，聊天吧，不熟。而且因为刚刚那件事，她此刻主动和他说话也不自在。

最终，尤妍抱着手臂靠着椅背，轻呼一口气。

席骞瞥了瞥她："还冷吗？"

"哦，不冷了。"尤妍想起身上的衣服，忙拿下来。

席骞："披着吧。"

尤妍："没事，我不用了，谢谢你。"

"不用客气，披着吧。"

尤妍沉默了片刻，只能重新披上，然后再次道谢。

席骞的嘴角勾了勾，没说话。随后电话响起来，他点点头后拿出手机。

尤妍也收回眼神，重新看向窗外。

车厢静谧，电话中的女声隐隐传来。

"你在哪儿？"

席骞："路上。"

"哦，我现在去你那儿，拿几件之前放在那儿的衣服。"

"自己去就行，密码没改。"

"这样啊，席总就不怕我今晚在那里住下？还是来一趟吧，嗯？"电话中的女人声音懒洋洋的。

尤妍觉得这慵倦又高傲的语气有点耳熟，好像是梁园。

她整个人靠上车窗，认真地欣赏着朦胧夜色。

席骞看了一眼身侧的人，随后继续讲电话："我现在没空。"

尤妍有点不自在。唉，应该打车的。

电话那边的人语气更加意味不明："怎么没空了？席总忙着送新欢回家呢？席总新欢真多，我都认识不过来了。"

尤妍："……"

席骞的声音略显低沉："送一个朋友，不是你想的那样，别乱说。要么自己去，要么改天。就这样，挂了。"

车厢里重新恢复寂静。

但是一转眼，车子忽然倾斜了一下，不大不小的一声碰撞声传来。

尤妍被吓到，坐在后座又没系安全带，差点跌倒。还好席骞伸手扶住了她。

她缓了口气，看着车子缓缓停下。

席骞的目光落在尤妍身上："抱歉，没事吧？"

"没事，没事。"

司机已经下去看是怎么回事了，不过席骞不用下车，只透过车窗就看出来是怎么一回事。

梁园张扬的红色跑车紧挨着席骞的车子，刹停在那里。

席骞的司机默默地来敲车门："席总，是你……朋友。"

席骞推开车门。

尤妍顺势瞥了一眼，就看到一抹熟悉的红色身影优雅地走来。

梁园看着下车的男人，面带微笑："对不起啊，席总，刚刚打电话呢，一时间方向盘没把控好。"

席骞淡淡地瞥她一眼。

梁园挑眉："席总不会不信吧？就是给你打电话啊。"说着，那女人看了一眼车里。

尤妍沉默地收回目光。

司机过来岔开这微妙的气氛："梁小姐，开车还是不要打电话，会出事。另外，您还酒驾吗？"

梁园瞥过去："什么？"她甜笑道，"我对酒精过敏，今晚滴酒没沾。不信你问你老板，问我前男友，我会不会喝酒？"

司机："……"

席骞开口："天冷，没事我就上车了。"

"啊，"梁园回头看他，"我不用赔钱吗？"

"不用。"他淡淡地开口。

"席总这么客气啊？"她眨了眨眼，巧笑嫣然。

席骞淡淡地看着她，再次道："没事我走了。"

"有啊，怎么会没事？席总既然还对我这么好，那送我去医院吧，脚好像撞到了呢。"

席骞漫不经心地道："自己去。"

"我自己怎么去啊？"她挑眉。

席骞瞟了一眼梁园看不出痕迹的脚："打车、走路，都行，席氏医院距此才两公里。"

梁园瞪席骞："你要不要这么无情啊？"

席骞示意司机："叫辆车送她去医院，再叫拖车把车拖走。"话落，他就要上车。但是刚一动，一双纤细的手臂便搂住了他的腰。

尤妍："……"

梁园埋入他的怀抱："你不送我去我就不去了。"

席骞看了一眼车厢内的人，尤妍迅速移开视线，低头玩手机。

席骞慢悠悠地收回目光看向怀中的人，含笑道："梁小姐，我没和前女友纠缠不清的习惯，你不玩这一出，我都忘记你叫什么了。"

尤妍忍不住又瞟了一眼。

梁园果然脸色铁青："席骞！我们才分手几天！"

席骞没再说话，动作还算温和地推开身上的女人，转身上了车。

尤妍盯着手机，不自然到想原地消失。等司机处理完上来，她放下手机问："可以放歌吗？"

席骞失笑。

尤妍瞥他，又默默地转过头去。

席骞示意司机放歌，又去看尤妍："尤小姐。"

“嗯？”她回过头来。

席骞：“不好意思。”

“没事……”话落，她悠悠地仰头盯着车顶。

席骞看着尤妍的表情，乐了一下：“怎么了？有话可以直说。”

尤妍瞥他，摇了摇头，不过转眼还是忍不住问：“我八卦一下，你们为什么分了呀？梁小姐看上去并不想分手。”

席骞定定地看着尤妍，嘴角微勾，目光中含着深深的笑意。

尤妍瞬间后悔了，轻咳一声：“可以不用回答，当我没问。”

席骞闲散地靠着座椅，声音懒倦：“太黏人，腻了。”

“……”

尤妍很少接触这么……直白的男人，也没听过这种理由，一时间有些没反应过来。

她垂眸，有点茫然又新鲜地问：“男人不都喜欢女人黏人吗？”

“我不喜欢。”

对视一眼后，尤妍犹豫了一下：“你们……在一起多久了啊？”

他笑了笑：“一个月吧。”

“……”

席骞看她，薄唇微动：“对待感情挺不认真的？”

尤妍缓缓点了点头。

席骞也微笑着点点头：“我也觉得。”

“但是腻了，我总不能还逢场作戏下去，骗人骗己吧？”席骞朝尤妍挑眉，一脸认真。

席骞看着她，蓦然含笑问：“尤小姐有男朋友吗？”

尤妍：“……”

“是不是对万花丛中过的男人丝毫不感兴趣？”

尤妍的脸色绯红，陷入沉默。她忽略掉第一个问题，而后道：“这个……每个人性格不同，喜欢的就不同，你看梁小姐就喜欢。”

“你不喜欢？”

就一定要问得这么彻底吗？就一定要她直说吗？

她委婉又很有自知之明地表示：“能玩得起来的，和我不是一个圈的，就是喜欢也不合适。”

席骞定定地看她，浅笑道：“尤小姐名和利都不缺。”

没想到家大业大的席大公子这么看得起我。

她只能被迫说："嗯，我对千帆过尽的男人不感兴趣。"

他含笑点头："看出来了。"

看出来了你还刨根问底。

尤妍很尴尬，好在席氏酒店距离天榭舍不远，说话间很快到了。

到楼下后，尤妍开门下车，再对车里的人说："谢谢你啊，麻烦了。"

席骞很自然地回道："麻烦什么，你是焉晗的朋友。"

尤妍点头一笑。

外面寒夜萧索，车门口的人一笑却似乎生了光。席骞脑海里飘过上个月在朋友婚宴上见到尤妍的样子，那时她也是朝他这样点头笑。

席骞回过神，也微笑着点头："上去吧。"

尤妍到电梯口刷了卡后，忽然注意到肩上披着的西服。

她一愣，迅速跑出来，门口却没有那辆豪车的身影了。

尤妍乐了："麻烦了他一晚上，还顺走了衣服。"

那明天还要和他碰面？

尤妍想想又很绝望，感觉和这人见面就很……不自在。

尤妍回到家，奶奶还在客厅看电视，见她回来了，马上问："妍妍，饿不饿？"

尤妍拿下西装拢在手里，走过去在奶奶身边坐下："我不饿，在宴席上吃了很多点心呢。奶奶，你以后早点睡，不用等我，这么冷。"

"家里冷什么，暖气这么足。"奶奶拉着尤妍的手，慈祥的目光落在她的臂弯上，"你这西服是谁的？"

"一个朋友的，是晗晗的亲戚，送我回来时有点冷，就给我披了。我下车忘了还给人家，明天还吧。"

"好。"奶奶温和地点头，"那快去休息吧，是不是冻到了？"

"披着衣服也不算冷，那我先去洗澡了。"尤妍起身，"您也去休息吧。"

"好，奶奶回屋了，去吧。"

进了卧室以后，尤妍立刻放水泡澡，在浴缸里一边享受着一股暖热包裹着全身，一边拿手机给焉晗发消息。

"姐妹。"

焉晗稍后回复："席骞送你到家了？"

"到了。你知道他的电话号码吧？你给我一下。他今晚西装给我披着，我下车忘记还给他了。"

焉晗很利落地回复过来一串数字。

尤妍复制了那串连号，退出微信点入短信界面，发信息：“我是尤妍。你的西装我忘记还给你了，明天拿去还给你吧？”

发完尤妍就舒舒服服地泡着澡等回信。可惜，等到她泡完澡，席骞都没有回消息过来。

不会是号码弄错了吧？

尤妍想了想，又把那串号码放到微信添加好友里搜索，还真的搜索出来一个账号。

尤妍点进去，看到微信名字是干净利落的“席骞”二字，确实是他的电话。

尤妍擦干净身子，吹干头发后走出浴室，钻入柔软的大床上。

她点入焉晗的聊天框，说：“他没回复。”

焉晗回过来：“没事，估计玩去了，天亮或者明天睡醒肯定会回的。”

过了一会儿，焉晗又发来一句：“我看到有人说梁园去找他麻烦了，图片被发网上了。你没事吧？”

“没事，就耍个小性子吧，她也不敢真闹。”

焉晗一乐：“这确实。”

尤妍随口和她聊了起来：“感觉这人也没有多喜欢梁园。”

焉晗笑道：“差不多是这样吧，反正就是觉得好看，一眼合他心意就在一起，腻了就分开。”

“那梁园呢？”

“你情我愿的，哪个女的不知道北市席家大公子万花丛中过。”

尤妍忍不住感叹：“席骞看着真不像这种人，他很绅士。”

焉晗点头：“席骞是很绅士。”

尤妍：“但是绅士不妨碍他喜欢玩。我感觉就是只可远观，不能靠近。”

“差不多。”

“不过焉昀鸣爱玩归爱玩，他上个月还是结婚了。席骞有一天会不会也被终结？”

“应该不会，席骞玩得还挺大。”

“他还怎么玩啊？”尤妍蓦地一乐，有点好奇。

“他之前有个在一起很长时间的女人，就是心照不宣的那种……”

“那女的为了上位，想进席家大门，就故意弄了怀孕这一出。”

尤妍挑眉，躺在床上恍若被定住，直勾勾地看着这条消息：“真怀孕了？”

“没，骗他的，为了和他结婚。”

尤妍：“那后来呢？结了吗？”

“没结。”焉晗慢悠悠地打字，“那个女的本身也没抱希望，就是想着他不结婚，就要拿多一点钱。她赌席骞不想跟她耗着，所以一定会给一笔丰厚的分手费，最后……席骞生气了，就什么都没有了。”

尤妍内心涟漪不断，居然还有这种故事。

这种男人，似乎又温情，又绅士，但骨子里也是冷酷无情的。

尤妍想着想着，发现时间已经不早了。

毕竟不关自己的事，尤妍也就没再深入去八卦，缩进被子里睡觉了。

不过不知道是不是这晚发生的事情太多，脑子里一时恢复不了清静，她辗转到半夜也没睡着。

尤妍心累，披上外套下了床，穿过客厅，走到工作室。

尤妍开了灯，在一件还没完工的礼服前坐下，摸起针线，继续给那飘逸的纱布上绣上山茶花。

一忙起来尤妍也不知道到了什么时候，直到手机振动了一下，她回神一看，是席骞的回复：“没事，不着急穿。”

尤妍瞄了一眼手机右上角的时间，凌晨四点。

虽然对方说了不着急，尤妍还是回复过去：“我明天有空，我给你拿去吧。”

过了几分钟，席骞回过来：“尤小姐还没睡？”

尤妍勾起嘴角，再次打字：“嗯，对，失眠了，就干脆起来工作了。”

那头坐在家里客厅的男人见此，微微一笑，工作这么晚？

席骞回复：“我明天自己去拿吧。”

“不用麻烦你来拿了，明天你方便吗？”

席骞想了一下：“明天下午要去开个会，估计要下班才在家。明早我倒是在，就是尤小姐应该也起不来。早点休息，很晚了。”

尤妍一个字一个字地看完，看到最后一句，嘴角的弧度加深。这人是真的好温情。

尤妍想了想，明天应该起得会比较晚，虽然也不是不能专门起来给他拿去，但过去了也是打扰他睡觉。

她就说：“那你下班如果在，我就给你拿过去吧。你方便的话，告诉我地址。”

尤妍发过去后，几分钟都没有收到回信。

尤妍有点担心，这人是不是喝醉了啊？

她犹豫了一下，而后按住那串号码拨了过去。

电话响了几声，通了，一道低哑又带有磁性的声音传来："喂……"

尤妍屏住呼吸，轻声问："我是尤妍，你是不是喝醉了啊？"

那头传来一道轻笑，还有一声"嗯"。

尤妍马上道："那你休息吧，我不打扰你了，拜拜。"

席骞听着那清甜似水的声音，有些心痒："尤小姐……"

"嗯？"

"地址还没跟你说。"

她失笑："没关系，你不是说不着急吗？"

"顺便说了吧。"

尤妍颔首："好啊，那你说吧，你住哪里？"

席骞有点不想那么快挂电话，便一时沉默没有应答。

手机里面传来一声询问："喂？席……"

他轻勾嘴角："席骞。"

尤妍轻咳："我知道，就是觉得不太好叫你名字。"

"为什么？"

不熟，另外："你应该大我不少。"

男人眉毛轻挑，一笑："我很老？"

尤妍解释："不是，我是想着你是焉晗他们夫妻俩的堂哥，那我自然不适合喊你的名字。"

男人点点头："不是亲戚，不用讲究那么多。"

"哦。"她也点头，"行。那你的地址呢？"

"我想想。"

尤妍意外地调侃："你醉得连自己住哪儿都忘记了吗？"

"不是，房子多。"

尤妍看了看自己手上还没忙完的礼服，默默地闭了嘴。

席骞："怎么不说话了？"

尤妍把手机开免提，然后边忙边道："我在赚钱。"

男人浅浅的笑声传来，带着一股男性浓烈的气息，弥漫整个工作室。

尤妍忽然觉得不自在，无法专心工作了。她这是在干吗？半夜三更和一个男人打电话。

尤妍直起身子，瞥了一眼手机："你想起来了吗？"

“还没。”

尤妍正要开口说“那你去休息吧”，只听他忽然问：“尤小姐怎么住在天榭舍？”

“哦，我和我奶奶一起住，这边管理比较好，方便。”

席骞颔首：“不用太辛苦了。”

尤妍挑了挑眉，试探地出声：“嗯？”

“还挺少见的。”

“什么挺少见？”

“尤小姐这样，挺吸引人。”

“……”

尤妍彻底忙不下去了，这人是醉了在说胡话吗？

话说完，瞬息的安静让席骞混乱的神思清醒了一些，意识到说了不该说的话。他揉揉眉心，无奈一笑。

“我最近住兰江湾二号。”话落，席骞又语气温柔地表示，“不一定是明天，什么时候都可以。早点休息，不打扰你了。”

尤妍默了一下，点头道：“好……你也是。”

挂断电话，尤妍攥紧手机，整个人还因为那句话有些飘忽。

什么叫她吸引人？

尤妍盯着手中的礼服出神，是她多想了吧？

尤妍沉默了片刻，又想起晚上回来的途中，他在车里问她有没有男朋友，是不是对万花丛中过的男人丝毫不感兴趣。

难不成这是在打探什么？

尤妍揉揉眉心，深呼吸，告诉自己肯定是想多了。

她捧起礼服继续做事，但是针线卜去，却感觉下一步要走哪儿都模糊了，满脑子都是那个男人。

尤妍惆怅地放下礼服，又起来到落地窗边，双手抱臂看外面星星点点的高楼大厦。

其实，一个月前在婚宴上见到席骞的时候，尤妍印象还挺深刻的。他很高，五官轮廓很帅气，讲话绅士又客气，身上缭绕着从容不迫的成熟气质，吸引着尤妍多看了他两眼。

这一刻他依然很吸引人，但是……尤妍实在不想为此去冒险。

这种人又不会动真心，就算是破天荒地说爱，也不真实，随时可能转身离开，确实是一个只可远观的男人。

尤妍觉得自己太自恋了，这个人身边美人不断，肯定有他招桃花的本事，甜言蜜语张口就来很正常。

觉得自己想通了，尤妍便回床上睡觉。这一觉睡得很深，再醒来已经是十一点。

尤妍起来，进浴室洗漱，边忙边想事情。

席骞说的那个地址很近，从她这边过去不到三公里，不过她这天不想去，还是过两天再给他拿去吧。

尤妍洗漱好，看看镜子，里面的人穿着一身雪白的睡袍，脸白皙精致，唇红齿白，还挺好看的。

尤妍弯起红唇，伸出湿漉漉的手指，弹了一下镜子："自恋。"

她走出浴室，来到客厅。

奶奶在厨房里忙午餐，尤妍走到客厅长弧形的落地窗看，外面好像要下雪，阴沉沉的。

"妍妍，洗漱好了吗？差不多吃饭了。"奶奶在那儿温柔地喊着。

"哎，洗好了。"

她踩着棉拖鞋穿过客厅，到厨房去帮忙："我来就好了，您歇着去。"

"歇什么歇，我还利索着呢。难得周末，奶奶想着做好了再喊你起来。"

尤妍笑，把菜端到餐厅的桌上。她和奶奶挨着坐下，老人家给她夹菜，问她："天挺冷的，下午还去公司吗？"

"不去了，我在家里忙。您吃完去午睡，不用陪我。"

奶奶点点头说"好"："如果要出门，要多穿点啊，不能着凉了。"

"好。"

祖孙俩又聊了聊家里一些事，吃了一顿饭。

饭后奶奶就去午睡了，尤妍一个人去工作室工作。

到了两三点，手机振动了一下。

尤妍摸出来看，是三个人的群里提到了她。

尤妍点进去。周柠提到了她和焉晗，问："晚上有事没啊？"

焉晗没回复，尤妍打字："估计在家带孩子呢。"

周柠："那尤妍你晚上出来，到元霆会走走。"

尤妍挑眉："你周大小姐不在家养胎，可以出去玩吗？"

周柠："反正都是焉昀鸣的地方，在哪儿养胎不是养？你出来我们聊聊我满月酒礼服的事。"

尤妍失笑："哦，我前两天听焉晗说过，那你等我晚上过去。"

“OK，等你。”

两个人聊完了，焉晗才出来回复：“哦，我晚上得带孩子呢，刚好你们玩。”

尤妍乐出声。

周柠艾特焉晗：“给你老公带。”

焉晗：“不行，两个呢，忙不过来。”

周柠：“双胞胎好累，不过，家里没阿姨吗？”

“这么小，不能总是交给阿姨啊，你生了就知道了，放不开。”

尤妍幽幽地看着。

不过说着说着，两个人就转而羡慕起她这个单身的。

尤妍乐得不行，又觉得单身确实一身轻松。

聊完了，她就继续工作到晚餐。

在家里吃完饭，尤妍收拾收拾就准备出门。

奶奶晚餐后已经雷打不动地下楼溜达了，尤妍锁了门，一个人优雅地踏进电梯。

车昨晚启动不了，让4S店拖去修了，这时也没收到修好的电话，尤妍就在电梯里拿手机叫了个车。

到楼下时，司机刚好停下车。

元霆会在市区，没过多久就到了。

尤妍透过车窗玻璃看出去，那三个字挂在灰色的墙体上，低调又显眼。

有人来开门，恭敬地引她下去。

尤妍还没报周柠的名字，来给她开车门的人就说是周柠让候着的，来带她进去。

原本尤妍和周柠除了共同好友焉晗以外并没有太多交集，但因为尤妍花了近一年时间为周柠制作婚服，在此期间两个人的关系亲近了不少，最后尤妍还应邀去喝了喜酒。

也是在那场婚宴上，她认识了席骞。

电梯到三楼，尤妍出了电梯。

这种高级会所装修极其雅致有情调，昏黄色的灯从头顶照下来，地上人影绰绰，配合着高跟鞋踩上去的声音，特别优雅。

尤妍走了几步，见到大着肚子走来的周柠。周柠巧笑嫣然：“来啦，我还想来带你。”

“这么客气，不是有人等着了。”尤妍过去扶她，然后一起往包间走去。

周柠道：“外面挺冷的吧？”

“还行，刚吃完饭出来，不算冷。”尤妍看着她，“你自己出来的吗？”

“不是，焉昀鸣和人来谈事，闲着无聊就跟着出来了。”

到一个包间门口，周柠打开门，尤妍跟进去。

门合上的那一秒，她就听到里面一扇屏风后传来几个男人的交谈声，其中一道很熟悉。

尤妍停下脚步，拧眉，席骞？

她瞥了一眼那扇隔开的屏风，那里面好像是在打牌，不时有笑闹声传来。

尤妍屏住呼吸，默默地跟着周柠到另一边的沙发上坐下。

包间很大，那边的人可能也不知道有人来了。

周柠坐下给她倒茶，尤妍正在脱大衣，见到忙伸手拿：“我来我来。”

周柠很爽快地说道：“没事，才几个月，倒个茶也不碍事。”

尤妍莞尔：“这金贵着呢，小心为上。”

茶倒好了，尤妍接过去，吹了吹茶杯上的热气，舒服地窝到沙发里。

周柠问她：“我听焉晗说你这两天还有空，很快应该要去国外了？”

“嗯，对，不过也去不久，下月要在这边办一个早春系列的秀，还会回来的。”

周柠点头，两个人又聊起了最近时尚圈的事，时装、包包都是女人的话题，后面又聊了周柠的满月酒礼服。

中间周柠接了个电话，尤妍就出去透透气。

这会所来往的人很多，到处有交流声、脚步声，不过关上门就听不见了，私密性极好。

尤妍走到拐角处玩了一会儿手机。

不远处有两个男的在抽烟说话，看到她，瞄了两眼，又继续说。不多时一个离开了，另一个则抽着烟朝尤妍的方向走了过来。

尤妍以为他要路过，结果他停了下来。

她掀起眼皮。对方看着她，嘴角半勾：“有点面生啊，你好。”

尤妍靠着围栏，表情很平静，没说话。

对方笑着问：“嗯？怎么称呼？”

尤妍淡淡地反问：“你是？”

“不认识我，看来是真的来得少。”他很阔气地自我介绍，“庞泽，庞氏集团的少东家。”

"哦。"尤妍点点头。

对方道："你叫什么？跟谁来玩的？"

尤妍低语："抱歉，我不太认识你。"

对方一乐："不认识没关系啊。"他拿下巴指了指尤妍的手机，"加个微信可以吧。"

尤妍委婉地表示："我微信加的都是工作的。"

对方的笑容收敛了点："怎么了？加个微信都不行，和谁来的？"

尤妍估计周柠应该打完电话了，就准备走："不方便加，不好意思。"

尤妍直起身子要走，但对方换个方向堵住她："别啊，这就走了。"他敲敲烟灰，感兴趣地说道，"不加你得告诉我你跟谁来的吧，好让我死心。我看看是哪个男人带来的，我惹不惹得起。"

他的语气里带着淡淡的嘲讽。

尤妍睨他，又把眼神移开："我不想认识谁。"

"啧，我还在这圈子里很少遇见这种气性的，清冷，又甜美……"说着他又勾了勾嘴角，表情不屑，"不过也有点不识抬举了吧？"

他的话落，倒是没再纠缠，边抽着烟边让开："清高得扫兴。"

尤妍眯起眼，不过也懒得和这种无赖扯。她往前走了两步，结果迎面走来一个穿着休闲毛衣的男人。

男人越过她，往前踹了一脚。

庞泽闷哼一声，看清是谁后，很意外："席骞，你……"

尤妍迅速回头，就看到席骞丢下手里的烟，往前的时候刚好碾碎在脚下，而后走到那男人面前，揪起对方的衣领，眯了眯眼，语气凉薄："庞氏有几斤几两能给你这胆子？我的人你也惦记。"

席骞话落，一拳挥过去，庞泽跌倒在地。

"席骞……"

尤妍都没反应过来，整个人被走廊的灯光闪得头晕目眩。

地上的人声音痛苦地说道："席骞，我就说了一句，又没碰那女人。"

"怎么，你还想碰吗？"他挑眉。

尤妍终于回过神："席骞。"

尤妍想去拉他，但下一秒庞泽的同伴又从包间里出来了，碰巧看到这一幕，立刻过来拉架："席骞，怎么回事，你干吗？"

包间门没关，很快里面听到声音，出来好几个人，见状都迅速过来拦着席骞。

席骞被拦住，没法近身，最后眼神凉凉地瞥了一眼脚下鼻青脸肿、嘴角流血的男人，而后转过身朝尤妍走来，拉住她的手腕，头也不回地进了电梯。

电梯门合上，席骞松开手，目光落在尤妍脸上。

尤妍的脸色有些苍白，眼神闪烁不定地与他对视。

席骞笑了笑：“这么巧，尤小姐。”

尤妍蓦地心跳加速，随即回过神，眼神在他身上转了转：“你……你没事吧？没受伤吧？”

“没事，这算什么。”席骞一脸平常。

尤妍松了口气，背抵着电梯壁，轻声道谢：“谢谢你。”

“谢什么？”

尤妍点着脑袋，随口低语：“给你添麻烦了，其实，不用的。”

“嗯？不用？哪里不用。”暖光萦绕的电梯中，男人的目光很亮，带着熟悉的笑意，“我能忍？”

尤妍抿了抿唇，蓦然回想起他刚刚那句“我的人你也惦记”。

尤妍知道以席骞的个性，确实忍不了。但是他刚刚说的那句话让她不禁再次怀疑，他难道不是单纯地为熟人出面？

尤妍深呼吸，正要问席骞刚刚那句话是什么意思，手机蓦地响起来。

周柠打来的。

尤妍接起，说：“哦，我在电梯……”

席骞按开电梯门出去。

尤妍默默地跟着，然后就看到了不远处的周柠和焉昀鸣。

焉昀鸣朝席骞挑眉：“你打什么人啊？什么事啊？”

席骞轻勾嘴角：“手痒。”

焉昀鸣哼笑：“所以你就砸我场子？”

“忍不了，这点破事你都没法解决？”两人说着往包间走。

周柠走到尤妍身边，好奇地问：“怎么回事？我听说席骞为了一个女人大打出手，可是他今天没带女人来啊。你们怎么在一起啊？他是为你动的手吗？”

尤妍觉得自己的脸应该有点红：“我……”

“嗯？”周柠睁大眼睛，“真是为你动的手啊？是怎么回事？”

尤妍斟酌着道：“我刚刚不是在这里玩手机吗？然后有个姓庞的……”

“庞泽，那浑蛋看上你了？”

尤妍轻咳，手背在身后，靠上围栏："闲着无聊吧，就堵我要加微信。我不给，然后就说了我一句清高什么，碰巧席骞路过……"

周柠恍然大悟，然后笑了："天哪，席骞这么大气性啊，居然动手把人揍成那样。"

"哪样了？"尤妍瞥她，有些怕牵连席骞，"人没死吧？"

周柠摇头："死是不会，他有分寸，但感觉他下手也不轻，估计回头满城都会传席大公子冲冠一怒了。"

尤妍松了口气，又有点不好意思。

这时，周柠睨她，眼含笑意，悄悄问："席骞为什么会为你动手啊？他喜欢你吗？"

尤妍迅速摇头："没没没，就是……你知道我和焉晗关系好，而且上个月在你的婚宴上我们就认识了，当时我抱着他侄子，聊了两句，所以，应该算朋友吧。"

周柠点头，又乐了："啊，我还寻思着席大公子这是看上你了呢。"

尤妍脸色微红，漫不经心地笑着问："你觉得有可能吗？"

周柠歪头瞥她："那论颜值的话，是百分百有可能啊。尤妍，说实话，就你这颜值，放在北市名媛圈里，能比的很少。"

尤妍非常意外，戏谑道："夸张了吧？"

周柠挑眉："你是对自己的脸有什么误解吗？我觉得你就是埋没在你们Sixteen手工坊里了，这身材、气质，又甜美又带着点清冷，还有事业有成的女强人气场，很吸引人你知道吗？"

"所以，席骞也不是不可能喜欢你。"周柠朝她眨眼。

尤妍忍不住解释："真没有，就是朋友。其实连朋友都算不上，就是熟人而已。"

周柠感叹："他不说你哪里知道这种男人心里在想什么，我还是觉得他这手动得太帅了。"

尤妍被戳中心事，又想起席骞刚刚那句"我的人你也惦记"。

她想了想，觉得还是打探一下比较好："就算颜值可以，但你对这种人也是很了解的，毕竟你是终结了焉昀鸣的人。你觉得席骞这种人会喜欢我这种类型的？"

周柠挑眉："怎么不会？能拿下这种男人的女人，要么就是比他道行高的，要么就是纯净到极致的。你就是后者啊，姐妹。"

尤妍的心裂了。

周柠勾起红唇，悠悠地道："就是感觉你肯定不喜欢这种男人，毕竟，有风险。"

尤妍揉揉眉心，叹了口气："算了，不存在的事，走了。"

进了包间，里面几个男人在那儿喝茶谈事。

尤妍瞟了一眼后继续到沙发上坐着。

不过这趟进来，不知为何，尤妍总有些分心。那边男人的交谈声偶尔会传来一些，听到席骞的声音时，她总是下意识就……想到他那句话。

唉，她这晚又得失眠了。

聊得差不多了，尤妍听到那边的男人好像也谈完了事，就率先跟周柠告辞，离开了元霆会。不然待会儿碰上席骞要离开，他也许会再绅士地说要送她。

尤妍刚坐上出租车，那边席骞就准备离开了。刚巧碰上周柠送完尤妍回来，他就随口一问："尤小姐走了？"

周柠点头："对啊，她说昨晚加班到半夜，有点困就先走了。"

席骞颔首。

周柠戏谑："怎么，你要送她啊？"

席骞莞尔："没有，就随口一问。"

尤妍回到家已经快十一点，奶奶去休息了。

她边走边脱下大衣，到衣帽间挂上，拿睡裙出来时，无意中看到柜子里那件暗红色的西装。

尤妍顿了顿，默默洗澡去了。

她洗完出来，到床边坐下擦头发，扔在床上的手机一直在振动。

她一边擦一边拿起来打开。

没想到微信上有好几条焉晗的消息，说的就是刚刚那件事。

焉晗："我朋友圈都在传席骞为了一个女人在元霆会动手打了人？周柠说那是你？"

"姐妹，真的假的啊？"

"我觉得你和席骞不是一个世界的人，这个消息让你姐妹很震惊，怎么回事啊？"

尤妍倒在身后的床上，无奈到失笑。她也觉得很震惊。

尤妍叹了口气，把早前跟周柠解释的话又给焉晗解释了一遍。

尤妍对外是解释得好像真是那么回事，但是放下手机，心里却像一团乱麻。

她皱眉，叹气，在床上翻来覆去……

就算是她自恋想多了，席骞根本不喜欢她，是为了帮她收拾那家伙而说的，但也太暧昧了。

尤妍盯着手机，心痒痒的，想找他问个清楚，但是手指刚动，又无声地停下了。

算了，他想喜欢就喜欢吧，反正喜欢她也没什么损失，就是有点不自在。

这么一想，尤妍心里倒是轻松了不少。

但是这晚也是意料之中地失眠了，好在第二天还是周末。

尤妍折腾到天快亮，看到卧室的落地窗外居然飘起了簌簌白雪。

尤妍爬起来走到窗边，拍了一张照片发朋友圈。

发完朋友圈，尤妍习惯性地退回到消息列表，看到之前加的几个北市时尚圈的群里，许多女孩子都在聊昨晚的事。

天都快亮了居然还聊得很有兴致，关键是，所有人都在好奇是什么样的女人能让席大公子出手。

好多人都推测说："这女人绝对是美得不可方物。"

"真的很想看看是谁，这么厉害。"

尤妍无语地回去躺倒，把自己埋入被子中，悲伤逆流。

这天一整个白天尤妍除了中午吃饭就没起来，到了晚上，她洗漱完后接到了 4S 店的电话，说她的车修好了。

尤妍便穿了件厚实的米白色大衣，戴上围巾和贝雷帽，裹得暖暖的，准备出门取车。

穿好衣服，她再次看到席骞的那件西装。

尤妍琢磨了一下，明天周一，他肯定也忙，不能等到下个周末吧，那也太拖沓了。

尤妍摸出手机点入通讯录，找到那一串眼熟的号码，拨了出去。

几秒后，电话通了，那边传来一道娇软的女声："喂，你好？"

尤妍立马掐断电话。

这么快又有新欢了？

第二章 喜欢她

尤妍默默地出了门，没再去看席骞的衣服。

她打车到 4S 店取了自己的车，再开着车慢悠悠地往回走。

雪还在下，落在白色车身上虽然看不太出来，但车灯照射出去，那雪一缕缕地在风中打转，还挺漂亮的。

车开到天榭舍附近，尤妍的手机响了。

刚好前面塞车，尤妍摸起来瞥了一眼，立马顿住，没有备注，连号……

尤妍看了几秒，接通后放到耳边："喂。"

里面的男声一如既往低沉好听，带着熟悉的笑意："尤小姐，找我有事？怎么打来就挂了？"

"哦，一个女生接的，怕给你造成误会就挂了。"

席骞点头："我刚刚在开会，那是我秘书。"

尤妍掩唇轻咳。

席骞开玩笑问："尤小姐是不是以为我又有新欢了？一天一个啊。"

"那我光玩了，"他语气惬意，"不用上班了。"

尤妍的脸非常红，心虚又诚恳道："我不知道大周末的你这么晚还在加班，不好意思。"

"又道歉？"

尤妍心想：不是你找我算账吗？一句句地堵我。

电话中的人闲聊完，问起了正事："找我做什么？还衣服？"

"嗯，对。你现在方便吗？"

"现在不太方便，我晚上有应酬。"

"哦，那就算了。你去忙吧。"

他想了想，说："晚点吧，大概九点半左右，我会路过你那儿。"

尤妍点头："行，你到了天榭舍附近告诉我，我下来。"

"好。"

尤妍挂断电话，前面的车流松动，她松开刹车往前，不多时便开入天榭舍的地下车库。

她回到楼上，屋里还空荡荡的。

这下雪天的，奶奶还没回来。她一乐，觉得老人家节目比她还多。

尤妍拐进衣帽间，拿了个纸袋子，取出席骞的西装仔细折好装入，准备晚点直接拿出去。

忙好后闲着没事，她便拿出手机给焉晗发消息，聊了聊后面要办的早春系列大秀。

这个秀一般都在十二月办，所以年底的事情就多了。

两个人研究了一下场地的问题，尤妍表示："我觉得席氏酒店那个花园很适合这次的主题，不如直接在那儿？"

焉晗："年尾席氏也是各种忙，我怕不方便。"

尤妍恍然："这样啊。"

焉晗："算了，明天上班再开会研究吧，不行就去实地看一下。"

"OK。"

两个人又聊了聊这次秀上要发布的作品。一工作起来，时间飞逝，中间尤妍随意瞥了一眼手机右上角，发现已经九点一刻了。

她马上结束聊天，拎起那个袋子出了门。

外面的雪依然在下，尤妍踢踏着雪花走进一家奶茶店，点了杯奶茶，等待时手机忽然一振。

她看了一眼电话，挂断，而后接过奶茶从店里出去。

那边的席骞坐在车里，一只手控制着方向盘，另一只手关了车载音乐，眼睛注意着路边的车位，接着余光便瞥到一抹米白色身影从路边店里出来。

他一眼便认出尤妍，踩下油门，方向盘边朝那边转，眼睛边直勾勾地看着路灯杆下背着手的人，嘴角的弧度不自知地扬起。

他可真是喜欢她这个模样啊，百看不腻。

就像一道雪夜里的风景，带着点清冷的气场，正面看又美艳不可方物，眼神纯净到极致，让人连惦记都不敢。

尤妍以为席骞没那么快到，不知道他是到了以后才打的电话。她随意提着奶茶袋和衣服，站在一根白玉兰形状的路灯杆下看雪。

才看不到两眼，一辆黑色车子就停在她面前。

尤妍垂眸一瞥，刚好车窗降下来，越过副驾驶座，她看到开车的男人也看了过来。

尤妍正想绕过去，席骞率先解开了安全带下车，绕过车头走到路边。

尤妍便站在原地微笑着打招呼："这么早就应酬完了？"

"嗯，谈点事，没喝酒就比较快。"

尤妍点点头，将东西递给席骞。他接过袋子，随手从车窗丢进去。

尤妍的手重新背在身后，优哉游哉地站着，也不知道接下来要说什么。

"怎么这么快下来？"最后是席骞打破了沉默。

尤妍回神："哦，我下来买奶茶。"

席骞远远就注意到尤妍手中的奶茶，此刻瞥了一眼，勾了勾嘴角。

尤妍说："昨晚谢谢你啊。应该请你吃饭的，下次有机会吧。"

他的眉毛轻挑："不是已经说了，谢什么。"

尤妍莞尔，点点头，然后话锋一转："那我能不能问你一件事？"

虽然天已经黑了，但金黄色的路灯把眼前照得很明亮。雪花从两个人中间打着转飘落。

席骞的眼中缓缓溢出笑意。

尤妍觉得席骞似乎知道她要问什么。她的心跳乱了一拍，又不太好意思和席骞对视，偏了偏头，低低地咳了一声后，略不自然地说："就是昨晚，你为什么那么说？"

"昨晚说什么？"席骞挑眉问道。

尤妍一顿，说："你是年纪大了记性不好吗？那你还不承认你老？"

他失笑。

尤妍轻吁一口气，看着席骞："我很好奇。你总不会是喜欢我吧？"

他没有回答，眼睛都不眨地和她对视。

尤妍觉得心思都被看穿了，这个男人的眼神总是很明亮，像是有光，能照亮一切。尤其是此刻近距离地看她，让人不由得紧张起来。

尤妍略尴尬道："我只是有点茫然……反正你可以直说，不会伤我自尊的。我觉得也是我太闲了，估计你是为了帮我收拾那个人才这么说的。"

席骞还是什么都没说，只是垂眸一笑。

尤妍在席骞这越来越深的笑意与从容不迫的沉默里，心凉了。她觉得雪落满身子带来的凉意，都没这个人的态度让她心里北风四起。

席骞点点头道："对，我对尤小姐挺有好感的。"

尤妍浑身一僵，宛若被冰冻住。

席骞看着她，云淡风轻地表示：“上个月在婚宴上，第一眼我就喜欢上你了。”

尤妍万万没想到，席骞居然是对她一见钟情。这个身边从来不缺人的男人，怎么就喜欢上她了？

她脸红又茫然地问：“你……你喜欢我什么？”

他笑了笑：“哪儿都喜欢。”

尤妍彻底愣住了。

席骞将手抄入口袋中，看着她：“至于为什么我不明说……”

尤妍也很困惑。

席骞淡然低语道：“我觉得，你是焉晗的朋友，我这样的人不该祸害你。”

尤妍极其不自然地问：“祸害我？你是觉得你不适合我？还是怕自己只是一时心动，很快也会失去兴趣？所以，因为我和焉晗的关系，你不敢追我？”

席骞低笑点头：“都对。”

尤妍忍不住骂道：“渣。”

他失笑，没有否认。

尤妍浑身不自在，但是说破了好像比没有要好不少。

话都说开了，她便转身打算走了：“那……那我回去了，你也回去吧。”

他应了声：“嗯。”

尤妍背对着他说了句“开车小心”，就拎着她的奶茶绕过车头。

席骞站在原地，看着斑马线上的身影一步步远离，穿过熙熙攘攘的马路到了对面。那一秒，她回头看了过来。

两个人目光相接的一瞬间，她迅速收回视线，低头往前走。

席骞也收回目光，若有似无地笑笑，摇了摇头：“留恋什么？确实不能祸害。”

他重新上车。

回到家，尤妍捧着奶茶在落地窗前看雪，满脑子都是席骞刚刚说的话。她没见过这种男人，不知该如何形容此刻的心情。

不过，他不追她还挺好的，不然她怎么办呢？拒绝起来就太尴尬了……这样挺好的。

尤妍喝了一大口奶茶，仰头叹气。

第二天，雪停了。

尤妍早上从家里驱车到Sixteen大厦，到车库停好车，拎着一个装着礼服的袋子上楼。

焉晗还没来，有两个孩子没办法轻松脱身。还是单身好。

尤妍回到自己手工坊的工作室，开始和里面的工作人员商讨手头上的各种工作。忙到差不多十点，外面开始有点阳光，焉晗也来了，让助手来通知大家开会。

尤妍懒洋洋地往会议室走，还有点困。昨晚依然被席某人搞得睡眠不深。

好在从这天开始，应该一切如常了。

最近的会议都是围绕大秀展开的，一群人坐下商讨了一下方案，焉晗已经和自家老公打过招呼，场地就定在了席氏酒店。之后大家又研究了秀场设计师、模特、妆发、邀请函等各种大秀前的必备工作。

一忙就到了中午。

午餐后，尤妍一直在工作室里做事。快下班时，焉晗来喊尤妍一起去席氏酒店走走，她约了秀场设计师一起去看场地，讨论设计方案。

尤妍穿上外套就跟着去了，在副驾驶座上一路犯困。

焉晗调侃："你这两天周末都没睡觉吗？一天都没什么精神的模样。"

尤妍心里荡漾了一下，脑海里浮现出某个男人的脸，又不好直说……反正这事应该算过去了，席骞不会再来招惹她。

到了席氏酒店，两个人与设计师碰了面，便一起去了酒店的花园。

那花园是酒店很有名的景点之一，冬日的白雪覆盖上去，像童话世界。

设计方案确定后设计师便先一步离开了，尤妍和焉晗则慢悠悠地往外走。

路上尤妍问："我大概这两天就去法国了，你是跟我去几天还是干脆不去了，在这儿盯着秀？"

焉晗："我回头看看席权的时间，他要是不忙能看着孩子我就跟你一起去。"

"OK。"

焉晗看了一眼手机时间："下班了，一起吃饭吗？席权也在酒店。"

尤妍睨她，揶揄道："你们夫妻俩过二人世界不好吗？非要问我。"

焉晗乐了："还有席骞啊，有什么关系。"

尤妍更想拒绝了，结果还没开口，前面电梯就下来两个西装革履的男人。

尤妍闭眼叹息。

席骞远远地看到了熟悉的身影，还没来得及打招呼，尤妍便眨着眼睛移开了视线。

他心里一乐，面上却不显，一脸正经地走过来。

人到附近时，尤妍出于礼貌不好再无视他，只得向他点头示意。

席骞也朝尤妍点了头，从容又自然，好像昨晚的“表白”像风一样，吹过就散。或者应该说像那场雪，下过，但停了。

几个人一起去吃饭。

他们去的是城郊一家私房菜馆。车开到那儿时，天色已经暗了下来，路灯全部亮起来。

私房菜馆装修得古色古香，冬夜里门口亮着两盏昏黄的灯，很有味道。

二楼的包间里是一张八角桌，不大不小放在中央。焉晗他们夫妻俩坐在一起，尤妍就顺着焉晗的方向，隔了一个位子坐下，而席骞坐在斜对面，和她也仅有一个位子之隔。

两本菜单，尤妍拿了一本在手，点了几样后，看了一眼不远处的席骞。

正在和席权谈事的男人感受到视线，朝她看来，挑挑眉后，目光落在她手里的菜单上。

他了然，眼中浮起一抹笑，好像在无声地说：“你点就好。”

尤妍在心里止不住地感叹，真是第一次见到这样的男人，眼神在这光线不甚明媚的包间里，还那么清澈明亮，透着一股浓厚的吸引力。

尤妍低头点菜，心思却早已不在菜单上。她想，这男人那么多桃花也不怪他，单单那一个眼神，便足以让女人们心生向往了。

菜很快便上来了，尤妍边吃边和闺密聊起了工作，两个男人也继续谈着事。

焉晗轻声跟尤妍说：“我刚刚在路上问席权了，他这两天也要出差，我估计这趟没办法和你一起去法国了，不然两个孩子没人陪。”

“那你就别去了，我自己去就行。”尤妍边说边捏着筷子夹起一片小白菜放入酱料碗中，“反正那边的高级定制（后文缩写为高定）周时间还久，事情也不是那么多。”

“行，不过你就要自己坐十小时飞机了，有点无聊。”

尤妍云淡风轻地说：“这有什么，睡一觉就到了。”

焉晗点头。

尤妍吃完一口觉得有点辣，拿起茶杯轻抿。那杯子不大，两口就喝掉了一半茶水，放下后她打算添一点。

茶壶在桌子中央，尤妍刚抬起手，不远处正聊着天的席骞蓦地伸手，先她一步碰到茶壶。

尤妍还以为席骞要加水，结果他拿起茶壶，看向她，而后目光又落在她的杯子上。

尤妍一顿，默默地挪了一下杯子："谢谢。"

他微微勾起嘴角，给尤妍倒完水就放下了茶壶，自己并未添。

尤妍放下杯子，继续吃东西。

过了一会儿，对面的男人似乎也聊完工作了，拿起勺子捞菜。

尤妍没去注意，焉晗凑过来跟她说话。包间内都是火锅沸腾的声音，有些吵。她凑近一点，就听到焉晗说："刚刚听见席骞这两天也要去法国，正好，尤妍。"

"什么正好？"她不懂。

焉晗眨眨眼："可以坐他的私人飞机去啊，就不会那么无聊了。"

尤妍说："我自己自由自在不好吗？为什么要去和他同乘十小时，而且我和他……"

尤妍的话还没说完，忽然注意到她的碗里被添了好多料，海鲜、蔬菜、羊肉。

尤妍忙看去，发现是席骞在默默地给她捞菜，捞完她的才给自己捞。

尤妍屏住呼吸，又说了一句："谢谢啊。"

他微笑着点点头，没说话。

尤妍默默地低下头吃菜，吃了两口，想继续刚刚没说完的话题，却见焉晗已经转头去和她老公亲密热聊了。

她只得不动声音地收回视线。

吃到中间菜不够了，席骞拿起菜单看了看，问她："尤小姐想吃什么？"

"你点就好。"她下意识道。

席骞点了几样菜，尤妍听出来都是自己喜欢吃的，不免又看了他一眼。

但男人的表情很自然，似乎这种细腻的照顾已成习惯。

尤妍只能装没发现，垂眸，默念：他不打算追我的，放心。

服务员进来上菜，又往锅里添了水，东西重新放进去没那么快熟，尤妍感觉有点热，便起身出去透气。

尤妍回来时，见席骞站在包间门口看手机。

听到脚步声，他抬头看过来，见是尤妍，便开口问她："尤小姐这两天要去法国？”

“嗯。”她睨了他一眼，“怎么了？”

席骞：“没事，碰巧我也去。”

“哦。”

“大概什么时候？”

“嗯？”尤妍困惑地挑眉，“什么？”

“可以一起，我安排好飞机后告诉你时间，或者去接你。”

尤妍迅速道：“不用，我已经订好票了。”

他眉眼微动，似笑非笑：“这么快啊。”

尤妍知道自己拙劣的谎言又被看穿了，她沉默了一下，只能直接说：“真的不用。焉晗跟你说的吗？我自己去就行了，不麻烦了。”

席骞的语气很平常：“这有什么麻烦的，一个人坐还挺浪费的。”

尤妍：“那……那你找个女朋友，或者带几个秘书……”

他笑着看她。

尤妍别过头去。

席骞摁灭手机，放入口袋里：“这么不想和我有交集吗？坐个飞机都不愿意。”

尤妍坦荡道：“不是，我觉得正常人都不会在这种时候不避嫌，还和你走那么近。”

他点点头：“那我昨晚应该否认的。”

尤妍摇头：“不用啊，你就自己坐就行了呀，或者女朋友什么的……”

他看她：“我最近还挺忙的，周末还在加班你也知道……”

“跟我说这个干吗？”尤妍回头瞥他，一脸茫然。

席骞：“就是，我身边目前没人。”

尤妍有些脸红：“那有人没人也跟我没关系呀，你不是说你不追我吗？怎么了，一夜过去你后悔了？”

席骞直勾勾地盯着尤妍。

尤妍被盯得不自在，微扬起下巴，挑眉道：“干吗？”

席骞的眼神明亮，看着她迷人的脸，留恋道：“没有，只觉得尤小姐和别人不一样，挺让人后悔的。”

尤妍心一紧：“席骞，你能不能做个人？不追别撩。”

他乐了：“尤小姐愿意让我追你？”

“不愿意。”

说完，包间的门蓦地打开，焉晗探头出来，看到门口的两个人，很好奇：“你们在聊天啊？”她笑，“东西可以吃了，都煮老了。”

尤妍轻咳一下，看了某人一眼：“吃饭吧。”

回到饭桌上，尤妍不再看席骞，快没菜了就自己火速捞，不给他帮忙的机会。

虽然知道席骞没别的意思，就是出于绅士风度，但是尤妍真的没办法那么坦然地享受他的服务。

吃完饭，几个人慢条斯理地从菜馆走出去。尤妍和焉晗走在前面聊天，尤妍小声问姐妹：“你告诉席骞和我一起去法国？”

焉晗：“没有，我就问他什么时候走，想着时间差不多你就不用一个人。然后他说都可以，不着急，要一起可以等你的时间。”

尤妍表示：“不用了，我自己买票就可以了。”

焉晗不解，瞥她：“为什么啊？飞机上你可以做事，你做你的，他忙他的，而且你们认识，这不是很好？”

尤妍还在犹豫要怎么和闺密说她和席骞的事。

焉晗再次开口：“你是不是觉得不自在？”

尤妍疯狂点头。

焉晗微笑：“没什么的，飞机上还有他的特助、秘书，应该有好几个人呢，而且还有空姐和机长，人多得很。”

尤妍：“……”那他还说什么一个人挺浪费的。

焉晗：“你也知道席骞对人很有分寸的，绅士得很。”

尤妍叹了口气，算了，大冬天的，能享受为什么不享受，上去后闭眼忽视他就好了。

这么想着，第二日早上，尤妍就收到了席某人发来的信息，问她明天中午的飞机可不可以。

尤妍回了个“OK”。

翌日中午，一辆车开到天榭舍来接她。尤妍心想：这人的服务太到位了。

尤妍上车后，席骞一只手控制着方向盘驶上马路，另一只手伸向中控台，打开音乐。

尤妍瞟了席骞一眼。

席骞揶揄：“今天不想听？”

尤妍咳了咳，尴尬地移开视线。

去机场要开半个多小时，听听歌还是挺舒服的。有了音乐，车厢内就没有那种太过安静导致不自然的气氛了，这样挺好，两个人都自在。

到达机场，尤妍上了飞机找位子坐下后，立刻打开电脑，戴上耳机。

席骞在尤妍不远处随意坐下，而后敲桌子叫了一杯香槟。

尤妍瞥了一眼。

空姐送来香槟时，席骞拿起来，顺势看向尤妍的位子。

尤妍迅速收回视线。

没过多久，就有一个空姐端来东西。尤妍一看，各种点心和饮品，还有一杯红酒。

空姐把东西放在她面前的长桌上后，微笑着跟她说："席总吩咐的，尤小姐还有什么需要，直接喊我们就可以了。"

"OK，谢谢。"

尤妍继续看电脑，不过这时法国那边还没到上班时间，所以她也没太多可忙的，发了封邮件后就收拾起来。

尤妍看了一眼桌上的东西，吃了一口甜糯的点心，又把那杯红酒喝了助眠，而后就拿了条毯子盖上，睡觉。

席骞一直看着电脑，中途随意一瞥，看到她睡着了。他勾起嘴角，开始和几个助理开会。

几个人在他对面坐下，专心工作，没有人去注意不远处的位子上，一个貌美的女人在睡觉。

尤妍躺了两个小时就醒了，之后再无睡意。她醒来时，迷迷糊糊听到有男人在说话，还以为席骞在打电话，于是她起身折好毯子，准备去洗手间洗个脸醒醒神，也忙点工作。

尤妍经过席骞身边时，看到他对面坐着几个人，以为他在和秘书们开会，就扫了一眼。

这一看才发现他是在视频会议，摄像头将路过的她拍得一清二楚。

她的脚步一滞，席骞抬头，未等视线相撞，她便加快脚步，迅速远离。

席骞失笑，还是那么可爱。

那边法国会议室里一群人将这一幕看得清清楚楚。

席骞面前的秘书和助理似乎对他与女人的"互动"不怎么惊讶，很淡定地继续看眼前的电脑。

席骞回过神，继续若无其事地讲话，很快便结束了会议。

尤妍洗漱完出来，整理了一下身上的裙子与外套，这天里面穿的是一身烟蓝色的丝质长裙，刚刚碰到一点水，痕迹挺明显的，她拉了拉外面的浅蓝色大衣挡住。

回去时，尤妍特意加快脚步，免得再次入镜。细高跟的短靴随着她急促的脚步在地板上敲击出不容忽视的回声，席某人大概是被这阵动静吸引了，她远远地就注意到他没在看电脑，而是朝她看来。

席骞盯着那一抹由远而近的蓝色，感觉尤妍走的每一步都在闪闪发光，每一步都走在他的心上。

他发现，好像不是说了不想追，就能一秒忘掉。

一个多月了，他还是这么喜欢，他从未对谁如此念念不忘。

尤妍坐下后才朝席骞的方向瞥了一眼，发现他已经关上了电脑，原来会议早已结束，难怪他不看电脑，直勾勾地盯着她看。

席骞的秘书和助理收拾了东西回到自己的位子上，离前面很远，似乎是给他，或者说是他们腾出一个比较私密舒适的空间。

尤妍打开电脑，开始和法国的公司开会。她开的是文字会议，简单地聊了点工作，时间并不长。

之后尤妍就没什么特别的事了，一个品牌手工坊的人，也没办法在飞机上做针线工作。

正无所事事时，空姐过来询问要不要下午茶，她顺势点头。

上飞机时已经是午后，睡了一觉，又开了个会，此时已经三四点了，正是下午茶的最佳时间。

空姐很快给她上了一桌子东西。

尤妍先端起一杯颜色剔透的红茶，轻抿一口，然后将目光放在电脑上，准备找部电影配下午茶。

尤妍一只手操控电脑，另一只手搭在杯壁上，有一下没一下地轻敲。粉色的指甲偶尔会碰到杯子，发出一道清脆的响声，十分好听。

席骞在不远处看财经杂志，但自从空姐询问他是否也要喝点东西后，他就没再翻页了。

那敲杯壁的声音一下一下钻入他耳中，浸入他的肺腑，让他的心莫名有点痒。

席骞不想去想，也不想去看，想把她忘了。按理说没什么人是他忘不了的，何况还是个他不能追的。

但这会儿人在他的飞机上，他工作也忙完了，不可能视而不见。

席骞无奈地勾勾嘴角，合上杂志，起身往后走了几步。

尤妍正找出一部电影准备点放映，面前忽然有人落座，于是她抬眼去看，不出所料是席骞。

刚好空姐拿来一瓶酒放在她桌上。

尤妍沉默片刻，摘下耳机，有些茫然地看对面的男人。

等空姐走了，她问："席总，干吗？"

"一起喝下午茶，怎么了？"他端起空姐刚刚放下的酒杯，自然而然地说道。

尤妍闻着空气中寥寥的酒气，品出来是度数不低的白酒。她心想：有人下午茶喝白酒的吗？

尤妍瞥了一眼后面座位的助理和秘书，又去瞥他："你怎么不去和你的助理喝？"

席骞调侃："我去和助理喝，你自己一个人？"

"哦，没事啊，这有什么。"

这本来就是一场静谧的享受，不需要人陪同。

"怎么了？喝个下午茶都不行？"席骞明亮含笑的目光坦荡地落在尤妍身上。

尤妍立刻摇头："行，没什么。"话落，她拿起叉子叉起一块蓝莓蛋糕，"我只是觉得你不用对我这么客气，我有点不好意思。"

他莞尔，没说话，咽下口中的酒。

尤妍吃着蛋糕，品着红茶，对面的男人喝着酒。下午茶时间都过得很慢，所以她觉得，不说话就这么一秒秒度过，有些不自在。

最后尤妍还是出声，主动和他聊天："席总去出差还是去了就不回？"

"待二十来天吧。"

"哦。"她点头，伸手拿过另一杯饮料。

那粉粉嫩嫩如葱白的手指进入视线，席骞看了一眼，又不动声色地继续喝酒。

尤妍轻呷了一口酸甜的饮品，正琢磨这是什么时，听到他反问："尤小姐呢？"

"我待一个月左右，然后回来办秀。"

男人点点头，背靠着沙发，闲情逸致地低语一句："辛苦了。"

尤妍喝东西的动作一顿，脑海里飘过那天晚上两个人打电话，他在电话里说的那句……

对面的人看到她停下动作，眼神也微微凝滞了一下，想到了同一时间点的同一句话。

随后他抬起头，坦然一笑。

尤妍闭了一下眼："别笑了好吗？席总，你笑起来还是挺帅的。"

"哦，是吗，那你不心动？"

尤妍顿时觉得脸像是被热气熏过。

她继续夹东西吃，随口说："挺心动的，但我对千帆过尽的男人不感兴趣，可以看，但不能……"

"不能做别的？"席骞漫不经心地轻晃手中的杯子，"只可远观？"

"嗯，对。"尤妍咬了一口点心。

这时，对面的人慢悠悠道："那尤小姐喜欢什么样的？"

尤妍被呛了一下，噎住，她掩唇咳起来。

席骞给她端了水。她接过，喝了一大口。

几秒过去，尤妍缓了缓紊乱的呼吸，抽了纸擦拭嘴角，而后继续拿起叉子。

"反应这么大做什么？"

她轻吁一口气："我觉得这个问题跟你说，还是有点不妥。"

席骞不解，拿起一瓶酒，边倒边认真地问："怎么不妥？"

"因为，我说出来怕伤到你啊。这不是还挺明显的吗？首要条件肯定是不花心呀。"

"伤我什么？"酒落入杯中的声音伴随着男人充满磁性的低语响起，有些不真实，"这个很重要。"

尤妍抿了抿红唇，问："那你问这个干吗？席总要浪子回头吗？"

席骞失笑，放下酒瓶："回是回不了了吧？"

她觉得这种人也是回不了的，本性难移。

不过他说完又看过来："还有呢？"

"你怎么对这个这么感兴趣？"尤妍不懂。

他表示："我琢磨着，北市哪个青年才俊能有这种福气。"

尤妍都不知道该摆出什么表情。最后她极其不自然地问："您是还没打算找个新女友吗？还惦记着我？"

席骞相当诚恳："惦记倒没有，我说了，我不适合尤小姐。"

尤妍觉得这人爱玩归爱玩，却也是真的很有风度。他知道她不喜欢他这种，知道她和焉晗的关系，就不招惹她、不祸害她，即使……他这一刻好像还喜欢她。

尤妍正想着，席骞就说了："就是尤小姐今天在我面前一走动，还是挺心动的，一时忘不了。”

尤妍默默垂眸，品茶。她认真地说：“抱歉，我不该来的，就该避嫌。”

她肠子都悔青了。

席骞：“瞧这话说的。”

“那你什么时候能忘？二十天，行吗？你在法国的时候我也尽量离你远远的。”

他乐不可支：“行。”

席骞也觉得自己不会一直留恋，忘记一个人而已，一个多月不行，两个月总够了吧？

喝完下午茶，尤妍就去看她的电影了，席骞继续工作。

后来她的肚子也不饿，就没有吃晚餐，直接睡觉了。

漫长的一觉醒来，飞机已经到达国际机场。

下了飞机，席骞开车把尤妍送回市区的公寓。到了公寓楼下，她靠着车窗跟他道谢：“谢谢你啊，麻烦了。”

“谢什么，应该的。”

“那，拜拜，你开车小心点。”

尤妍挥挥手，拖着小行李箱上楼梯，走了两步又回头，看见男人将车掉头，眨眼间便消失在市区的长街上。

尤妍不知道席骞住哪儿，不过也没必要知道，两个人之后应该不会有任何交集了。

尤妍休息了两日，就开始在公司与家里两点一线，忙起了工作。

法国下了半个月的雨，终于有一个周末放晴，一位名叫颜愉的老客户来工作室试一条高定的初样，试完邀请尤妍一起去逛街。

尤妍到法国之后还没出去过，便很爽快地答应了。

颜愉给自己买了一堆包包和珠宝后，终于进了一家男装店，给她老公看西装。

她问尤妍：“你觉得这个好看吗？”

按时尚角度来说，尤妍觉得不错，不过她揶揄道：“我是觉得衣服还可以，但你喜欢就好。”

颜愉表示：“我觉得你应该眼光很好，毕竟是个时尚人物。对了，你不买吗？”

尤妍恍然，手背在身后，在店内转了转：“我不用买，我单身。”

对方十分惊讶，原本在看手里的西服，忽然再次瞥向前面的女孩子：

“什么，你没男朋友？”

尤妍点头：“怎么了？”

颜愉再次确认：“你这么漂亮，没男朋友？”

尤妍失笑：“有男朋友哪能工作这么随意，在法国和国内来回转。”

“也是。但你是不是就是平时太忙了，所以没时间谈恋爱？”

她莞尔：“忙是很忙，不过我觉得一个人挺自在的。”

颜愉是三十几岁的成熟女性了，很关心这种问题，一下子就觉得心痒痒。

她道：“忘了跟你说件事，下周一我过生日，你到时候有空没？有几个朋友来家里聚餐，你到时候一起来？”

过生日这种事，尤妍不好拒绝，只好点头：“好啊，到时候顺便把你要的那条裙子送过去，不过礼服就要等开年了。”

“好。”颜愉说，“到时候我给你介绍一个人。”

尤妍一顿：“啊？”

颜愉朝她眨眼：“我觉得你单身这件事太过分了，想给你介绍男朋友。”

尤妍万万没想到颜愉居然打的是这个主意，难怪刚刚忽然说起过生日。她一下子有些不自在，摇了摇头：“我没想谈恋爱呢，工作很忙。”

颜愉叹气：“这么漂亮的女孩子怎么能单身呢？”

尤妍害羞地摇着头：“我觉得一个人很舒服。”

“那是你没遇上喜欢的。”

对方一边看着手中的西服，一边道：“你看焉晗都结婚多少年了，孩子都有了，不觉得谈恋爱不错吗？”

不啊，因为她觉得，未必能找到心动的那个人。

而且她和焉晗情况也不一样，焉晗当初是为了解决家里集团的危机，才和席氏商业联姻，二十五岁就结了婚。

要是没有这件事，焉晗也未必会成家。

所以尤妍还是坚定地拒绝：“一个人上班下班挺不错的。”

颜愉却怎么也不肯死心：“有男朋友的时候你的生活就不止上班下班，不止每天都埋在手工坊了哦，对方很优秀的。”

尤妍轻咳一声：“啊，那个……我觉得即使谈了也是耽误人家，我很忙。”

对方睨她：“女孩子谈什么耽误不耽误的。记得哦，下周一，来吃饭。”

尤妍心里猛地叹气，就应该埋头在工作室里搞她的事业嘛，逛什么街。

最后颜愉买了那套西服，又挑了几款领带。

进电梯后，颜愉说：“晚上要不要一起吃？你姐夫和朋友在楼下咖啡馆谈事。”

尤妍不想吃那么多顿饭：“不用了，姐，你们去吃吧，我工作室还有点工作。”

“你自己反正也要吃的嘛，工作那么忙，不能不吃饭呀。”

出了电梯，尤妍看到正对面的一间透明咖啡馆里坐着几个男人，两个背对着她，不认识。不过其中一个好像就是颜愉的老公，另一个正面对着她的可就熟了，席骞。

她的心一紧。

这厮和颜愉老公谈事吗？

来这里半个月了，她以为直到离开都不会再见呢。

看来只要一出门，一座城市也不大。

尤妍正想着，忽然听到身侧的女人说：“你姐夫在那儿呢，对面那位是席骞，北市人，是我娘家的亲戚。妍妍，你认识吗？”

尤妍心里“咯噔”一声：“姐，你刚刚说的……”

颜愉听出来她的意思，马上摇头：“哦，不是不是，是另一个人，是你姐夫生意上的朋友。席骞不适合你。”她笑了笑，“他不符合正常人的择偶标准。”

说得好委婉，果然全世界都知道席大公子是不能靠近的。

尤妍最后看了席骞一眼，趁机说：“姐，你们去吃饭吧，下周我再上你那儿蹭饭去，今天就不打扰你们了。”

颜愉停下：“这样啊，那好吧，你那儿也肯定很忙，回见。”

“回见。”

尤妍一个人回了电梯，按了关门键后，她拿手机看几点了，但是过了一会儿，电梯门还没关。

她掀起眼皮，外面站着个西装革履的男人，正笑着看她。

尤妍：“……”

她勾起红唇：“这么巧。”

席骞进了电梯，关上门后，看向边上抱着手臂的女人：“是挺巧，半个月没见了。”

“嗯。”她点点头，没接着说什么。

席骞又看了她两眼。

尤妍注意到了，不自在地问：“干吗？”

他收回目光，随口问：“来这儿做什么？”

尤妍沉默了一下，说：“约会。”

他再次看过去。

尤妍觉得他的目光有些烫，静谧的电梯里，让人感觉快要融化。

她抬头，微扬起下巴，挑眉道：“怎么了？”

席骞微笑：“有男朋友了？”

尤妍没说话。

他看了几秒，一乐：“骗我干吗？”

她不解：“谁骗你了？”

“我又没说我有女朋友，你说这个来刺激我做什么？”

她茫然：“谁刺激你了？是你自己想多了。怎么了，都半个月过去了，席总身边还没新人？还记得我的名字？这么说就刺激到你了？”

席骞定定地看着尤妍，淡淡地勾了勾嘴角。

谁知道怎么回事，半个月没见，也没有多想。但是这一见，就觉得她是一道光，这副带点傲气和他说话的样子，怎么看怎么眼馋。

一听尤妍有男朋友了，席骞更是心痒痒，像有人从他心上取走了东西。

他问：“真有男朋友？”

尤妍撇撇嘴，心想：你不看我就没有，你非要看，我就忍不住说有了。

席骞：“改天介绍一下。”

她扭过头去：“不用了吧，跟席总不熟。”

席骞蓦地朝尤妍迈近一步。

尤妍一顿，有点心跳加速。

席骞低语：“这还不熟？尤小姐有点无情啊。”

她深呼吸：“跟你一样多情就完了。”

他很认真：“之前在飞机上不是说了吗？我想看看谁命那么好。”

“和我在一起是命好？”她淡淡地瞥他，“不至于吧，真命好的话，席大公子应该不会这么老实。你不想当命好的那个？”

席骞盯着她，无奈地浅笑：“我又不招惹你，你老气我干吗？”

“……”

“也就你了，还老当面骂我。北市谁有这个胆子？被偏爱的，果然有恃无恐。”

尤妍拿高跟鞋踩了席骞一脚：“别说得那么暧昧，我连你今年几岁都不知道。”

他忍着痛，笑道：“你哥哥今年三十三岁。”

“老男人。”

席骞看着她，有点词穷：“你说什么？”

尤妍带着点仅剩的傲气，仰起下巴看他一眼：“不老吗？”

席骞失笑：“变本加厉了啊。”

她低喃：“你就是不愿承认。”

“嗯？”席骞沉默了片刻，点头，“嗯，我老，配不上你这张年轻脸，只能眼馋一下了。”

尤妍浑身发热，又踩他：“跟你说了，不追别撩。”

席骞仰头轻叹：“忍不住啊。”

他又垂眸看眼前这张精致的脸：“我也不想打扰你，但见到你的时候，真的很难控制。尤小姐，体谅一下。”

尤妍轻咳，不自在地背过身去绕到另一边站着。

席骞回头看她，然后去按电梯键，下到地下停车场：“走吧。”

尤妍默默上了自己的车，踩下油门消失在商城的地下停车场。

尤妍回到工作室，雨又下了起来，不大，夹着雾飘洒在窗口。她随意吃了两口晚饭，一直工作到深夜才回家。

到了家，尤妍洗漱好出来，走到卧室落地窗边，坐下来边喝牛奶边看雨，想白天的事。

尤妍没想过这天在商场会遇见席骞，一想到颜愉过生日席骞很有可能出现，整个人都有些麻木。

尤妍抬头继续看风景，雨雾把夜景衬得比平时更加迷人。看着看着，她突然产生了不少灵感，便起身又去了工作室，继续通宵工作。

这一夜，尤妍听着潇潇雨声忙到天快亮才收工，默默地回卧室躺倒。

醒来后，尤妍不出意外地感冒了。周日她的嗓子疼了一整天，直到周一声音依然低哑。

这天天气一如既往不太好，气温也才几摄氏度。

近午时分，尤妍才懒洋洋地换了一条白色针织裙，又在外面披上暗红色的大衣，戴着一顶同色贝雷帽，浑身上下裹得暖暖的。

而后尤妍拿着颜愉此前定的一条裙子，还有她准备好的生日礼物，上车，去赴生日会。

别墅区基本在市区外，不算太远，就是天气不好开车比较慢。

出了市区，郊外雾气更大，尤妍转弯时看到那边开来一辆有点眼熟的跑车。

但因为能见度很低，尤妍人又不舒服，低头咳嗽了一下，没有保持好车距，猝不及防擦了上去。

一阵金属碰撞声传来，尤妍敛眉，小脸一皱。

两辆车子都停下了，好在这边车子不多，这种天气，只有几个路人。

那辆车上有人下来，绕过车头。

那个她无比熟悉的身影，正撑着一把黑伞矜贵地走来。

还真是他。

男人只穿着一件毛衣，身上沾了些水雾，撑着伞慢条斯理地走来，莫名有种二十世纪贵族绅士的感觉。

席骞到尤妍车窗外一看，戏谑道："尤小姐这是做什么？我都快忘了你了，你还来提醒我别忘。"

尤妍忍不住推门下车，走过去看了看他那辆车。擦到了，要修，不过问题不大。

看起来她的更严重，车灯和前杠都坏了。

席骞不动声色地把伞移到她头上。

尤妍不在意自己的车，直接看他："我不是故意的，抱歉。"

尤妍有点认真和着急，但因为不舒服，说出来的话很轻。

他敛眉："你嗓子怎么了？"

尤妍拢了拢衣服："前两天熬夜工作，着凉了。"

他点点头："熬什么夜？那么辛苦做什么？"

她莞尔，浅浅地咳了咳，低语："当然不能跟家财万贯的席总比，我还得养自己和奶奶呢。"

他笑了笑，换了个话题："这怎么弄的？不舒服分神了？"

"嗯，对不起，我……"

他抬手示意打住，不想让她这嗓子再说多余的话："你要去哪儿？"

尤妍侧过身去看他的车子："要去修吗？我赔钱。"

他一乐："就是撞了我我都不能拿钱吧，何况一辆车。"

尤妍点头，喉咙实在不舒服，不想说话："那就对不起了，我走了。"

席骞也是心疼她，哑成这样，真想抱抱她。

席骞扫了一眼尤妍的车头："走什么？给你弄去修吧。你去哪儿？我送你。"

尤妍有点不好意思："去颜愉姐家。"

“那顺路。”

最后还是席骞给她拖走了车子，她坐到了他的副驾驶座上。

没多久就到了颜愉那儿，她迎出来时看到他们，有些惊讶：“妍妍，你怎么和席骞一起来的？你们认识？”

尤妍点头：“认识。”然后解释了路上发生的事。

颜愉恍然，拉着她走在后面，轻声道：“是熟人呀，我还以为你们之间有什么，那我还怎么给你介绍男朋友啊。”

“我……”尤妍想再次推辞，前面的男人蓦然回眸看来，似乎听到了。

颜愉没注意到，问她：“你是不舒服吗？这嗓子都哑了。”

说着进了屋，里面已经有好几人。

席骞直接走到几个男人所在的偏厅，有人远远地喊了他一声。尤妍瞥了一眼，出声喊席骞的男人穿着一件藏青色大衣，气质清隽温润。

客厅这边是一些女人在聊着天，这些人都和Sixteen打过交道，所以认识尤妍，她走过去时都友好地同她打招呼。

颜愉把尤妍拿来的裙子打开欣赏，然后大家的话题就围着这条刺绣羽毛裙转，一群人都很喜欢。

聊着聊着，尤妍觉得有点累，喉咙也疼。

她端着一个水晶茶杯起身，走到两个厅中间的一个露台去看雨。

她刚走到露台，就被大风卷来的一阵雨水吹了满身，暗红色大衣上顿时布满星星点点的水渍，手中的茶杯也被泼进不少雨丝。

随后很快有阵脚步声传来，尤妍回头，是那个藏青色大衣的男人。

此刻对方走来，朝她点头微笑，随后准备脱下身上的大衣给她。

尤妍马上摆手：“谢谢，不用。”

对方说了一句“没关系”，继续脱衣服，待尤妍再次摇头后，他便很有分寸地不再坚持。

然后他开了口：“怎么在这儿站着？风挺大的。你人好像也不舒服？”

尤妍晃了晃手中不能喝的茶，咳了一声：“对，有点感冒，想出来透透气。”

男人点点头，听到她要透气，就没劝她进去了。

不一会儿，尤妍感觉到一道很清淡的目光，还有一句：“尤小姐，是吗？”

颜愉想给她介绍的就是这个人吗？

她默默回头，下巴点了点：“我是。你……”

他浅笑：“颜愉姐刚刚忽然发微信跟我说，她有个朋友要介绍我认识一下，就在这儿喝茶，让我主动来照顾一下女孩子。”

尤妍又轻咳了一声，回头去看雨，微笑着点点头。

这人不止帅，还挺幽默，她挺喜欢这种聊天方式……不过谈恋爱这种事，不在她的近期计划内。

她正想着，就听到他说："我姓诸，诸凡。"

"哦，你好。"

他也看向外面的雨，手抄入大衣口袋，随口闲聊："尤小姐在国外住？"

"也不算，这边有公司，过来工作，偶尔也在国内生活。"

男人了然地颔首。

偏厅里，席骞抽着烟和颜愉老公谈事，时不时远远地瞥一眼那露台上的两个身影。

颜愉从客厅过来，走到她老公身边，坐下后悄声问："你看诸凡和妍妍是不是很配？"

席骞瞥了颜愉一眼，再次看向露台。

两个人相谈甚欢的样子，那张惹他心动得老是忘不掉的脸，这会儿正对着别人巧笑嫣然。

因为有女人到来，席骞将指间的烟放到烟灰缸中，只是碾碎的力道有些大。

原来，男朋友是真没有，但可能很快就有了。

露台上，尤妍吹着风，觉得没在屋里那么闷了，但身子越发不舒服，头越来越重。

她忽然有些扛不住，好像不太能继续用餐，索性就进去找颜愉说想先走。

"啊，你不舒服吗？那我叫司机送你去医院吧？"颜愉道。

"不用，不用，我回去休息一下就行了。"

说着，尤妍察觉到沙发上坐着的男人的目光，看过去。

席骞晃了一下手机，看了一眼颜愉："刚好我有点事，我也先走了，抱歉。"他说着看向尤妍："顺便送你回去吧，尤小姐。"

尤妍盯了他几秒，点点头："谢谢。"

颜愉送两个人出门上车。

车子开到路口等红灯，尤妍看了一眼开车的男人："席骞，你真的有事吗？"

男人："有，你。"

她别过脸："不正经。"

“嗯？”他失笑。

然后，席骞忽然靠过来，尤妍默默地靠入椅背，看着越靠越近的男人，呼吸开始有点紊乱。

席骞：“我这儿正舍不得你呢，看你哑着嗓子，还和那姓诸的聊得挺愉快。”

“……”

“我是一心不想打扰你的生活，但尤小姐再说话招惹我，我可会抢人啊。”

尤妍忍着喉咙疼，努力说道：“你说的是人话吗？谁招惹的谁啊？”

“你本来就是我的大事。”席骞漫不经心，但语气低沉又认真，“我能看着你不舒服，一个人打车回去？”

她低语：“对不起。”

他语气淡淡：“没事，下次喊那姓诸的送你，我就不自作多情了。”

尤妍默默地转过头去。

席骞低头，手往尤妍身侧伸去。

尤妍的呼吸都急促了，回头：“席骞，你干吗？”

席骞抬头，而后凑到尤妍耳边，言语间一股热气拂过她的脖颈：“系安全带，宝贝。”

“……”

“怎么了？我能在这里和你发生别的？”

席骞笑出声，低低的声音流淌过车厢的每一个角落，迷人极了：“我哪儿舍得碰你，这不是还要找个正经人嫁了吗？被我碰了算怎么回事。”

她的脸骤红。

“怎么样？觉得那诸凡挺好？看上了？”

尤妍痛苦地低语：“嗯，适合我。”

席骞扣上安全带，一双明亮的眸子直勾勾地盯着眼前白皙剔透，娇艳万分的脸。

尤妍觉得，就他这眼神，现在什么事都干得出来。这男人明显吃醋了，还吃得很重。

好在这人的绅士风度还在，估计也知道自己没立场吃醋，看着看着，便笑道：“适合就好。”

尤妍不自然地低下头。

他回身坐好，摸到自己的安全带，扣好了就重新启动车子。

尤妍说：“耽误你也没吃饭，要不我请你吃午餐？”

席骞瞥她一眼，慢条斯理道："不用，本来在那儿也吃不下。"

"为什么？你也不舒服？"

席骞："嗯，心里不舒服。"

看她跟别人聊来聊去的，吃不下。

尤妍默默闭嘴，闭上眼休息。

席骞也没再撩拨她，车子进入市区后就笔直地往她的公寓开去。

一路细雨蒙蒙，浪漫又迷人，看看路，再看看副驾驶座上比景色还迷人的女人，席骞觉得饿一顿也没什么，还挺享受的。

到公寓楼下时，尤妍已经睡着了。

席骞停下车后，看了尤妍一眼，也没叫醒她。

他安静地坐在驾驶座上，看了看手机，翻了翻邮件，处理了一点工作上的事。

中间特助发消息跟他报备了返航的事情，说已经安排了后天白天的飞机……

席骞又看了一眼身侧的女人。他的二十天到了，而她还早……

男人收回视线，给了特助回复。

雨停了，白色的哥特式建筑仍在滴水，别有情调。

席骞把空调开得很大，又从车后座拿了件外套给副驾驶座的人披上。

刚好尤妍掌心的手机提示音响了一下，他随意一瞥，看到了一个微信好友请求。

上面写着：我是诸凡。尤小姐，怎么样了？

席骞看了两秒，又掀起眼皮看眼前近在咫尺的脸颊，须臾，回去坐好。

认识了这么久，他还没有尤妍的微信。

席骞淡淡地看向外面的车流，无声轻叹。他一开始就没想追她，她也没想和他有牵扯，所以仅有的联系方式就是那个电话号码。

和她产生交集这件事，对他来说难于登天，对别人却是如此轻易。

姓诸的，似乎也喜欢上她了……

席骞又回头看了一眼即使睡着也依旧漂亮得发光的人。喜欢也不奇怪，这么一抹光，谁不喜欢？当初婚宴上她背着手朝他浅笑着点头，那副从容又清甜的模样让他一眼就心动。

只是他知道和她不可能，所以没有去追。

但他没想过自己会一直忘不掉她，而且看别人惦记她，他心里有些难受了。

第三章 他表白

尤妍睡了一个小时后，翻了个身醒过来。

然后只见满眼的阳光与陌生的环境，她还以为在做梦呢，这是哪儿？

结果一定神，就看到驾驶座上那熟悉的身姿。席骞闲散地靠着车窗，手搭在车门上。

尤妍看去的那一刻，他也侧头看来，然后勾起薄唇，出声："醒了？"

尤妍默默地看了看外面，是她家楼下。

尤妍这才想起两个人从颜愉家出来，自己在路上睡着了。

尤妍有些不可思议，揉揉眉心坐直身子，想要解开安全带。她视线下移，看到自己身上盖着一件外套，安全带也早就被解开了。

尤妍十分感动，把衣服还给他："怎么不叫醒我呀？老给你添麻烦。"

他漫不经心地接过衣服，随手搁在座椅中间，随意道："叫醒做什么？我愿意陪着。"

尤妍别过头，拢了拢自己的衣服，打开车门，临了，回头："你还没吃饭？我请你吃饭吧，好不好？"

席骞心一痒。

不过，他舍不得："不用了，这么熟了客气什么？回去休息吧。"

"没事啊。"尤妍的声音很轻，"我过意不去，今天还把你的车给撞了。"

"你不说我都忘了。"

"那走吧。"

"不用了，你赶紧上去休息，惹我心疼呢。自己吃点东西，然后吃了药再睡。嗯？"

尤妍点头，道了声谢，然后下车："那你开车小心。"

席骞缓缓颔首，收回目光，转动方向盘掉头，很快驶离了湿漉漉的长街。

尤妍捂了捂自己有些发热的脸，随后抱着手臂上楼。

她也没吃饭，喉咙疼，倒了水吃了药就来到卧室，在暖和的被窝里沉睡。

这一睡，就直接睡到深夜。

她翻了个身，看着灰暗的卧室，迷迷糊糊地摸出手机看时间，然后就发现了那条添加好友的通知。

尤妍点了通过，打字过去："不好意思，我回到家倒头就睡了。"

那头的人稍后回了句"没事"，问她身体好点了没有。

聊了两句，她又收到颜愉的微信消息。

也是问她的身体，她回过去后颜愉就打来电话和她闲聊。

听见尤妍的声音，颜愉说："还有点哑，吃药了吗？"

"吃了，没事，就是刚醒。"

说完，颜愉就顺着问诸凡的事情："你们聊了吗？人长得还可以吧？"

尤妍一笑："很帅。"

这是真话，外表清隽帅气，性格也不错，温润幽默型。

颜愉一听，马上道："他叫诸凡你知道吧？在美国生活的，事业有成哦。"

尤妍还没开口，那边的人又不遗余力地介绍："他经常会来法国出差。"

"嗯。"

"好像比你大五岁，应该不算太大吧？"

尤妍蓦然想到席骞，他比她大六岁呢。这么一对比，诸先生应该算是"小鲜肉"了。

不过这个想法刚落，尤妍又觉得自己对席骞太狠了，其实也差不多。

她说："大是不大，就是我还没想谈呢，姐。"

颜愉马上道："别啊，这第一眼不挺好吗？你是不是不喜欢这种正经类型的？你不会喜欢席骞那种吧？看你们关系不错。"

"……"

被点名的席骞此刻正在家里。他刚洗漱好从浴室出来，目光不经意间落在墙上的钟上，看到快十点了。

他弯腰拿起沙发上的手机，想要打电话问那个忘不掉又得不到的人，看她有没有好点。

拨出去后，显示"对方正在通话中"。

席骞挂断电话，往起居室的酒柜走去，拿了瓶白酒出来，到卧室的茶几前坐下，倒了杯酒抿了一口后，便打开电脑工作。

聿翎这边的事情这两天都处理完了，席氏在海外有个项目临时找他。

席氏的特助说："那老总说可以和您面谈，他现在人不在法国，过两天回，所以，席总要不要延迟两天走？"

席骞懒洋洋道："电话里谈就行了。"

"那老总喜欢当面谈。"特助提醒。

席骞一边摸烟，一边回复："跟他说，我不喜欢。"

他咬住烟，甩开打火机，火焰燃起，被熄灭后，他又伸手拿起酒杯。

席骞喝完重新倒了一杯，放下酒瓶时特助就回消息了："席总，那老总的秘书说要和您聊聊，是个中国人，女的。"

席骞看完，手机就响了。

他点了免提，边敲着烟灰边听着。

一道轻软的女声从听筒那头传来："喂，席总？"

"嗯。"席骞边随意应着，边看电脑里特助发来的项目情况。

电话中的女声含着一丝明显的软甜："晚上好啊，席总这两天要回国吗？那我们现在见个面吃消夜吧，我和您先谈一下。"

席骞没有马上回复。

那头的女人问："您是住市区吗？席总，我过去跟您碰面。"

外面还有点雨声，席骞不是很想出去，这个项目对席氏来说不是很重要。

他随口回了句："明天吧，不早了。"

"没事呀，不晚，我请您吃消夜。"她的声音越发轻软，"我没那么早睡，席总应该也是。再说了，不拿下席总我怎么睡得着呀。"她笑了笑。

席骞敲了敲烟灰，听出来一点弦外之音，漫不经心道："见面也未必拿得下。"

对面一顿，随即开口："那总得见见啊，不是吗？"

席骞还没说话，她又出声："嗯？席总？不方便的话上你那儿谈也行，方便让女孩子去吗？"

席骞的嘴角微勾："谈公事上我这儿来做什么？"

"啊，这不是为了项目吗？您看上去又不想吃消夜。"

"那你以为我想吃什么？"席骞淡淡地勾了勾嘴角，敲了敲键盘，回复特助关于这个项目的事情。

手机里传来一阵银铃般的浅笑："您想吃什么就吃什么。嗯？我带去。"

席骞无声地哼笑。

而后脑子里蓦然想起刚刚没打通的电话，想起白天在他副驾驶座上安然睡着的那张脸。

席骞这会儿满心都是尤妍，想着她人不舒服，又想着她要和别人在一起了，哪有什么心思去见别的女人。

席骞敛眉，轻吁一口气，又想起那个好友请求，有点难受。

一见钟情的人，确实好像不太一样。明知道招惹不得，却还是控制不住去注意，似乎沦陷了一样。

席骞沉默片刻，对着电话道："我要睡了，明天约我特助去谈。挂了。"

"嗯？席总？你真不饿呀？"

"不饿。"

席骞点了挂断，再拿起手机选择通话记录里的第二个号码，拨了过去。

这次很快通了，耳边传来一道很轻的声音："喂……"

席骞瞬间心疼："还没好呢？"

"啊，嗯，"尤妍躺在床上，盯着天花板，对于他的电话有些意外，"好很多了。"

"不怎么好吧，刚刚怎么还打电话？少说点。"

"哦，是颜愉姐打来的，就聊了几句。"

席骞一顿，随即问："聊什么？诸凡？"

"要不我给你透露点，我跟他也挺熟的。"

尤妍道："她就打来问我怎么样了，跟你一样。别想多了。"

"是吗，你不喜欢那位？"

尤妍无奈："席骞，你大晚上不睡觉，干吗？"

"这么早，睡什么。"

"那找别的女人聊去吧，我又不是合适的聊天对象，说多了我又要骂你了。"

"上一个电话就是女的，我刚挂。"

尤妍不解："为什么要挂？这不正好，有新欢，可以忘了我了。"

"估计是忘不了了。"

席骞一边打着电话，一边喝酒，越喝越心痒，话说得就越来越直白。

尤妍头疼之际，似乎听到了杯子的磕碰声。她挑眉："你是不是在喝酒呀？"

"嗯。"

她无奈地低哑着声音说：“喝了不少吧？”

“尤小姐？”

“嗯？”

席骞的浅笑声传来，钻入她的耳朵，有点痒：“我要是认真点，你能让我追吗？”

尤妍愣住：“席骞，你喝多了，去休息吧。”

“这点酒，喝着玩的。”席骞的声音低沉又磁性，“真的。你别考虑那姓诸的了，考虑一下我怎么样？”

尤妍整个人一片茫然。

电话里的男声还在继续：“嗯？尤小姐。”

尤妍捂住额头，轻声开口：“席骞，你喝了多少酒能说出这样的话，回不了可是你自己说的。”

男人的声音低低的，带着情意：“那是因为我没想过会这么喜欢你。”

尤妍脸红地翻身从床上坐起来，走到窗边去看外面的夜景：“你不是喜欢我，你只是还没忘记。”

“我不会忘的，越看你我越喜欢。一想到你和别人在一起，我就不舒服。”

“嗯？我对你不好吗？”席骞问了句。

尤妍沉默片刻：“好，但我估计你对谁都好。”

“我觉得你这样的人，谁跟你在一起，你都会对人家挺好、挺绅士的，就是换得比较快而已，其他你真的没得挑。但是我不喜欢万花丛中过的男人。”

席骞静了静，问：“真的不行？”

“嗯，我们没有那个缘分，抱歉。”尤妍把脑袋抵在玻璃上，咳了咳，“你喝多了，早点睡吧。”

席骞听到尤妍的咳嗽声，轻叹道：“好，去休息吧。”

席骞挂断电话，盯着手指间寥寥飘散的烟雾，又端起酒杯灌下一大口酒。

难办，追不到。

但他真的想为她洗心革面了。

尤妍基本没受这个电话影响，纯粹当席骞喝多了。

她起来洗漱了一下，出去煮了碗面吃。因为睡了一天，她也不困，吃完就又进了工作室。

不过这晚她也不敢再通宵达旦，忙到半夜就收工回去睡觉了。

第二天，尤妍去了公司，一整天都在手工坊里和其他人忙着各种礼服的手工制作。

到傍晚，下了快二十来天的雨停了，一缕霞光从云层挤出来，铺盖在湿漉漉的街道上，漂亮得有些不真实。

尤妍这天没加班，她住的公寓离公司不是很远，索性趁着这晚霞走路回家。

途中，她又去超市买了点儿菜和水果，打算回去做晚餐。

看那晚霞实在很美，她便拿手机拍了张照，其间刚好收到一条信息。

是那个熟悉的连号发来的："车修好了，我特助给你开过去，是去你公司，还是住的地方？"

昨天席骞是喊他特助过去解决的，所以没有留她的号码。

尤妍见此马上打字："我在家里，谢谢啊。"

"好。"

尤妍继续往家的方向走，顺便把那个号码保存进通讯录。

尤妍到公寓楼下，发现车子已经到了。

但是，她看到了两辆车。她的那辆停放在楼下的停车位，而街对面还停着一辆熟悉的跑车。

车里的男人沐浴着巴黎的落日，正在抽烟。

尤妍看过去时，正好撞入一双含笑的眸中。

尤妍先扭头看了一眼给她开车来的特助，对方微笑着点头："车修好了，尤小姐。"

"好，谢谢你，麻烦你了。"

"不客气。"

话落，尤妍看向对面朝她看来的男人，慢悠悠地走过去。

席骞隔着一条马路，看着穿白色斗篷的女人披着闪闪的霞光走来，觉得越发心动了。

尤妍走到席骞的车门边，随口问："你怎么也来了？撞了你的车，你还弄两个人给我送来，我多不好意思啊。"

席骞："我来探病的，不送车。"

尤妍正要说话，忽然看到副驾驶座上有一束红玫瑰。

席骞也看到了尤妍的眼神，伸手去拿花，然后推开车门，下车。

尤妍闻到一缕香味，看着上面的露珠滚入花蕊里，觉得心跳有些加快。

尤妍瞄了他一眼："这是……"

"探病啊。"

尤妍默默点头："谢谢，不过，一个小感冒，拿什么花呀。"

"不小吧，我心疼着呢。"

尤妍不知道怎么拿，她一只手拎着超市的购物袋，一只手拿着从公司背出来的包，里面装了不少工作需要用到的东西。

她想了想，已经麻烦了他几次，索性就说："上去喝杯咖啡吧。"

席骞挑眉，对视一眼，欣然接受。

尤妍转身上去。

尤妍住的地方是租的，几百平方米，很宽敞，能目睹四方的景色。

尤妍放下包后，把从超市买来的东西放到厨房。

她默默泡了杯咖啡，放下后问："席骞，你吃晚餐了吗？"

"没。"

"那……那你要在这儿吃吗？"

他抬头，惊讶地看着她："尤小姐还会做饭？"

"那是自然，哪个在外留学的不会做饭。"

他浅笑，点点头。

尤妍："你介意在这儿对付一顿吗？刚好谢谢你帮忙。"

他慢条斯理地反问："这是介意吗？挺愿意的。"

尤妍颔首："那你先喝咖啡吧，我去做饭。"

席骞想想："要不出去吃吧？"

"怎么了？这么请你太寒酸了？"

他失笑："我寻思着，不太好麻烦你，还给我做饭。"

她的脸微红，迅速表示："我自己不用吃吗？谁给你做饭。"

话落，她转头去厨房了。

席骞喝着咖啡，心情甚好。

尤妍去超市买了几天的菜，所以还能加一个人的份。

不过说起来，留一个男人，而且是席骞这样的男人吃饭，尤妍多少还是有些不自在的。

所以做饭的间隙尤妍也没出去，在厨房刷微信打发时间。

尤妍在想要不要跟焉晗说颜愉给她介绍对象的事情，点进她的对话框，发了句："姐妹，睡了没？"

国内此刻是半夜。

尤妍还没收到回复，先听到了脚步声。

尤妍回头，就看到穿休闲毛衣的男人站在厨房门口。

尤妍挑眉："怎么了？"

席骞背靠着门，风轻云淡地低语："没有，看看你，我明天回国了。"

席骞要回国了。尤妍回神，不太自然地道："那看我干吗？回去忘了我不是正好。"

"忘不了了，"席骞语气温柔，"第一次有人给我做饭。"

尤妍不自在地调侃："不会吧，你一堆女朋友，没人给你下过厨，也太失败了。"

他叹气："毕竟那是以玩居多。"

尤妍噎了噎，又忍不住感慨："你既然喜欢我，不觉得不要太坦荡比较好吗？"

席骞更坦荡了，薄唇微动，声音磁性又撩人："也没什么好隐瞒的，隐瞒这些，就更没什么资格追你了。"

尤妍竟然又被席骞苏到了。

她伸手去掀锅盖，结果手被锅盖上的出气孔扫到，忙收回。

席骞马上走过去："烫到了？"

席骞看了看尤妍，在她的注视下伸手握住她的手腕，拿起来看她葱白般细嫩的手指。

尤妍觉得一身燥热："没事。"

隔着衣服，尤妍还是不自在，觉得男人的体温都渡过来了。

席骞很有分寸地放开她的手，转了话题："尤小姐。"

"啊？"

席骞盯着眼前粉红的小脸，轻声道："能不能降一点儿标准？"

尤妍挑眉："什么？"

"你那个……不喜欢万花丛中过的男人。"

她抿了抿唇，想措辞："怎么降？席大公子前任多得很，我没想冒险的心，完全没有。"

他沉默了一会儿："所以你喜欢那个姓诸的？"

"没有。"

他的眉峰微动："嗯？"

"我谁都不喜欢，我现在根本没空谈恋爱，只想工作。"

他莞尔："都忙得生病了，还工作。"

"那不然你……"

"嗯，我养你。"

尤妍就是说漏嘴了，但她已经及时打住了。

她深呼吸，觉得真是引狼入室，只能揶揄席骞："席总是不是经常对女人说啊？悠着点，聿翎产业再大，也不能这么挥霍啊。"

他道："没有，就养你了。"

尤妍真心觉得，席骞这样的男人说这种话，足够让一个女人瞬间沦陷。

可惜，她还是比较清醒的。

尤妍瞥了席骞一眼，笑了笑："谢谢席总，我觉得，我还养得起自己。"

席骞在内心轻叹，知道不可能三言两语撩到她。尤妍对他的习性很了解，但其实他对她也很清楚。

甜言蜜语与男人的撩人手段，尤妍不会为之心动。但越是这样，他就越喜欢，越想要试试。

他问："我认真点都不行吗？你就不相信我是真的喜欢你？"

"你怎么个认真法？这几个月不玩？"

"不是，说了我养你。"

"娶我？"

"嗯，我娶你。"

尤妍差点又被烫到，默默地缩回手背在身后，仰头看眼前比她高出不少的男人："席骞，你觉得你这话有可信度吗？你才喜欢我几天，就是觉得自己喜欢的东西被人惦记了，一时不爽想占为己有而已。"

他摇头："没有不爽，只是我因此发现，我好像真的特别喜欢你。怎么了，我这个人就那么信不过？"

"你人信得过，但你这心信不过。"

他无奈地点点头："这可怎么办呀？"

尤妍："没什么啊，你应该是没惦记过一个女人两个月，所以就觉得好像很喜欢。但你要不是前两天在商场偶遇我，恐怕早就忘了我了，所以你喜欢不了多久的。"

"你和别人不一样，尤妍。"

席骞还是第一次喊尤妍的名字，她有些不自在："哪里不一样？哦，你说你不喜欢黏人的，那我这种连你主动表白都拒绝的人，可能刚好合你的胃口。"

他失笑："我不否认，你一开始在婚宴上，就是那种很有底气，和我说话很从容，很脱俗的气场吸引到我的。"

她脸色微红，点了点头。

席骞："所以我喜欢你，很喜欢、很心动，这很合理，不是吗？"

席骞直勾勾地盯着尤妍，一时间不知道该怎么去解释。

尤妍："反正我很有自知之明，终结你这种事，想都不敢想。"

席骞："我来想不行吗？你给个机会让我追你，行吗？"

尤妍摇头："说了不要浪费时间了，我是不会喜欢你，不会对你这种人动心的。"

席骞跟没听到似的："你让我追，你不点头我怕打扰到你。"

尤妍瞥他："你追不到的。"

"还没有我追不到的。"

饭做好了，尤妍默默结束了话题："吃饭吧。"

第一次和这人在家里吃饭，尤妍很不自在，还是找了别的话题聊："你明早的飞机吗？"

"嗯，一起吗？"

尤妍喝了一口汤："我还有工作。"

"什么时候回去？"

做什么？回去后见她吗？

"十来天后。"

男人慢条斯理地点头，伸手夹菜。

尤妍瞟了他一眼，问："还行吗？不好吃就少吃点。"

他挑眉，乐了："叫客人多吃点的有，还有叫人少吃点的。"

她浅笑，默默扒饭："我觉得，你应该很少在家里吃……吃惯了美味西餐的人，应该觉得这种中餐很平常。"

"什么意思啊？"席骞的视线越过餐桌落到她的脸上，揶揄道，"老提醒我对你不是真心的？"

还真没有，只是随口一说，没想那么多。

"你喜欢就吃吧。"

"嗯，很喜欢。"

尤妍低语一句："撩话连篇。"

席骞乐了，不过没有反驳，这句话确实是他故意说的。

吃完饭，星子已经在天际连成一片。

席骞适时地走了，也没有失了分寸久待。

尤妍送席骞下楼，看他开着车飞驰不见，自己才漫不经心地上楼。

回到家里，看到席骞放在沙发上的那束红玫瑰，尤妍一顿，过去拿了起来。

这个男人，确实会撩。

半夜焉晗回消息，问她怎么了。

尤妍蓦然不想说了，因为她实在没想谈恋爱，觉得告诉焉晗也没什么用，所以她就说起了工作，没有提那件事情。

第二天，阳光不错，中午尤妍和颜愉约了一起吃饭。

尤妍前晚在电话里约的，觉得那天先离开有些不妥，想请她吃顿饭。

颜愉的饭局，肯定免不了带上诸凡。不过尤妍透露了她是真的忙。

颜愉这就知道尤妍的意思了。

尤妍觉得，应该是还没有到动心的阶段。像席骞对她一见钟情，他就会穷追不舍。而她对诸凡没有感觉，所以即使印象不错，也不留恋。

之后尤妍在法国待到十二月中旬，就如期回去了。

尤妍休息了一天后去上班，就开始各种忙。

其他事情都很顺利，就是有一条裙子，焉晗说找不到合适的模特。

裙子是串珠与精致刺绣交织出来的，有点闪，像在斑驳日光下穿行，很有韵味与气场。

模特试来试去，焉晗总是找不到那种与之搭配的气质。她对大秀都是力求完美，每件衣服搭配的模特妆容、发型都不能有一丝瑕疵，气质上不符已经算是很大的问题了。

尤妍那天也一直在想办法，这条裙子百分之八十是经她手出来的，她很了解，有些难办。

那晚尤妍在公司工作到半夜，焉晗十点多就回家陪孩子了，她接手了很多工作。

到了收工时间，尤妍一看手机，凌晨两点。

尤妍伸了个懒腰，踏着夜色回家了。

凌晨两点的北市一点儿都不寂静，各种豪车时不时呼啸而过。

尤妍莫名想起席骞，他已经十来天没找过自己。可能他回国后又有新欢了吧。

尤妍没多想，回到家径直到浴室放水泡澡。

人进入温热的水中，尤妍舒服地长呼一口气。

尤妍一边泡澡，一边刷微信，想看看好友列表里有什么合适的模特来穿那条裙子。

那个日夜不停的时尚群里消息很多，她想着，要不要进去发个招模特启事。

尤妍点进去，刚好看到一个熟悉的名字，席骞。

她微顿，这些人为什么总有他的消息？

她随意刷了刷聊天记录，想看看是不是席大公子的花边新闻。

结果在记录里刷到了几张照片。

照片是一个混时尚圈的平面模特发的，说：“碰上席家这位，嚯，真是运气好好啊。”

照片像是偷拍的。

照片中的席骞坐在一个娱乐会所的卡座中，一只手夹着烟搭在沙发背上，另一只手拿着杯酒在喝。

梦幻的会所内，似乎都能感受到他身处灯红酒绿中的自在。

尤妍觉得她真的不可能和这样的人有交集，圈层压根儿不同。她忙到半夜，他却在那儿歌舞笙箫。

而且，他身边还坐着个女人。

尤妍放大照片，可惜这照片像素太低。

她看了看聊天记录。

有人八卦地问：“他身边那个是谁啊？女朋友？”

那个发照片的女孩子回复：“是个名媛，不过好像不是女朋友。我听今晚在场的姐妹说，那个女的想勾搭他，但他说他有女朋友了。”

他有女朋友了？

挺好的。只是他嘴里的深情果然不能信。

尤妍还没高兴十分钟，手机就振动了一下，进来一条短消息。

席骞：“尤小姐，回国了吧，明天吃个饭？”

尤妍默默登录微信，把刚刚看到的照片和聊天记录发给他。

最后加了句：“做个人。”

席骞回复：“你还没睡？”

末了他又发来了第二句：“身边那个我不熟，真的。女朋友说的是你。”

尤妍差点溺死在浴缸里。

尤妍打电话过去，席骞秒接，声音懒散又磁性，含着一丝愉悦：“尤小姐。”

“为什么是我？谁是你女朋友？”

“总得说有吧，不然人就靠我怀里来了。被你知道我不就完了，还有什么机会。”

尤妍呼了口气，说：“就算是这样，你也没机会。”

“嗯？别这么无情好不好？这十天我绝对没碰别的女人，而且在追到你之前，我都是有女朋友的状态，这样就不会有人来靠近我了。”

尤妍深呼吸一口气：“席骞，你不是我会考虑的人。”

“这还不够吗？那我放话，我在追你。”

尤妍蒙了：“你敢说出去，我就把你大卸八块。”

他失笑：“我在天榭舍附近的俱乐部，现在去你家楼下，你下来一下？”

尤妍噎了噎：“我在泡澡。”

那头顿了顿，一道低沉的笑声传来。

尤妍满脸羞红，直接挂断了电话。

过了一会儿，尤妍洗完澡，手机又收到了信息。

席骞：“我到你家楼下了。”

她有些不可思议，这时是凌晨三点。

尤妍无奈地走出浴室，拿了件大衣披在浴袍外，然后穿上一双雪地靴，默默地跑下了楼。

尤妍看到一辆黑色跑车停在路灯下，车门边靠着个男人在抽烟。远处有个人正背对着他走远，不知道是不是他的司机。

尤妍盯着席骞，席骞也看到了她，而后薄唇勾起，笑得极灿烂。

尤妍站定，想起电话里那段公开有女朋友的对话，还是有些不自在。

她抱着肩深呼吸：“有话赶紧说，冷死了。”

他敲了敲烟灰，微笑道：“过来我抱抱，就不冷了。”

尤妍好恨自己穿着雪地靴，不然他就完了。

两个人对视片刻，眼看席骞要过来，尤妍默默走到他面前。

十二月的凌晨，空气里都是寒意，好像下一秒就会有雪花飘落。尤妍刚洗好澡，一点都不想多待。

席骞伸手把尤妍拉到他车子前，两个人换了个位置。

尤妍刚想出声，风从他身后的广场卷过。

尤妍无声地瞄他一眼，然后问：“找我干吗？”

“约你明天一起吃饭啊。”席骞自然而然地道。

尤妍摇头：“抱歉，忙成狗。”

“这样啊，周末还不休息？”

“我两点才下班，秀前都很忙。”

他颔首，长叹了一口气：“什么时候能养你啊？尤小姐。”

尤妍扫他一眼：“你是养女人上瘾了吗？”

他垂眸一笑。

尤妍的脸有些烫，撇开了头：“我没工作吗？需要你养。虽然钱没你席大公子多，却也不至于喝西北风吧？”

他点头：“我就喜欢你这什么都看不上我的样子，太吸引我了。”

“……”

一阵比较大的风吹过，尤妍抱着手臂缩了缩身子。

席骞适时凑近一些，手从口袋里拿出来抵在车门上，挡风。

尤妍瞥了他一眼：“别挡了，我走就可以了。”

席骞低语：“我不想让你走。”

“你喝多了，我难不成要在这里陪席大公子看星星吗？”

他失笑。

尤妍看席骞喝了不少的样子，平时那双眼里就总有明亮的笑意，带些痞气。

这会儿看着她更是，一副很享受跟她说话的样子。

尤妍低喃：“我要走了，你回去吧，路上小心。”她动了一下。

席骞抵在车上的那条手臂将她揽住，偷偷把一个盒子放入她大衣口袋里。

尤妍被席骞一揽，脸红了：“你干吗？”

他摇头：“没有，就想最后说一句，真想你。”

尤妍一把推开席骞，然后风一样地跑了。

席骞没有回头，空气中有一抹不知是她的洗发水还是沐浴露的香味飘过，觉得极其好闻。

他笑了笑，然后才上车。

远处的司机看到，默默地走回来。

尤妍到了楼上往下看，看到那跑车如蚂蚁一般，闪着灯疾驰而去，极其肆意。

真的不是一路人。

她脱下大衣，钻入被窝里，舒服地长吁一口气。

这一觉尤妍睡到十点，起来吃了碗奶奶煮的面，就准备出门去上班。

穿好大衣后，她将手放入口袋里，结果摸到了什么东西。

尤妍茫然地拿出来，是一个黑色盒子。

尤妍非常困惑，一眨不眨地盯着那个珠宝盒子。

尤妍小心地打开，是一条坠着一颗粉色钻石的项链。

这项链哪里来的？

尤妍拧眉想了好一会儿，才想起昨晚她见了席骞，他好像……有拦住她，手好像就放在她大衣口袋的位置，就是他放的吧？

尤妍去了 Sixteen，毕竟此刻没时间找他。

到达后听说焉晗在和几个模特见面。尤妍自己先去了试衣间，对着模特架上的裙子转了转，想继续研究一下。

彼时正是近午，Sixteen 的高楼阳光明媚，一束细碎的光透过玻璃打在尤妍身上，让她整个人都沐浴在一层金色里。

焉晗过来找尤妍的时候，看到的就是这样一幕。

尤妍的影子被拉得长长的，米白色的丝质长裙把她的身材勾勒得近乎完美，浑身上下都透着迷人的气息。

焉晗蓦地摸了摸下巴，说："妍妍，要不你试一下裙子？"

"嗯？"尤妍回头，"什么？"

焉晗扬扬下巴，指着模特架上的秀服："你自己试试，合适的话你去走，忽然觉得跟你好搭。"

尤妍回头继续看那条裙子："开什么玩笑，我又不是模特。"

"你这身高和气质符合啊，真的，你试试。"焉晗拿出手机，对准她拍了张照片，然后给她看，"我觉得你这会儿站在光里，特别符合这件衣服的主题。"

尤妍瞄了一眼，确实觉得挺好看的，但是走秀这种事情……

尤妍身高一米七，身材比例较好，腰肢纤细，两条腿笔直，皮肤白皙细腻。

尤妍被焉晗催得没辙，找了助手来给她把裙子换了，又拿来一双细高跟鞋搭配。然后她在镜子前转了转，看着里面那一幕，不知该怎么形容，穿上秀服还真有点模特的味道了。

焉晗则激动不已，和她一直想要的感觉一模一样："完美，我姐妹真是要气场有气场，要甜度有甜度，不笑的时候还有点模特的清冷。"

尤妍轻叹："可我又不是模特，气质再符合也不行啊。"

焉晗不以为意："那你就充当一回模特。"

尤妍："我不敢。"

"不敢什么？你尤妍是没见过世面吗？法国那时尚殿堂都混得风生水起，走个早春系列的秀而已，有什么不敢的。"

尤妍想着，确实找不到合适的模特，而自己又刚好符合主题，最后也就没再拒绝。

这件事情定下来，秀前的工作就顺利了许多。

模特们这天在拍定妆照，拍完也就没事了。

因为尤妍决定要上场，也去定了一下妆，忙完正好下午三四点，人有点困，她懒洋洋地往手工坊走去。

模特温歆路过，问尤妍："尤小姐，不舒服吗？没什么精神的样子。"

"哦，"她浅笑着摇头，"有点困。"

"要不要一起去玩呀？我去星兰湾高尔夫球场呢。"

"哦，我不去了，还有事情。"

"那好，拜拜。"

温歆开车到星兰湾，找到了在打球的几个男人。

边上有女孩子在陪着，见她来了，有人问："你今天去干吗了？"

"Sixteen 拍大秀定妆照呢。"

"拍好了？"

"好啦。本来都来不了，一直在试一件秀服，后来定了尤妍走，就收工了。"

"尤妍？那个高级手工坊的尤妍？"

听到这个名字，刚打完一杆的席骞回头瞥了来人一眼。

温歆注意到，就朝那个平日里极其难见到的男人甜甜地笑了一下。

那女孩子正要继续问，下一秒却被席骞的手机信息声打断。

尤妍到了手工坊后，拐入自己的办公室，拿出包里的那个盒子看了看。

趁着这会儿有空，她给席骞发信息："你昨晚放什么东西到我大衣里了吗？"

席骞回得很快："发现了？"

尤妍都能想象到席骞回复这条信息时那含笑的眉眼。

她立刻打了电话过去。

席骞接得同样很快："嗯？"

"席骞，你给我送礼物干什么？"

"这还用问。给喜欢的女人送东西，不是很正常？"

这么贵的东西，尤妍只觉得烫手："我不要，你知道我不会要的。"

"你会要我还用偷偷摸摸？"

她想了想，问："你在哪儿？"

"要来找我啊？"他心情很好，"在星兰湾高尔夫球场。"

尤妍想到刚刚那个模特说的，微顿。不愧是席大公子，周末打高尔夫，惬意。

她说："你等着。"

"OK。"

尤妍马上从包里翻出车钥匙，然后出门。

星兰湾在寸土寸金的市区，是席氏的产业，并不远。下午路上车不多，尤妍一路驰骋，很快就到了。

有工作人员来带她，尤妍问对方："有人跟席骞一起吗？"

"啊？"工作人员顿了顿，第一次听女人直呼他的名字。

他回过神，点头："哦，有的。"

尤妍停下脚步，不想过去："那你去叫他过来。"

工作人员一愣，看了一眼眼前这个精致的女人，随后小心地点头，去席骞那边附耳说了两句话。

在打球的男人笑了笑，就把球杆递给球童，自己默默往外走。

远远地，席骞就看到一个白色身影站在池子边，鬓发轻飘。

席骞走近，轻咳了一声。

尤妍回头。

他的薄唇勾起："尤小姐第一次主动找我啊。"

尤妍背着手，踩着草地转了转："你明明知道我是来找你干什么的，不怕我揍你？"

席骞乐了，扬了扬下巴，示意尤妍去长椅上坐。

尤妍坐下，随后手伸进大衣口袋里一摸。她愣住了，低头在两个袋子里翻了翻，都空荡荡的。

席骞瞥她："怎么了？"

尤妍极其尴尬："我……我忘记带了，对不起。"

席骞乐出声，明知故问："对不起什么？带什么啊？"

“你明明知道。”尤妍站起来，双眸瞪他，“你为什么昨晚放的时候不告诉我？”

男人勾着嘴角，懒洋洋地把手搭在椅背上，休闲又惬意：“那么冷，你再推几下，不得冻感冒了？”

他的目光灼灼，声音有磁性：“你生病了心疼的不还是我吗？”

尤妍想了想，叹气道：“下次你什么时候有空？我再约你。”

他失笑：“宝贝，别这样，给我个面子。”

尤妍被喊得脸粉红：“席骞，别这么喊。”

席骞看着她害羞的模样，更心动：“那喊什么？妍妍可以吗？”

尤妍默默看天。

席骞失笑。

尤妍缓了缓，再次看他：“尤妍，你最多只能喊尤妍。”

他点头：“行，尤妍，听你的。”

席骞这样直白地说“听你的”，尤妍觉得绅士又撩人。

她默默说起正事：“我最近没什么空，等我忙完大秀就去找你。”

席骞：“就一条项链，不能收了？”

尤妍叹气：“席骞……你估计是送女人东西送习惯了，我没有收追求者东西的习惯。”还价值不菲。

席骞直勾勾地盯着尤妍，温柔地商量：“你就对我特别一下。”

尤妍摇头：“我要走了，我还有工作呢。”

席骞缓了缓，恋恋不舍地点头：“那你忙吧，我不耽误你。”

尤妍瞄他一眼，颔首：“拜拜。”

席骞起身，并没有说话，直接送她到停车场。

尤妍想说不用送，但最后一个字也没说。

送走了人，席骞回到打球的地方。

朋友问：“干什么去了？”

他笑了笑，没说话。

温歆见他回来了，目光就从闺密那儿瞟到席骞身上去了。

刚刚闺密说不知道席骞的女朋友是谁，那应该是没怎么在意吧，不然他怎么周末不陪女朋友，来这儿打球？

席骞继续玩着，谁也没看。

温歆闺密的目光不在席骞身上，她很有自知之明，所以聊了几句就没再说话，而是另起了话题。

“温歆，那个尤妍不是她们品牌的人吗？怎么她要走秀？”

“哦。有件秀服一直找不到合适的人，刚好她的气质非常符合，就被设计师拉去试了。”

“这样啊。别说，我见过她一回，确实很漂亮。”

和席骞打球的其中一个男人听到这儿，看过来：“尤妍？什么人啊？”

温歆的闺密钟栩就是跟着他来的，他是北市邵家的公子邵京，旗下产业很多。有个娱乐公司，钟栩就是公司的小艺人，这会儿见他对别的女人感兴趣，有些吃味。

温歆知道钟栩不想说，就自己边看着不远处打球的席骞，边和邵京说：“一个很漂亮、很有气质的女人，Sixteen 品牌的创始人之一，过几天的大秀她会上场，你们到时候可以去看呀。”

钟栩微微瞥了她一眼。

邵京脸上的笑容意味深长：“那么漂亮啊，真的假的，回头去看看。”

邵京见席骞听到他的话回过头来，笑着问：“怎么？席总也感兴趣？”

席骞淡漠地瞥他一眼。

下一秒，温歆又收到他的目光。但她还没来得及开心，席骞就道：“你也走吧，我们要谈事了。”

温歆微愣，以为自己听错了，看看他：“啊？需要我离开吗？”

席骞继续打了一杆，而后摸了支烟点上，头也不抬道：“你又听不懂，在这儿吸二手烟啊？”

边上的朋友一乐，边打球边调侃：“席总今天到底是体贴呢，还是无情啊？还不喜欢女人在场了，这好像是个模特啊，不错的。”

温歆边听边站着，似乎还想看看。

只是转瞬席骞就看了过来，他没说话，但是一双眸子漆黑又幽深，有些凉薄。

她马上便走了。

邵京问席骞：“席总，这个没看上？我看挺好看的啊。”

席骞一边打球，一边低语：“说事吧，找我干吗？”

邵京不敢再耽搁，开口说起工作，毕竟这位他也不是很熟，还是托朋友喊来的。

他道：“席氏最近在法国那个项目，第二期……”

席骞闻言，瞟他一眼：“这个项目席氏不是大头，昀霆也有份。”

“我知道。”

“那你还来找我，不找焉昀鸣去？”他挑眉。

邵京笑了笑：“这不席总好说话吗？那焉总也约不出来，说是陪老婆养胎，不出来玩。”

席骞莞尔，没说话，继续打球。

不过席骞并不觉得自己哪里好说话。

尤妍回到公司，在包里找到了那个忘记带去的盒子。

她悲伤地重新放进去，而后便出去工作了。

这天同样工作到很晚。

尤妍洗漱好，什么都没做就直接躺倒在床上。刚合上眼，她忽然想起那条钻石项链。

她又爬起来，默默打开包拿出盒子，走到衣帽间里的珠宝柜前，放进去，怕被弄丢了。

弄好了一切，她才心满意足地回去休息。

只是这一夜，尤妍莫名做了个梦，梦中席骞送的不是一条价值不菲的钻石项链，而是一枚钻戒。然后，他还跪下跟她求婚了。关键是，她还答应了。

但是刚求婚没几天，他就天天在外面浪，很快还被她看到和别的女人在一起。

然后，他主动找她，略带抱歉地说不想祸害她了。

她气得骂他，不想定下来，为什么要招惹她。

最后尤妍在睡梦中气醒了。

她盯着灰蒙蒙的天花板看了好一会儿，缓过来是做梦后，才长长地松了一口气。

他可不就是梦里那样。

而且就算结婚了，也很快就会离婚吧。

尤妍把头埋进枕头里，再次松了一口气，只是做梦，她没有和席骞在一起，真不知道为什么会做这种梦。

她心情舒畅地继续睡觉。

Sixteen 的大秀在十二月二十六号。

因为要上场转一圈，所以秀前尤妍的事情比以前多了不少。

席骞知道她这几天忙，也没再找她约饭。

到了开秀那天，尤妍早早就去了秀场所在的席氏酒店。

大秀下午一点开始，人要提前几个小时到。

尤妍忙到大秀开场前。

后台秀导在各种招呼模特集合，尤妍只有一件秀服，安排了闭场走，所以没那么忙。

但尤妍是品牌的人，就还得穿梭于忙乱的后台，帮设计师解决各种突发小问题。

只是中间忙着忙着，助手给她捧来一束花，说不知道是谁送的。

尤妍看到艳红的玫瑰，脑海中出现了一个人。她接过花，找了找，果然看到里面有一张卡片，写着：大秀圆满成功。

字好像是他自己写的，遒劲有力，帅气十足。

尤妍给席骞发信息：“谢谢席总。”

收到信息，席骞笑了笑，打字回复：“不客气。对了，尤小姐是不是最后出来？”

“你来看秀了？”她十分惊讶。

“嗯，来给心上人捧场。”

尤妍不可思议，一边走向后台，一边发信息过去：“你又不是时尚人士，你看什么，看得懂吗？”

他莞尔：“瞧尤小姐这话说的，我只看你，其他的哪有兴趣？”

见尤妍没回复，席骞缓了缓，又发来一句：“什么时候能同意我追你？尤妍。”

“你这不是在追吗？”

“这算什么？我都不敢找你，怕打扰你。”

“……”

“今天应该很漂亮？感觉之后会有很多人惦记你，我可不太能忍。”

尤妍跑到后台的直播屏幕前站着，看那个人坐哪里。然而乌泱泱的人群，想找个人不容易。

尤妍看着看着，一个熟悉的身影出现在入口。她一愣，他才来？

全场基本已经落座，他最晚到，穿一身深棕色西服穿过秀台，非常帅气，所有人的目光一下子都看向他，特别是女的。

他刚落座，前台没一会儿就开始倒计时。

尤妍抱着花看着席骞，心想……这哪儿是她会被很多人惦记啊，看他这架势，是很多人惦记他。

Sixteen 的秀场是在席氏酒店的花园里，偌大的秀台从一片挂着雪花的林木中穿过。

雪是昨晚下的，今天太阳出来，薄阳透过云层如一片丝绸般铺天盖地洒在树梢上，又把影子全部投在光影交织的秀台上。

一片早春景象彰显无疑。

大秀开始倒计时结束后，第一个模特就踩着音乐走了出来。

那些女人终于没再盯着席骞看，而是看起了秀。

至于席骞，他有些漫不经心，因为他就是冲着尤妍来的。

因此，尤妍在后台也时不时地盯着他看。

席总坐在前排，所以直播镜头总能拍到他。他挺悠闲的，目光落在模特身上一秒，就瞥一眼摄像头。

尤妍觉得，两个人像隔空对视一样。

席骞好像不是无意的，因为他看的时候还勾了一下嘴角，好像知道她会在后台看直播似的。

尤妍的脸有些红。

这时，设计师焉晗难得闲了下来，走过来看到她手里的花，很惊讶："啊，妍妍，你这花哪儿来的？"

"哦。"尤妍面不改色道，"一个朋友送的，祝大秀圆满成功呢。"

她扬了扬卡片，因为上面只有一句话，没有落款，所以她也不怕被焉晗看到。

焉晗看了一眼卡片后，点点头，也瞟了一眼大屏幕。

看到席骞，她笑着说："席骞还真来了。"

尤妍状似不知道："嗯？席骞？他怎么来了？"

"前两天我去席家老宅吃饭，他也在。席家的人都知道我这两天开秀，就说有空来给我捧场。席骞也随意说了句，他好像有空。"

"哦。"尤妍点头。

"我以为他随口说的，谁知道他真的来了。"

焉晗："反正他跟席权一样，这些大男人哪儿看得懂时装啊，就真是来捧场的。"

尤妍不置可否。确实如此，她刚刚也问了，只不过他回了句情话。

焉晗感叹："就是席骞一来，整个秀场都躁动了，那些名媛看秀就看得不那么认真了。"

尤妍一脸平静："确实，他还挺吸引人眼球的。"

已经有好几位模特回到后台，焉晗又去忙了。尤妍放下花，继续在原地站着，认真注意前台的情况，偶尔也看看席骞。

温歆上去走了一场下来，迅速去换下一套服装。

换好后还有一点儿时间，有模特和她闲聊起来：“天哪，我刚刚竟然看到了席骞，席家的那个大公子。你注意到没有？就在第一排中间的位子。”

温歆巧笑嫣然：“看到啦，好明显。”

那模特问：“你前几天不是在高尔夫球场见过他吗？知道他为什么会来看秀吗？他以前好像没在秀场出现过。”

温歆不太想说自己不知道，就说：“他跟设计师好像是亲戚，席家来了很多人，他也是来捧场的吧。”

话落，焉晗又过来了。见到温歆，对她说：“准备了，在台上要专心点哦，别摔了。”

温歆马上认真地应了一声。不多时再次轮到她上场，她踩着高跟鞋，收敛起脸上的笑容，小心地转出前台。

焉晗盯着大屏幕，在看温歆的台步。尤妍却瞄了一眼席骞，席大公子在模特出来时瞥了一眼，随后就垂眸看手机了。

尤妍的嘴角勾起一抹弧度，该怎么说这个男人呢？打个高尔夫身边都是美女，又说心在她身上，这让人怎么相信啊。

她正想着，手机振动了一下。

尤妍看了一眼，是席骞发来的消息：“你什么时候出来？”

她回复：“不耐烦了？谁让你来的。”

“没不耐烦，就是想你了。”

尤妍说不过席骞，毕竟他的情话张嘴就来。

她抬头瞥了一眼直播，又低头回他：“我最后呢，再忍半个钟头吧。”

大秀一个小时，尤妍在这儿站着，已经过去了半个小时。

信息发过去后，尤妍就去化妆台前给自己弄妆发，剩下的时间也很快过去，她得早做准备。

尤妍本身就是那种不说话有点清冷的气质，但双眸灵动，红唇一勾，整个人就瞬间甜美起来。

她就是一眼惊艳，越看越好看的那种，所以很符合这件秀服的主题。

尤妍检查了一遍妆发，又看了一下身上的秀服，以防掉链子。

一眨眼，时间就差不多了。秀导喊尤妍准备，又打趣她：“别紧张啊，你可是老板。”

尤妍失笑：“我觉得焉晗的馊主意真的不靠谱，我现在有些后悔了。”

说着焉晗就来了，道：“怎么是馊主意呢，这么好看，我省了一个模特，多完美。”

“唉。”反正此刻已经骑虎难下，尤妍只能再次看看身上的东西，各种检查无虞。

这个工夫，前台一众模特已经全部走完。最后一位定点后回来，众人就发现出口处没有模特了。

大家很自然地以为大秀结束了。

结果在最后一位模特消失后，音乐再次有节奏地响起。随后便有人出来。

尤妍穿的秀服是一条轻奢裙子，薄如蝉翼，剔透的料子上绣着串珠与刺绣，裙子长到台面，迈步间隐约会露出她纤细的脚踝，以及纱裙后白嫩的小腿。

尤妍刚从转角出来迈上笔直的秀台，午后两点，斑驳又曼妙的树影打在她的身上，增添了风情与高级感。

尤妍每走一步，都好像有光影在随着她跃动，动人心魄。

看秀的人都很惊讶。

接着，有很多人认出了尤妍，大家更蒙了。但认识她的与不认识她的，看着她从眼前走过时，眼中都露出了惊艳的光芒。

秀场的男人同样不少，一群人都无声地盯着台上的人，十分好奇这个女人是谁，好漂亮。

好多名媛圈与时尚圈的人已经开始交头接耳，说：“这不是Sixteen的人吗？我记得叫尤妍？”

“对啊，好漂亮，是焉晗的闺密，在手工坊工作。”

“啊，为什么她出来走秀？之前是模特吗？惊艳啊。”

“不是吧，没听过，也不知道为什么出来走。”

“气质好绝，这什么宝藏啊，深藏不露，好多男人今天要沦陷了。”

尤妍其实没有正常模特那么高，但这是早春时装秀，不是高定周，所以没有那么讲究。

再加上高跟鞋，视觉上她已经很完美了。

尤妍的目光基本是直视，谁也没去看。不过跟着音乐的节奏走到秀场中央时，她感受到了席骞炙热的目光。

男人微扬脑袋盯着她，终于不再看手机。他心无旁骛地看着她穿过眼前，留下一抹发光的背影，与折射在秀台上的纤细影子。

第四章 我真的栽了

尤妍穿过秀台走到终点，在优雅的曲声中停下，又在无数目光中后退、转身，伸手撩起了身前的鬈发，扬到身后，然后抬起下巴，露出渔夫帽下一双水光闪闪的眸子，继续往回走。

撩发的动作是为了增加看点，不会显得那么枯燥乏味。

但尤妍不知道，在灿烂的阳光下走来已经足够好看，再这么一个撩发的动作，一下子把在场的人都彻底迷住了。

无数男人看着浑身发光的尤妍，时尚的装束搭配甜美又清冷的妆容，加上这一个动作，简直气场十足，又风情万种。

好多男人心里霎时水花四起，纷纷想打听她是谁。比起在场混迹时尚圈的女人们，大多数男人都不认识她。

最清楚她是谁的，应该只有席骞。

此刻，某个人心里也是水波荡漾，一双眸子都快钉在她身上了，像在看一抹光。可他心里有点后悔……应该是很后悔。

席骞想不明白为什么当初在婚宴上见到尤妍，没有马上追，居然想着不招惹她，不要去祸害她。

这样的人，他能放下就怪了。为她洗心革面又算什么。

因为是最后一个出场，所以整个秀台上只有尤妍一个人，她的高跟鞋敲击着秀台，在细碎温暖的日光中拂过所有人的耳边，让人身心舒服。

尤妍往回走时，阳光有些大，即使戴着帽子也看不太清前面众人的神色。但她能注意到无数目光紧盯着她，好多手机对着她拍。

经过席骞身边时，阳光终于不再那么刺目。尤妍没去看他，但是就像有心灵感应，她知道他此时一定在笑，她十分熟悉的那个明亮的笑。

尤妍蓦地心痒，想着这人真是不老实，要是害她分神摔倒可就完了。

好在尤妍的脚步还是随着动听的音乐声走到了尽头，她转身拐入后台。

那一瞬间，她整个人都放松下来了。

接下来，此前走过的模特悉数出去最后亮相，待设计师焉晗出去致辞道谢后，大秀就落幕了。

一散场，其他模特都马上去后台换下秀服。尤妍还没动身就被认识她的人拉住，然后好一通夸赞：“天哪，尤妍，好美，刚刚都没认出你。”

尤妍其实不太认识眼前的人，不过来的都是品牌的上帝，她就只管客气地道谢好了。

她应付了几句，就朝焉晗看去，用眼神询问完成度怎么样。

正在和别人合影的焉晗朝她看过来，眨了几下眼表示：“完美。”

尤妍心里松了一大口气，只要大设计师肯定了，一切就都值得。

秀结束了，秀场依然热闹，尤妍和焉晗在一块儿应酬了一会儿，和好多人合了影。

中间焉晗对她说，有北市的公子哥问她要微信。

尤妍有点茫然：“我的微信？谁啊，干吗的？”

焉晗说：“不止一个。还能干吗，这样惊艳的美人谁不爱。”

尤妍恍然大悟，环视一圈，发现还真有不少还没走的男人不时地朝她看来。

她有些不自然，默默地回后台去了。

尤妍本来想第一时间脱下那十厘米的高跟鞋，这鞋平时她很少穿，今天这一穿，真的很怕在台上摔倒了。

但尤妍还没走到换鞋的地方，脚就崴到了。

尤妍随后又庆幸已经下台了，要是在台上崴了，可就贻笑大方了。

尤妍忍着脚踝的痛，先把鞋子脱下来，再拎着去后台试衣间。

尤妍把秀服换下来后，坐下来摸了摸脚。还没松口气，她的手机振动起来。

席骞：“尤小姐方便见个面吗？”

忘了席大公子了，别人可以不应付，他必须得应付啊，刚刚还送花来祝圆满成功呢。

尤妍回复：“你在哪儿啊？”

“十六楼的商务套房。”

尤妍沉默了一下，这是要她去他的套房？不好吧，也太暧昧了。

但是尤妍也不好叫他到后台来，这边热闹得像菜市场，他来了岂不是会炸开锅。

尤妍无奈，只能叫助手给她拿来一双绵软的平底鞋。穿上后，又拿了条披肩披上，接着乘电梯直达十六楼。

尤妍走路还有点不自然，走了两步后干脆跳着走。跳到席骞所在的房间门口时，她人没站稳，往他门上撞去，声音有点大。

她轻咳，席骞该不会被吓到吧？

下一秒，门从里面打开了。

他看着她，满脸戏谑："怎么了？不想见我？"

尤妍干笑："没有，我没站稳。"

他打开门，她边进去边说："找我做什么呀？"

"想你，还能做什么。"

关上门后，席骞注意到她一瘸一拐的走路姿势，马上问："你这是怎么了？"

"脚崴了。"

男人的眉头微微一皱："崴了？在台上崴的？"

"没有，大功告成，下台后太激动了。"

他一笑。这么可爱吗？难怪说自己没站稳。

尤妍站在客厅中央，回头看席骞。

席骞边拿手机发了条信息，边走过去。在她面前站定后，目光灼灼地盯着她看了好几秒。

眼前的人裹着酒红色披肩，眼里闪着水润的光，每一眼都动人心魄。

尤妍被看得不自在，红唇微动，出声："干吗？"

"美得移不开眼。"

尤妍还没回神，就听到一句："下次不走秀了吧？"

"嗯？"尤妍细长的眉挑了挑，"什么？我走得不好吗？在台上也没崴啊，下来后才崴的。"

男人倾身凑近她，低语："不是，是惊艳到我受不了，想把尤小姐这一抹绝色风光带回家私藏起来。"

"你不知道你在台上从我面前走过的样子有多么撩人，我不想让别人看了，真的忍不了。"

尤妍脸红了，心里一紧，感觉自己完了，席骞好像陷得更深了。

对视几许，尤妍正要避开那道火热得能燃烧她的目光，就听到一句：

“之后有空了？我可以追你了吧？”

尤妍一顿。

席骞：“我真的忍不了现在这种状态了，见也见不到，送礼物又不收。尤小姐，这样要追到什么时候？”

她乐了：“这才几天。席骞，暴露本性了哦，那你不如趁早收手。”

“不是，”他淡然表示，“我不是没耐心，只是实在想你，肖想你。”

尤妍真的扛不住他说的话。

她提醒道：“之前是你自己说不确定能喜欢我多久，所以不祸害我的。席骞，所以你觉得你现在还有机会吗？我敢去考虑你吗？”

“那是我没确定自己的心意，我现在确定了，也明确告诉你了。”

“我不敢信啊，我们当朋友不行吗？”尤妍沉着地与他对视，“当朋友的话你真的是超级好。席总，我就不会骂你了。”

他缓缓一笑：“我缺朋友？”

“……”

“我和把我迷得团团转的女人当朋友？”他云淡风轻地问，“我是圣人吗？”

“尤小姐觉得我是这么纯情的好人？那你还怕什么？”席骞的表情认真，“不如直接跟我在一起？毕竟除了情史丰富点，其他方面，在北市我也是数一数二。”

尤妍忍不住训斥：“适可而止啊，席骞，有完没完？”

他笑出声：“你别招惹我就完了。”

“变成我招惹你了？”

“嗯，你现在每句话都在招我动心，怪不了我，尤妍。”

席骞又慢条斯理道：“当朋友是不可能的，之前确实不想祸害你，我是把你当朋友，潜意识里知道不能耽误你。但现在，不可能。”

“也就是说你现在不是人了？”

他颔首：“可以这么说，你说什么我都不介意。”

尤妍小小地抓狂：“可是你根本不是那种会好好谈恋爱的人，席骞。”她裹着披肩走到落地窗前，靠着玻璃，“你坐下来认真想想，就会发现，自己真的只是一时冲动。”

“我再怎么想都不可能放弃你。”

“……”

外面传来敲门声，席骞边往外走，边慢条斯理地说：“我说了，刚刚你这场秀把我惹得想不顾一切把你带回家藏起来，今天全北市不止我一个人心动，我放手了你就是别人的，我没那么宽宏大量。”

尤妍不自然地回头。

他继续说了一句：“你以为我天天有这种想法？除你之外，还从没人让我这么想过，尤妍。”

这人总是说得那么坦荡，让她无话可说。

门打开了，尤妍看不到，也不知道是谁来了。

席骞说了几句话便关上了门，下一秒他拎着一个医药箱进来。

尤妍一顿：“这是？”

席骞招手，指了指沙发：“给你擦擦药。”

“啊，不用。”光顾着说他，都忘了自己的脚还疼着呢。

席骞把药箱放在地上，仰头朝尤妍看来，没有说话。尤妍见此，莫名就觉得她非过去不可。

尤妍跳到席骞面前的单人沙发前，坐下：“谢谢，我自己来就好。”

席骞打开药箱，拿出一瓶药酒，目光落在她白嫩细腻的脚上，是有些不太好下手。

男人轻咳一下，把东西给她：“确实不敢碰，你自己来吧。”

尤妍的手一软，差点儿没接住那瓶药酒。

席骞拖了张椅子在尤妍面前坐下，仔细地看着她擦，一副耐心又温柔的模样。

尤妍见此，莫名心软，又想起走秀前想的事。

尤妍用药酒擦着脚，想了想，最后出声：“席骞。”

“嗯？”

“你想追就追吧，我不拒绝，不会觉得你打扰了我。”

席骞抬起眼皮，落在她脸上的目光闪烁了一下。

尤妍收到了，马上又说：“不过我还是再跟你说一声，我是不会和你在一起的。让你追，是想让你早点死心。”

席骞勾起嘴角，一脸从容，好像在说，这世上没有他追不到的人。完全没把她后面的话放在心上。

尤妍抿了抿唇，忍不住再次提醒：“真的，我不是想答应你才让你追，我是不想浪费你的时间。我不是故意吊着你，我是真的……”

“我知道。”席骞简直心软似水。他喜欢的人很特别，连拒绝都是不想让他浪费时间。

真的好到他觉得自己配不上她，不过他也舍不得放手。

席骞弯腰接过她手心的药瓶，低语："尤小姐，那你就等着做我女朋友吧。"

"……"

席骞的心情非常不错："不如叫妍妍吧，尤小姐太生疏了。"

尤妍觉得这个称呼像在宣示主权，忍不住踢了他一下："不许。"

"不叫'宝贝'已经很难受了。"

尤妍没回席骞，继续看脚，末了又瞄了一眼他的棕色西裤。

因为是下意识的行为，她不小心用了受伤的那只脚去踢他。他的西裤刚好和药酒一个颜色，看不出有没有因为她的动作蹭上药酒，但她真是把自己给踢疼了。

席骞也看出来了："踢疼了？"

她尴尬了："没有，不疼。"

他乐了："这还不疼，我都心疼了你还不疼。"

尤妍忍不住想，谁能抵挡得住这样的攻势啊，幸好她是清醒的。

席骞的目光落在尤妍的脚上："不介意的话，我来吧？"

"男人力道比较大，比较好擦药酒。"

"我不要，回头把我弄得更疼了。"

话落，尤妍觉得这话有些不对劲，想了想，不经意间注意到席骞也在看她，目光似笑非笑，她顿时后悔来这里了。

尤妍放下脚，一身火热："我走了。"

他轻咳了一声，伸手去扶她。

这时外面又传来敲门声，像是直接敲在尤妍的心头，止住了她的脚步。

她困惑地说："来拿药箱吗？"

他自然地道："不是。"又扶着她坐下，"先待会儿吧。"

话落，席骞隐隐听到外面好像有婴儿的声音。

他缓缓看向眼前人："是席权他们一家子。"

尤妍十分惊恐："啊？"

"嗯。"

那怎么办！尤妍快疯了："不能让他们知道我在你这儿。"

"没事吧，我又没做什么。"

"不行！他们不知道我跟你有什么关系。"

他轻轻挑眉："意思是现在我们关系匪浅？"

尤妍差点想再踢他：“闭嘴，我的名声还要不要了？”

他笑了笑：“那去卧室待会儿？”

除了卧室，其他地方都是透明的。

尤妍痛苦地打算跳到他的卧室去，但卧室太远，总统套房的客厅宛若一个巨大的游泳池。

她伸手：“席总，扶一下。”

席骞看着，缓缓将手伸到尤妍身后，再弯腰轻松地把她打横抱起来：“扶什么，我抱不是更方便。”

尤妍一阵眩晕，眨眼间就跌入一个泛着冷香的宽阔怀抱。她整颗心都要跳出来，下意识地喊：“席骞。”

“嘘，小声点。”

她的脸颊泛红：“你家酒店隔音效果这么差吗？”

他垂眸浅笑：“外面听不到，你喊到我心里了。”

尤妍满脸羞红：“放我下来。”

男人垂眸看着怀中那一脸粉嫩，还有些受惊的人：“放心，虽然尤小姐全身上下，从头发丝到脚趾，我都很想占为己有。”

“但是我不会舍得碰你的，一根头发都舍不得。”

尤妍话都说不清了，觉得被席骞惹得身子毫无力气：“你抱就抱，我信你不会做什么，但你再说这种话就完了。”

他点头，抱着她往卧室走：“不过，我更钟情于你把我给收了，另一种完法。”

尤妍蓦然说：“我前几天做了个梦来着。”

“梦见我了？”

“嗯，梦见席总那日送我的不是项链，是钻戒。”

“是吗？你喜欢钻戒？”他表示，“回头送你。”

尤妍幽幽道：“我梦见你都跟我求婚了，然后没过几天又去和别人亲热，回头还说不想祸害我，分开算了。”

尤妍瞟着那张帅气的面孔：“所以我们错就错在，我太有自知之明，知道收不了你，而你完全没有这种东西。”

“要是中和一下，我们就成了。”席骞浅笑，“放心，迟早你会成我的。”

尤妍说不过席骞，干脆不说了。

把尤妍放到卧室里后，席骞出去打开外面的房门。

早前在秀场，席权让他结束后等一下，说是要和他商量一下过两日席氏年会的事。

这会儿一家四口看完秀，就过来了。

尤妍在卧室里，隐约听到外面婴儿咿咿呀呀的声音，是她的干儿子和干女儿。她好想出去摸一摸他们，可惜这地方是席骞的虎狼之窝。

尤妍的脚有点疼，走到茶几前坐下，又拿出手机玩。

结果一打开微信，发现有好几个好友申请。

尤妍一头雾水。

她点进去看，备注有的简简单单地说一句："尤小姐，你好。"

有些是搭上身份，什么姓杨、姓邵，家里是什么企业的。

尤妍一通看下来，居然有六个好友申请。她正茫然的时候，忽然又来了一个，姓周。

她火速发消息给此刻正在外面的焉晗："姐妹，你真把我微信给别人了？"

过了两分钟，焉晗回复："没有啊，有人加你吗？我说我问了你以后再说呀。"

尤妍皱了皱秀眉："那是有人放出去了？"

"应该是了，有认识你的给了。"

就这聊天的工夫，又多了两个新的添加信息出来。

尤妍没有马上处理，先退出来看了看加的几个时尚群，一进去居然就看到一段小视频，正是她刚刚走秀的片段。

尤妍看了看，发现确实还挺好看的。阳光与串珠交缠在一起，在裙子上流动如水。

加上她这天走秀的状态也还不错，骨子里透出来的气场搭上甜美的妆容，看上去确实很动人心魄，极其吸引人。

难怪席骞说把他惹得想将她带回去私藏。

群里也有好多人在说好漂亮。

尤妍退出来刷朋友圈，朋友圈也有人在晒她的走秀图片和夸赞的。

焉晗这时发来消息："你不想加忽略掉就行了，没事。"

尤妍确实不会加，她连席骞的微信都没加呢，怎么可能去加别人？

这时，她姐妹又问她："对了，你在哪儿呢？我怎么回到后台就没看到你？你的助手也不知道。"

"哦……"尤妍的脸红到极致，"我暂时没事就到楼上休息了，刚刚下来时脚崴了一下。"

“崴了？严重吗？”

“不严重，没事。晚点庆功的时候再见吧。”

“好，那你休息吧。”

卧室外，偌大的客厅里，席骞抱着刚满一周岁的小侄女，和席氏总裁席权聊着工作。

聊完年会，他们又说起最近席氏海外的那个项目。

席权问：“我听说邵氏的人找过你了？”

席骞懒洋洋地点头，一边轻拍着怀中的小公主，一边想起那日在高尔夫球场的事情：“我还没确定让不让邵氏进来，回头再说吧。”

“为什么不让？邵氏这一块经验挺丰富的。”席权不解。

席骞垂眼，以掩饰里面的凉意。有资历的不止邵氏一家，而姓邵的在今日过后，必定会盯着他的尤小姐。

“我再权衡一下，你不用操心。”他随口道。

“行。”席权本就不太管海外的事，最近年会也忙得很，“那我走了，你忙吧。”

席骞点头，起身将怀里的小公主还给她爸，把一家四口送出了房间。

关上门，他往回走到主卧门口，伸手敲了敲。

里面很快打开门，一抹娇艳的身影出现在门后。

他扶她出来：“脚要不要去拍个片子？”

“不用，就是扭到了，擦了药明天应该就好了。”

他点头：“有需要找我。”

尤妍瞥他，淡然调侃：“是你追我还是我追你？我找你干吗？”

他莞尔：“那我明天再打电话问候。”

尤妍不接话。

尤妍正要走，席骞忽然拉住她的手腕。她回头：“嗯？”

席骞慢条斯理地开口：“说起电话，我好像还没有你的微信？”

尤妍呢喃：“不是有电话吗？有事发信息就好了。”

“加个微信吧，方便，偶尔还能视频。”

尤妍极其不自在：“你这人怎么那么闲，还视频？”

尤妍边说边拿出手机打开微信，找到二维码。

席骞扫出来的是一个头像为夜晚的巴黎铁塔，昵称叫“You”的账号，他点了添加。

尤妍的手机再次振动一下，她点入好友请求。席骞瞥了一眼，看到下面居然有一连串好友申请。

尤妍通过席骞的请求后，手机突然被抢走。他盯着那一串请求，缓缓眯起了双眸。

尤妍整个人快融化了，好像一阵灼热的风卷过四肢百骸。趁他走神，她忙不迭地夺回手机。

席骞看向尤妍，直勾勾地和她对视一会儿，挑眉问："怎么不同意？"

尤妍把手机背到身后："又没什么好聊的。"

"是吗？不打算发展一下？"

尤妍睨席骞一眼，又仰头看走廊的天花板，揶揄道："与其随便发展，为什么不和席总发展一下呢？这还知根知底一点。"

他笑了："是吗？这么说我的机会还挺大的。"

尤妍点头："你拥有我认真拒绝和绝对不敷衍的机会。"

席骞伸过手去。

尤妍往后退，嘴里嘀咕："干吗？"

他的手顿在空中，随后叹气："想摸摸你的脑袋，算了，唐突了。"

尤妍顿了顿，垂眸避开席骞温热的眼神。

席骞收回手放在口袋里："要扶你下去吗？"

"不用了，坐电梯没事。拜拜。"

尤妍迈开腿，几步就到了电梯口。进去前她回头，男人还站在门口看着她。

她挥挥手就钻入了电梯。

电梯门合上，尤妍低头看刚刚加上的那个微信。

因为他的名字就是"席骞"，所以也不用备注。

尤妍盯着账号看了几眼，再次把手背到身后。到了一楼，她转去秀场后台。

那儿已经收拾得差不多了。焉晗送走了她家的一大两小后，又回到了后台。

尤妍的脚已经好了一些，不太疼了。

在酒店忙得差不多了，她们又在楼上包间吃了一顿庆功宴。离开时已经十来点了。

开车回家的路上，天空飘起了小雪，很漂亮。

尤妍等红灯时手机又振动了几下，她拿起来看了一眼，依然是加好友的。

尤妍本来都不想加的，但如果一直放置，这些人无从知道她的态度，这种申请便只会源源不断。

尤妍就随手点了同意。

那边瞬间就发来消息："尤小姐，你好。"

"我是……"

尤妍看完对方的一通自我介绍，刚要回复，就听到后车按了喇叭催促她。

她抬头，发现不知什么时候已经跳了绿灯，于是马上丢开手机，松开刹车往前走。

尤妍开到天榭舍附近，看到马路对面的奶茶店，突然想喝杯奶茶，毕竟难得忙完了。

尤妍点完奶茶出来，到车旁靠着车身站好，拿出手机点开刚刚的对话框，打字："你好。"

她发完还要再打，忽然发现对方发来的内容好像有些不对："明天吃饭可以吗？"

尤妍心里一个"咯噔"，瞟了一眼上面的名字。

席骞。

席骞很快回复过来："这么客气？"

尤妍回复："不好意思，回错了。"

那头正在俱乐部喝酒的男人见此，眯了眯眼："你加了别人？"

席骞："不是不加？"

"我真不如那些公子哥？"

她直接按住语音回复："不是的，我是想要跟人说拒绝的，不然老加个没完，不是你想的那样。"

那头慢条斯理地回复："这样啊，那删了吧。"

她默默表示："你干涉那么多？"

那边的人笑了笑："有点吃醋。"

尤妍忍不住再次发了语音过去："我没和你在一起呢，还不能加别的男人？席骞，你要清楚一点，我只是不想用把你拉黑搞僵关系的方式来拒绝你。毕竟我们是朋友，但不是我在和你发展。"

他笑了笑，问："我知道，那加你的是谁啊？"

"姓许。"

"我认识，这人不靠谱。"

尤妍笑了："请问还有比你更不靠谱的人吗？"

那头没回复了。

尤妍笑得不行，店员给她拿了奶茶出来，见她靠着车笑得极其招人，不由得多看了两眼。

尤妍默默地收敛了表情，接过东西后道谢，钻入车内。

那头喝酒的男人盯着那条信息，本来想回复的，但是边上有人拉他喝酒。

碰了一杯后，他听到对面的男人握着手机感慨："这尤小姐有点高冷啊，一下午都不同意好友申请，这一同意了又不说话。"

边上有人打趣："哟，许总这是看上了？"

许轮捏着酒杯说："看上的哪里只我一个。"

"我就不加。"那人抽着烟说，"好看归好看，但一看就不是玩得了的。"

许轮开玩笑道："关键是能不能聊两句都是问题。"他盯着手机，感叹，"真不怎么回信息，玩也玩不了的，回的话我还真愿意认真一下。真是把我迷得不行，那秀台上的气质真是绝了。"

话落，许轮注意到对面的席骞抽着烟，视线似乎落在了他这儿，眼神没什么温度。

许轮挑眉："席总，这是干吗？怎么了，您也看上这尤小姐了？"

众人瞬间纷纷看向席骞，笑了。

席骞没有开口，人卧在沙发上，烟雾在他面前散去后，一双眼凉薄无比。

席骞在想要不要放话出来。人是他在追的，谁也别惦记，也别乱说话。

不过这么贸然说出去，也不知道她会不会生气。下午说不能被焉晗知道，看上去是不太想让外界知道他在追她的。

他咽下口中灼热火辣的液体，意味深长地勾了勾嘴角后，放下酒杯起身："我还有事，先走了。"

众人不解："这么早？这才刚坐下，事还没说呢。"

"改天。"

他走后，卡座里的一群人纷纷说："席大公子这是怎么了，没什么表情。"

"该不会真看上了这位，触到他的心头好了？他下午不是也去看秀了吗？"

许轮立刻道："算了吧，席骞是会碰这种女人的人？这种人是随便三两下能追到，又三两下能分手的？他才不会去招惹呢。"

"也是。"

一群人笑了，喝酒抽烟，点头表示不可能。

席骞出了会所，外面的雪还挺大的，一下子落了他满身。

会所门口豪车来来往往，他的司机穿过人群过来给他打伞。他朝门口的熟人无声地点头，接过烟拿在手中，又垂眸拿手机打字："回家了吗？"

尤妍刚好开车到车库，停下来后看到消息，回复：“嗯，在家。”

他想了想，没忍住，说：“出来一下？”

尤妍不懂：“你找我干吗？这会儿席总不是该开始娱乐节目了吗？”

“说说话。”

尤妍喝了两口奶茶才回复：“手机上说吧，我没理由和你见面。”

“妍妍，”席骞发了句语音，略带微醺的样子，“喝多了。”

尤妍沉默了一会儿，没回复。

席骞再次发来：“不行吗？来接我，我司机过来挺久的，送我回去就好。”

尤妍皱了皱眉，真是不想去啊，但是这个人三番五次地帮她，她也该还人情。

她叹息着问：“你在哪儿？”

席骞面不改色地发了个地址过去。

尤妍一看，果然，他不是在俱乐部，就是在去俱乐部的路上。

她回了一句：“那你等我一下。”

席骞收起手机，示意司机回去，自己站在门口抽烟等着。

俱乐部的老板过来和他寒暄了几句，席骞看到不远处开来一辆车，好像是他家妍妍的。

车子最后停在路边，大灯闪了几下，示意他过去。

席骞把烟碾碎在灭烟台，走过去。

尤妍按了车门解锁，一会儿车门就打开了。她低下头，免得不远处俱乐部门口来来往往的男女发现她。

门关上后，她火速踩下油门。

席骞：“开那么快做什么？”

“还用问，”她呢喃，“避免被误会席总有新欢了呗。”

他莞尔，没说话。

尤妍：“你住哪儿？”

“先别回去，走一走。”

尤妍这才发现被骗了：“席大公子，那你找我干吗？下午不是才见过，要不是想着你老是帮我我都不会出来。”

席骞拉上安全带扣上后，神情淡然地看向驾驶座的人。

车子中间还放着一杯没怎么喝的奶茶，他不知为何，越看越觉得可爱，招他心动。

尤妍见席骞没说话，也不知道他是不是喝多了。

车开到一条有些冷清的路上，尤妍停在路边的樱花树下，拿起奶茶暖手，又转头看过去问：“嗯？到底找我干吗？别看了。”

“我看还不行？”

尤妍别过脸：“看吧，看吧。”

他的眼底泛过一股柔情。

尤妍兀自目视前方，无言地喝着奶茶。

车内寂静，外面雪花簌簌飘落，车厢里亮着昏黄的车灯，照亮尤妍余光里的男人，令人难以忽视他的存在。更别说此刻他那双明亮的眸子还一眨不眨地盯着她。

尤妍倒是已经习惯席骞的喜欢了，也不是很介意。她自在地喝了一口奶茶，再咽下几颗珍珠，心情不错。

事情忙完了，感觉冰冷的空气都是甜的。

席骞看了一会儿，终于出声：“回那姓许的什么了？”

尤妍回神：“你不说我都忘了，人就给我发了句‘你好’，我后来回错了，发给你了。”

他颔首，点点下巴：“那正好，别聊了。”

尤妍瞥过去：“你追我就追我，不能断了我的桃花吧？”

他一顿，随后表示：“我还真必须断了。”

尤妍不理他：“删不删都不影响你。”

他缓了缓，轻叹：“妍妍，有点无情了。”

尤妍的脸有些热，却也懒得去纠正席骞的称呼，不然他回头直接来一句“宝贝”。

席骞瞥过去：“嗯？删了吧，他真没有我好。”

“不然我来说？只要我说在追你了，北市就没人敢招惹你了。”

尤妍马上回头：“不许说，席骞，你追可以，但不可以暴露你在追我。”

他眉峰微动：“为什么？”

尤妍轻咳一下，垂眸喝奶茶：“因为，要是全世界都知道你在追我，回头你没过几天和别人在一起了，我多少会有些难堪，跟被你甩了有什么区别。”

他了然地点头，接着很认真地表示：“我不会让你难堪的，绝对不会。”

“反正你不许说，整天流连俱乐部，谁敢在你身上下赌注。”

席骞：“那以后不去喝酒了，陪你。”

尤妍感觉车厢里的空气一下子燃烧起来："陪？陪什么？我又不是你女朋友，不需要。"

"那你陪我？"

尤妍正要反驳，他笑了笑，率先找补："开玩笑的。那怎么办？我能看着别人惦记你？"

"你为什么不能？"

席骞看着尤妍，眼神宠溺，最后又收回目光，有点无奈，却也没说什么。

尤妍蓦然心软，觉得自己好像说得有点过了。

席骞："不然你说吧，说你有男朋友了。"

尤妍噎了噎，回过神后马上摇头："我没有。"

"很快就有了。"他的眼底飘过一阵恣意。

尤妍噎得更彻底，垂眸轻呼一口气："不行。"

席骞看过去，温柔地哄她："你选一个，嗯？要么你说有男朋友，要么我说我在追你。"

尤妍吸了一口奶茶："我都不选，你回去喝酒吧。"

"选一个，乖。"

尤妍拧起眉头，喃喃道："你回头要是追不到放弃了，我也没恋爱可谈了。"

席骞侧眸盯着她，目光炙热又温情："想多了，妍妍，我在，你就没有别的恋爱，最后爱的那个只会是我。"

尤妍气笑："那我……我有男朋友，嗯，我说我有男朋友。"

"男朋友，席骞？"

尤妍睨他："你能不能做个人，席骞？"

"只想做你男朋友，其他的无所谓。"

说实在的，尤妍真的不怀疑这一刻席骞对她的心，就是很难相信会长久。

可能他对谁上心的时候都这样吧。

尤妍忽然好奇，偏头问他："席骞。"

"嗯？"

"你追过别人吗？"

他还有点警惕："问这个做什么？"

尤妍就笑了："你还怕？别人聊这个问题是送命题，你是吗？是的话你还有命？"

他失笑，无话可说。

尤妍："有没有啊？"

席骞摇头："没追过，你是第一个。"

"不信。"她坐好，喝奶茶，"怎么可能？"

"确实没有。"席骞漫不经心地甩着打火机，看着摇曳的烛火，随口道，"动心才会追，不动心追什么。"

席骞的语气也很云淡风轻，显得有些无情。

尤妍恍然，是她天真了。他这种人，多的是女人投怀送抱，哪里需要自己去追。

尤妍不说话了，拿出手机回刚刚那个姓许的消息："你好，那个……抱歉，我有男朋友了，就不聊了。"

"尤小姐有男朋友了？"

"嗯，对。"

"谁啊？透露一下？谁这么好命能和尤小姐在一起。"

尤妍忍不住递给席骞："你看。"

他乐了一下："就回一句席骞就行了。"

她捶他，然后又坐好继续回："你可能不认识，就这样吧。不好意思。"

那头感叹一句"认识有点晚了"，便没再发消息来。

毕竟都有男朋友了，惦记也没用。这些人最不会浪费时间了。

尤妍又把其他的好友信息都回绝了，收起手机，问席骞："你要去哪儿？我是把你送回俱乐部续场，还是回家？"

席骞揉揉眉心："坐一会儿吧，已经喝了不少了。"

尤妍有点不自然，却也没说什么。

外面的雪下个不停，不知不觉中，尤妍喝完了奶茶。

路边有个垃圾桶，尤妍下了车，把喝空的奶茶杯丢进去。

席骞坐在车里，手上依然甩着那个打火机，眼睛却直勾勾地看外面的人。

路灯与横七竖八的树枝往尤妍身上投了不少缭乱又带着错乱美感的影子，一阵风吹过，风雪扑了她一身，撩起她一头长鬈发。

风雪中那张白皙得发光的脸，美得车厢里的男人心里涌起阵阵波动。

一会儿后，尤妍回到车里，打开暖气。扭头发现席骞在看外面，她随口问："席总，看雪啊。"

"嗯。"

"席总还挺有情调，路灯下的雪挺美的。"

他点头："你站在灯下，胜雪万千。"

尤妍噎住，面色绯红地看席骞。

两个人对视，席骞坦然一笑。

尤妍被说得心有那么一瞬间漏跳了一拍，这个男人太会说话了。

坐了一会儿，席骞就喊了司机来接他，然后让她回去了。

尤妍看着下车的男人，心想，所以这个人真的只是喊她出来见个面而已？就是想要她对外说有男朋友了？

攻势那么猛，也怕别人劫走她啊？

尤妍升起车玻璃，启动车子，也走了。

她回到家，奶奶已经休息了。知道她最近忙，奶奶都没等她，怕她还要操心老人家不早点休息。

尤妍兀自进浴室泡澡，顺便玩了玩手机。

不一会儿，焉晗给她发来消息："姐妹，怎么回事啊？怎么听说你有男朋友了？"

消息真是传得太快了，一眨眼就都知道她有男朋友了？

尤妍回复："哦，没事，就是随口说的，不然老有人加我。"

焉晗收到后，发来了语音通话。

尤妍点了接通，里面传来一声小孩子奶声奶气的呢喃，应该是她抱着女儿在玩。

尤妍感兴趣地问："你在家带孩子啊？"

"在席家老宅呢，下雪了，我带这个小的在院子里玩呢。"

尤妍恍然："席家老宅啊。"

"嗯，就很漂亮的那个地方。"

尤妍莫名想起席骞。

焉晗不知道尤妍的情况，转头就接起了早前的话题，说："你说有男朋友是挺不错的，不过这么说会扼杀掉一些机会啊。"

尤妍漫不经心："我没兴趣，之前在国外，颜愉姐还想给我介绍男朋友。"

"嗯？真的啊？"

"嗯。但我没时间，我准备继续为Sixteen做奉献。"

焉晗笑开："这怎么行啊，没必要奉献了，本来就已经是Sixteen的大功臣了，今天这场秀可谓在时尚圈炸开了话题，打了一个好大的广告。"

"这不挺好的，搞事业才是正经。"

"你又不是没钱，不用那么辛苦，一心扑在工作上面。"

"你这个豪门大小姐都这么卖力，我还有什么理由不努力？"

焉晗失笑："我的事业都是我姐妹的功劳，平时连孩子都帮我带，我还能坐着喝茶？"

尤妍很愉快自在："没关系啊，我觉得我对我干儿子干女儿好，以后两个小宝贝也会孝敬干妈的。"

焉晗闻言，戏谑："你不打算结婚啊？指望这两个刚一岁的？"

尤妍想了想："也不是不结吧，就是我觉得要找个真心喜欢的，比等这两个小可爱长大还难。"

焉晗被说得笑得停不下来："不会的，哪天不小心就遇见了。唉，我当年遇见席权，不也是偶然。"

"你是偶然，但是你也不是遇见了就像现在这样美满。当初你们不和的时候，虐得我都不想谈恋爱了。"

焉晗表示："不是谁都像席权那个家伙一样没心啊。回头找个先对你动心的，那一切就 OK 了。"

尤妍听到这句，又想起了某人。

但是，这想得有点多了。

泡完澡，尤妍只觉浑身舒服，起身抽了浴巾把身上的水珠擦干净，准备走出去。

但是不知道是不是泡了澡，那只崴到的脚踩地时有点酸胀无力。她身子一软，刚拿起来的手机滑入了浴缸中。

尤妍一阵慌乱，马上把手伸入水中捞，摸了几下终于摸到，可拿出来已经关机了。

她擦了擦，再拿吹风机吹了吹，还是开不了机。

她便随手放在一旁，想等明天再看看。

大秀前太累了，上床后，尤妍这一觉就睡到了第二天中午。

奶奶心疼她平时太累，休假时从不喊她起床。

尤妍自己醒来，起身去刷牙，顺便再试了试手机能不能开机。意料之中，还是开不了。

尤妍放下手机，洗漱完出去吃饭。反正从今天开始休假，也没什么事。

以前忙完大秀尤妍还喜欢去旅游度假，不过此时大多数地方都挺冷的，就不想出门了。

尤妍吃完午饭，翻出来一部旧手机，登录微信，想看看有没有什么消息。

登录以后，席骞的消息弹了出来。

第一条是昨晚发的："睡了吗？怎么打不通电话？"

早上又发来一条："尤小姐，在忙什么？"

"尤妍？"

"故意不接我电话？"

"不要误会，我可以解释。"

午饭后，就刚刚，他又发来一条："尤妍？"

只两个字，看得出他有点心急了。

尤妍一片茫然，回过去："误会什么啊？我昨晚手机掉浴缸里了，还没出去买新的。"

那头的席骞："……"

尤妍给焉晗发消息："我手机坏了，工作上没什么事吧？"

焉晗很快回复："没，休假呢，没事。"

"OK。"

"今天要出来吗？喝个下午茶？和周柠。"

"可以啊，不过你不用带孩子吗？"

"周末，放在席家老宅了，那儿大人多。"

"好，那你等我换件衣服就出去，顺便买部手机。"

"OK。"

尤妍在她的丝质裙子外套了一件白色羽绒服，再套上一双休闲的雪地靴，轻松出门。

路上，她收到席骞的回复："今天有空吗？"

尤妍："有啊，不过我现在要去喝下午茶，晚点吧。"

"行。"

"你早前说的什么啊？误会什么？席太公子是被爆了什么料吗？这么紧张。"

尤妍还没收到回复，继续开车。

到达目的地时，焉晗正一个人端着茶杯，享受雪后的美好下午茶。

尤妍慢条斯理地过去，发现周柠还没来。

她落座后随口问："周大小姐呢？"

焉晗："说在公司，一会儿来。"

"那个娱乐公司？北周娱乐？"

焉晗点头："对。"

尤妍接过焉晗倒的一杯花茶，轻抿一口，放下后感叹："好忙，能理解你哥为什么最后会栽在周柠身上了，应该是和之前只会花他钱的女人不一样。"

焉晗认同："肯定是不一样才会吸引这些男人的注意。"

尤妍想起席骞，他好像也觉得她和别人不一样。

她喝了口茶，手托着下巴，边看外面的风景边随口说："所以这种男人，其实有一天也可能浪子回头的。"

焉晗朝她眨眨眼："有可能，但概率特别小。而且，周柠能拿下焉昀鸣，也是她道行比他还高。"

尤妍眼中飘过笑意："难怪周柠之前说，能拿下席骞这种男人的女人，要么就是比他道行高的，要么就是纯净到极致的。"

焉晗放下茶杯，吃了块蛋糕，温柔地点头："就是这样，不过道行高的拿不拿得下还没什么，不会那么伤。而纯净到极致的女孩子啊，一旦陷进去，可就伤心伤肺了。"

尤妍下巴点着，很赞同："确实如此。"

尤妍其实和这些顶级圈层的不是一路人。她除了有份很不错的工作，与一张长得不错的脸，其他实在很普通。

要是哪天和席骞在一起，赌输了，就真的是心碎一地。

周柠来了，裹着件大衣，扶着孕肚坐下："外面好冷啊。"

尤妍给她倒了杯茶，问："大周末，你不在家享受，还去公司干吗？"

"娱乐公司嘛，也没什么周末不周末的。"

焉晗问周柠："那个钟栩是你公司的？"

周柠摇头："不是不是，是邵氏娱乐的一个十八线小艺人。"

"有什么新闻吗？"尤妍挑眉。

焉晗好奇："你没看到吗？"

"什么？"

焉晗一笑："其实也没什么，就是昨晚网上传出来几张饭局的八卦图片，拍的席骞和温歆的照片，就这次我们秀的一个模特。"

尤妍脑海里飘过席骞早前那几条消息，里面好像有说他可以解释的话。

"有图吗？我看看。"

周柠把手机图片找给她，尤妍点开看，照片像是偷拍的，不是那么清晰。不过桌子就那么大，还是能看得很清楚，入镜的就是席骞和温歆。

席某人正在喝酒，后者正在给他夹菜。

尤妍的嘴角抽了抽。

她抬头："刚刚说的钟栩又是什么人？"

"就是邵氏娱乐的一个小艺人，她拍的照片。"周柠随意道，"其实这些男人被拍这种照片太正常了，时不时有女孩子拍几张。吃个饭而已，也没什么。不过不知道为什么，听说这次席骞找了邵氏，两家最近不是有个其他的合作吗？国外的一个项目，现在估计是要吹了。”

尤妍安静地听着，没插话。

周柠聊完八卦，朝尤妍眨眼：“尤妍，想什么呢？”

“哦，没有。”她笑了笑，在心里感慨某人真是混账。不过这话自然不能说出来，就随便找了个借口，“在想买部什么手机。”

“你的手机坏了？”

“嗯，”她轻叹，“昨晚掉浴缸了，所以消息才这么滞后。”

下午茶喝到四点，两个有家庭的人就都回去了。

尤妍在想是要买手机去呢，还是……席骞好像让她空了就找他。

她拿出那部旧手机，点入他的微信，发消息：“席总，要见面吗？”

他马上打了电话过来。

尤妍还在咖啡馆里坐着，接通后放到耳边：“喂？”

“你的手机坏了？”

“是啊，怎么了？席总这么着急要干吗？”

电话那头的男人浅浅一笑，不答反问：“一起吃晚餐好不好？”

“你不去和你那个谁谁谁吃？貌美的模特。”

“幸好我没让你说在追我，不然这才一夜，我就成笑话了。”

席骞马上道：“我可以解释，妍妍，真的，没什么。”

“你和谁一起吃饭我都不介意，我们俩没关系。我只是想跟你说，不要一边和别人玩一边追我。”尤妍喝着茶，看着外面天空徐徐飘落的雪，语气稀松平常，“虽然我好像也没什么损失，但是席骞，你在我眼里不是那种人。”

席骞敛眉：“我真没有，是那天去打高尔夫，几个女孩子都是朋友带去的，是有人坐在我旁边，但根本不熟，话都没说。”

尤妍觉得有些不自在，两个人真的没关系，这么解释又好像男女朋友一样。

她说：“你跟谁吃饭我都不关心，你不用跟我解释。”

“我不能不解释吧，毕竟我是认真在追你。”他浅笑，“你不信？”

“没不信，我就是挺好奇，你的手是废了吗？吃个饭还要别人夹菜。”

席骞静默了一下，理性地承认错误：“我以后去哪儿都不会让女人出现在我身边了。”

尤妍：“不用。”

“妍妍。”席骞很认真，“我保证，那场饭局没什么，我连人家叫什么都不知道。”

“我也保证以后身边不会有女人了，只有你。”

尤妍不知该怎么形容此刻这种感觉，有些脸红，嘟囔道：“我不是这个意思。”她惆怅，不知道怎么说了，“算了，你随便玩吧，挂了。”

“别……”席骞笑了笑，“别挂，晚上吃饭？”

“不了吧。”

席骞斟酌着喊：“妍妍？”

“我要去买手机。”

“真的不吃了。”

席骞轻叹，也不强求她，只是说：“我晚上在元霆会说事，你来找我好不好？我当面跟你说说。”

“不用，不去。”

“嗯，你想来就来吧，不来天亮我也就回去了。”

“这是苦肉计啊，席骞。”

他很从容，没有不承认：“那你可怜我一下好吗？”

“你这种人还需要可怜？美女环绕，可怜你什么？”

他浅笑：“嗯？那你来不来？”

“那你就等天亮吧，拜拜。”

尤妍挂断电话，优雅地起身，下楼后在底层的商城里逛了逛，买了部新手机。

那边，合作被原地打回来以后，邵氏少东家怒不可遏，直接就找了把照片发出去的女人。

女人说：“以前经常拍聚会照片呀，我怎么知道聿翎那位总裁会不让拍呀。”

“我就问你，你不拍你自己，你拍你那位朋友做什么？她勾搭上席骞，你还想替她庆祝啊？心肠这么好？”

姓邵的已经在发火了，钟栩为了自己的后路，当然不会说她就是故意拍温歆的。

因为她知道温歆一直很想接近席骞，所以那天知道席骞在，她才好心好意喊了温歆去玩。

结果，这姐妹倒好，明知她和邵氏少东家走在一起，还老在他面前肆无忌惮地提别的女人。

正好，昨晚在俱乐部，她看到席骞上了那个尤妍的车，索性把席骞之前和温歆坐在一起吃饭的照片发了出来。

她知道，席骞肯定会生气的，那她姐妹肯定没戏了。

钟栩不知道，她也彻底没戏了。毕竟这个项目对邵氏来说，很重要。

尤妍回到家时已经不早了，奶奶正在做晚餐。

她走进厨房，炖玉米排骨汤的锅刚好打开了，香气环绕整个厨房。她瞬间就觉得肚子很饿。

奶奶盛了一碗给她，说："先喝点，一会儿就吃饭了哦。"

尤妍接过汤碗，靠着冰箱，舒服地一口一口地喝汤。

奶奶一边继续忙着，一边问她："这趟休息几天啊？"

"就到月初吧，然后就去法国准备高定周了。再回来后我会在国内待上一段时间，陪陪您。"

奶奶笑道："我不需要陪，你忙你的。"

尤妍咽下一口香甜的汤，舔了舔唇瓣，看着奶奶的背影问："最近几年我老是这样跑来跑去，奶奶，您不觉得一个人太孤单了？"

"孤单什么，奶奶年轻着呢。"老人家语气温柔，又中气十足道，"这就要人陪，再过二十年可怎么办？"

尤妍失笑："那就好。"

"只要你好奶奶就心满意足了。最孤单的是我们妍妍，爷爷走后，从小到大就只有奶奶，现在还老一个人出国工作。你什么时候能找个男朋友啊？"

尤妍揶揄："我也不觉得孤单。"

奶奶瞥她，温柔地叹气。

晚饭后，尤妍在家里放了部电影和奶奶一起看。看完老人家去睡觉了，她就自己和国外的工作人员开会说点工作，结束后收拾一下也睡了。

这一夜北市气温骤降，把尤妍给冻醒了。

她迷迷糊糊地爬起来加被子，然后钻入暖热的被窝里看几点。但是手机一亮，她发现凌晨三点的时候，席骞发了消息给她："真的不来啊？"

尤妍马上回复："我不是跟你说了我不去吗？"

没想到这都半夜了，那头还秒回，回的还是一句语音。

空荡荡的房间里回荡着充满磁性的男声，一听就喝了不少酒："我以为你开玩笑的。"

尤妍拧眉，忍不住也按住语音，回复：“席骞，我不在意你那个什么，所以不会去的。你也说过，动心才会追，同样，动心才会在意，我真的不在乎你和多少女人有牵扯。”

那头回过来的语音先是笑了一阵，而后低叹：“我知道你不在意，我就是想见你。”

尤妍沉默了。

席骞：“怎么办，好像一下子又回到解放前了？”

尤妍默了一下，小声说：“你一直在解放前。”

她说完忍不住笑了，想了想，又轻声道：“席骞，我没不信你，我只是不在意结果而已。但我相信你不会骗我。”

“那你为什么不信我真的喜欢你？”

尤妍说：“这不一样呀，你看你，整天身边那么多女人，吃个饭还有人给你夹菜，我能相信你这真心会长久吗？”

席骞认真道：“我保证没有了，妍妍。说出来你可能不信，我那天光喝酒了，什么菜都没碰。”

尤妍把头埋在枕头里，含含糊糊地说：“哦。”

“什么？没听清，宝贝。”

尤妍蓦地抬起头：“又来，不许喊这个，喊妍妍。”

尤妍一恍神，也愣住，随后在席骞发过来的一阵笑声中红透了脸。

她羞恼地说：“尤妍，喊尤妍。”

“不可能了，妍妍。”

尤妍说：“你再喊一句‘妍妍’我就拉黑你。”

那边的席骞挑眉，又皱了皱：“我白天明明喊的‘妍妍’，现在又不行了？”

尤妍：“谁让你老喊乱七八糟的，以后什么都不许喊，喊‘尤小姐’。”

他乐了：“做人不能这样吧，这样我很难听你的啊。妍妍，我也想百分百听你的。”

“这样我就做不到最好了，那我还怎么抱得美人归？”

他总是情话连篇。尤妍觉得自己也是醉了才半夜被冻醒，然后跟他在这儿胡扯：“拜拜，你也不年轻了，早点睡吧。”

他噎了噎：“嗯，好，晚安。”

“天都快亮了，早安吧，拜拜。”

席骞感叹，她怎么这么可爱，这怎么能让他不心动。

他最后发了一句："我明天出差了，就不找你了。"

尤妍是早上醒来才看到的，也不知道该怎么回，就没回他了。

过后几天都很冷，尤妍没工作，几乎不出门。

直到三十一号晚上，焉晗约她去玩。

尤妍在衣帽间换衣服时，看到了那个她一直放在珠宝柜中的盒子。

她拿出来，发微信给席骞："你回北市没有啊？"

那边很快回复："嗯？"

"我把那个礼物还你。"

"我不在。"

尤妍觉得这话回得有些快，还简短利落。她试探地问："那不还呢？"

"在。"

尤妍气笑了，这个男人真是。

"你在哪儿玩啊？"

"没出去。"

"嗯？席总今天这么老实？这么美好的夜晚不出去玩。"

"有点不舒服。"

她挑了挑眉："哪里不舒服啊？着凉了？"

"你要来探病？"

尤妍看了看手心的盒子，在心里轻叹，要是不主动拿去，这辈子都休想还给他了。

她没办法，垂眸继续打字："行啊。你到底怎么了？真不舒服吗？"

"没事，出差的时候出了点小事故。"

"事故？"尤妍十分惊讶，"严重吗？"

"不严重，严重岂不是和你无缘了。"

尤妍："你在哪儿呢？还在之前住的那个兰江湾二号吗？"

"没有，在席家老宅。"

"啊？那我怎么去探病？"

"来坐坐不行吗？"他建议，"你朋友也在。"

她回复："滚。"

"不来了？"

"自生自灭吧。"

席骞乐得不行，真是无情啊。

第五章

一吻便偷一颗心

说是这么说，但尤妍觉得还是有点不好意思。毕竟上次她在法国不舒服，席骞不仅去探望，还送了花。

不能就这样当无事发生吧，而且是出事故，又不是小感冒，也不知道到底严不严重。

不过她先找了焉晗，说：“姐妹，你出门了吗？我可能晚点去。”

焉晗：“没关系，我还在席家老宅。”

尤妍想了想，打探道：“你们有节日就都去老宅吃饭吗？所有人都会去？”

“也不是过节，平时也经常来。今天主要是听说席骞出差出了点事故，人这会儿在老宅，就来探探病。”

原来是真的。

“席骞出事故了？”

焉晗：“嗯，一点小事故。”

尤妍的神色正经起来，默默地问：“不严重吧？”

“听说是追尾，伤到了肩膀，不严重，不过没办法开车了。”

尤妍想起前几天她还揶揄席骞是不是手废了。

这手没事，肩膀废了。

她马上说：“嗯，好，那我晚点再去玩。我陪陪奶奶，等她休息了我再出去。”

“OK，不急。”

说完，尤妍再次点入席骞的对话框，发了句：“我去探病，会不会被你们家的人发现？”

“不会。”

尤妍看着手中璀璨的钻石，觉得还是得去。

她再次打字：“那你们老宅在哪儿啊？我到附近你出来吧。”

“行。”

席骞发了个地址。

席家老宅在城北胡同区。

尤妍收到消息后，马上就换了衣服出门了。

跨年夜外面非常热闹，开车到城北，这边更是一片喧闹。

尤妍在他们家附近艰难地找了个车位停下，就发微信给他：“我到了，席总。”

席骞在大厅里坐着，收到消息后起身出去。

他出了小巷子，到外面热闹的长街上，远远看到一抹粉色身影站在人行道的路灯下，手背在身后，仰头看天空的雪花。

席骞慢条斯理地走过去，快到尤妍身边时，后者才发现他，然后马上不自然地开口：“晚上好啊。”

席骞意味不明：“不怎么好，想你想得……都受伤了。”

尤妍瞥了一眼席骞的肩膀，又转头：“那席总更好了，名正言顺地让女人给你夹菜。”

席骞点头：“你要给我夹，我就接受，不然就算了。”

尤妍深呼吸：“我看你是伤得不够重。”

他失笑：“总是这么无情。”

尤妍不闲聊了，看席骞伤得确实不严重的样子，直接从大衣口袋里拿出那个盒子。

席骞瞥了一眼，漫不经心道：“你不是来探病的？”

“是啊。”尤妍很无辜，“我说了我不会要这种价值不菲的东西的，我又不接受你的追求，拿你的礼物算怎么回事，你送花我哪次没接受？”

他闻言，缓缓点头：“意思是，我以后可以送花？”

尤妍噎住：“也不要。”

席骞直勾勾地盯着尤妍：“你这样什么都不要，我越看越喜欢你。”

尤妍把东西塞入席骞外套的口袋。他也把手伸进口袋，趁机握住她的手。

尤妍纤细的手掌被他宽大暖热的掌心握住。她瞬间脸红似火：“席骞。”

男人缓缓拿出她的手，然后把东西反手塞入她大衣的口袋里。

尤妍心跳如擂鼓。

席骞凑近，声音低低的："实在不想白收我东西，那你回送我点，妍妍。"

她抬眼看他，她没听错吧。

"你送，我肯定来者不拒。"

尤妍定定地看他。

席骞微笑："不过，我最想要的礼物是你。"

尤妍被他说得手脚都软了。

她小声表示："你个三十多岁的老男人了，能不能说点实在的？"

席骞失笑，往前一步，把她抵在路灯杆上。

尤妍屏住呼吸，有种在他的气息中无处可逃的感觉。

她呢喃："席骞。"

漆黑笔直的灯杆下，金色的光芒把女孩子的美艳照得淋漓尽致。

席骞："那就算了，老男人更清楚自己要什么。"

尤妍噎住："这个真不实在。"

尤妍想往前一下，又觉得再靠近一点太过暧昧，所以站直一秒，又往后靠。

席骞看在眼里，伸手从尤妍的后背穿过，给她垫了垫，而后低头说："我觉得挺实在的，你对我不是挺好的，还来探病。"

尤妍瞄了一眼身后的手，又抬头说："我是为了还人情，上次在法国，你也去看了我。"

"也就是说，我对你好，你就会对我好。"

"那简单了，"席骞悠悠道，"我会对你好到让你忘不了。"

尤妍完全无话可说，脸红地推了推他："别靠那么近。"

席骞后退一步，轻吸了一口凉气。

尤妍僵住，看他的肩膀："啊，碰到你的伤口了？对不起，对不起。"她十分紧张，"你要不要去医院看看？"

他笑："你看就好了。"

"你才是我的药。"

尤妍恨不得再让他伤重一点。

天上的雪下个不停，路边车马行人，人来人往。

尤妍在想是不是该走了，反正病也探了，东西也还了，只是他不收，也没办法了。

想到这儿，尤妍再次看他：“席骞，这个东西我收下了。”

他的眼中溢出一丝愉快。

尤妍随即说：“但是你以后不要再送我东西了。”

“我想送怎么办？”

“那你找别人送去，你别把我当那些……喜欢收礼物的人。”

“我不是这个意思。”席骞马上紧张起来。

尤妍是故意的。她知道只有提起这个，他才会认真，不敢再送。他送礼物也只是想表达他这一刻的心意，没有别的意思，她都知道。

但是她不想收，不想和他牵扯不清。

果然，席骞叹息：“行，我以后送花行不行？其他的不送。”

尤妍欲言又止，最后什么也没说，花至少不太昂贵？

她随意颔首：“那我走了哦，席总好好养伤。”

“这就走了？”

“嗯？难道还留下来过夜啊。”

他似笑非笑：“那我哪儿敢啊，但我可以陪你轧个马路什么的。”

尤妍转头想揍他，考虑到他是病患，又下不了手。

她的目光落在长街上时，偶然注意到从远处走来的一个男孩子在看她。

男孩很高，穿着件夹克衫，长相异常帅气，看到她后，又去看席骞。

尤妍撞了一下背对着大街的席骞：“那小孩是谁呀？你认识吗？”

席骞回眸，顺着她的目光看去。对视一秒，他浅笑着收回目光：“是我堂弟，席杭。”

尤妍迅速缩回身子，往他的另一边躲了躲。

席骞一乐，再去看席杭。后者的目光意味深长，默默地拐入不远处席家的那条巷子。

席家大厅里坐了好多人，席杭进去一会儿后，就有医生来了，来给席骞换药。

但大家都没看见他人。

上座的奶奶叹息：“这小子一会儿不见是又出去花天酒地了吗？他不知道约了医生吗？”

刚刚回来的席杭表示：“哦，在外面街上呢，我看到了。”

奶奶马上问：“看到你大哥了？他在外面干吗？接电话吗？”

席杭：“在约会。”

众人：“啊？”

奶奶问："你说什么？有女孩子来找他吗？"

席杭点点头。

这边话落，那边席骞的手机就响了，家里人喊他回去换个药再约会。

席骞挂断电话跟尤妍说："你等我一下，我换个药一会儿就出来了。"

尤妍挑眉："为什么还等？你去忙吧，我走了。"

席骞恋恋不舍，压低声音引诱她："就不能陪我一会儿？"

尤妍白皙的脸颊在席骞的话中红起来："我们又没什么关系，不觉得这要求过分了吗？"

他点点头："是，但我控制不住，就想对你过分点。"

"席骞！"

他轻叹："乖，等我一下，不然我这儿多疼啊。"

她别过脸："你个三十多岁的男人，手都没断，疼什么？"

"心疼。"

说完他就走了，留尤妍一个人风中凌乱。

他回到家里，医生过去给他看伤。

奶奶看着他说："你这又是玩的还是认真的？还出去见女孩子，怎么不招呼进来坐坐？"

周围人都笑了。

席骞慢条斯理道："当然是认真的。"

"你还有认真的时候。"他母亲根本不屑一顾。

席骞莞尔，也没说什么，去后院房里换药。

外面的尤妍坐进自己的车里，有点不知道该怎么办。那浑蛋就那么进去了，自己这么走了又好像不好。

坐着坐着，她看到外面出现两个熟人，焉晗和她老公，两个人从那条巷子里出来了。

尤妍屏住呼吸，完了，千万别往这边来啊，不然看到她就完蛋了。

好在下一秒他们就往另一边走去，上了边上的一辆车。

车子启动离开后，尤妍就收到了焉晗发来的微信："姐妹，我出门啦。"

尤妍回复："OK，等我。"

信息发过去后，尤妍往外看，发现他们那辆车往这边开了过来。

尤妍差点窒息。

她盯着后视镜，黑色的车子从她车后穿过。几乎同一时间，尤妍收到焉晗的微信："姐妹，你还没出门吧？"

“没……”

“我刚刚在席家老宅附近，好像看到了一辆车和你的一样。”

尤妍立马否认：“我那辆车一样的太多了。”

“车牌号刚好只看到了一个尾数，也跟你的一样。”

尤妍轻咳一下，捂住发烫发红的脸，顺势道：“那挺巧啊。”

焉晗：“嗯，你要不说你在家里，我都要怀疑和席骞约会的人是你了。”

她哽咽着回复：“啊？什么，席大公子有新欢了？前两天不是才和那个模特一起吃饭。”

“我也不清楚，就是刚刚席权的弟弟看到他和一个女孩子在外面约会，席骞回去后大人问起，他也没否认。”

尤妍趴在方向盘上，暗骂他浑蛋，她就来探个病，怎么就变成约会了？

尤妍正想着，席骞就出来了，走到副驾驶室边，拉开车门坐进来。

尤妍瞄了一眼，继续趴在方向盘上没起来，嘴上问：“怎么了？你要去哪儿？”

“和你待一待。”

“我要走了。”

他看过来：“走什么，还早。”

尤妍：“席骞，我真的不适合和你多待。我就是来探个病，不是来和你约会的。”

席骞点头：“行，那送我去医院吧。”

“嗯？”尤妍茫然地瞥了一眼他的肩膀，“你不是有医生来给你换药吗？怎么还要去医院？”

“说恢复不太好，让我去拍个片。”

那么严重啊。

尤妍坐起身子摸安全带：“那走吧。”

尤妍倒车出车位，开出了热闹的胡同区长街，再并入宽大的马路。

路上尤妍想起来早前推了他一下，问：“席骞，是因为我推了你吗？所以严重了。”

“不是，你哪儿来那么大的力气。”

“你刚刚不是很疼吗？”她敛眉，有点抱歉，还有点后悔。

席骞淡然表示：“不装一装，哪儿能让尤小姐心疼我。”

真的，男人的嘴，骗人的鬼。

尤妍道：“你这样，我很难送你去医院啊，不是人。”

他看了看她："那我叫司机来？"

尤妍没说话，歪过脑袋一边看路一边看雪。

很快就到了市区席氏医院。

看着那人下车后，尤妍犹豫了几秒，还是默默地开门跟下去，总觉得这样就走有些无情。

席氏医院，给这个自家的大公子走了超级贵宾通道，拍完片，不一会儿就出了检查结果。

两个医生围着片子探讨，那专业精神与认真程度，尤妍都要怀疑他是不是真的废了。

最后医生松了口气说："没事，席总，注意点，尽量不要用力，更不要开车。"

尤妍闻言，瞥了某个人一眼。

她以为能走了，但医生突然告诉护士去安排输液。

到病房输上液后，席骞就对眼前的女人说："去玩你的吧，不用陪着我了。"

尤妍不自然地低语："我也没想陪。"

他低笑着点头："去吧。"

尤妍拢了拢身上的大衣，手插入衣袋，刚好摸到那个盒子。

她拿在手心，一边摩挲，一边随意道："你输好了就叫你司机来接吧。"

"嗯，放心。"

"放什么心，我就随口一说。"

他看她："妍妍，别这样行不行？什么时候对我的态度能好点？"

"你还要什么态度呀？"尤妍仰头看天花板，"给你探病，陪你来医院，还要什么态度？"

"是很不错了，正常该知足了，但我是真的想要你的全部，所以这点完全不够。"

"拜拜了。"她拿出车钥匙。

他点头："自己不要喝酒啊，我可真不放心。"

"你不放心什么？不用。"

"我的心上人，我恨不得捧着，哪能放心你在这种热闹的夜晚玩。"

"我玩跟你玩又不一样。"她含糊低语。

席骞眼底一片温柔："妍妍，往事就不要再提了吧？"

尤妍轻呵一声，有些脸红，又忍不住说："干吗不要提，反正你早晚都会恢复那样的生活。”

“你这么确定？”

“当然，除非席总有生之年真遇上真爱。”

“我这不是已经遇上真爱了。”他淡然又笃定道。

尤妍也很从容地接话：“你遇上了，我没有。”

席骞深深地看着尤妍。

说话声一停下，病房里就只有吊瓶里的水在往下滴答，灯映照着外面的烟花与风雪，显得房内过分静谧。

尤妍被看得不自在，低喃：“我走了。”

“不是早就说要走吗？怎么，舍不得我？”

尤妍过去踢了他一下。

席骞抬起没有受伤的手臂，拉住她的手。

尤妍还没恍过神，席骞的手就从她手腕的袖子上往下滑落，宽大的手掌心裹住她纤细的小手。

她迅速抽出发烫的手，浑身都滚烫了：“席骞！”

席骞的薄唇轻勾起来：“手有点凉啊，要不在这儿多待一会儿，不要走了。”

尤妍将手插入口袋：“凉什么，走了，拜拜。”

说着她就头也不回地溜了。

病房中徒留一抹若有似无的撩人浅香，席骞轻叹一口气，往后靠入沙发，兀自感叹：“什么时候能抱入怀。”

尤妍路上一直在看那只被席骞握过的手，感觉被他握过的掌心滚烫，好像留下了属于他的气息。

尤妍在冰凉的车厢里甩了甩手，呼气：“他的气场太强了，感觉摸个手也跟被他抱了一下似的。”

尤妍开到元霆会，那边焉晗早已经到了，正和周柠在喝茶闲聊。

周柠见了她就问：“尤妍，你干吗去了？怎么这么晚？”

“哦，在家陪奶奶呢。”她随口糊弄，其实她奶奶吃完晚饭就和朋友出去看剧去了，比她还不着家。

坐下后，尤妍端起一杯茶，捧着茶杯取暖。确实很冷啊，从市区到城北，又从城北回市区医院，手已经冻硬了。

不过焉晗见尤妍在取暖，有些好奇：“你从家里出来，怎么会这么冷啊？”

尤妍僵了僵，硬着头皮继续糊弄："路上塞车，一直挺冷的。下次应该戴副手套出来。"

好在焉晗估计怎么也想不到，这晚去席家老宅找席骞的真的是她。

几个人待了一会儿，聊了聊八卦。过了一会儿周柠上她老公的包间去看了看，回来后就说："席骞真是厉害，听说出事故了，以为没出来是在养伤，结果一问，说是约会去了。"

周柠随口问焉晗："你知道是谁吗？席大公子又和哪个名媛搭上了？"

焉晗品着茶摇头："我今晚挺感兴趣的，问了席权，他也不知道。"

周柠挑眉："为什么今晚挺感兴趣？"

焉晗笑了："因为这个好像还挺……挺那什么。怎么说呢？第一次有女人上席家老宅去找他。"

尤妍："……"

周柠立刻八卦起来："啊？上席家老宅？进去坐了？"

焉晗摇头："没进去，估计是约在外面见面。但以前席骞从来没让女人上席家老宅那边去找他。"

周柠："就是他从来不会带回家见家人是吧？"

焉晗颔首："嗯，而且今晚他在大厅的时候，席家奶奶奚落他这次是玩还是认真的，他居然说是认真的。"

尤妍："……"

焉晗："虽然整个席家都没人放在心上。"

不愧是席骞，连他们家的人都没人信他会认真谈恋爱。

接下来周柠一直很感兴趣地就着这个话题聊，大概是她自己终结了一个类似的男人，所以很好奇席骞这种的，到底什么人能拿得下他。

尤妍全程喝水、吃点心、看烟花，眼观鼻鼻观心，偶尔也顺着八卦说两句："是啊，也不知道什么人能让这样的男人真的动心。"

很快一个小时过去，她的手机振动了一下。

尤妍拿起来瞥了一眼，居然是席大公子发来的。

席骞："妍妍。"

尤妍回过去："嗯？"

席骞："要不过来接我？"

"你的司机呢？"

"我想你来接。"

尤妍回神，放下茶杯，双手齐上一起打了个字："滚。"

那头的男人笑了，发语音说："别这么无情好不好？"

尤妍收到，手快点了进去。语音刚说了三个字，她回过神，电光石火间按了停止。

但还是收到了焉晗和周柠双重的炙热目光。

焉晗在和周柠说话，所以一时间没听出来那个声音是谁，只是好奇地问："怎么是男人？"

周柠眨眼："尤妍，你有男朋友了？"

焉晗悠悠地凑近："姐妹？！谁啊？"

尤妍摇头："没，就是一个朋友。"

周柠："没听说你有什么异性朋友呀？"

尤妍轻咳一声，没办法完全瞒着，便说："是，一个追求者。"

"啊啊啊——谁？是不是看你走秀后被吸引来的？！"周柠很兴奋。

尤妍应付了两句说是以前就认识的，而后便起身："我出去说，你们聊。"

到了外面，尤妍也不敢播放，直接转成文字。

看完席骞说了什么后，尤妍长呼一口气，抬起有些发软的手，慢悠悠地回复："你叫你的司机来，我又不是你的司机，老让我接你，接上瘾了。"

"嗯，你不知道我对你多上瘾？"

尤妍按住语音说："我没瘾，你不然就在医院过夜吧。"

尤妍收起手机，准备继续回去聊天喝茶。她蓦地一抬头，见不远处站着一个男人，眼中含笑，目光灼灼地看着她。

她沉默了片刻，往电梯走去。

席骞挑眉，悠悠地跟上那抹曼妙纤细的身影。

电梯门一合上，尤妍就抬脚踩他："老男人，整天骗我。"

他丝毫没感觉的样子，很理直气壮地说："这么冷，我哪儿舍得让我的宝贝去接我。"

电梯空间不大，明亮的灯光下，席骞这句"宝贝"的语调好像被放大了十倍，说不出的暧昧。

尤妍又踩了他一脚。

席骞反手把她压在墙上。

尤妍立刻㞞了："席骞。"

他哼笑："这会儿叫名字了，没事就老男人。"

尤妍羞涩地低下头，很不自然地说道："谁让你骗我的？放开我。"

席骞："'喜欢你'那句，绝对不是骗你。"话落，他才慢悠悠地放开她。

尤妍轻吁一口气，正要去按电梯开门出去，耳边忽然传来一句："你的车在车库？好像车窗玻璃没关。"

"嗯？"她回头看他，"没有吗？"

尤妍默默地按了地下二层的键。

电梯门打开，外面有一个身穿亮片吊带裙与薄款风衣，手里拎着包的女人在等。见了席骞，她先是一顿，随即微笑着点头。接着目光从他身上游离到尤妍身上，然后淡然地走进电梯。

尤妍走出电梯一段距离，感觉对方还在看她，就随意地回头瞥了一眼。不出所料和那人的目光对上了。

又走远几步后，尤妍随口问身侧的男人："席总认识？"

"嗯。"

尤妍抱臂往自己的车走去，随口感叹一句："这北市有不认识你的女人吗？"

"还好。"他谦虚道，"这位只是之前在一起过，所以认识。"

尤妍的脚步一顿，目光意味深长。

席骞见此，解释道："很久了，去年吧。"

尤妍并不关心这些，只是没想到那么巧是他前女友。

她转头去看自己的车，远远地发现她的后车窗还真的开着。

难怪她早前在路上那么冷，被他撩得一路神思混乱，都不知道车窗没关。

尤妍边走边按车钥匙，到了车门边，却看到了后座的一抹艳红色。

她一愣，又火速按下车窗玻璃。这会儿她算看清楚了，她车后座被放满了红玫瑰。

尤妍回头看身后的男人："你放的？"

他颔首："新年快乐。"

尤妍看着那塞满后座的红色，觉得冰凉的空气都滚烫起来，不知道该怎么说："席骞……"

"不是说可以送花吗？"

"我是说可以送，不是让你送。"

"这有什么区别。"他平静地说，"以后每天都有。"

她呆住："啊？你要每天都送？别，你不许送，回头我家里放不下。"

"那就送到放不下为止。"

尤妍仰头看着车库的天花板，敛眉，又原地踱步，不知道怎么说。

“席骞，我真的……”

席骞伸手挡住她的去路，手臂搭在她的车顶，声音低哑、温热：“我一点儿都不想瞒你，和别人在一起过就是在一起过，这么坦诚地追你还不行吗？”

“再怎么坦诚都没用，你让我没安全感。”

“怎样才有安全感？”席骞诚恳地问，“我公开追你，你不同意。我要怎么做？你告诉我，妍妍。”

“我……”

席骞面对面挑眉：“追人这方面，我还真没什么经验。”

尤妍瞬间莞尔：“谦虚了吧，我已经不知道怎么招架了。”

“那还不是没撩到你？”

“那是因为我坚信，你腻了的话，这些就都是虚的。”

他一脸认真：“我说了，我第一次追人，这温情只会在你身上。”

“我怎么知道你不是对谁都这么说……”尤妍很清醒，末了又有些脸红地说，“就像那歌，处处吻。给你拯救的体温，总会再捐给某人，一吻便偷一个心……”

他垂眸一笑，随后往前一步，双手把她抵在车身与胸膛间。

尤妍的身子蓦地僵硬：“席骞……”

男人俯身凑近，很近很近。

尤妍被张扬的男性气息淹没，那抹冷香中带着一点点烟草味，是让人心跳加速的气息。

尤妍还没开口，他就压低了声音，温柔缱绻地道：“连你的心都没得到，怎么就那么笃定我最后会去招惹别人呢？妍妍，有点伤我的心啊。”

“席骞。”

尤妍推他：“你先起来。”

席骞虽然受着伤，但身子还是充满力量，她根本推不动。

席骞声音低哑：“一吻便偷一个心，那吻你能吗？”

“你试试。”

“真让我试啊？妍妍。”他浅笑，“那我吻了，我会负责的。”

尤妍觉得席骞不会吻，不会欺负她，又觉得他也许会冲动。

两个人沉默地看着彼此，她的心跳快得有些受不了，四肢百骸也在他的话语中发软，呼吸紊乱。

“席骞。”

“你叫我名字的时候，我都很心动。”

尤妍闭上眼睛。这个男人的气场太强，表达又是一百分，她快要被淹没了。

下一秒，席骞双手扶住尤妍的手臂。

尤妍被吓到，还没发声席骞就亲了上来，她只觉眼前一黑。

她在最后一秒偏过头，然后，他停下动作。

尤妍有种浑身着火的感觉，明明地下车库里非常冷。

尤妍连推席骞的力气都没有了，整个人都在喘息。

席骞定定地看着眼前柔嫩绯红的侧脸，还有她被吓到的眼神，然后好像清醒了过来，松开她，转过身去。

尤妍靠着车子，一边缓和急促的心跳，一边看着眼前高大的背影。

直到车库有人进来，引擎声拂过耳边，尤妍才回神，站起身绕到席骞面前，踢了他一脚，然后转身跑了。

原地站着的男人看着裤子上那道浅浅的脚印，低笑了一下。

尤妍回到包间，焉晗不在，周柠好奇地问她：“尤妍，你去哪儿了？回个信息回那么久。”

尤妍坐下，靠在沙发上仰头望天。

周柠挑眉：“怎么了？怎么脸色不太好？”

“嗯。”她没力气说话，脑子里一团乱。

不一会儿，她抬起手背贴上差点被亲的脸颊，觉得脸都快烧起来了。

周柠有些忧心地看着魂不守舍的她：“到底怎么了？你不是去回信息了吗？吵架了？”

她终于有了点表情，勾了勾嘴角：“没有，追求者而已，又不是情侣，吵什么架。”

话落，她又说：“有酒吗？大过年的，喝茶没意思。”

周柠笑了，马上打了电话叫酒来：“我怀孕，很久没惦记过酒了，不过晗晗待会儿可以陪你喝。”

“她人呢……”

“接了个工作电话，说是工作去了。”

尤妍混乱的脑子终于找到了一丝清明，这两天她就飞法国了，躲远点，去一两个月再回来，席总的心估计就不在她身上了。

她不介意被席骞追，但是在明知道不会和他在一起的情况下，这样收礼物让她有些不好意思。这猛烈的攻势让她无所适从，也不知如何招架。

尤妍觉得，要不是自己头脑清醒，真的就要在他的攻势下沦陷了。

尤妍碰了碰通红的脸颊，内心抓狂，可惜又不能表露出来。

好在酒来了，尤妍拿起一瓶红酒倒了一杯。

焉晗回来，调侃道：“怎么喝起酒了？”她坐下又问，“你那个追求者是谁啊？我看看是谁敢惦记你，配不配得上我姐妹啊。”

尤妍灌下一口酒，随意说道：“我没想谈恋爱，成不了的，也就没必要说了。”

“人你看不上吗？”周柠问。

尤妍摇头，哪里是看不上，只是她不想去冒险。

尤妍说：“不是，人很好、很帅、很有身家，就是不合适。”

“这有什么不合适啊？”周柠不解，“整个北市有这些条件的，其实也不多。”

尤妍也没办法再细说了，再说席骞的身份就要暴露了。

她默默转移了话题，聊起了周柠腹中孩子的预产期。果然，这个话题让两个妈妈迅速转移了注意力，没再盯着她的八卦。

尤妍兀自喝着酒，大概是心里乱，喝着喝着就有些多了。

零点过后，新年到了，大家更是热情高涨。

但尤妍觉得再待下去就要醉得不省人事，所以提前走了。

席骞在不远处的包间外面抽烟接电话，不经意间看到从某个包间里走出来一个熟悉的人影。

她一脸迷迷糊糊的样子，没看到他，边看着手机边直接越过他进了电梯。

席骞转身走过去，伸手挡住要合上的门。

尤妍抬头。

席骞看她的眼神有些浑浊，就问：“你喝酒了？”

尤妍没说话，垂下眼睑。

席骞走进去，关上门，问她：“你要回家了？”

“嗯。”

“这么早？”

“不走在这儿和你谈情说爱吗？”

他失笑。

尤妍想起他早前真的要亲自己，又气不打一处来，抬腿就踢。

席骞任尤妍撒火，有些后悔自己方才的冲动。

等尤妍踢累了，往后靠上电梯壁，他伸手去扶她。

尤妍很警惕：“你别亲我，再亲我我咬你了。”

他又失笑：“咬我有什么杀伤力。”

尤妍要出去，但刚越过他就被他拦腰抱住，摁在电梯角落里：“这醉醺醺的，上哪儿去？我送你。”

她的酒劲上来，动了两下却没力气反抗。

尤妍叹气，也谅席骞不会再做什么，兀自闭眼休息。

这时，刚刚联系的司机给她打了电话，应该是人来了。

席骞看了一眼，说：“我送你回去吧，不用叫司机了。”

“不用，保持距离，谢谢。”她别过头。

席骞：“一个男司机送你，我怎么放心？妍妍乖。”

“乖你个头。”

他蓦地凑近。

尤妍刹那间缩了缩身子，咬住红唇，一双装着璀璨星河的眼睛看他，有些紧张：“席骞……”她有些㞞，温声软语地说，“你别乱来，我是尤妍啊，尤妍。”

席骞的心都软了，即使眼前这一幕让他想乱来，但他还是说：“嗯，你是尤妍，所以我不会对你乱来的。”

一开始就舍不得祸害的人，他怎么可能乱来。

尤妍闻声，松了口气，下一秒一把推开他，毫不留情。

席骞后退了一大步。站稳后，他笑出声：“我可算知道什么叫翻脸无情了。”

尤妍兀自蹲下去，在角落里把头埋进去。头好晕啊，感觉被他这一招惹得气血上涌，更醉了，她开始不确定能不能安全到家了。

席骞也没想过让尤妍自己回家，他在考虑，是自己送她回去，还是……

送她到家的话，她家里似乎有个奶奶，可能会有点误会。而且她喝多了，也不方便上楼。

“妍妍。”席骞屈膝蹲在她面前，把她扶起来。

尤妍一个踉跄，晕乎乎地踩在他的鞋子上。

席骞转身按了电梯到地下二层车库后，脱下身上的外套披在她身上，再伸手把她打横抱起来。

尤妍的脑袋被这一晃，更晕了，歪过头靠进他宽大的胸膛后，整个人便软下来，一动不动。

凌晨的会所，停车场里车子来来往往，非常热闹。大家都注意到了席骞抱着一个女人，走向自己的车子。就是头埋在他怀中，看不出是谁。

没过多久，整个圈子里便都在传，席大公子抱着新欢离开了元霆会。

路上，司机问席骞："是回家吗？去兰江湾？"

"去江流。"

江流在市区的外围，这里的房子比较雅致安静，风景与环境都特别好，是适合居家休息的地方。

席骞偶尔休假会来待一待，平时大多在市区的房子住。

一路上尤妍越睡越沉，本来她很有分寸，喝酒的度是保证自己能安全到家的。但这天她有些失策，此刻昏昏沉沉完全不知身在何处。

席骞一路虚扶着尤妍，看看那张尽态极妍的脸，满目柔情。

回到江流那处房子时，外面正大雪纷飞。

车子开到家门口，司机下车给席骞打伞。

下一秒席骞就扬扬下巴，示意遮住他怀中的人。

风大，如果给他打着，尤妍身上就会落下不少雪。

刚刚被席骞喊来这边的阿姨走了出来，推开大门让席骞进去，跟在后面说："这是喝多了吗？你这手不能用力吧？"

"很轻。"

"再轻也是个成年人啊。"阿姨担忧地跟上楼。

席骞把人放到客卧刚铺好的松软的大床上，起身，缓了一下，随后对身后的阿姨说："帮她把外套脱了，盖好被子。"

说完席骞就出去了，回卧室一通洗漱。受伤的肩膀算是真废了，手臂都没力气了。

阿姨给尤妍解开身上的外套，又脱下鞋子。看她穿着的裙子上有金属纽扣，睡着也不舒服，干脆给她换了件睡袍。

换好后她舒服了，阿姨仔细盖好被子，又留了一盏夜灯，就合上门出去了。

阿姨下楼后看到席骞坐在客厅喝酒，问："怎么还喝酒？身体有没有事，席骞？要不要叫医生？"

"不用了。"

"那楼上那位……"她迟疑了一下，不知道该叫什么。

席骞："尤妍，尽态极妍的妍。"

阿姨点头："嗯，我给你女朋友换好衣服了，你的手没事的话就可以上去了。"

他道："不是女朋友。"

席骞刚抬头，阿姨已转身回去休息了。

席骞默默收回眼神，轻笑了一下，而后一口饮尽杯中的酒。

他喝酒就是想缓解一下疼痛。

北市风雪萧索，气温降得很低，尤妍在暖热的被窝中睡得尤其舒服，一点都不想醒来。

第二日十来点，她才缓缓睁眼，宿醉后脑袋有点疼，动一下都觉得身子很累。

尤妍翻了个身，看着周围陌生的环境，有些茫然。她再揉揉眉心，仔细一看，发现真的不知道这是在哪儿。

她惊呆了，在脑海里仔细回想。

她昨晚喝了酒，本打算叫司机给她开车回家的，但是好像在电梯里遇上了席骞……

她只记得两个人说了话，对谈话内容和后来的事毫无印象。

总之最后是和席骞在一起的。

尤妍松了一口气，平躺在床上，平复着心跳。

有他在就没事，他是一个保障。

不过……尤妍的脑子里又飘过昨晚在车库，席骞吻她的画面。

她又呆住了，而后目光在这间房里流转。这是他家吗？

尤妍掀开被子，接着忽然注意到自己的衣服。

她这会儿穿的是睡袍，而且明显是男款。

尤妍顿时大脑一片空白。

她刚要爬起来，门口传来一道轻叩声。

尤妍应了一声，接着门从外面打开，进来一个阿姨，朝她笑了笑，轻声问："尤小姐，醒了？在外面听到了一点声音。"

尤妍干巴巴地问："这……这是席骞的房子吗？"

阿姨点头："对，他的一处房子。"

"席骞呢？"尤妍的心很乱，"席骞去哪儿了？"

"他也刚醒，在楼下呢。"阿姨出去在门口喊了一声，而后就折回来，"尤小姐，要不要起来洗漱，再吃点东西？"

她此刻没心情吃东西。

她垂眸再看自己穿的衣服，想了想，趁着席骞还没上来，悄悄问阿姨："昨晚，席骞在这间房里休息的吗？"

阿姨顿了顿，轻声说："这我不知道呢，应该是吧。"

话落，门口就出现了一个男人的身影。席骞问："说什么？"

阿姨看着席骞，很自然地说："尤小姐问你昨晚在哪儿休息，是在这间房吧？"

席骞："……"

他看过来，床上的女人发丝微乱，但是那副容颜依然比新年第一缕阳光还要夺目。只是看着他的目光，很像是要把他吃了。

席骞忙把阿姨请出去，随后关上门走过来。

尤妍拿起枕头就丢他："你还关门，席骞！混账，还想着最后跟你在一起是安全的，结果你才是北市最不安全的那一个。"

"你碰我了？当初还说不舍得碰我，还要找个正经人嫁了，结果呢？"

席骞拿着枕头站在床边，微笑着表示："那是我曾经无知，现在能一样？你不知道你现在是我的心头肉？"

"所以你碰了我？！"

席骞失笑："我在你眼里，是那种会乘人之危的人？"

"我……"尤妍噎住。

男人轻叹："你误会了，我没在这里睡，傻瓜。"

"阿姨说的。"

"阿姨也误会了。"

席骞："我昨晚没来得及解释，她以为你是我女朋友。"

尤妍又丢了个枕头到他身上。

他莞尔，捡起枕头丢在床上，而后看着穿着他睡袍的女人，嘴角止不住地上扬。

尤妍注意到了，忙拉起被子捂住身子："出去。"

他点头，温柔地道："还困就再睡一会儿。"

尤妍等到门合上了，才呼出一大口气。

尤妍再看看身上，好像除了有点累，脑袋昏沉导致身子也有些无力，没有别的感觉。

尤妍羞红了脸，躺倒在床上。

她拉高被子把自己裹起来，但是下一秒意识到这是席骞的房子，又一个骨碌爬了起来。

尤妍找到浴室，看到有新的洗漱用品摆在那儿，便匆匆洗漱了一遍，然后找到自己的衣服，整套换上，最后才去开门。

尤妍走到楼梯口，看到楼下客厅里，壁炉的火映衬着屋外的雪，在漂亮地燃烧。灰白色沙发上，席骞坐在那儿看手机。

尤妍走下去。

她到了客厅，在看手机的男人适时地抬头："要吃点什么？中餐还是西餐。"

"不用了。"

席骞看过去："为什么不用？那不然提前吃午餐？"

尤妍转过头，不敢和他对视："我走了。"

席骞浅笑："我又没碰你，那么着急走做什么？"

尤妍跺脚："别说了。"

席骞笑出声，走过去拉着尤妍的手朝餐厅走去。

尤妍抽了抽，没抽出来。到了餐厅，他说："将就吃点西餐吧。"他把一份早餐推到她面前，"我的，还没吃。"

那边阿姨正在另做一份。

尤妍坐在那里，看着眼前的早餐，有点放不开。

席骞在对面坐下，看着她："吃啊。"

尤妍默默地拿起刀叉，边吃边瞄他。

席骞也看过来。

厨房里的阿姨已经听席骞解释过了，这不是女朋友，是一个……他追不到的人。所以阿姨看尤妍的眼神就有些特殊了。

这个女孩子的气质很纯净，像皑皑白雪。她对席骞的态度也不娇软，席骞对她来说似乎可有可无。

阿姨再做了一份早餐端上桌后，就出去了，不打扰他们用餐。

席骞伤的是左边肩膀，昨天抱她加重了伤势，这会儿整条手臂都无力，于是一直用右手吃东西。

尤妍注意到，问："你的手拿不了东西吗？"

"嗯。"

"怎么还没好转？"

"昨晚抱你进来，伤到了。"

尤妍呆住，眼里羞涩与歉意交织："对不起啊。"

席骞看过来，眼里飘过一抹温润，没说话。

尤妍想了想，忽然开口："席骞。"

"嗯？"

"你别追我了吧？"

他右手停下动作，抬起眼皮再次朝对面的尤妍看去。

尤妍淡然地勾了勾嘴角："就是，我挺后悔答应让你追的。"

"为什么？我都没说追不到后悔。觉得我打扰你了？"

"不是，没有。"尤妍摇头，又闭眼看着眼前的早餐，低喃，"我是觉得，你追我，又伤身又伤心的。"

他失笑。

尤妍的样子很认真："所以……你真的不要浪费时间了。你这样的人，完全没必要把精力浪费在我身上。我也没有多好，不过就是长得勉强可以而已。北市好看的女孩子很多，你不要再想着我了。"

"我愿意。"

尤妍看过去。

席骞隔着餐桌，看着对面那个气质卓绝的人："比你漂亮的，北市还真没多少，妍妍。"

"另外，一眼就能让我惦记、心动的，只有你。我就喜欢你，'尤妍'这两个字我听着就喜欢。"

尤妍没说话。

席骞："所以，我为什么不追呢？"

尤妍依然没出声。

席骞脸上一派云淡风轻："追不追得到是我的事，才下这点功夫，没追到很正常，还没到我放弃的时候。"

尤妍轻叹："我怎么感觉你像在投资生意似的。"

他颔首："嗯，我一个商人，你不用担心我会做赔本买卖。"

"你这明显一直在亏钱。"

他低笑："那我也亏得起。"

尤妍继续垂眸吃早餐："不说这件事了，你的手怎么样了？是不是得再去一趟医院？"

"我下午去。"

"要不要我陪你去？"

他戏谑："主动陪我啊？"

席骞淡淡地摇头，单手切着早餐说：“主动的我不要，我喜欢自己叫你去。”

尤妍居然理解席骞这种受虐心态，觉得主动是她愧疚所致，他不需要。

尤妍没说什么。

她吃完早餐，感觉脑袋还有点昏昏沉沉，阿姨便给她泡了杯茶。

趁着这个工夫，席骞喊司机去元霆会帮她把车开过来。

尤妍就坐在客厅里等着，随意参观一下席骞的房子。

房子建在湖上，冬天的湖面一片雪白，入目十分舒适。室内一片灰白色调，简约而不失情调，待着也很舒服。

不过这房子看着没有生活气息。

尤妍坐那儿喝茶的时候，席骞上楼去打电话。厨房的阿姨收拾完出来，陪着尤妍坐了坐。

她随口闲聊：“席骞平时住这儿吗？”

阿姨摇头：“他在兰江湾二号的别墅住得比较多，那儿离席氏近，也离聿翎近。”

“那昨晚怎么到这儿来了？”

阿姨：“我也不知道呀，昨晚忽然打电话跟我说，要到这边的房子来一趟。”

“他没带人来过这里吗？”

阿姨摇头：“这是他自己休假的地方，比较私密吧。”

尤妍心里忽然了然。

起码这一刻，他确实是真心对她。

尤妍饮着茶，微微笑了笑。

阿姨去忙别的了，尤妍便端着茶杯走到窗边看风景。

席骞打完电话下来时，就看到窗边一抹纤细曼妙的身影慵懒地靠着玻璃，和外面的白几乎融为一体。

这房子向来清净，第一次有其他人在。尤妍站在那里，席骞心里便觉得这假日美好了不少。很想她一直都在。

他站在楼梯口看了好一会儿，直到尤妍注意到了，回过头来，两个人目光交缠，尤妍一下就不自在了，在窗边走动起来。

过了一会儿，司机把尤妍的车开来了。尤妍走到客厅，放下茶杯对席骞说：“我走啦，你早点去医院吧。”

“那么关心我。”

尤妍解释：“我就是挺愧疚的，是因为我弄伤的，没别的意思。”

席骞跟着她走出门：“是吗？那你昨晚喝那么多酒干什么？”

尤妍睨他，神情有些不自然，直接按开车锁，没说话。

席骞：“因为我？”

尤妍依旧没出声，算默认了。

她拉开车门。

席骞按住车门把它合上，将她的身子转过来，抵在车窗上。

尤妍茫然地眨眨眼：“你干吗？大早上的……”

话落，席骞忽然伸手捧起尤妍的脸。

尤妍觉得一股热浪从脚底蔓延到肺腑，又止不住地呢喃：“你到底干吗……”

席骞拿干燥的拇指擦擦尤妍的脸：“我昨晚是一时冲动，对不起，你不要介意。”

尤妍顿了顿，眼神和席骞明亮澄澈的目光一交缠，便红了脸，随即扭头：“又没亲到。”

他点头：“我保证，以后绝对不会碰你，追到了我再亲。”

尤妍差点又踩他，羞恼地拉开车门，火速钻了进去。

席骞温柔地道：“下雪路滑，慢点开，有事找我。”

“拜拜。”

“今晚还出去玩，就不要喝酒了。”

尤妍降下车玻璃，看了过去。

席骞：“毕竟，我这肩膀，今天实在抱不了你了。”

尤妍心里泛起一股难以形容的感受。

最后她看了席骞一眼，就匆匆收回目光，踩油门离开。

席骞目送尤妍的车开出视线范围后，才转身进去。

在客厅收拾杯子的阿姨说：“刚刚那位尤小姐，问你以前是不是没带人来过这里。”

“是吗？”

“我本来没想说，但她说你对她挺坦诚的。”

“嗯，没什么可隐瞒的。”席骞在沙发上坐下。

阿姨点头，又摇摇头：“这是挺喜欢的啊，还带到这儿来。那你能追得到吗？”

“暂时追不到。”

阿姨哼笑，拿着杯子往厨房走去，背对着他说：“我啊，也不说你了，说多了跟你家里长辈一样，烦。”

席骞躺在沙发上，右手碰了碰受伤的左肩，想着那张脸，说：“碰巧喜欢上的，意料之外的事。”

阿姨不再搭理席骞，进厨房洗杯子去了。

尤妍回到家，一看手机，那些微信群里在传着什么，昨晚席大公子在元霆会抱着一个女人离开。

她刷了刷，好在没有图片。

不过尤妍、焉晗和周柠的三人群里，周柠半夜找尤妍，问：“妍妍，你的车怎么还停在元霆会啊，你不是走了吗？”

焉晗说：“她喝了酒可能打车走了吧，我不知道她要打车，不然就让司机送她回去就行了，打车有点不安全。”

周柠：“没事，从这地方出去的，别人不敢怎么样。”

刚好这时焉晗给尤妍发了消息，问她起来没。

尤妍回复：“我起来了，刚刚去开车了。”

焉晗：“哦，那就好，你昨晚真打车走了啊？”

“啊，对。”

焉晗：“你怎么不说你要打车呢？我放着司机让你自己打车，多不安全。”

尤妍：“没事，不是说从这地方出去的，都没人敢惦记吗？”

“外面不敢，但里面也有些不是好人啊，上次不是说那个庞泽还堵你吗？”

“哦，上次他被席骞揍了，别人听说了，应该也不敢随意再在元霆会拦女人，保不准就惹到大人物了。”

焉晗笑起来：“说得也是。不过昨晚席骞后来也去会所了，然后抱着个女人早早地走了。除了他不太能惹，其他人身价其实都差不多。”

尤妍默默地问：“席骞啊？抱着女人离开？”

“嗯，昨晚会所很热闹，所以传得还挺开的，连席家那边也听到了。”

尤妍有点窒息：“然后呢？是让他悠着点吗？别把手弄废了。”

“对呀，你好厉害，就是这么说他的。”

尤妍很痛苦，这种事情一下子所有人都知道了，太让人脸红了。

她忍到了晚上，发消息给席骞：“你的肩膀怎么样了？伤到了吗？”

他很快回复："还惦记着我呢？宝贝。"

尤妍不想回席骞的话，但良心上又过不去，一想到他受着伤还把她从会所抱回家，感觉很愧疚……

所以她还是回复："到底怎么样了？废了没？"

"住院呢。"

尤妍闭眼，再睁开时对他说："对不起，我去看你吧。"

"不用了。"

"你又不要了？你是不是移情别恋了？太好了，恭喜席总。"

席骞乐得不行，人在医院，看着手机，忍不住发语音："宝贝，不是，是你对我的态度，好到让我觉得不真实。"

尤妍哼哼了两声："那还不是因为你为我受伤了吗？"

"我说了，我愿意，不抱你难道留着你给别的男人抱？"

她捂住发烫的脸颊问："我去看你你要不要？不要我就去国外了，你自己治去吧。"

席骞一听："行，来。"

尤妍想了想，也不能立刻去："我晚点再去，免得有人在。"

他笑："行。"

尤妍等到深夜，大概没有人会那么晚去探病了，才驱车到席氏医院，找到席骞所在的病房。

门口站着两个西装革履的保镖，见到她，打开门。

尤妍悄悄问："有人在里面吗？"

保镖点头："昀霆总裁夫妇在。"

周……周柠。

尤妍撒腿就跑，钻入不远处的楼梯间。

这地方四处通风，冷得不行，尤妍站了一会儿就开始瑟瑟发抖。

大概十分钟后，楼梯间的门被打开。她回头，马上开口："席总，晚上好。"

席骞心情舒畅，尤妍第一次对他笑得这么甜。

席骞脱下身上的大衣，给她披上。

尤妍马上道："不用，你自己穿，你是个伤患。"

"我穿出来给你的，我不冷。"

尤妍顿住，看着他。

席骞披好了，看着尤妍，目光温柔似水："真来看我，果真是对你好，你就会对我好。”

尤妍垂眸：“那你以后别对我那么好了，大晚上的，多冷啊。”

“那我可控制不了。”席骞感叹道，“这么好的宝贝，我能留着给别人骗走吗？”

尤妍不接话，兀自看席骞的肩膀，询问：“伤怎么样了？好点没？”

席骞看着尤妍没说话。

尤妍敛眉：“啊？怎么样？是不是很严重？”

他笑：“是不是心疼我啊？”

尤妍一顿。

席骞：“我怎么感觉你很心疼我呢？是不是喜欢我，妍妍？”

“没有，我说了，我只是愧疚。”

席骞盯着尤妍，微笑着没说话。

尤妍有些不自在，转过身走远几步：“我只是把你当朋友，其他的就是愧疚，我是不会喜欢你的，你很好，但跟我不合适。”

“行，不喜欢就不喜欢，回去吧。”

尤妍回头：“你病房里没人了？”

“嗯，走吧，去坐一坐，待会儿再走。”

尤妍有些犹豫，但是来都来了，还不知道席骞的情况怎么样就走，好像也不好。想了想还是跟着他出去了。

病房门口的保镖开了门，尤妍嘱咐道：“有人来告诉我一声哦，特别是席总的那些亲人。”

席骞戏谑：“要躲卫生间吗？”

“那也比被发现强啊。”

席骞走到客厅坐下：“怎么就不能被他们知道？”

看护给尤妍倒了杯热水，尤妍接过，吹了吹冒出来的热气：“因为……我们又不会在一起，没必要说出去。”

席骞有模有样地轻叹：“这理由可真伤人啊。”

她看过去：“抱歉。”

席骞：“不过也挺好，你这样干净地生活，要是没和我在一起，确实没必要徒惹一些话题。”

尤妍没说话。

席骞：“而且，知道了好像对我也没什么好处，应该会劝你远离我。”

尤妍轻咳了一下，不自然到了极点：“我是成年人了，会自己考虑事情，不用别人劝。”

他调侃：“还会哄我啊？”

尤妍默默转移了话题：“你的伤怎么样？”

“没大碍，住两天院观察一下就没事了。”

尤妍点头：“往后小心一点。”

“嗯。”

“我后天去法国了。”

席骞看着她：“专门来告诉我啊？”

“不是。”尤妍喝了一口水，“就是……来看你这一次，之后就不来了，别说我没良心。”

“去多久？”

“一两个月吧。”

席骞没说话。

但是尤妍看席骞的眼神，就知道他觉得有些久了。

谁让这次的工作就是需要这么久。

尤妍喝完水，就起身告辞了。

席骞这个伤患把尤妍送到医院门口，她到了路边坐上车，回头见他还在。

他穿着一身休闲私服，单手抄在口袋里。雪落在医院灯火通明的门廊下，有一部分飘到了他身上。但他一直没动，直到车开远，她在后视镜里再也看不到他。

尤妍不得不承认，他这样真的很吸引人。

第六章
我给你一个家

第二日休息了一天，到三号，尤妍就和焉晗一起离开北市，飞往国外了。

两个人在私人飞机上闲聊，焉晗问："上次坐席骞的飞机感觉怎么样？"

她说："能怎么样？无非就是里面的布置不一样。"

"不是，他对你怎么样？是不是还挺绅士的？"

尤妍颔首："那是肯定的，他这人就是……对女孩子无比绅士。"

焉晗颔首："你们在法国还有见面吗？现在没什么联系了吧？"

尤妍饮着红酒，含糊道："偶尔见面会打招呼吧，反正有你跟你老公，还有周柠这两层关系，见面还是挺多的。"

"嗯，也是，圈子一样就很容易遇见。"话落，焉晗看了看她姐妹貌美如花的脸，忽然一笑，"不过……"

尤妍警惕地问："不过什么？"

焉晗："我觉得我姐妹长得这么好，不太适合老和席骞接触，回头被他看上了可怎么办？"

尤妍迅速摇头："你说什么呢？他怎么会看上我这种平凡人物？"

"什么平凡人物，你是我姐妹，虽然没有昀霆这样的背景，但是你有Sixteen，你还有夺目的美貌啊，还要什么背景。"

尤妍笑了，工作是还不错，自身条件也还可以。

但是她出身很低啊。

尤妍说："这点背景，平时还可以，但在席氏面前，根本不值一提吧。你和你老公当初联姻，是因为你是昀霆大小姐，和席氏不分伯仲。如果不是，席家那样的大户人家，平常人能进吗？"

"还是要看人吧？"焉晗品着茶，闲散地道，"席权那个人，属于特别没心的。所以他最后沦落到和门当户对的人联姻了。”她说着笑了。

尤妍也笑了。

焉晗：“然后啊，他哥不一样。席骞那种人，要结婚肯定是娶他喜欢的，不然人家就一直玩好了，干吗要受婚姻束缚，是吧？”

“是这样没错，但他会不会有一天也联个姻呢？”

焉晗摇头：“你别看他喜欢玩，手段可狠厉着呢。聿翎在他手上很多年了，现在是如日中天，他哪里需要联姻？”

“你老公当初和你结婚的时候，不也是为了如虎添翼？他不联姻也没什么，当时是你需要席氏救命。你说过，他当初算是仗义帮了你。”

焉晗点头：“是这样，但聿翎现在有席氏这个左膀右臂，再不济席骞和焉昀鸣关系也特好。再说了，比起自由自在，席骞根本不看重公司。”

尤妍在内心感叹，这个爱玩的男人。

不过尤妍想到那个之前想上位的女人：“他之前那个女人，假怀孕那个，是什么身份？”

“一个小名媛吧，也不算没背景。”

“那席家会娶这种门不当户不对的人进门吗？”

“当初是让他娶的，他不肯。”

尤妍挑了挑眉，居然是要他娶。她脑海里飘过此前在国外，席骞说的那句“我娶你”。

她问：“席家是不是觉得他能结婚就不错了，所以家里从上到下没人敢挑剔他？”

“对对对，我发现你对席骞很了解啊。”

尤妍哼笑：“毕竟听过不少传说呀。”

飞机到法国后，尤妍就忘了这个人，开始忙高定周。

除了刚开始那几天，她偶尔会趁着休息时间发消息给席骞，问问他伤势怎么样了。等到他出院了，她就没再主动找过他。

后来席骞找了尤妍两回，她都不太能及时回他消息，他也就没找她了。

过了几天，尤妍看到之前回复的消息，又敷衍又匆忙，感觉挺不好意思的。

直到高定周结束，席骞足足有半个月没给尤妍发消息。

尤妍心想，这人可能觉得追她没希望了，所以另觅新欢了。单向付出，谁都会腻，何况席骞这种从来就不需要自己主动。

这样挺好，尤妍真的希望席骞能早点放弃。

高定周结束后，法国这边的工作量还挺大，毕竟礼服这种东西，耗时又耗力。

到了二月初，法国有个拍卖会。那两日休息，焉晗打算去逛逛，带上了尤妍。

入场的时候，尤妍很意外地看到了一个熟悉的身影。

这边天气很冷，席骞的石墨黑西装外套着一件棕色大衣。他朝尤妍看来的时候，眼里含笑。

尤妍的心跳漏了一拍，随后席骞便走了过来。

尤妍见焉晗去和别人打招呼了，就主动和他打招呼：“席总，来出差？”

“嗯。怎么来这儿玩了？也不说说，我带你来。”

尤妍将手背在身后，淡然地表示：“我哪有钱逛拍卖会，焉晗喜欢一枚胸针，就喊我来了。”

“那你喜欢什么？”席骞说，“我拍给你。”

尤妍仰头看了看会场里璀璨的天花板：“我喜欢这里的空气，你买来给我吧。”话落，她垂眸瞟他，“哦，这玩意儿不用钱。”

席骞失笑，差点儿控制不住伸手去捏尤妍的脸。调皮。

焉晗注意到这边在说话的两个人，十分意外，随后走了过来：“哥。”

席骞点了点头，随后看了尤妍一眼，走了。

焉晗看尤妍：“发现你们真的熟啊。”

“本来就是……熟人嘛。”尤妍拉着她的手，“走了。”

焉晗：“你有喜欢的东西吗？有一颗钻石是首次拍卖，特别漂亮。”

“嗯，价格也漂亮。”

“姐妹送你。”

“不需要，我的戒指不少，平时也不戴这玩意儿，做礼服不方便。”

不一会儿拍卖会就开始了，焉晗看中了一枚二十世纪的胸针，上台后加了几轮价，如愿拍到了。

之后就是随心所欲地看看，尤妍比她更漫不经心，随意地看，偶然看到了席骞。

席骞居然不是自己来的，身边坐着个女人。两个人还附耳说悄悄话，很亲密的样子。

尤妍的脑子乱了一下，心想：这人带着女人来的还来和她打招呼。

她歪头问焉晗："席骞身边那个人是谁啊？"

焉晗看都没看，盯着台上的那颗钻石说："他亲戚。"

尤妍不解："席家的亲戚吗？"

"不是，他母亲那边的，聿翎就是他母亲家族的产业。"

"哦。"

尤妍正要收回目光，远处的男人忽然看过来。

台上那颗璀璨的钻石已经开始竞价了。

焉晗裹着披肩，悠闲地看着，没有要出手的意思。

尤妍以为焉晗要等到后面直接出高价，但是看了一会儿，价钱已经让她叹为观止了，焉晗还没动静。

尤妍问："你不是喜欢吗？不拍？"

焉晗摇头："席骞要了。"

尤妍再次看过去，真见他身边的女孩子在出价。

尤妍懒洋洋地移开视线："所以你不要了？"

"那还怎么要。而且比起到我手上，我更想知道他最后会做成戒指送给谁。"

尤妍点头，不过也不禁在想，席骞到底要送给谁呢？送给新欢？

尤妍的想法落地，心里泛过一个念头，该不会是送给她的吧？

想多了，不要自恋。

台上这时三锤定音，尤妍耳边传来焉晗的感叹："这种男人，真的舍得为女人花钱啊。"

尤妍默默看向席骞。

他这时也回头看她，然后笑了笑。

然后她的手机就响了。

那个很久没动静的账号给她发来消息："喜欢吗？回头做成钻戒送给你。"

尤妍的手机从掌心滑落，掉到地上。

焉晗挑眉，要帮她捡。

尤妍火速弯腰，按住手机："我自己来。"

"怎么了？捡个手机而已。"焉晗不明所以地一乐，完了继续回归正题，"回头注意盯着北市的八卦新闻，我真好奇他送给谁。"

尤妍想了想，给席骞回复："我打算搬家了。"

"搬我家啊？"

“……”

拍卖会结束，尤妍正准备驱车回自己的住处，但席骞发来信息，喊她去吃消夜。

尤妍拒绝了两句，他说已经订好位子了。

她愣住，无奈地叹息了一声，就过去了。

尤妍到时席骞正在餐厅楼下等着，靠着车门抽烟。天上下起了雨，缥缈的雨雾落在他身上，真蛊惑人心。

尤妍跟着他上楼，路上闲聊：“都多久没见了，席总怎么还没新欢？”

席骞：“你也知道多久没见了，我想你都想疯了。”

尤妍在电梯里瞄了席骞一眼：“那你这半个月都没找过我。”

“你不是忙吗？回消息都三言两语的，就不打扰你了。”

尤妍垂眸没说什么，但心里有点暖。

出来是顶层的观光餐厅，但一个人都没有，灯火也不多，很有情调。

中间有一张桌上燃着烛火，椅子上放着一束玫瑰花。

尤妍屏住呼吸：“人呢？”

“我包场了。”

尤妍有点走不动，看着眼前浪漫到窒息的一幕，话都不知道怎么说了：“你吃个消夜，有必要弄得像求婚吗？”

男人轻笑：“向你求婚就这样，水准也太低了吧？”

尤妍坐下好一会儿都感觉不真实，想起席骞早前拍下的那颗钻石，幸好还只是钻石，不然都怕他突然拿出来。

尤妍轻呼一口气，单手托腮，看席骞倒酒，杯子里流入漂亮的暗红色液体。

席骞也在注意尤妍，这慵懒的姿势，真是动人。

他把酒杯递过来。

尤妍伸手。

席骞临了却收回酒杯，伸手握住尤妍那只手，目光落在她缠着创可贴的食指上：“手怎么了？”

尤妍：“哦，没事，给礼服上钻的时候被敲到了。”

席骞的眉头一皱，拉住尤妍的手到眼前。

尤妍的脸绯红，要收回手：“小问题，不用看。”

席骞握紧尤妍的手，瞟她一眼，继续看她葱白般纤细的手指，心疼地说：“这么好看的手，怎么能受伤？”

尤妍调侃：“你以为全世界都是你这种，随随便便就拍颗价值不菲的钻石送人？”

席骞莞尔：“你什么家庭啊？没听你说过。”

尤妍都忘了手被他拉着。她说：“我没家庭啊，我就我奶奶，爷爷去世了。”

“你父母离婚了？”

“不知道，小时候我被放在爷爷奶奶家门口。”

席骞一顿。

尤妍：“他们就把我给收养了。”

席骞一开始听说尤妍和奶奶一起住，以为她父母是离婚了，或者不在了，从来没想过会是这种情况，一时间愣住了。

尤妍回过神，发现手都被席骞握热了，再次抽了抽。

结果席骞依然没放开。他薄唇微动，说：“我家妍妍没有家啊，那我给你一个。”

尤妍盯着席骞，看着他从容又温柔的目光，恍惚了一下。

好像她心底最深处被戳了一下。

真是有那种怦然心动的感觉，好像她真的可以拥有一个自己的家一样。

以前在学校，她也被不少人追过，出来工作后也有过。但这么强势又温柔的男人她还是第一次遇到，这种话她也是第一次听。

蓦然这么一听，她险些沦陷。

但是……尤妍又清醒过来：“你这种话真是随口就来。”

席骞：“真心的。”

尤妍边摇头，边试图抽出被席骞握住的手：“疼，放开。”

席骞马上放开。

尤妍缩回手，圈住发热的手腕，低头说：“不用，我习惯了。席总的爱要精神强大的人才扛得住。我这样的人，这辈子只求顺风顺水就够了，一点儿也不想卷入一些没必要的旋涡里。”

席骞隔着桌子，深深地看着尤妍。

尤妍：“我一开始对你态度很好，是因为我们有相同的朋友圈，然后你又对我很好、很绅士。你感情方面玩归玩，但跟我没关系，所以我把你当朋友。现在我差不多也是这个态度。”

席骞浅笑：“还是朋友啊。”

“嗯，我的人生计划就是好好工作，过好自己的小日子。我跟焉晗、周柠她们不一样。所以你这样的人对于我来说，难度有点大，我不想去试。”

他轻叹：“我不知道你是这种出身，难怪，这心像冰一样，怎么都捂不化。”

尤妍：“那你放弃吗？”

他笑了笑：“放不了，真想给妍妍一个家。”

尤妍噎了噎，没想到席骞会来这么一句。

她不由得说：“你给不了。”

席骞把酒拿过去，和她碰了个杯，说：“有什么是我给不了的？是你没看清我。”

“我就是看得太清了。”

他莞尔，点头：“行，怪我过去太爱玩，我再追一追，不用急着答应我。”

尤妍真的没遇见过这种人。

席骞转移话题：“你生日是什么时候？”

“嗯？还早呢，十月六号，Sixteen 就是我和焉晗的生日，她是六月十六。”

席骞了然地点点头，本来想把钻戒当生日礼物，这下看来不行了。

尤妍却没想那么多，忽然一顿：“难道今天是你生日？”

他挑眉：“是的话，你有礼物给我吗？”

她沉吟了一会儿：“是的话，那你岂不是三十四岁了？”

“太老了。”她笑道。

席骞被呛了一下，放下酒杯，深呼吸。

尤妍失笑：“真的吗？本来我已经不小了，但这样对比起来我就还小，我们不搭。”

席骞瞥过去：“哥哥的生日在年底，和你别提有多搭。”

“你是不是临时改的生日啊？做人诚实点不好吗？”

席骞被她逗笑：“改生日，至于吗？你又从来没嫌弃过我的岁数。”

“我没有吗？我有，你第一次说你三十三岁的时候，我就说你是老男人。”

两个人在淡淡的光线下悠悠地对视了几秒，他点头说：“可你没说你不喜欢老男人。”

尤妍愣住。

席骞心情不错地举起杯子一饮而尽：“我感觉你就喜欢我这样的老

男人。”

尤妍的脸红了，放下酒杯：“你能不能不要这么自恋？”

席骞笑得不行，放下杯子看过来：“人总要有点盼头。”

尤妍立刻道：“你生活的盼头只有我吗？”

对面的人从容不迫地回答：“我这生活挺美满的，就差一个你了。”

情话连篇，扛不住。之后尤妍就专注于用餐了，偶尔说的也都是工作。

尤妍再忙一阵就回去过年了。

席骞也是。不过尤妍嘱咐了，在法国别找她，因为焉晗在，她不想被人发现两个人的关系。

席骞说他就是专门来法国见她的，没有工作，之后要去美国。

尤妍有点意外。

难怪今晚要这么大费周章地把她哄出来吃消夜，这要是不吃，他这趟就真的只见了她一面。

消夜过后，尤妍穿过雨雾回家。

之后她就真的没再见席骞。

二月中旬，尤妍回国了。

到家的那天，天榭舍的房子里有其他人在，是奶奶的亲孙女，倪杨。

尤妍跟奶奶姓，他们随爷爷姓。

进门那一刻，坐在落地窗前躺椅里玩手机的女人回头看了尤妍一眼，上下打量了一番后，淡淡一笑问：“尤妍，你去哪儿了？”

“刚从国外回来。”尤妍勾起嘴角，“奶奶没跟你说？”

她不答反问：“你怎么去那么久？奶奶一个人多孤单啊。”

奶奶应该去买菜了，尤妍拎着行李箱回卧室，边走边说：“这趟比较久，以前都是去一个月就回来了。”

她身后跟着脚步声：“我回国工作了。”

“哦。”

尤妍到衣帽间里把行李箱打开。

倪杨跟进去，然后目光一下落在她的珠宝柜上，围着转了转。她说：“你这几年赚了不少呀，这珠宝很丰盛呀。”

尤妍瞥了一眼，转移了话题：“叔叔阿姨呢？没一起回来？”

“回了，和奶奶一起出去买菜了。”

尤妍点头。

倪杨指着里面一条粉色钻石项链："这条项链你居然有？我拍的那些大明星都只是借着戴戴，你倒私藏在珠宝柜里。尤妍，你真舍得给自己买东西啊。"

尤妍抬头，看到她指的是哪一条后，一顿。

倪杨看上去很喜欢，想拿出来，但是珠宝柜锁着，她只能说："我年后要去出席一个杂志的晚宴，你拿出来借我吧。"

尤妍平静地继续收拾东西："看看其他的吧，刚出来工作的人都很低调的，你戴这个去，别人会以为你私生活有问题。"

倪杨噎住，随即不屑地道："都什么年代了，家里有钱不行吗？"

尤妍："我的项链很多，都是用来搭礼服的，什么款式都有，你随便看。"

倪杨瞄了她一眼，浅笑："怎么？这条不舍得？"

尤妍心想，是不舍得。这条是席骞送的，她自己都没戴过就给别人戴算怎么回事。

不过她表面上仍很平静："这条是别人送的，我不好借人，其他的你随便挑。"

倪杨盯着那条璀璨的项链，有些意外，看向她的眼神中泛起一丝意味不明的光："什么人送的啊？男朋友？"

"嗯。"尤妍没必要过多解释。

倪杨看她的眼神瞬间更复杂了："你交的什么男朋友，一出手就送这种东西，大老板啊？"

尤妍继续整理东西："我自己有公司，这种东西我也买得起，交一个分量差不多的男朋友也没什么。"

倪杨勾了一下薄唇："真的假的？没听奶奶提起过你有男朋友啊。"

"还没到见家长的时候。"

对方垂眸瞥了尤妍一眼，又看了一眼那条项链："可是别的你都戴过了啊，不好再戴。"

"晚礼服就不好多穿，没听说过珠宝不能重复戴的。你要是有个几千亿身家，拿珠宝当一次性用品，那当我没说。"

倪杨没说什么，出去了。

一会儿奶奶买菜回来，进屋来找尤妍，看到她就说："肯定没好好吃饭，我妍妍又瘦了。"

尤妍傲娇道："哪里瘦了，我好得很呢。我给您买了一件外套，放在房间了。”

奶奶笑容满面：“倪杨一来我就把你的房门锁了，怕她上你这儿弄乱你的东西。”

“嗯。”

“出来吃饭吧，吃火锅，可以吃了。”

“好。”

尤妍和餐厅里一对四五十岁的中年夫妇打了声招呼，他们淡淡地应了一声。

平时吃饭，尤妍都坐奶奶身边，这会儿一边坐着倪杨，一边坐着倪杨爸爸。

她看了一眼，就一个人坐到远处了。

奶奶立刻说：“妍妍，来这里，好给奶奶夹菜啊。”

倪杨闻言，随口说：“我给你夹啊，奶奶，这都坐下了。”

“你去你妈妈那边坐，这样一家人坐一起才像样。”

尤妍垂眸看手机，没说话。

倪杨瞥了尤妍一眼，最后去了她妈妈那边坐。

尤妍过去坐回自己的位子。

倪家夫妇从头到尾没说话，他们比较淡漠，应该说对尤妍比较淡漠。

他们当初是不建议两位老人收养尤妍的，但尤妍比倪杨小几个月，那会儿才一岁。那个年代，丢去福利院就是受苦，也没条件多好的人会去福利院领养孩子。

老人家看着和自己孙女一样大的孩子，实在舍不得放她去吃苦，就留下养着了。

为此，倪家夫妇每次回国也没少发表异议。

只是老人很斯文，并不去吵，最后话题就断了，尤妍也长大了。

这顿饭和以往一样，奶奶不是和尤妍聊天，就是和那家人聊天。尤妍只问候了对面夫妻俩工作怎么样，他们淡淡地应了一句，尤妍也就没再开口。

吃完饭尤妍要收拾，奶奶让她去休息倒时差，自己洗。

那家人看着，似乎又有意见，最后看到老人家的脸色，也没说什么。

尤妍关上房门，呼了一大口气，开开心心地去洗漱。

明明是她的房子，但是那一家人回了国，她就好压抑，好像寄人篱下。

洗漱完尤妍直接睡到晚上，没起来吃晚餐。奶奶发信息说去倪家吃饭了，她要是自己不想吃，等奶奶晚上回来给她煮面。

尤妍就赖床赖到晚上九点，奶奶回来了，她才起来。

奶奶一进屋就去厨房给她做消夜，显然是专门回来的，就怕她饿着。

尤妍自在地坐在餐厅，边听奶奶说话，边吃东西。

她还是很享受这样的时刻。

不过中途奶奶问她："倪杨说你有男朋友了，妍妍。"

尤妍被面汤呛了一下，抿了抿唇，抬头："没有，是她看上了我的一条项链，因为是别人送的，我不好借给她，就随口说是男朋友送的。"

奶奶笑着问："那不是男朋友，谁送你项链啊？"

尤妍有些脸红，垂眸喝汤："一个……追我的人。"

奶奶马上来了兴趣："追求者啊？什么样的人啊？"

是说他身家在北市数一数二，还是说他爱玩？

尤妍吃了一口面，含糊道："那人属于……很有钱的，所以我目前还不知道他是不是真心的。等我确认了再跟你说。"

奶奶笑了："好啊，不是真心的我们可不能要。"

"嗯嗯。"她点点头。

奶奶又问她："那明天要不要一起去你叔叔阿姨那儿吃年夜饭？"

尤妍吃东西的动作一顿："要不，奶奶自己去吃吧？"

"那你怎么办？"

"我自己吃就行了，一个人，多自在。"

奶奶叹了口气，想要喊尤妍一起去，又知道他们对她的态度不好，她不想去。

第二天是除夕，尤妍一觉睡到下午，起来梳洗了一番，精神不错，心情也不错，准备一个人做年夜饭，奶奶白天给她买好菜了。

但尤妍刚到厨房，手机就振动了一下，首页弹出一条席骞的微信："宝贝，回国了吧？"

这两个字真是越叫越顺口了，不过算了，说了也没用。

她回复："回来啦。"

"晚上见个面？"

"不见。"

"大过年的这么不给面子？"

"嗯，希望席总翻篇。"

“我希望我家妍妍翻到我这儿来。”

她差点噎死。

席骞：“我去见你总行了吧？你几点有空？”

“我没空，晚上我奶奶回来，我要陪她，不出去玩。”

“那你现在一个人？你晚上不是和你奶奶一起吃？”

“嗯。她去别人家吃了，我自己吃。”

席骞看着那个“别人家”，想起尤妍的奶奶还有自己的孩子：“那你怎么不一起去吃？”

“不习惯，自己吃自在些。”

席骞推想了一下情况，当即收起手机，从席家大厅里起身：“我晚上不在家吃了。”

家里人挑眉，不懂。

奶奶：“除夕夜你还要去哪儿吃？你还有应酬？”

“嗯。”说完席骞就走了。

奶奶摇头叹气，问其他人：“他还有应酬？年三十还有？”

“没有吧，您还不知道他，不是去见朋友，就是去见女人。”

众人一乐，又无奈地摇了摇头。

那边尤妍收到一句“那晚上和我吃吧”的时候，一时间愣住了。

她：“啊？”

席骞：“我这就去天榭舍找你。”

尤妍拒绝：“我不要。”

席骞：“我已经跟家里人说了，不能再回去了。”

尤妍说：“那你也自己吃吧。”

“对我不要这么狠，妍妍，一个人吃像什么。”

尤妍停下做饭的动作，回复：“我这里没菜。”

“我买。”

尤妍看着这句话，不知为何，心里莫名飘过一股小小的愉悦。

她出了厨房，去衣帽间换衣服。

等席骞到了，尤妍下楼，坐进车子以后说：“去外面餐厅吃。”

“为什么？我想吃我家妍妍做的。”

尤妍悠然地说道：“我不会做。”

他笑了笑：“不会？那行，我来。”

尤妍别过脸看向窗外，漫不经心地问："你会？"

"会，怎么不会？给你下厨好不好？"

尤妍撩了撩头发，有些不自在，但嘴角不自觉地勾了起来："席总是不是经常给女人做饭？"

"开玩笑，两个公司，你以为我很闲？你是第一个，宝贝。"

尤妍嘟囔了一句"别乱喊"，然后就笑笑没说话了，不过她脸上的笑容很明显。

到了附近的超市，里面很热闹。

尤妍有些想不明白，怎么就发展到两个人一起逛超市了？

走到卖菜的地方，席骞很绅士地问尤妍喜欢吃什么。她也没客气，她就加了点家里现有的那几种菜。

不过走了一会儿，尤妍发现跟在席骞身边，很惹人注视。这人穿着一身休闲装，站在海鲜摊前，吸引了无数目光。

尤妍在他身后悄悄说："席骞。"

"嗯？"

"你平时怎么上超市的？我这会儿要不在，你可就被吞了。"

他勾了一下薄唇："我从来不上超市。"

忘了他家有阿姨。

"那你怎么会做饭？你是不是哄我的？"

他看过来，眼中含笑。尤妍不由得转过身，然后身侧的人就往后靠去。

她耳边传来一句："我就没骗过你。"

她心跳加速，慌忙走开了。

席骞低笑，买好东西，接过袋子，平常得像是接过一纸合同。

尤妍站在过道出口，因为人多，也不知道后面的脚步声谁是谁的，直到一条手臂搭在她腰后。

尤妍的身子一热，虽然席骞很绅士，只是用手臂贴着她的衣服。但是还是有种两个人挨在一起的感觉。

拐过弯后，尤妍悄悄离他远了一步。

席骞看在眼里，神色温柔："还想吃什么？"

"买点你喜欢吃的吧。"

他看着她。

尤妍很淡定："你不用吃吗？"

"你喜欢什么我就喜欢什么。"

尤妍继续强装淡定："认真点。"

"很认真。"席骞点点头，"我没什么特别喜欢的，那你喜欢什么，我从今天开始就喜欢了。"

尤妍的心"怦怦"直跳，然后光顾着看他，走着走着，一个男人走到她眼前她都没注意到，直接撞了上去。

她一抬头，是一个年轻男人，很高，她直接靠在了对方怀里。

她还没反应过来，席骞就一只手把她拉过来，搂入自己怀中。

那男人抱歉地说了两句"对不起"，然后在席骞要冒火的目光中撤了。

尤妍缓缓站好，但他的手臂跟铁笼子似的，紧紧地箍住她。

尤妍轻声喊："席骞。"

"嗯？"

她羞涩道："放手了。"

"放手让你去别人怀里？"

她羞恼："我不适合去别人怀里，就适合在你怀里吗？"

席骞深深地盯着尤妍，嘴角隐隐动了动，恋恋不舍地松开手。

尤妍觉得很不自在，咳了咳。

席骞看她的眼神不太友好："撞别人怀里做什么？"

她满脸绯红："我哪儿知道对面有人，光顾着跟你说话呢。"

他的眉眼微动，溢出笑意。

尤妍觉得不是她的错："而且你面对着路，为什么不及时拉开我？"

他缓了缓，点头："是我的错。

"我也光顾着看我家妍妍的美貌了。"

尤妍在席骞的笑容里莫名崩溃，马上转身走开："席总没喜欢的，那走吧。"

席骞颔首，挺满意的模样。

走到收银区，轮到他们时，收银的小姑娘扫一下码就看一眼席骞，两三下后又看一眼尤妍。

看得她心里莫名有股异样，最后只能和他说话："你从你们老宅出来的？"

"嗯。"他看过来。

尤妍难得和席骞近距离对视，没移开眼："专门出来找我的？"

他淡淡地颔首，一副无所谓的模样。

尤妍却忍不住道："出来干吗……我一个人吃自由自在的。"

“和我吃不自在？”

“不是吃了几次了。”

她闭眼没再说话。

这温柔的眉眼，席骞看得实在心动，蓦地伸手摸了摸她的脑袋。

她四下看了看，附近的人都在看他们……

尤妍马上拿下他的手，压低声音：“别乱来，摸谁呢？”

他很坦然：“你说你是谁？我的心上人啊。”

“吃完这顿饭后见面就不要打招呼了吧？”

席骞乐得不知道说什么好，最后威胁她：“你再说这种话，不要怪我在众目睽睽之下吻你。”

尤妍眯起双眸看他，他挑了挑眉。

尤妍一看那认真的架势，立刻尿了，转身要走。

但是下一秒想起还没付钱。她刚回头，就见席骞从钱包里拿出一张卡。

尤妍拿出手机：“我来吧，应该我请你的。”

席骞按住尤妍的手机，扬了扬下巴示意收银员刷卡。

尤妍要去拿卡，被他握住手放入他的大衣口袋里。

席骞的掌心温热，还充满力量。尤妍觉得那温度都渗透到血液里了，马上压低声音说：“放手。”

“老实点，我还没让女人付过钱。”

“哦，忘了，席总专门为女人花钱。”

他看过来，无奈地表示：“我以后就给你花了。”

她说：“我没钱吗？”

“我就想养你，新年愿望就是妍妍让我养。”

尤妍心里止不住笑，表面上还是端着正经脸色。

收银员全程听着，这会儿麻木地递过卡来。

席骞接过，放入钱包。

回到天榭舍，尤妍极其不自然地带他上楼。

冬天天黑得比较早，此刻才五点，外面已经暗下来了。

这边的房子比法国那边多了许多生活气息。

本来在外面尤妍还没什么孤单的感觉，但是进屋的那一刻，屋子里有些黑。

开灯后，看到席骞拎着超市的袋子去了厨房，她有点恍惚，脑海中不自觉想起席骞之前在国外说的那句“我家妍妍没有家，那我给你一个”。

尤妍的心好像被戳了一下，并且这次戳得更深了些。因为除夕夜席骞居然从家里出来，跑来给她做饭。

真的有种家的感觉。

尤妍把外套脱下，然后就去了厨房。

席骞动作优雅又利落地做着饭，尤妍不由得夸赞了一句：“还真会啊。”

“那不然，今晚喝西北风吗？”

“我会啊。”

“不是说不会吗？”席骞看过来，“就是不想给我做。”

尤妍心虚地别过脸，随后绕到另一边去准备帮忙。

但席骞说：“我来就好。”

“我会的。”

“你会也我来。”

“我哪好意思让你这样的人给我做饭啊。”

他点头：“那你把我当男朋友就好意思了。”

尤妍踢了席骞一下：“再要流氓你没得吃了。”

“我无所谓，你别饿着就行。”

尤妍蓦地心又一动，再次转身。

刚好尤妍在外面的手机铃声响起，她过去接听。

居然是倪杨打来的。

她接通后，听到那头的人说：“尤妍，你不来我家吃饭啊？”

“啊，不了。”

“哦，随你。”

打这个电话意义何在？话费多吗？

“对了，我家离我工作的地方有点远。我年后上班的时候，去你那儿住，没问题吧？”

尤妍微顿了一下，还以为她怎么忽然这么闲，原来是醉翁之意不在酒啊。

她问：“你在哪儿上班？”

“《为你》杂志。”

“那个我知道，和我们品牌有合作，公司总部离我这儿也不近啊。”

“反正比我家要近一点，我就去你那儿住。”她的语气里带着轻快，好像说的是件理所应当的小事，然后见电话里没有声音，就问，“怎么了？

有问题吗？”

尤妍不是不想让她住，是这人性情清冷，住在一起根本合不来。

不过奶奶估计也不会同意倪杨来打扰，所以不需要她说什么。

她直接说：“行啊，还有一间客房。”

倪杨：“剩下的那间客房？那间房好小啊。”

尤妍早有准备：“五十平方米，不小吧？”

“那间没有衣帽间。”

“客房。”她提醒。

倪杨：“你那个工作室为什么整那么大啊？有些浪费了。”

“正常来说，工作室是拿来工作赚钱的，不是拿来当衣帽间的。”

倪杨噎住。

她想了想，最后说：“你那个房间倒是很大啊，你之后还去国外吗？”

尤妍挑眉，还想住她的房间？

“不去了，年后在国内工作，和你一样。”

倪杨欲言又止，最后还是没好意思让她换给自己：“哦，那挂了。”

尤妍：“你今天可以顺便跟奶奶说，你要在这儿住。”

倪杨不解：“为什么要跟她说？我是她孙女，还不能跟她一起住了？”

尤妍：“哦。”

挂断电话，尤妍有些郁郁寡欢，踩着棉拖鞋穿过客厅的地毯往厨房走去。

席骞看着她，有点可爱：“怎么了？”

尤妍开了一盒牛奶，喝了一口，呼气：“哦，我奶奶的孙女，说要来我这儿住。”

“嗯？”

“不开心，”尤妍低垂着脑袋，“我喜欢安静。”

“那你来和我住吧，江流的景致不错吧？很安静。”

尤妍刚喝了一口牛奶，立刻被呛到，呛得她猛地咳嗽起来。

席骞关了炉火，伸手接过尤妍的牛奶，又搂过她，伸手给她拍背。

尤妍弯着腰咳得肺都要出来了，不知什么时候才喘息着停下来，没再咳了。

她抬起头，眼里都是泪花。那脸白里透着粉红，眼里波光粼粼，像一池倒映着星空的湖水。

尤妍从席骞怀里退后一步，羞涩地转头看锅：“快做饭呀，我饿了。”

席骞笑了笑："怎么样？"

她不可思议："还怎么样？你觉得怎么样？"

"这不挺好的？"

"哪里好？求你了，我就算露宿街头也不会去你那儿住，你不要气我了。"

席骞笑得不行，一边做饭，一边调侃："哪有气你，江流我平时不住的。"

"再不住也不可能。"

尤妍喝完牛奶，席骞就喊她吃饭了。

尤妍觉得和席骞这么吃饭有些不自在，就从冰箱里找出酒。

除夕夜，万家灯火，餐厅玻璃倒映着外面的夜色，两个人的影子落在桌上，气氛还不错。

尤妍："谢谢你啊，这种日子还来和我吃饭。但是你这样跑出来是不是不合适啊？"

席骞："又没结婚丢下老婆出来，哪里不合适了？"

尤妍差点又被呛到，忍着眼角溢出来的眼泪说："你能不能好好说话？"

"我哪里不好好说话了？事实就是如此。"

"哼。"她不搭理他了，自顾自地吃饭。

尤妍吃了几口，见席骞在喝酒。他举止优雅，边喝边看她。

尤妍轻声道："吃啊，光喝酒很容易醉的，虽然是啤酒。"

"你给我夹。"

尤妍眯起眼："你这手从跨年到春节，还没好吗？"

席骞放下杯子，拿起筷子，夹菜到她碗里："那我来，我愿意给我家妍妍夹。"

尤妍拿起筷子夹回去："自己吃。"

他挑眉："这也算是你给我夹了吧？"

尤妍默默地夹回来。

他笑了，蓦然靠近她："妍妍，你长得那么漂亮，还这么可爱，让人真的很难放弃啊。"

尤妍一下子抵在椅背上，屏住呼吸，眨眨眼："我不可爱，坐好，吃个饭那么多名堂。"

他轻叹："我还以为年前能追到你呢。"

尤妍一顿。

他无奈地感叹："结果从跨年到现在，才见两面。"

男人挨得极近，身上那抹熟悉好闻的清冷气息卷过她的鼻息。她的心跳得有些快。

虽然席骞很不老实，但这一顿晚餐是计划里没有的温馨。

尤妍吃得还是挺开心的。

吃完饭，外面已经开始放烟花，绽放在夜空尤其璀璨。

席骞到客厅坐下，看了看四周的环境。

尤妍泡了杯茶过去，席骞见了，揶揄道："还留我啊？我还以为吃饱喝足就得走了。"

尤妍不自然道："你忙就走呀。"

"不忙，这种日子，什么都可以推，就你不能。"

尤妍一顿，脸红道："你还是走吧。"

"不走。"席骞伸手拉着尤妍坐下，"说了陪我家妍妍过年呢。"

尤妍在席骞身侧落座，定定地看着他。

屋外的焰火一阵一阵地照进来，眼前明明灭灭的。他陪着她坐在这里，她忽然觉得很浪漫。

席骞见尤妍在看他，挑眉："怎么了？真不要我啊？"

她下意识地说道："不是。"

忽然觉得，好像不舍得他走了。

好像有些信他是真心的。

就是待会儿奶奶可能会回来。尤妍说："你真的没事吗？那我们下楼走走吧，陪席总走走。"

他挑眉，受宠若惊："陪我走走？"

她不好意思地道："我怕我奶奶回来。"

"嗯？回来了不是正好，顺便见家长。"

尤妍踢他："走了。"

他浅笑着起身。

天榭舍在市区，不远处就是北市兰江长廊。

尤妍穿着一件新大衣，又拿了条围巾裹着脸颊，防风，也防被人看到她和席大公子夜逛兰江。

这个时间的长廊人来人往，多数是情侣。

尤妍走在席骞身边，与几对情侣擦肩而过后，围巾下的脸有些红。

尤妍看了看身侧的人，席骞倒是很从容。

“席骞。”她压低声音喊。

他侧头：“嗯？”

尤妍小声说：“你陪女人走过吗？”

“没有。”

“那我们去别的地方坐坐吧，我发现我们俩不适合走。”

“谁说的，挺适合的。”

她小声说：“我觉得你就应该坐在办公室里和女人打电话，不应该在兰江长廊散步，不符合席总的气质。”

“是吗？我就想陪你散步，有种追到你的感觉。”

尤妍害羞地捏起围巾遮住脸颊，一想到早前在家里的那种不舍得，又悄悄地看了他一眼。

江边的焰火越发多了，照在男人无可挑剔的五官上，明明灭灭，有种不真实的感觉。

席骞这样陪尤妍在这儿走着，她也觉得很不真实，有些心软，觉得他好像很好。

席骞要是不来，她这会儿应该一个人在家里百无聊赖地玩手机。

尤妍垂眸，掩藏住眼底的笑意。

席骞也在看身侧的人，见她不知为何低下头，他停了下来。

尤妍见状，愣愣地抬头。

他笑：“想什么呢？低着脑袋。”

她沉默片刻，道：“想男人。”

席骞伸手钩起尤妍的下巴：“我在这里，你还想其他男人？”

尤妍羞红了脸，拍开席骞的手，又看看左右路过的人，再拉高自己的围巾。

他笑着伸手给她整理了一下围巾：“冷吗？那走吧，可不能为了满足我，冻到我家妍妍。”

尤妍软软的心，在这一刻，更加酥了。

她说：“不是，不冷，是怕被人发现了。”

明显看得出席总有些受伤，尤妍才回味过来这么说是有点伤人。

她抿了抿唇瓣，挽救道：“就是……我经常在我的微信群里，看到你和别的女人被拍的照片，低调点嘛。”

他点点头，不过还是说了一句：“不用担心，我们一定会在一起的。我也不会再去招惹别人，让你没面子的。”

尤妍忽然忍不住问："要是追不到我怎么办？"

他一顿，对视几秒后一笑："就这么不想和我在一起？"

"不是，"尤妍垂眸避开他的目光，"要是追不上，你是不是就继续玩了？"

"不玩我还能干什么？"他很淡然从容，"反正我只爱你，得不到你，就恢复原来的生活。"

尤妍第一次听到他说……爱她。

她胡乱地低语一句："你再找一个你喜欢的啊。"

他笑了："宝贝，喜欢你都是意外，哪儿来的那么多喜欢。"

尤妍噎住，却也无话可说。

她茫然地转过身。

席骞牵住她，转回来："这边，宝贝，走错了。"

尤妍和席骞继续走，后来发现他的司机在身后开着他的车子，以蜗牛的速度前进。

等到走完这段路，席骞才上车把她送回家。

到了天榭舍楼下，席骞从车厢里拿出一束花放到尤妍的怀里。

除夕夜，浪漫的烟花声，鼻尖飘过玫瑰的香味，让人十分动容。

席骞摸了一下她的头："回见，宝贝。"

她点点头，温柔地道："回见。"

席骞定定地看着尤妍，忽然笑了。

尤妍："笑什么？"

"你好像，不介意我这么喊你了。"

她哼笑："介意有用吗？你还不是想喊就喊。"

席骞："'宝贝'好听，我们妍妍就是宝贝。"

尤妍的脸很红，挥挥手："走了走了，明年见。"

席骞在后面笑。

尤妍上楼把玫瑰放到卧室的沙发上，然后坐在边上，盯着那束玫瑰看，很快出了神。

不一会儿奶奶回来了。

尤妍听到声音，开心地从卧室出去。

奶奶脱下大衣挂上，笑容满面地问："妍妍，吃晚餐了没？"

"吃啦。有个朋友来了，然后一起吃的。"

“是吗？”奶奶听到有人和她一起吃，更开心，然后走过来递给她一串冰糖葫芦。

她笑着接过：“去逛小吃街了？”

“嗯，倪杨喊奶奶陪她去，就去逛了一会儿，顺便给我们妍妍带一串你小时候喜欢的冰糖葫芦。”

尤妍默默地撕开外面的膜，咬住一颗，再去厨房泡了壶茶出来。

她倒了一杯给奶奶后，问：“倪杨说要来这里住，跟您说了吗？”

老人家一顿：“嗯？倪杨要来这里住？”

“嗯，说是这里去公司比她家去公司近一点。”

奶奶摇头：“没说呀，我听她说在市区工作，那住哪边不都差不多。”老人家轻叹，“放着家里那么大的房子不住，来这里干什么？你直接跟她说不方便就可以了。”

尤妍笑了笑，放下茶壶，坐下：“我不好说。其实要是我和她合得来，她想来住就住嘛，也没什么，给他们家谁住都是理所应当的。”

“什么理所应当，”奶奶皱眉，“你是爷爷奶奶养大的，不是他们家。”

奶奶喝了口茶，拿出手机给倪杨打电话。

尤妍坐在对面，一口冰糖葫芦、一口茶，看着外面的焰火，没说话。

电话没打通，奶奶放下手机：“回头奶奶再找她说。”

尤妍没说话。

奶奶看过去：“妍妍，不用多想啊，奶奶喜欢清净，我们祖孙俩住着就行了。你不用觉得不好意思，你不欠他们的。”

尤妍：“还是欠了的，养大我不容易，花了好多钱。要是这钱不花在我身上，最后就是倪杨他们的。所以，我就是吃他们家饭长大的。”

奶奶的眉头一皱：“什么他们家的，奶奶的钱就是奶奶的。即使没养大你，要是其他人不孝顺，百年之后奶奶也捐出去，谁都没有。”

尤妍失笑，然后点点头。

奶奶看着尤妍，满脸温情：“我们妍妍不要乱想，大过年的不说这些了。”

“嗯嗯。”尤妍咬一口冰糖葫芦，也有点释怀，没再多想。

她欠的自始至终只有爷爷奶奶，那份恩情是花多少钱都抵消不了的。

奶奶起身去拿遥控器开电视，边走边说：“奶奶的钱和爷爷的钱，都是留给妍妍的嫁妆。”

尤妍差点被冰糖葫芦噎死，咳了咳，一脸茫然地看着奶奶：“啊？

嫁妆？”

“当然，”老人家回来坐下，“我们妍妍也不小了，早晚要结婚的。”

尤妍脑海里莫名飘过一个身影，晚上跟她说回见的那个人。

陪奶奶看了两集电视，尤妍就回房去洗漱了。

尤妍忙完，夜已经很深了，不过外面烟花声依然此起彼伏。

尤妍裹着一身毛绒睡袍，坐在床尾看那束妖艳的红玫瑰，想着今晚的事。

怎么办，她好像不那么抗拒席骞了。

见之前想要这个人放弃，但是蓦地见了，又好像有点沉溺于他的陪伴、宠爱，还有满眼的柔情。

尤妍的心有些乱，就像寒冬里卷过的北风。

一开始笃定绝对不可能的人，有一天发现，好像有些沉迷了，感觉要完。

尤妍倒在身后的大床上，埋入柔软的被褥中，深深地叹气。

也许只是因为席骞在这种特殊的日子陪了她，有点感动吧。

尤妍摸出手机，打算睡觉。结果打开微信，发现三人小群里，周柠发了几张照片。

看小图就看得尤妍背脊一凉，点开，果然是兰江长廊。

照片拍得有点模糊，但能看清席骞的身影，毕竟他一身大衣很有气质。加上他的身高和那张好看的脸，出类拔萃。

然后他身边跟着个穿白色大衣的女人，脸上遮着灰色围巾。

群里周柠说：“啊啊啊——看我在一个名媛群里发现了什么。席骞居然除夕夜陪女人逛兰江，也太有闲情逸致了吧？！”

过了一会儿，焉晗回复：“女的是谁啊？很漂亮的样子。”

尤妍特意穿了一件新大衣，鞋子也是，脸也遮住了，就是怕被认出来。

果然没有看出是她。

周柠说：“不知道啊，脸挡着，不过身材很好的样子，很有气质。而且，两个人好般配的感觉，这背影有点浪漫啊。”

尤妍不敢插话，做贼心虚，怕一说话她们会联想到自己。

第二天是初一，两个人没有见面，但尤妍收到了席骞送来的一大束红玫瑰。

尤妍抱花回家，奶奶见了，马上笑着问是不是她的追求者送的。

尤妍说“是”，其他的也不知道怎么说了。

后来席骞每天都送，偶尔也会约她出去，但她还是和以往一样下意识地拒绝。

尤妍心里有点……慌乱，好像不是拒绝他，而是在拒绝自己。

初三晚上，Sixteen 一直合作的一本杂志《为你》的主编约焉晗谈事。

焉晗没空，让尤妍替她去。

尤妍答应后，收到那个主编发来的地址，是在天榭舍不远的俱乐部。

尤妍也不是没去过这种地方，只是比较少。

这晚尤妍一进去，就感受到不少目光。因为上次那场秀让大家记忆犹新，所以好多男人见了她都很惊奇。

尤妍直接走去《为你》杂志主编的卡座。刚坐下，她就收到一条微信消息。

席骞："宝贝，一会儿上我这儿来。"

尤妍扭头四下看，很快就看到不远处，席骞一只手拿烟一只手端酒，眼中含笑，一副恣意的模样，正在看着她。

第七章 为他心动

好几天没见了，尤妍见到席骞有些意外。但她收回目光，没搭理他。

杂志主编喊尤妍："本来喊焉晗的，她说她今晚回娘家了，没空来，说让你来，真是惊喜啊。"

尤妍调侃："这有什么可惊喜的，又不是不认识。"

"好久没见了啊。那场秀后我就很想见你，我还保存着视频呢。"

尤妍莞尔。

主编跟尤妍说："初六晚上我们办晚会，要不你也来吧？"

尤妍："随意啊，到时候和焉晗一起去。"

"OK，开心。"

尤妍喝了口酒，然后手机又振动了一下。

席骞发来信息："到洗手间来一下。"

尤妍脸红："干吗，接吻啊？"

席骞笑了，回复："宝贝，别说得比我还懂的样子，这很撩我。"

尤妍怕席骞老往这边看，回头被别人发现了，还是起身去了。

尤妍用围巾把脸围起来，遮住半张脸后才出去。

席骞在不远处的电梯口，靠着墙在抽烟。

长长的影子折射到地上，尤妍走两步就踩到。席骞看了过来，她莫名心跳加速。

到了席骞面前，尤妍又绕到不远处的拐角处，怕有人来洗手间会发现。

席骞掐灭了烟蒂，跟上她。

尤妍等人停下后，问："干吗？"

"出来也不告诉我，我想你好几天了。"

“我是临时出来的，来谈工作。”

“年还没过完就有工作？”

“嗯，时尚品牌，开年就是很多晚会什么的。”

席骞点点头，然后伸手拉下尤妍的围巾。

尤妍被吓到，马上左顾右盼：“你干吗？我要走了。”

席骞捧着她的脸，笑得志得意满：“宝贝，你对我还是挺好的，一喊就来了，是不是追你有望？”

尤妍被席骞说得心一慌，火速闭眼：“没有，就是不想你老看我被人发现了。”

“被发现了不正好，你看今晚有多少人看你。”

“你是不是想气死我？席骞，我走了哦。”尤妍抬头，眼睛里莫名含着委屈，觉得自己昏了头，怎么会过来。

席骞看尤妍抿着唇，眼睛湿漉漉的，好像真被他气到了，立刻凑近抱住她：“妍妍……开玩笑的，不要生气。不让人知道，乖。”

席骞喝了不少酒，醇香的酒气在鼻间弥漫，尤妍觉得自己都快醉了，回过神后，发现自己被他抱住了，火速推他：“你放开，我要走了。”

席骞抱得很紧，把尤妍往怀里压，一只手摸着她的脑袋，一只手搂着纤细的腰肢，就是舍不得放开：“我抱抱，想你了。”

尤妍又动了几下：“你说什么呢……”

席骞低下头埋在尤妍的肩窝处：“妍妍。”

尤妍感觉脖颈处被喷洒了一抹湿热的气息，四肢百骸都软了。

她整个人晕乎乎的，觉得要扛不住了：“席骞，我是尤妍啊，你……”

这句话像是点燃了什么，他一动，吻了她一下。

尤妍的脑袋里“嗡”的一声，短路了：“席骞……”

席骞的声音尤其低哑，含着浓烈的撩人气息：“我爱你，妍妍。”

尤妍整个人恍惚起来，似乎陷入一个滚烫的旋涡里，很热、很暖，让人沦陷。

她的心跳加快，连呼吸都紊乱了。

席骞紧紧地拥住她：“妍妍。”

尤妍的身子轻颤，渐渐清醒：“你放开。席骞，你不要这样。”

席骞把尤妍抵在角落里，睁开眼睛，明亮又炙热的目光落在她的脸上。

尤妍满脸绯红地和席骞对视，还没有从刚刚的吻与那句“我爱你”中回过神来。

半晌，席骞捧着尤妍的脸喊宝贝，她才有气无力地跟他算账：“浑蛋，你答应我不碰我的。”

男人满眼情意：“对不起，宝贝。”

尤妍踩他：“言而无信，以后谁信你。”

尤妍说着要走，席骞拦住她：“对不起。”

尤妍：“你放开我，你还抱！你是不是想要我再也不见你了？”

“不是，也不会，你是有点喜欢我的吧，妍妍？”

尤妍愣住，想不明白席骞为什么会知道。

但尤妍不用想，席骞自己就说了：“你对我的态度，每变化一点我都知道，我都能感觉出来。”

尤妍感觉心虚和害怕在心底蔓延。她好像看见了自己的未来，看到自己沉溺了下去。

但席骞的心不知道有多深，她会不会溺水？她害怕。

所以尤妍下意识地否认：“我没有，你别乱说。”

他低头蹭了蹭她光滑的脸颊，微笑道：“我乱说的？”

“嗯，你放开我。”尤妍垂下脑袋，不想骂他。

有人路过，说说笑笑。席骞靠近她，抱着她，把她的脸按到胸口。

尤妍抬眼，借着头顶的灯，看到他也在看着自己。

他笑了笑，压低声音说：“还看，再看吻了。”

上一秒感动，下一秒想废了他。

席骞目不转睛地看着怀里的人，尤妍小脸精致，含着怒色，极其美艳。他真的想吻她，想吻得她在怀里求饶。

不过最后席骞还是舍不得，老老实实地问：“待会儿去看电影好不好？”

“不去，那是男女朋友做的事。”

“不止吧，发展阶段的人不也去看吗？”

她的脸一下发烫：“那……我没和你发展啊。”

他挑眉，语气很困惑：“还没有啊？我们不是已经发展到不错的阶段了吗？”

尤妍感觉身子要着火了，哪儿都发烫。

她咬着唇，踢他：“没有！”

“好，没有就没有。那去看吗？我包个场，陪我单方面迷恋的尤小姐看电影。”

尤妍的心都酥了，她此刻的心很乱。

她哪里还能和他去看电影，再看她觉得今晚会被他拐回家了。

尤妍拒绝："我不要，我喝酒了，头晕。"

"这就晕了啊？"席骞温柔地说，"我看你就喝了一点。"

"被你搞晕了。"

他低笑，叹气："那行吧。那下次什么时候见？"

"不知道，有缘就见。"

席骞笑着凑近："这么狠？有缘就见？那我天天去天榭舍堵你，创造缘分。"

他想了想，说："我在你家附近买个房子吧，不然见面真难。"

尤妍推了推他："走了，我还要去谈事呢。"

席骞恋恋不舍地放开尤妍："别喝太多啊。"

尤妍回头看了席骞一眼，鬼使神差地说："你自己可以喝多，喝多了就借酒乱来，我为什么不能喝多？"

他挑眉："因为我喝多了，只会对你乱来。你又不对我乱来，我怕你被别人欺负了。"

所以你就自己欺负我，浑蛋。

席骞看着曼妙的背影消失在视线里，心情舒畅地从口袋里摸出烟盒。含住一支烟后，他甩开掌心的打火机，指间刹那迸发出一簇火苗。

点上后，他把打火机丢入口袋，慢条斯理地往回走。

尤妍和《为你》杂志的主编谈了开年的一个新合作，说完又聊了聊过两天她们的晚会，十点才准备回家。

席骞本来想让司机送她，临了怕她不愿意，就没开口。

尤妍出去以后，席骞也坐上车往天榭舍走。

到了天榭舍，尤妍脚步轻快地上了楼。席骞坐在车后座上，透过烟雾看着她。

司机问："回去吗？"

席骞想了想，摇摇头："再待一会儿。"

他觉得在这里待着，感受着她这边的空气，还挺满足的。

以前从来没有这种感觉。

尤妍不知道，某个男人在她家楼下坐了两个小时，抽了很多烟，心无旁骛地想着她。

初六，《为你》杂志在他们公司所在的奈园会馆办了开年晚会。

Sixteen和许多大刊都有合作，所以这种晚会的帖子经常能收到很多。不过以往大多是焉晗和公司公关部的人去，尤妍鲜少露面。

这次《为你》主编希望她去，反正尤妍也闲着没事，就答应了。

尤妍穿了一件之前高定周上发布的走秀款修身礼服，礼服三分之二是亮得发光的丝质布料，剩下的三分之一从肩到脚踝镶嵌了长长的碎钻。

尤妍的皮肤白如雪，这礼服穿在身上，极美。

搭珠宝的时候，尤妍看到柜子里那条一直没动过的粉色钻石项链，想了想，拿出来戴上了。

尤妍和焉晗一起到了奈园会馆，一进去就被里面的记者各种拍。

在签名版上签了名后，《为你》的主编就迎了上来，连连夸赞两位。

几个人寒暄了几句，一个熟悉的人影走过。

《为你》杂志的主编招呼对方，然后向两位介绍："这是公司的新摄影师倪杨，年后会开始工作。"

尤妍和对方的目光碰触上后，微微一笑。

倪杨先和焉晗握了一下手，焉晗说："倪杨、白杨，你们挺有缘分的啊。"

白杨笑道："我的是公司的花名，我喜欢白杨树，不过我们认识还挺久的，是校友，这是我的小学妹。"

焉晗颔首。

倪杨又去看尤妍，眼神先是落在她极其夺目的礼服上，又落在那条耀眼的钻石项链上。

趁焉晗和白杨说话，倪杨对尤妍说："说句话。"

尤妍挑眉，就跟着倪杨走到一处灯火通明的走廊。

站停后，倪杨瞥她："尤妍，我觉得你这个人有点意思啊。"

尤妍知道倪杨想说什么，懒洋洋地问："怎么了？"

"我不就想距离近，上奶奶那儿住一住吗？你至于表面答应我，背后却让奶奶来拒绝我吗？还说得那么难听，好像……"她失笑，嘲讽道，"好像我才是那个被收养的人，还妄图分家产似的。"

尤妍漫不经心地靠在走廊的墙上。

她说："我没有跟奶奶说什么，你别多想。"

倪杨不屑地看着尤妍："你知道我最不喜欢你什么吗？从小到大总是一副云淡风轻的样子，实际上心里盘算的事情一大堆。"

尤妍："我盘算怎么赚钱，又没有盘算你，你管我那么多？"

她哼笑："你没有吗？"

尤妍困惑地瞥了瞥倪杨："你一个刚进《为你》的新人，我是你们晚会的座上宾，你有什么值得我盘算的？"

倪杨被说得有点挂不住面子："你现在的语气真是一年比一年嚣张啊，刚毕业那会儿还会去我家吃年夜饭。现在呢，一副高高在上的路人样。"

尤妍没说话。

倪杨讥讽道："我没见过你这么不要脸的人，尤妍，养条狗都比你会摇尾巴。"

尤妍睨过去："你们又没把我当家人，我怎么就不要脸了？"

"你又不是我家人，我为什么要把你当家人！"倪杨嫌弃道，"你以为奶奶跟你说你不欠我们家的，你就真不欠了？请问她不养你你有机会穿着价值不菲的高定来出席晚会吗？"

"这礼服是Sixteen的，虽然它很值钱，你买不起，但我不用花钱。"

倪杨深呼吸："你说前面一个问题。"

"前面一个问题跟你有关系吗？是我长大的这期间，花你一分钱了？"

"哦，你果然觉得没有，所以我才说你不要脸啊。养你的人是我的爷爷奶奶，不是你的，你还真以为活到现在，这一切都是理所应当的啊。"

尤妍笑了笑："我问心无愧，爷爷奶奶的钱是他们的，和你没关系。你要是不试图继承他们的财产，就不需要看我不顺眼。"

"我不继承，所以最后留给你继承，是吧？"

"那是老人家自己的事。"

"真是不要脸到极致……尤妍。"

尤妍没说话，很淡然地看着窗外的风景。

倪杨看尤妍的眼神很不爽："我真不明白，两位人民教师怎么会养出你这种东西！一个没人要的孤儿，居然理直气壮地和我在这里说话？"

尤妍的心像是被针扎了一下，缓缓回头，眼神淡漠地看着她。

倪杨看出戳到她的痛处了，立刻笑了："怎么了，不是吗？孤儿就是孤儿，天生凉薄。"

尤妍站直身子，甩了倪杨一巴掌。

倪杨被打得往后退了一步，差点崴到脚，捂着脸不可思议地看着她。

尤妍收回手，重新放到身后，从红唇里吐出几个字："没教养、自以为是、愚蠢，比孤儿还不堪。"她边说边后退，转身优雅地回到晚会现场。

和别人应酬的焉晗看到尤妍，马上走近问："去哪儿了？怎么到处都找不到你？我发现你总是喜欢在晚会上神秘消失。”

尤妍被逗笑了：“就去走廊上看了看，人太多了嘛。”

晚会开始了，两个人去自己的位子坐下，听杂志社的人站在台上感情丰富地讲那些发展史。

中间白杨过来碰杯，尤妍刚好低下头看手心。

打人的那只手有点灼热，红红的。

《为你》的主编白杨注意到，问：“哎，尤妍，你的手怎么这么红？”

她心虚地合起手掌：“没事，就是刚刚碰了冷水，冻到了。”

“哦哦，是很冷啊。”

其实晚宴现场暖气很足，不然这些穿着单薄晚礼服的女人个个都要颤抖了。

不一会儿白杨上台说话，介绍了公司入职的新人，念了几个名字。但是念到新来的时尚摄影师倪杨时，没有人上台。

白杨下了台，边看手机短信边念叨：“这个倪杨，刚刚还好好的，这会儿就说不舒服在后台休息。”

尤妍端起酒杯和焉晗碰了一下，若无其事地喝起酒来。

等白杨过去和别人寒暄了，焉晗闲来无事问尤妍：“那个倪杨是你奶奶的亲孙女，是吧？”

“嗯。”

“那她是怎么了，不舒服你也不问候问候她？”

尤妍笑了笑，歪着脑袋看闺密：“就是被我问候了一巴掌，估计脸肿了不好意思出来。”

“啊？”焉晗十分惊讶，“怎么了？出什么事了？”

尤妍端起酒杯又喝了一口，轻呼一口气：“也没什么。她一直看我不太顺眼。”

“为什么不顺眼啊？你们不应该是姐妹吗？她和你差不多大吧？”

“嗯，我小几个月。她回国工作了，想在天榭舍住，她觉得理所应当，觉得我是吃她们家饭长大的。不过我奶奶不让，她就觉得是我不让，刚刚沉不住气骂了我，还说我是……孤儿，就被我打了。”

焉晗捏紧了酒杯，眯眼道：“她这么说你？这个混账东西，你也不告诉我。”

“没事，打也打了，气消了。”

焉晗的火气还很大：“日后别落我手上，不然让她吃不了兜着走。”

尤妍没说话，虽然是打了，气也好像是出了，但是这一晚上她都有些心不在焉。

看着这热热闹闹的场景，她总觉得有些孤单。

倪杨后半场才出来，找了个位子坐下，然后就一直和边上的年轻男人攀谈。

尤妍没去搭理她，她也不敢走到这边来。

散场后，焉晗问尤妍要不要一起走，她摇头，说想自己待一会儿。

尤妍到了奈园会馆的后门，外面下雪了。

尤妍站在古朴的门廊下，看着街上三三两两的行人，觉得心里空落落的。

手机忽然振动起来，是席骞打来的电话。

尤妍下意识地挂断，没心情接。

追尤妍这么久，她从没挂过他的电话。所以席骞看到电话被挂断，愣了愣。

席骞又打了过来。

到了第三个，尤妍点错了，点成了接通，里面传来一道熟悉的声音：“妍妍？”

尤妍缓缓拿到耳边：“嗯。”

“怎么了？还挂我电话，我惹你生气了吗？”

“没有，心情不好。”

席骞挑眉：“你在哪儿？散场了没？为什么心情不好？”

“散了，要走了。”

“别走，我就在附近。我去接你，乖。”

尤妍想要拒绝，却不知道该怎么拒绝。

最后尤妍挂断电话，裹紧大衣，提着礼服站在门口看风景。

不多时，一辆高调的跑车穿过夜色从雪中开来。

这种径直朝她而来的感觉，让尤妍蓦然觉得很心动，有些暖。

席骞下了车，绕过车头，三两步到她面前：“怎么不开心了？嗯？”

尤妍看着眼前好看的脸，没忍住，低喃道：“有人说我是孤儿。”

席骞愣住，回过神来，马上扶着她的手臂，温柔地说：“谁说的？我们妍妍有我呢，嗯？是我心头上的宝贝呢。”

尤妍的眼眶酸起来，一股热气蔓延到心里：“真的啊？”

他失笑：“那不然还骗你的？”

尤妍的心好像被塞满了，却又飘飘浮浮，很不真实：“你喜欢我什么？席骞，我什么都没有。”

他失笑：“我还需要你有钱有背景吗？不用，这个我都有。”

她默默地问：“那你是喜欢我的脸？喜欢我的身材？”

席骞点头，微笑：“挺喜欢的。”

席骞凑近她，低语：“还喜欢你的人，你整个人我都喜欢，从里到外。”

尤妍的眼底溢出笑意。

席骞：“告诉我谁说的？”

“没事，我已经打了她一巴掌。”

“谁？”

“我奶奶的孙女。”

他一顿：“为什么会在这儿见到？”

“她是这个杂志的新摄影师。”

席骞点头，然后直接把尤妍塞进车里，发动车子回家。

尤妍以为席骞会把她送回家，结果他开到了他家。

尤妍下了车才发现，然后慢悠悠地跟着他进屋，不自然地问：“来干吗？”

“二人世界。”

走到客厅里，尤妍正在看那个阿姨在不在，忽然被人一拉，被拥到男人的怀抱中。

尤妍的呼吸一乱，看着坐在席骞膝上的姿势，整个人都不好了，面带羞涩，目光四下流转：“席骞……”

尤妍要起来，席骞没让，把她紧紧搂在怀里：“宝贝。”

尤妍浑身一阵轻颤：“你干吗？”

男人低笑，目光落在她性感的锁骨上，然后伸手。

尤妍想起自己还穿着抹胸礼服，马上伸手捂住：“干吗？”

席骞笑了笑，伸手拈起那条璀璨夺目的项链，又看了看她。

尤妍的心一紧，满脸绯红。

席骞：“戴了啊？”

尤妍微愣。

席骞一只手拈着那条项链，一只手把人裹得动弹不得，目光灼灼地看着她：“和我在一起，妍妍。”

尤妍没想到席骞会这么直截了当地说……在一起。

这一下让她没有犹豫和退缩的余地了。

尤妍感受着温热的怀抱与熟悉的气息，好像没办法再像往常一样直接拒绝。

席骞蹭了蹭她的脸："妍妍，嗯？好不好？"

尤妍屏住呼吸，一动不动。

"妍妍。"席骞充满柔情地喊。

"我……"她垂眸，"席骞……"

"还不放心我吗？我明明感觉到你喜欢我。"

尤妍立刻道："我……我没有。"

他勾了勾薄唇："没有啊？真的还那么不放心我？你告诉我要怎么做你才放心，好不好？"

尤妍低语："也不是，就是……我没办法一下子就……"

"我不会去招惹别人，我不会放弃你，嗯？我会永远对你好的。"

尤妍的心在他温柔缱绻的话里，一点一点地陷下去。

她知道自己心动了。但是……一心动就和他在一起，她办不到，就像水面刚结成的冰，还很薄，她不敢踩上去一样。

"妍妍。"

尤妍的眼珠子转了转："你知道我本来不打算考虑你的。"

"我知道你怕我会腻，会喜欢别人。我不会，我可以娶你，我们永远在一起。"

尤妍看着席骞，两个人的距离很近，他搂着她，然后在她的视线里，亲了亲她的额头。

尤妍一阵眩晕。

席骞："宝贝，信我一次。"

"我……考虑一下。"

他挑眉："考虑？"

她点头："我考虑考虑。"她看向席骞，"我是对你没那么抗拒了，但是没办法一秒钟和你……反正，不想等你就放手吧，我……我走了。"

席骞按住要起来的人。

尤妍身子一晃，重新跌入他的怀中。

两个人目光交缠，男人柔情万千："不是，我是没想到，有一天真的能让你愿意考虑。"

"也有可能没有结果。"

席骞定定地看着她。

尤妍发现，她比席骞更怕他会失落，所以忍不住呢喃："不然算了吧，我其实……我真的不想和你这种人发展。你很好，但是……你别对我这么好，也就不会失望了。"

"我没说什么，是你一直在退缩。"他笑了笑，"看上去真是没爱啊。"

尤妍没说话。她确实说不上爱，最多就是喜欢上他而已。

席骞："那没什么，说明我做得还不够，我怎么可能就这么放弃呢？"席骞抱紧尤妍，"追到明年都可以，宝贝，为了你怎样都可以。"

尤妍的心又动摇了一下。

席骞："追到了就给我们妍妍一个家。"

尤妍眨眨眼，快不行了，要沦陷在这句话里了。

她看他，对视了一下，他亲了上来。

尤妍立刻别过脸："席骞！你放开我。"

席骞眷恋地松手。尤妍马上下来，坐到一旁："我回去了，谢谢你接我。"

"在这儿睡吧，外面下雪了。"

尤妍静了静，最后没说什么，觉得硬要走也是给他添麻烦，他还得送她回去。

她就是怪不自在的，嘀咕："你下次别把我乱带回家。"

他挑眉："下次你不就和我在一起了吗？"

她瞥过去。

席骞笑了，伸手揉揉她的脑袋。

尤妍轻拍开他的手，起身："我……我去洗漱一下，换礼服。"

"好。"

她上楼后，席骞先打了电话喊兰江湾的阿姨过来，再打了个电话给特助，让他解决杂志社那个新摄影师的事。

那边特助办事效率很快，眨眼主编白杨就收到了消息，然后很茫然。

他们杂志是怎么得罪这位大佬了？

她一问，特助就说："不是得罪了席总，是尤小姐。"

"尤小姐？哪位尤小姐？"她想了想，她认识的人中，姓尤的……好像，"尤妍？"

"嗯。"

白杨深吸一口气，尤妍和那个席骞在一起了吗？

她也不敢问，默默地挂断电话，随后找了倪杨。

倪杨也很茫然："什么？席骞？"

白杨在电话里问："你怎么回事？无论你在国外混得多么风生水起，在国内始终是个新人。你之前认识尤妍吗？你们之间有什么冲突吗？"

倪杨心一紧，不太懂："你不是说席骞吗？席骞不是那个……聿翎集团的总裁？不是一般人接触不到的人物吗？"

"对啊，所以我更不懂你怎么得罪的他。"

"那你又说什么尤妍？"

"席骞就是给尤妍出头啊，你得罪尤妍了？天哪，你怎么搞的？"

倪杨倒吸一口凉气："我……"

"我什么？你这语气，是真的得罪她了？"白杨愤怒不已，"你真是，就算没有席骞，尤妍也不是一般人能得罪的啊！Sixteen 各大杂志社争相合作，人家根本不在乎一个《为你》。"

"我……"倪杨光顾着呛尤妍，哪有去想她是什么身份。

白杨："我真要庆幸晚上两个人离开时还对我客客气气的，没有要终止合作的意思。不然刚谈好的合作都要因为你功亏一篑了。"

"师姐……"

"我回头问问尤妍，看看是怎么一回事……"

"别，你别找她。"

白杨不解："为什么？你怎么这么心虚？"

倪杨说不出话来，气得摔了手机。

难道她说的那个男朋友就是席骞？

倪杨很不服气。尤妍本来就是孤儿，一个忘恩负义的孤儿，二十多年前就该死的。

倪杨想打电话给奶奶，说"这就是你的好孙女，勾搭了个大人物，就这么对付你的亲孙女"。

但是临了，想到自己晚上对尤妍说的那些话，她又停下了动作。老人家要是知道了，绝对会和她断绝关系。

尤妍到了客房才想起这儿没她用的东西。

尤妍在卧室里发了一会儿呆，很快就听到了敲门声，她打开门。

那个阿姨来了，和尤妍微笑着打招呼，然后给她找了一身浴袍，又问她要用什么东西，一会儿给她送来。

尤妍随口说了几样自己平时用的。

漱洗完，尤妍累得爬上床，钻入被窝，长吁一口气。

上次没好好看这房子，今晚她的眼睛四处扫了扫，装修真好，低调又奢华。

这间客房依然是灰白色调，但是那些灯与装饰看着很有温度。加上外面是湖，隐隐的流水声穿过耳边，真是天然的催眠曲，太舒服了。

尤妍翻了个身，双手托腮趴在床上，想起早前席骞问的那个问题……

和他在一起。

心动是骗不了自己的。她下意识地拒绝席骞，心又叛变地为他跳快。

尤妍把头埋在被子里，哼了两声，叹气。

怎么办？再多接触几次，她就要沦陷了。

尤妍非常痛苦，翻个身盖好被子，闭眼睡觉。

不一会儿，阿姨过来敲门："尤小姐，睡了吗？"

尤妍出声："嗯？"

阿姨轻轻推开门把头探进来，发现卧室中央的大床上，女人乖巧地躺在那儿，睡眼惺忪。

她笑着说："尤小姐，困了？"

"还好，怎么了？"尤妍侧过身去看。

"没事，就是席骞问你洗好了没有。"

"他找我吗？"

"在喝酒呢。"

尤妍想了想，还是爬起来，拿起大衣穿在浴袍外，下了楼。

偏厅的一个吧台前，有席骞的身影。

席骞远远地看到尤妍，笑了。

尤妍真是喜欢他这个永远对她笑的样子。走近几步，她发现他在调酒。

她坐到对面："找我干吗？"

"请尤小姐喝酒啊。"

"我又不沉迷于酒，你天天喝。"

"不想让我喝？"

尤妍还没说话，他就道："那我以后少喝点。"

尤妍笑了："我还以为你要说，以后不喝了。"

他莞尔，把手下那杯五颜六色的酒推到她面前："我也想，但应酬不喝酒不行啊。"

她哼哼两声，没说什么。

席骞拿杯子和她碰了一下："不过，我喝多喝少都不会抱你以外的女人。"

尤妍的手刚举起来，宛若被雷劈到。她抬头，看着他明亮的双眸，道："你抱，你尽管去抱，我们没关系呢，席总。"

"这样啊，我这不是希望能有点关系吗？可不得规矩点。"

尤妍说："你以前为什么不规矩点？"

他笑了笑，随后很自然地表示："以前没遇上真爱啊。"

席骞说完还看了尤妍一眼，她默默地垂眸避开了。

尤妍有点抓狂，在席骞面前好像空气都是撩人的。

尤妍喝了两口席骞调的酒，挺好喝的，就有一口没一口地喝着。

过了一会儿，席骞放在客厅的手机振动了一下，似乎是有微信消息进来。

尤妍瞥了他一眼。

男人慢条斯理地喝着酒，也没急着去拿手机。

她喝了几口，沉不住气问："你怎么不看手机？"

"你去帮我拿来，宝贝。"

尤妍："我不去，肯定是女人。"

他轻勾薄唇："女人你不愿意啊？吃醋了？"

尤妍一口灌下酒："谁吃你的醋？吃你这种人的醋，不得把自己弄得醋中毒。"

席骞乐得不行。

不过尤妍挺好奇是什么人，半夜还找他。潜意识告诉她，绝对是女人。

所以她心痒，起身道："看在你去接我的分上。"

他笑了。

尤妍走到客厅，拿起手机，也没看他的消息，直接回去，坐上高脚椅，将手机从大理石台面滑了过去。

席骞按住，随手点入微信。

席骞看了两眼就抬起头继续喝酒，见尤妍在看他，他微笑着起身，绕到对面坐下。

尤妍的身子蓦然紧绷："干吗？你坐对面，不要过来。"

席骞闲散地在她身侧落座，然后直勾勾地看着她。

尤妍踢他："你回去，不要靠这么近。"

“不靠近你一点，还想要我去靠近别人啊？”他伸手揽过她。

席骞俯身在她眼前，开口，声音低沉有磁性：“你不就总觉得我身边美女如云吗？可我只想靠近你，其他人在我眼里都是浮云。”

果然是女人找他，他才会说这种话自证清白吧？

尤妍忍着“怦怦”跳快的心，说：“谁知道你私下里有没有敞开怀抱。”

他挑眉，把手机拿过来：“来，查查岗。”

尤妍羞涩道：“不查。”

席骞把她的椅子滑过来，把她圈在身前，打开手机给她看。

尤妍害羞：“我不看，你放开我，我头晕，要去睡觉了。”

“看两眼，宝贝。”

尤妍被迫瞄了一下，是一个女人约他吃消夜。

尤妍蓦然想起去年Sixteen周年晚会的时候，他前女友说的话。

尤妍说道：“我听你那个前女友说，你的手机不防女朋友。你是不是聊完删记录了啊？这个没回复就刚好拿给我看。”

他淡然表示：“没有，用不着。”

尤妍：“那就是席总不缺女人，所以不用脚踏两只船？”

席骞无声地笑着，温柔地看臂弯里的人。

看着看着，尤妍别过脸。

她坐好，趴在吧台上，端起酒杯。

席骞感叹：“果然是距离产生美啊，和你太近，就被你扒出一堆不好的。”

她失笑：“本来就经不起扒，还怪我。”

“不怪。”席骞的手搭在她的肩头，轻轻拍了拍，温情道，“但我爱你，妍妍。”

尤妍转过头去不看他：“席总这些年情史丰富，让人没眼看，但情话确实练得不错。”

席骞无奈失笑，再一次把她搂过来。

尤妍刚要出声让席骞放尊重点，别老是动手动脚，就被他搂入怀抱。

她僵住。

接着，席骞低哑的声音袭过她的耳边：“宝贝……别这样好不好，我就爱你了，你也爱爱我吧。”

尤妍整个身子和心都颤抖了一下，那种被他火热的话戳到的感觉，让她差点心软到伸手去抱他。

尤妍最后喝了几杯鸡尾酒，后劲有点大，上楼后晕晕乎乎的，但是失眠了。

昏沉间，她好像听到外面有引擎声。

尤妍挑眉，他半夜还出去？不会是去找刚刚约他吃消夜的女人吧？

尤妍翻来覆去，觉得胸口像堵了什么一样，呼吸不畅。

最后，她拖着疲软的身子起来，打开门。

阿姨好像还没休息，在收拾吧台。

尤妍趴在围栏上："阿姨。"

偏厅的女人回头看过来，又转过身走近："怎么了？尤小姐，是不是头晕？给你煮点解酒的好不好？"

"不用，没事。"她摇摇头，"席骞呢？"

"哦。"阿姨笑了，"他出去谈事了。"

"谈事？什么事啊？这么晚。"

"没事的，阿姨听到电话是熟人打的，好像是谈个海外项目，不是女人找他。"

尤妍的脸骤红，说了句"晚安"，然后就回房间了。

但是躺下后，她依旧失眠，满脑子都是他的身影。

她辗转到两点，还没听到车子回来的声音。

尤妍晕乎乎地给他发消息："席骞，你去哪儿了？"

消息发出去没多久，电话就响了。

尤妍缩在被子里，愉快地接通："喂。"

熟悉的声线传来："怎么还没睡？"

"失眠了。"

"想我吗？"

"嗯，被一个男的搞失眠了。"

席骞失笑："这样啊，那我回去陪你好不好？"

"不用。"尤妍有点不好意思，"你怎么这么晚还出去啊？"

"就谈点事情。"

"哦。"

"是想我了吧？"

尤妍道："席总想多了。"

他笑了。

尤妍低喃道："那你什么时候回来啊？"

“真想我了？宝贝。”

尤妍快气哭了，头埋在被子里，生气道：“不想，你天亮再回吧。”

“不了，我马上回去陪你，乖。”

尤妍无话可说，默默地挂断电话，继续睡。

席骞回到包间，结束了谈事。

事情还没谈完，大家十分好奇席骞要干吗去。他说陪女朋友，惹得一群人笑着起哄，问这是谁又惹得他动了凡心。

席骞没说话，笑了笑就走了。

尤妍快睡着时，忽然听到楼下隐隐有汽车引擎声。夜深了，附近又没人居住，声音被放大了不少。

很快，尤妍的房门就响了。

尤妍应了一声，就进来一个高大的身影。

尤妍瞄了一眼。他笑着走近，坐在她的床边。

尤妍没想到席骞真的回来了。

她的脸一红，头埋在枕头里：“你怎么回来了？不是在谈事吗？”

席骞动了动身子，手撑在尤妍身侧，弯下腰低语：“回来哄你睡觉。”

尤妍很心动。

席骞宽大的手掌轻拍尤妍的被子：“喝了那么多还睡不着啊，我还怕你头疼。”

尤妍只能把自己卷在被子里，才能抑制住向席骞投怀送抱的冲动。

她的眼眶蓦地有点湿润，从小到大，除了爷爷奶奶，席骞是第一个哄她睡的人。

她好像……有点不想防备了，不想让自己的心再禁锢在一块玻璃里。

席骞的手掌一下一下轻抚尤妍的被子：“闭上眼睛，宝贝。”

尤妍闭上眼睛。

尤妍本来就昏昏沉沉的，但是因为想席骞说的“在一起”的事想得睡不着，此刻决定不抗拒后，好像心放松了不少，很快就睡着了。

席骞坐了许久。他给尤妍把被子掖好，再把灯调到舒服的夜光模式，然后才轻手轻脚地走了出去。

他倒是还没有困意，可能是发现她有点对他放下防备了吧，心情很好。

席骞洗了个澡，之后就一直在阳台抽烟，想想她，又想想那个海外项目。

这两天要出差，过几天才有时间和她在一起。

真舍不得啊。

尤妍这一觉睡得很舒服，到中午才醒来。

她洗漱好下楼，见席骞在开放式厨房做饭，好奇地问："阿姨呢？"

"休息。"

"嗯？"

他看过来："我想给你做饭。"

尤妍转过头看风景，但是好像再美的风景都比不上那个在为她做饭的人。

尤妍问："需要帮忙吗？"

"需要，想你陪我。"

尤妍没办法直接过去陪他，却又不想再次溜走。

她在厨房周边转了转，最后转到冰箱附近，打开门看了看。

席骞背着身子听到了声音，说："不要喝牛奶，妍妍，太冷了，饭马上做好了。"

尤妍没想喝，不过听到席骞这么贴心地嘱咐，还是心里一暖。

她合上门，顺理成章地过去看他在做什么。

这男人做饭还挺厉害，中西餐均得心应手。

他这会儿正在煎牛排，一脸从容。

尤妍瞄了他一眼。他微笑："看什么？心动了？"

"欣赏。"

"是吗？"席骞点头，觉得也很不错的样子，"是加分项吗？"

尤妍把手背到身后，转过身逛了逛："是吧。"

"加多少啊？"

尤妍想了想："你这个，本来分很低的。"

席骞挑眉："我本来多少分？"

"六十。"

席骞被呛了一下。

尤妍忍着笑。

席大公子可能在别的女人那儿都是一百二十分，蓦然变成六十分，一时间有些……意外和难以置信。

不过席骞还是很了解为什么只有六十分，所以也很快接受了，然后问她："那现在呢？"

"会做饭加十分。"

“是吗？那也才……七十分啊。”

“嗯，然后席总很温柔，很体贴，加二十分。”尤妍很慷慨地道。

席骞听到有九十分，直接笑了：“那剩下的十分，是不是就是我该努力的？”

“是吧。”

席骞认真地点头：“OK，十分，简单。谢谢宝贝。”

尤妍背着席骞捂了捂脸，有些烫。

不一会儿饭就做好了，尤妍和席骞坐在餐桌旁用餐。他说：“我这两天要去国外出差。”

尤妍一顿：“哦。”

“真舍不得你啊。”

席骞给她切好牛排，递过去：“等我回来了找你。”

她垂眸吃牛排，没说可以，也没说不可以。

席骞：“大概去一周。”

“哦。”

“乖乖等我。”

尤妍终于安静不了了，抬头，扬起下巴：“你有可能一闲下来就约女人。我会吗？我需要乖乖的吗？”

他笑出声：“不会，我知道。”话落，他又越过桌子看过去，“我在外面也不会乱来的。”

尤妍不再说话，继续吃饭。

午后，席骞开车把尤妍送回天榭舍。这天依然飘雪，但看着她下了车在雪中边走边回头，还笑着朝他挥手，只觉得阳光大好。

第八章

原来我和别人一样

尤妍上了楼，奶奶在看电视，见到她就笑了："回来啦。"

"嗯呢。"尤妍过去，"对不起，奶奶，晚上没回来陪你。"

奶奶拍了拍她的手，温柔道："瞧这话说的，你都多大了，在外面玩一玩很正常。只要注意安全就行。"

她乖巧地点头。

奶奶说："我中午听到你说不回来，就去倪杨家吃饭了。"

"哦，挺好的。"尤妍看了看奶奶，老人家神色很正常，看来倪杨没说什么。

尤妍随口问："他们是不是快回美国了？"

"嗯。"奶奶颔首，"不过你叔叔阿姨走，倪杨不走。"

"哦。"

奶奶看过来："但奶奶前两天已经跟她说了，让她自己在家里住。"

"嗯，好。"尤妍点点头。

这天下午，尤妍就在家里陪着奶奶看电视。

第二天周一，国内公司已经开始正常上班，尤妍也去了公司。

席骞应该也上班了，所以白天并没有找她。

晚上席骞给她打了个电话。

尤妍彼时还在工作室，席骞说他要去机场，没时间见面。

尤妍拿着手机进了自己的办公室，锁上门，悄悄说："席总，好好工作。"

他笑了笑："嗯，赚钱养你。"

尤妍本来想说她不用养，但是好像这话说了很多次，这次就没说，只随口聊了两句别的。

不过挂断电话后，尤妍一直在想他。

晚上八点，焉晗来找她。尤妍也准备下班了，两个人一起往电梯口走去。

路上焉晗说了点工作：“《为你》不是约了要来手工坊做一期内容吗？刚刚和他们老板聊了一下，定在周四。”

“OK。”

“好像是他们的主编白杨和新来的副主编商衫一起来。”

“两个人一起来？”

焉晗笑道：“估计是要上位的，这个新来的副主编也不算新人，在他们分公司待过，我认识。人有点柔美，看上去没有攻击性，但她事业心挺强的。”

尤妍笑道：“懂了。”

到了车库，尤妍挥挥手上了自己的车。

奈园会馆的停车场里，正巧也有几个刚开完会下班的人。就是大家一路都没说话，气氛有些微妙。

不过拿下“Sixteen手工坊之旅”的白杨心情不错，临上车前，还志得意满地和新来的副主编说：“周四下午，商小姐，别迟到。”

商衫走到自己的车前，莞尔一笑，点头：“一定配合杨姐的工作。”

白杨点点头就要下班了，那边的商衫想起来一件事，随口问：“倪杨今天怎么没来工作？”

白杨的动作一顿：“哦，她应该不会来了。”

“啊？为什么？”女人撩起一头金色头发，“不是和我一起上班吗？”

“她得罪人了。”

“什么人？”商衫有些困惑。

“尤妍，就是Sixteen手工坊的总监。”

“哦，什么事啊？还搞得这么严重。是尤小姐不许倪杨在杂志社？”

“那倒没有，给她出头的是她的男朋友。”白杨朝她看去，眨了眨眼，“就是商小姐的前男友，聿翎的席总。”

商衫一愣。

白杨走了，商衫转头上了车，拿手机给倪杨发消息，约了一起吃消夜。随后她驱车到市区一个顶层咖啡馆。

倪杨很快就到了：“商小姐，第一天上班不累吗？还出来吃消夜。”

商衫微笑："累就累嘛。我才知道你没去上班，当然要关心一下了。"

倪杨轻叹："唉，没办法呀。"

商衫的手撑在桌上，手托着下巴看向对面，挑眉道："你怎么得罪那个尤妍了？"

"怎么说呢，"倪杨清冷一笑，"那女人算是我异父异母的姐妹吧，但我不是很喜欢她，所以在晚会现场呛了她几句，就……"

"这样啊。"商衫点头，右手端起咖啡抿了一口，"那她和席骞确定在一起了？是他的现女友？"

倪杨浅笑："现女友？不一定吧，我听杂志社的人说他女友无数。"

"差不多吧，我前男友。"

倪杨一顿，随即睁大眼睛："啊？你……"

商衫放下杯子："尤妍就是晚会上穿一身粉色钻石礼服那个？长得绝美。"

"你还说她绝美？"

"那没什么，要承认别人美嘛。不过难怪那个男人会喜欢。"

"你们真在一起过？"

"对啊，两年了。两年前他在美国待过一段时间。"

尤妍回到家，陪奶奶坐了一会儿。老人家去休息了，她也不困，洗了个澡暖和一下，就去工作室忙了。

十点的时候，她放在边上的手机振动了一下，是添加好友的通知。

备注写着：《为你》杂志副主编商衫。

尤妍的眉毛扬了扬，不是说来手工坊的工作带头人不是她吗？

不过可能是他们公司有变动。

尤妍加上了，一会儿对方便发过来："Hello(你好)，尤小姐，我姓商。"

"你好。"

尤妍回了一句后，就放下手机，继续工作。

那头发来："尤小姐，这么晚还没休息啊？"

尤妍漫不经心地把手指移过去，随手打了几个字："嗯，在忙。"

"好敬业啊，难怪能在这个炙热的行业把品牌运营得风生水起。"

尤妍一看，也不知道回什么，不知道对方什么大半夜来这么一波商业互吹。

她随手回复："还好。商小姐是要和我谈工作吗？"

“哦，没有，就打个招呼，毕竟日后应该在工作中会经常接触。”

“嗯，好。”

尤妍以为对方停止聊天了，结果对方又发来：“听说尤小姐有男朋友了？”

尤妍挑眉，不由得拿起手机：“啊？”

她正困惑的时候，对方又回复：“好巧，我和席骞在一起过。”

虽然尤妍很意外，但是愣了一下后，她笑了。这是前任发现了她这个……他的暧昧对象，所以有点不爽吗？

她回复：“嗯？商小姐找我是想做什么？”

对方发来一句语音，尤妍懒得去听，能肯定对方的语气应该有些……她直接转为文字。

果然，对方说：“哦，没事，就是想看看是什么人能拿下我们席总。现在看来，席总还是最喜欢有事业的女人哦。”

还“我们席总”，好亲密。

尤妍的手指在屏幕上敲打，随口回复：“哦，是吗？”

对方又发来一句语音，尤妍再次转为文字，她说：“尤小姐是不是不信？”

接着，对方发来几张聊天记录，还有一张照片……尤妍看小图，一顿。

她漫不经心地点开。

照片中的女人穿着睡袍靠在男人怀中，那男人同样一身睡袍，睡着了的样子，女人拿着手机开心地自拍。

尤妍盯着照片看了几秒，就退了出来。说实话，看照片是有点想骂人，但是她又不是不知道他的过去。

要是在意，她也就不会动心了。

尤妍笑着回复那个女人：“看得出商小姐用情很深，分手了还留着各种照片。争取去拍新的吧，这看着都有点模糊了。”

那头的女人没想到尤妍会回这么一句，顿了顿，自言自语：“这女人有点意思，厉害。”

尤妍见那头没回复，笑了，然后随手点入聊天记录，心里想着，这女人是中了席骞的毒吗？不只照片留着，就连聊天记录也留着。

第一张，开头是女人问：“你在干吗呀？”

接着，是那个她目前很熟悉的黑色头像，回复：“应酬呢。”

女人：“好晚了，我想你。”

“嗯，我也想你，乖。”

“那席总今晚回来吗？”

一会儿后他回复：“回，不回去哪儿？”似乎有点挑逗的意思。

那女人打情骂俏道：“哦，席总也许在外面养了别的小情人呢。”

席骞回：“养了你还怎么养别人？”

“哦，你招架不住我啊？”

“不是，是喜欢你。”

看到这里，尤妍微微顿了顿，本来只想随便看看，没打算看完的，这会儿却默默点了下一张图片。

女人看上去很开心，回复：“啊，这男人也太会了吧，就知道我要听这个。”

席骞：“去睡觉，乖，不早了。”

女人撒娇：“我饿了，想你想得睡不着。”

“是吗，真的假的？”

“席总回来就知道真的假的了，你什么时候回来陪我吃消夜呀？”

“我给你点餐送去，点你喜欢喝的粥，好不好？”

女人笑了：“OK，还要蛋糕。”

“蛋糕这么晚不适合吧，听话啊，喝粥。”

“哼，那一会儿要席总抱抱。”

“好，吃完等我回去陪你，乖。”

尤妍呆呆地坐在工作室里，握着手机出神。

她的眼神已经有些涣散，捏紧手机，缓缓呼气。

原来……席骞对别人也这么温柔啊，也会哄别人，也会说乖乖的……

比起那张合照，这段聊天记录更让尤妍难受，心里像有一条裂缝在缓缓扩大。

原来，她并不是他的唯一，不是他第一个愿意这么温柔以对的人。

原来尤妍也不过是群星中的一颗，不是月亮。

她不介意席骞之前有过多少人，但是……介意她不是特殊的。

尤妍这一晚上都没心思工作，捧起礼服，手却怎么也找不到感觉。

和第一次听到席骞说“尤小姐这样的，挺吸引人”时一样，乱了心智。

最后尤妍放下东西，走到落地窗边站着，看着北市的繁华夜色。

一晚上，她脑海里都是那人说的话——“宝贝”“妍妍，我喜欢你”“我爱你”“其他都是玩的，我可以娶你，永远在一起”。

可是席骞对别人一样温柔。

她不是那个让他沦陷的人，她和别人没有区别。

席骞那么温柔地对别人，最后也还是分手了。

尤妍闭上眼睛，头抵在玻璃上，觉得心里有些难受。

尤妍一直想不明白，席骞对别人和对她没有一丝差别，为什么还要直白地说他爱她，会娶她，会给她一个家？

这些话他是不是也对别人说过？

尤妍站到天亮，看着天边的星星一颗颗无声无息地不见。

她感觉自己的心和昼夜更迭的天色一样，星光亮起，又无声退去。

席骞果然不适合她，明明一开始就知道不适合，也不知为什么中间会傻到真的去考虑，还决定在一起。

想着等席骞出差回来再找她，她就答应了。

尤妍动了动麻木的身子，到浴室去洗脸。站了一夜没睡，她眼睛泛酸，太阳穴也一跳一跳的。

冰凉的水泼到脸上，尤妍缩了缩身子，然后低呼一口气，抬头醒神。

之后两天，席骞打电话过来，尤妍的语气都淡淡的。

尤妍考虑在电话里和席骞说算了，又怕他会追问为什么，在电话里说不清楚。

不过远在美国的席骞听出来尤妍的语气有些冷淡。

周四那天，《为你》杂志的主编和副主编来Sixteen手工坊做客。

尤妍见到了那位副主编商衫，对方一头金色长直发，笑容甜美，看着完全是个很好相处的风情美人。

对方朝尤妍微笑，尤妍也勾起红唇，点头。

这次《为你》要录一期Sixteen手工坊的幕后制作视频，尤妍作为总监，是要全程入镜的。

所以尤妍这天的妆容很精致，一头深灰色鬈发披在白得发亮的丝质缎面长裙上，像一抹月光照入室内，耀眼又低调。

白杨见到尤妍，眼底闪过一丝惊艳，然后又悄无声息地看了一眼显然也是盛装打扮的商衫。颜值先不说，光是这柔和又无法忽视的气场和气质就完全被尤妍碾压。

尤妍点点头后，就没再看商衫一眼，直接和白杨去逛手工坊了。

一个下午，尤妍说了好多话，也走了很多路。

临时休息时，白杨继续去看工作室里漂亮夺目的各种手工饰品。尤妍在喝水，商衫走了过来。

商衫开口：“尤小姐好啊。”

尤妍坐在沙发上，微微抬头，勾起红唇朝对方点点头，没有说话。

商衫站在她对面，面带笑容：“尤小姐真是好气量啊，我还以为你会生气，终止这场合作呢。”

尤妍笑了笑：“私人感情为什么要带到工作上来？”

“是吗？尤小姐好有格调。”

“嗯。”尤妍毫不委婉地点头，承认自己优秀，“我不像商小姐，试图利用那点私人小事，来终止我的公司与白主编的这次合作，好借机上位，当上主编。”

商衫一愣，目光灼灼地盯着眼前这个气质绝佳的女人。

她以为她拿前男友说事，对方会理所应当地以为她是想和席骞复合。她是想让尤妍生气，然后终止和《为你》杂志的合作，让白杨失算。

本来她是很想拿下这个项目，自己来Sixteen的。但是老板说白杨和品牌比较熟，让白杨来，她跟着历练一下就好。

因此商衫心里有些不爽。

所以如果白杨失去了这个开年大项目，那她在老板面前肯定讨不了好。

但商衫没想过，尤妍知道她的目的是白杨。

毕竟跟席骞很难复合，她回国后是有点想他，但根本没抱什么希望，所以目前还是工作重要。

“你说什么呢？我听不懂尤小姐的话。”商衫笑起来温温柔柔的。

尤妍喝了一口茶：“我说，席骞没有和前任牵扯的习惯，商小姐和他都分手两年了，我难道会去吃你那点过期的醋？有必要吗？”

商衫眯起眼睛。

“希望这是最后一次见到商小姐这种幼稚的操作。这件事我不会告诉你的老板姜总，不过我会告诉……白主编。”

商衫深呼吸一口气。

尤妍微笑，踩着高跟鞋优雅地走了。

晚上设计师焉晗做东，请了《为你》一行人去餐厅吃饭。

这期间，尤妍点开了白杨的微信对话框：“白总这个主编之位有点不稳啊，手下的人什么招数都用上了。我倒是不要紧，就是觉得有必要提醒一下朋友。”

发送完，正在和焉晗热情聊天的白杨看到她发了消息，有些意外，不由得朝她看来。

白杨想着，大家都在一张桌子上吃饭，怎么还发微信呢？

但白杨也不是职场新人，没有什么大动作，只低头看了一眼内容。

看完，白杨的脸色直接黑了，瞟向坐在对面的商衫。

后者接收到目光，愣了一下，随即看了尤妍一眼。

尤妍优雅地举杯饮酒。瞬间，商衫的脸跟调色盘似的，很难看。

白杨回复：“好，谢谢你啊，尤妍。这杂志社新人一多就乱七八糟的，回头我开个会说道说道，真是不好意思，改天姐请你吃饭。”

尤妍：“没事，不影响合作就行。”

白杨直接放下手机，端起酒杯和尤妍碰了一下。这件事她真的要谢谢尤妍，要是尤妍一生气，真的终止了合作，她都不知道自己是怎么失去这个大项目的。

那边见她们碰杯的商衫有些坐不住了。

尤妍云淡风轻地喝着酒，和白杨、焉晗说着工作上的后续细节。

晚上散了场回到家，尤妍有点头晕，奶奶知道她喝多了，给她煮了解酒汤。

尤妍洗了澡，穿着柔软的睡袍舒舒服服地坐在餐厅里。

对面的奶奶一脸心疼地看着她：“怎么喝那么多呀？下次不喝了哦，工作量力就行，奶奶又不指望你赚多少，奶奶的退休金也养得起妍妍。”

尤妍笑了笑，眼睛莫名有些发酸。

她不是为了工作喝多的，只是心情有点差。

尤妍时不时想起那个男人，一想到席骞也对其他女人那么好，她就觉得这段时间的心动不值得。

这个世上，除了爷爷奶奶，好像再也没有人真的可以永远只对她好。

这天晚上，尤妍躺在床上，一直没有睡意，脑子里没再想他，但是莫名难过。

不知什么时候，席骞打了电话过来。

尤妍看着那个名字在手机屏幕上跳动，一直没接，不知道要跟他说什么。

最后，她直接把手机塞到枕头底下。

铃声停止了，席骞可能以为她睡着了吧，也就没再打来。

第二天，周五。

二月下旬的北市还挺冷的，起床那会儿尤妍就感觉有点头晕，应该是熬夜感冒了。

她洗漱完，晕乎乎地去找奶奶，可怜地说："奶奶，我好像有点着凉了。"

老人家马上伸出手来探了探她的额头，随即敛眉："有点低烧，坐着，奶奶给你找药吃。"

尤妍老老实实地在沙发上坐下。

她打开手机看时间，看到席骞的那个未接来电，发微信给他："不好意思，昨晚睡着了。"

发完尤妍干坐了一会儿，就百无聊赖地玩手机。

《为你》杂志昨晚更新了拍摄物料，已经开始宣传了。

尤妍看了一眼提到的那几个人员的账号，随手点入副主编商小姐的微博。

主编白杨转发了宣传，副主编却没转，只随手点了个赞。

尤妍笑了笑，也没在意。

尤妍看完觉得人很困倦，就收起手机想要休息一会儿，但手机蓦地振动起来。

席骞打来了电话。

尤妍发微信时以为他那边有时差，但她忘了即使有，此刻美国也才晚上七八点，他不可能休息了。

尤妍默默点了接通，放到耳边："喂……"

席骞："宝贝，你不舒服吗？"

尤妍在心里感叹，这男人还挺细心的，这就听出来她有鼻音。她也没否认，说："嗯，有点感冒。"

席骞当即皱眉："严重吗？"

"没事，小问题。"

席骞微松了口气，却也不是太放心："明天还工作吗？好好休息一下，好不好？"

"嗯。"

席骞听着这依然淡淡的语气，微微一笑："怎么这两天说话都不怎么热情啊，宝贝？”

尤妍抿了抿红唇，喉咙里的话不知道要不要说出来。

她先转移了话题：“席总下班了？”

席骞：“没有，还在公司。”

尤妍顿了顿。

席骞：“想着你这会儿应该有空，就想先给你打电话。”

尤妍没说话。

电话那头的人声音里含着一抹笑，说：“我想你想得不行了，妍妍。”

“是吗？”她也微微一笑。

“嗯？你怎么忽然对我这么冷淡？妍妍，我这心里有点慌啊。”

尤妍听着他温柔的声音，心里说不出是什么感觉。

“嗯？宝贝。”席骞很茫然，“怎么了？是不是不舒服不想说话？”

“不是。”

“那是怎么了？”

尤妍揉了揉有点疼的额头，轻叹道：“席骞，算了吧。”

远在美国的男人愣了一下，站在窗前，看着外面灰蒙蒙的天，目光一沉，心也微微一沉。

他不懂：“什么？什么算了？”

“你别喜欢我了，我不打算和你在一起了。”

男人的薄唇轻轻抿了抿，须臾，还是温柔地笑着问：“为什么？之前不是对我的态度还行吗？不是说我再努力十分就可以了吗？怎么我才出差几天，我家妍妍就不要我了？”

尤妍轻吸一口气：“嗯，我考虑清楚了，我们不合适。”

“为什么？你觉得我不是真心的？”

“嗯。”

席骞拧眉：“妍妍。”

“你不是第一次这么温柔地对一个人，席骞。”尤妍终于脱口而出。

席骞不明白：“什么？”

“我发现你对别人也很温柔，我并不是那么特殊，那么让你觉得不一样。”

“妍妍，我……你从哪里听来的？”

“这不重要，”尤妍看向窗外，北市今天没有阳光，很冷，“就是我发现，你对我和对别人没什么区别。”

“怎么会没区别呢？”席骞立刻道，“我对你说的每句话都是真心的，过去从来没有过，再温柔也只是……哄哄人而已，宝贝。我是想娶你的。”

尤妍微笑：“你是不是也是在哄我？”

“不是。”他想都没想就说。

尤妍轻叹一口气：“还是算了吧。”

“妍妍。”席骞十分着急，“到底是怎么了？为什么突然这样了？等我回去再说好不好？等我当面跟你说。”

“不用，也没什么好说的，差不多都说清楚了。我就是发现你以前好像对别人也很温柔，我发现我和你以前的那些女人没什么区别，这样我就没办法确定你对我是真心的，所以……席骞，算了吧，我们当朋友就好了。”

“妍妍。”男人的声音低哑起来，“别这样。”

“你忙吧，别耽误你的时间了。”说着，尤妍就挂断电话。

席骞看着被挂断的电话，眼底深幽如窗外灰色的天。

不一会儿，他找来特助说了点事，随后揉揉眉心，回到办公桌前工作。

特助办事很快，转眼就进门来找他了。

特助表示：“尤小姐每天就是工作，挺敬业的，她们公司最近主要和《为你》杂志有接触，这两日拍了一期宣传内容。然后参与的工作人员里，有一位是您……前女友。”

席骞抬头：“谁？”

“商衫，商小姐。”

席骞的眉眼微动。

特助未免席骞忘记有过这么一位前任，小心翼翼地提醒：“就是前两年您在这边出席了一个慈善晚会，认识了那位商小姐，然后交往了几个月。”

席骞瞥了特助一眼：“我没失忆，不用说得那么仔细。”

特助：“哦，抱歉席总。”

席骞闭眼打开手机，看了一眼微信聊天界面上的一个消息框。

他点入对话框，里面的聊天内容是三天前对方发来的一句：“席骞，我回国了。”

他回复：“嗯？”

对方说：“席总该不会连我的名字都不记得了吧？”

席骞知道她是谁，微信有备注，不过不知道对方发来这么一句是想干什么。

随后她约他吃饭，他回了句有女朋友了。

然后她说："有就不能吃饭了吗？"

席骞回了个"自然"，然后就没有了。

席骞按住语音，对着那个对话框问："商小姐，你找尤妍了？"

没过多久，对方回复："尤妍是谁啊？席总的红颜知己？"

席骞基本笃定了，说："没记错的话，我和商小姐都分手两年了，你这是搞的哪一出啊？"

发完他转头对特助说："订机票，回国。"

特助挑眉："席总，这次过来准备谈的项目还没谈。"

"推了，我有事要回去。"

特助想问什么事，这个项目很重要，就这么走了可能会错失合作机会。

但是他想了想，想到早前席总让自己查的事，可能是为了那个尤小姐。

所以，特助最后还是不敢再提醒席骞最好别走，只好老老实实点头，准备回北市。

特助转身要离开时，席骞出声问："那枚钻戒好了吗？"

特助回头："哦，好了，我回头给您送来。"

尤妍吃了药便去上班了，开年事情比较多，也没法休息。

白天席骞又找她，但她没回他。

周五。

尤妍带着疲倦的身体忙到晚上，临下班时她发现感冒没好，还有点低烧。

尤妍怕回家奶奶会担心，就收拾了东西，穿上大衣，裹上围巾，开车去医院吊水。

医院里的人不少，输液区灯火通明。

尤妍坐下就犯困，想要闭上眼休息，但是又收到了席骞的微信："妍妍，回家了吗？"

尤妍一顿，挑眉，这话是……他回来了？

她回过去。

他说："对，我回来了，去找你，好不好？"

尤妍想了想，席骞都回来了，想当面说清楚的话，没理由不见。

她回："那你一个小时后来找我吧。"

"你还在公司吗？"

"嗯。"

“早上不是说不舒服，怎么还加班到这么晚？”

“嗯。”

席骞：“宝贝，说说话，别老用一个字搪塞我。”

尤妍轻叹，她不想说她在医院啊。但再这么骗下去，他回头上公司找她怎么办？

尤妍很无奈：“我在医院吊水，有点发烧。”

“发烧？在哪家医院？”

“我累，不想说话，你别来了。”

“哪家？”

“你家。”

没办法，这里离天榭舍最近，输好液她转个弯就到家了。

尤妍收起手机，仰头看天花板的白炽灯，心里起起伏伏，不知道待会儿见了面要说什么。

她一眨眼，再回神，就看到入口处出现了一个高大身影。男人穿着棕色大衣，目光灼灼。

两个人对视，尤妍愣了一下。

席骞很快走到尤妍面前，蹲下来，声音温柔：“宝贝。”

尤妍闭眼，真的不想和他说话。

席骞摸了摸她的额头：“妍妍。”

尤妍面无表情：“席总以后还是喊‘尤妍’吧，‘尤小姐’也行。”

席骞捧起她的脸：“我哪儿错了？宝贝，别这样。”

周边人来人往，喧哗热闹，尤妍感觉头有点疼。

尤妍看着眼前的男人，他的眉头微微皱着，目光和她对视，看着深情满满。

她闭眼错开，低声说：“就是电话里说的那样。”

“我对你是真心的。”

“我看不出来。”

席骞轻抿薄唇，一时间也不知道要怎样来证明。

尤妍：“我以为你只对我这么温柔呢，是我天真了。”

“不是妍妍，那只是……”席骞不自然地道，“你知道我以前有过女朋友，我总不可能对女朋友冷冷淡淡的吧？”

席骞：“妍妍，真的，你是我第一个想娶的人，我对你是真心的。”

“这话就像流星一样，梦幻虚无。”

席骞顿了顿。

尤妍拿开席骞的手，闭上眼睛："我不想说话了，我不打算和你在一起了，真的，我怕我也会成为以前你身边那些人。"

"你不会，妍妍。"

尤妍睁开眼睛，问："你对我和别人的区别在哪儿？就只有你嘴上说的真心吗？可这些话你以前应该没少说，你让我怎么分辨哪句真哪句假，席骞？"

"我……"席骞张口，临了却噎住。

尤妍轻笑，没再说话。

席骞敛眉，想要再哄尤妍。但是看她发着烧，脸色有些苍白，也不舍得再打扰她。

他轻轻抚了抚她的脑袋："那你休息一会儿。"

他起身在边上坐下。

尤妍："你回去吧，美国现在是清晨，你有时差。"

"我在飞机上睡了。"

尤妍没再开口，点点头，闭上眼睛。

不过人在身侧，她忽视不了，根本没办法不去想。

其实她是有点喜欢席骞的。他专门为她回来，来医院找她，这种感觉令人心动。

但是……大概席骞曾经也这样满心满眼地对别人吧。

尤妍输了一个小时的液，后来头没那么烫了，人也清醒了些。

席骞要送她，但是这儿离天榭舍很近，她不想再麻烦他，就自己开车慢悠悠地碾着月色回家。

席骞开着车跟在后面，看着她驶入车库，他才回去。

到江流，阿姨在那儿收拾屋子，见到他，随口问："怎么这么快回来了，不是说要去一周吗？"

"嗯，有点事。"

他脱下大衣丢在沙发上，坐下靠上沙发背，仰头闭上眼睛。

阿姨看席骞好像有点累："要吃晚饭吗？"

"不了。"

阿姨没再说话，去厨房给他倒了杯热水，而后就没在楼下打扰他，上楼去收拾了。

席骞坐了一会儿，脑海里都是刚刚在医院里被尤妍问得哑口无言的问题，他对别人和对她的区别在哪儿？

确实，他对谁都差不多，都温柔。但是对她，他知道自己做的每一分都是本能，是真心喜欢她的……

他却很难说得清。

席骞叹气，只觉得头疼。

还没等他惆怅完，手机就响了。一看来电显示，他就知道是打来问他怎么提前回来了。

席骞揉了揉酸涩的太阳穴，他在飞机上根本没睡，一直在想她。

尤妍回到家，洗漱完又吃了点药，然后倒头就睡了。

半夜感觉口渴，她迷迷糊糊醒来喝了水，然后摸手机看几点，意外地看到手机上有两条席骞发来的微信消息。

她点开。

他一点左右的时候发来两句语音，说："我知道我对谁都好，你现在觉得你也和其他人一样。但是妍妍，其他人我不会专门从外面回去哄睡觉，我也没为谁从美国飞回来过。"

席骞好像喝酒了，说话有点慢。

尤妍听完，在灰蒙蒙的夜色里定住不动。

下一句自动播放了，他说："我真的爱你，这三个字绝对没对别人说过。"

尤妍回想他和前任的聊天，里面是……那个女人撒娇要他回去，他没回去，换话题点了消夜。

席骞是为了哄她睡觉专门从会所回来了，也专门从美国回来了……

但是……

尤妍拧眉，觉得很纠结，这些席骞真的没对别人做过吗？

尤妍打字回复："和我说过的话，你基本都对别人说过了，是吧？"

那头的人还没睡，不一会儿她手机的左上角就变成"对方正在输入……"。

尤妍侧躺在床上，定定地看着，他却没有发来消息，而是变成邀请语音通话。

她接通了。

一阵窸窣声后，是男人的呼吸声，他的声音低哑，说："妍妍。"

"嗯。"

“我说的是真的。”

“你说过吗？那些情话，让我有些沦陷的情话，是不是对所有人都说过？”

手机那头沉寂了。

尤妍骂了他一句。

他开口：“对不起。可我谈恋爱的时候，不可能就……什么都不说呀。”他低笑，“妍妍，但是什么爱你的话，我只对你说过。”

“谁知道是不是因为你这会儿对我热情满满，迫使你忍不住说的，回头就忘了。”

“我不会。”

“你那个前女友给我发了几张聊天记录……席总在里面说的话，真是让人分不出真假。因为那些话你每天都在对我说。”

席骞噎了一下：“我们早分手了，分了很久了。”

“所以你那么柔情地说喜欢她，最后还不是分手了。”

“席骞，你懂我意思。你那些话是你情我愿也好，是恋爱时的短暂情话也罢，但我不是和你你情我愿的人，我想长久，现在看来，我怕最后也是短暂的。”

“不会，我保证。”

尤妍没说话，席骞深深地叹气，一边头晕一边费力地想从混乱的脑子里抓一些话哄她。但是他喝多了，没什么精力，不知道怎么哄她。

最后他只说了一句：“妍妍……这么久了，你就不信我？”

“我本来是信的，但是现在忽然变了，我既不是你第一个温柔宠爱的人，也分不清你这些话是真是假，我还怎么和你在一起？”

“我……”

尤妍没说话，那头好像也没话了，不知道该说什么。最后，尤妍说了一句：“早点睡吧，拜拜。”然后就挂断电话。

但是她重新躺下，却再也睡不着了。

好在第二天是周末。

这天尤妍没有发烧，只是人也不算太有精神，一整天都在睡觉或者陪奶奶。

晚上席骞约她吃饭，她没去，只对他说：“席骞，你酒醒了就好好想一想，然后我们就这样吧。”

他没回，也不知道是伤心了还是怎么了……

尤妍白天睡多了，到了晚上一点也不困，便在工作室里忙碌。

到了十二点，她的手机忽然响了起来，是席骞的电话。

尤妍接通，听到里面的人说："妍妍。"

尤妍一听就知道席骞又在俱乐部，有点嘈杂，然后说话也带着些醉意。

她敛眉问："你又出去玩了？"

"嗯，"他笑，"你又不出来陪我。"

她哼了一声，嘟囔道："我又不是你女朋友，北市那么多对你心动的女人，席总随便挑一个。"

"妍妍。"他失笑，有点无奈，"出来好不好？我们聊聊。"

"这么晚了，你赶紧回去休息吧。"

"我等你，好不好？你还没休息就出来一下，我让司机去接你。"

"我不要。"

"妍妍……"

尤妍被喊得生气了，生自己的气，因为她有点心软了。

人一旦心动，很难一瞬间就放下，还是会为他心软。

尤妍放下东西，起身回房，进衣帽间换衣服："我自己去，在哪个地方？"

席骞低笑一声，报了名字。

尤妍换了一件厚实的呢子大衣，想了想，戴了个口罩，再围上围巾，全副武装。

尤妍出去时已经晚上十二点多，北市依然喧嚣。

尤妍不疾不徐地来到了俱乐部，门口男男女女，豪车云集，她把车开到了附近，没停在门口。

尤妍下车后拉高口罩，又整理了一下围巾，才走到俱乐部门口，在众人的注视下走了进去。

这个地方尤妍没来过，不是天榭舍附近的俱乐部。

进去后有个工作人员问她："你好，这里是会员制，有约人吗？"

尤妍轻声说："找席骞。"

"什么？"

"席骞。"

那个工作人员有些意外，上下打量了尤妍一眼，才带着她过去。

音乐声震耳欲聋，席骞坐在卡座里，手拿酒杯，嘴里抽着烟，看上去喝了不少。

尤妍到席骞身边，立刻被旁边的男男女女打量。

有个女人问那个工作人员："这人谁啊？"

"说找席总的。"

那女人挑眉，然后正要嗤笑，就见尤妍上前踢了席骞一脚。

四周都安静下来，怎么回事？这像是来砸场的。

席骞朝她看过去，随即一笑："宝贝。"

众人："啊？"

尤妍满脸绯红，幸好不是喊的"妍妍"，不然她当场把他大卸八块丢去喂鲨鱼。

她也不想出声，怕被人听出自己是谁。

尤妍站了一会儿，见席骞不动，直接拿走他的酒杯放下，然后把人拉起来。

整个俱乐部的人都不喝酒了，看着这边。

席骞还很配合，站起来后，把手搭在尤妍的肩上，极其亲密地半抱着人就走了。

到了外面，尤妍马上丢开他，让他自己走。

两个人在万众瞩目下离开了俱乐部。走到街边的停车位，尤妍打开驾驶室的门自顾自地坐进去，席骞则慢悠悠地坐到副驾驶座上。

"去哪儿？"尤妍边倒车边问。

"你去过两次了，那儿。"

尤妍没再说话，把车往市区外那一片高级住宅区开。

深夜的江流没有市区喧嚣。

一路上席骞都没说话，闭着眼睛，似乎喝多了。

尤妍也不想和席骞说话，直接把车开到他房子门口，然后下了车去副驾驶座开车门："到了。"

席骞醒醒神，揉了一下眉心，而后睁开眼。

尤妍转过身。

席骞笑了笑，下车，揽着她的肩进屋。

尤妍想要拿开席骞的手，但是他搂得很紧。

合上门后，席骞从身后抱住她。

尤妍动了动，他却搂得更紧："妍妍……我想了你一天一夜。"

"每个女人都拥有席总这句话。"

屋里静悄悄的，打开灯后气氛有些浪漫。

阿姨应该不在这边住，回兰江湾了。

尤妍从席骞怀中出来，把人丢在沙发上，然后低声开口："有话就说，没话我要走了。"

"陪陪我。"

"陪你个头，我跟你有关系吗？再说，都这么晚了。"

席骞抬头，柔情似水地看着眼前的女人。

"妍妍，你怎么就不能对我好点呢？"

"我没有吗？没对你好过吗？"

她仰头呼气："就你这种人，还要什么好果子吃。"

他失笑。

不一会儿，尤妍要走了。他的酒劲越发大了，伸手一把抓住她的手腕："妍妍。"

他一带，就把她带到面前搂住。

尤妍的脸在寂静的夜里陡然红起来，挣扎着要起来："席骞。"

席骞坐在沙发上，紧紧搂住她，沙哑的声音钻入她的耳朵："我承认，我是都说过，什么喜欢别人，什么温柔似水的情话，我都对别人说过。"

尤妍的眼睛一酸，停止挣扎。

席骞昏昏沉沉地道："但是'我爱你'这三个字，妍妍，我从来没对别人说过，也没喊过别人宝贝，没有。宝贝永远是你。"

尤妍仰头看天花板。

席骞低哑着声音喊了她一句，又说："其他的，说都说了，我也没办法。我能做的，就是行动上对你比别人好一些，嗯？你感觉不到吗？"

尤妍心如止水："你只不过是现在想得到我，所以付出得多了点，之后就没了。"

"我保证不会没了，我会永远爱你的。"

"'永远'两个字，你对多少人说过？"

席骞噎住，半晌，蹭了蹭她软香的怀抱，收紧手臂："我是真心的，这会儿真心的，百分之两百，心拿出来给你看好不好？"

尤妍盯着那顶闪闪的吊灯，觉得心碎得哗啦作响："席骞，算了，我们没那个缘分了。"

"妍妍。"他皱眉。

"放开我，我要走了。"

"别，"他抱紧了她，"妍妍，别这样好不好？"

尤妍没动，等席骞醉了，没力气了，她把他的手拿开，然后再走。

走了两步，她看他衣衫单薄地躺在沙发上，叹了口气。

尤妍转身上楼，找到卧室，抱下来一床被子，丢到沙发上给他盖好。

尤妍给席骞掖被角的时候，他又抓住她的手。

“席骞。”她喊。

他不说话，微微睁开眼看了看她，又疲惫地合上，但他仍不放手。

尤妍挣扎了两下，挣脱不开。

她轻呼一口气：“我就应该让你冻死。”

尤妍也没动，就在沙发上坐下，歪着脑袋看闭着眼的男人，想等他睡着了再溜走。

但是等了好一会儿，席骞都握着她的手，并且握得很紧。

尤妍看着，发现自己好像又对他动心了。似乎这万籁俱寂的夜里，他温暖的掌心渡过来的每一分温热，都在告诉她，他这会儿是真心的，是真的舍不得她。

尤妍其实一点儿也不怀疑席骞这一刻的真心，但是一想到他以往对谁都好，要想知道他的真心，她还要自己去试，就退缩了。

她试不起，一个人安安稳稳的不好吗？

不知道几点，尤妍发现席骞睡熟了，温柔地给他盖好被子便离开了。

回去后尤妍也没进工作室，心里很乱，没心思工作。

她摘下围巾，换了衣服，把自己埋入柔软的被褥中，翻来覆去到天亮。白天她没去公司，睡了一天。

傍晚时分，尤妍刚醒来一会儿，手机就响了。

她的心一紧，看了一眼手机。果然，是席骞发来的微信消息：“在家吗？妍妍，我在你家楼下。”

尤妍没回复，直接起身换了衣服下楼。

下面停着一辆眼熟的黑色跑车。

尤妍定定地看着那辆车。车上的人下来，远远地站在车门边朝她笑。

尤妍和他对视一会儿，然后走过去。

楼下的夕阳很动人，晚风轻轻吹拂，也不是很冷，有点浪漫。

尤妍朱唇轻扬，微笑道：“睡了一天啊？”

“嗯，昨晚什么时候走的？抱歉，那么晚还让你自己出门。”

“没事，也不是很远，路我很熟。”

他点头，然后凑近了把她拉过来抵在车门上：“妍妍。”

尤妍背抵着他的跑车，心跳加速，但神色还是淡淡的：“别动手动脚的，喝醉的时候我可以不计较，但你现在很清醒。”

席骞轻叹，温柔道：“好，我不碰你。可是我们好好谈谈行吗？”

尤妍转过头，而后注意到他的后车座上有一束娇艳欲滴的红玫瑰。

席骞也看了一眼，然后回头看她，语气温柔：“嗯？妍妍。”

尤妍从车厢里收回目光，看着他：“我们已经说得……很清楚了。”

席骞直直地看着她，微笑着问：“妍妍……就不能信我一次吗？试试看，我是认真的。”

“我试不起。”

席骞噎住，喉结滚了滚，喉咙里的话全说不出口了。

他拧着眉，痛苦地挽留：“妍妍……就这一次，试一次。”

尤妍有些心疼，为了以防自己心软，她蓦然看向他，精致的脸上浮起一抹淡笑：“我听说，你有一个前女友还差点怀孕？”

席骞愣住。等回过神，他马上说：“对不起，我不是故意不跟你说的，是那件事情……”他轻咳一声，“怎么说呢，那件事情已经好几年了。”

“嗯。”

席骞的眉头微微敛了敛：“妍妍，我知道我之前玩得太过，我不好，但我不是……”

“我知道。”尤妍低语，“是你那个女朋友骗你，不是你不负责任，我知道。”

“那你……”他捧起她的脸，“妍妍，那你不要介意好不好？”

“还是忘不了，”尤妍抱歉地笑笑，“对不起，我还是不太能接受你和别人这样过。”

席骞的眉头深深拧着，直直地看着她。

尤妍闭眼：“抱歉，浪费了你很多时间。从去年到今年，是我自己不好，想着是朋友，没一开始就冷淡地对你，躲你躲得远远的，不好意思。”

尤妍说着准备回去，席骞拦住她，把她搂入怀里：“妍妍。”

他的声音低哑，附在她耳边，目光灼热：“妍妍……我真不是故意的，和以前的人也没有任何联系了，现在我心里只有你。”

“我没办法，我真的介意这个过去，没办法接受。”

席骞想要张口，又好像无话可说。

她轻轻地推开他。

席骞僵硬地松手，然后定定地盯着她。

半晌，在尤妍云淡风轻的眼神中，他缓缓失笑："我以为真心这种东西，努努力，你就会相信的。但……我不知道你介意这个过去。"

"对不起。"

"不用……这是我自己的事。"他低下头，笑容浅淡，"只是这个，我真的无能为力，无法改变结果。"

尤妍看着席骞。

席骞抬起头，那双眼睛依然明亮，蛊惑人心，但里面的抱歉和落寞像风一样飘散，非常明显。

他轻叹一口气，笑着对她说："对不起，我以后不会打扰你了。"

尤妍愣了愣，伴随着话音落下，她好像看到眼前的男人虽然脸上带笑，但心碎得哗啦作响。

见尤妍没说话，席骞的笑容更加温柔："真的，以后绝对不打扰你了，我们妍妍就该找个和你一样纯粹的人。我这样的，"他失笑，"确实不适合你。"

尤妍的眼眶微微发热……

他点点头道："走了，回去吧，别再着凉了。"

尤妍脚步僵硬地往前走了两步，席骞打开车门，然后看到后面的花，看了看，还是拿出来，放到她怀中，然后才坐进去。

一眨眼，跑车在夜色中消失不见，只留下隐隐的引擎声。

尤妍抱着花站在原地。

晚风扑她一身，她有点晕乎乎的，不知道刚刚发生了什么事一般。

直到奶奶去超市买菜回来，看到她只身站在楼下，马上问："妍妍，你站在这儿做什么？"

尤妍才回神，发现三个月来的情感交织，在刚才烟消云散了。他说以后再也不打扰她，两个人以后没有关系了。

明明前一周，她还甜甜地想着要和他在一起。

奶奶看到她怀中的红玫瑰，笑着问："是那个追求者来找你了啊？"

尤妍点点头，跟着奶奶上楼。

电梯里，老人家问："你们什么情况？"

尤妍淡笑："我觉得他不适合我，奶奶，这是最后一次收花了，我已经拒绝他了。"

老人家顿了顿，随即温柔地笑了："不适合就不适合，没关系，我们妍妍以后再找个合适的就行。奶奶又不催你，妍妍不结婚奶奶也养得起。"

尤妍的眼睛蓦然湿热。

电梯到达选择的楼层，奶奶拉着她的手走出来："天还是很冷啊，你这刚起床就下楼了吗？袜子也不穿，光着两条小腿，不能再发烧了啊。"

尤妍点点头，到卧室去取暖。

放下花时，尤妍意外地看到玫瑰中间有东西闪烁。她重新抱起来，拿手拨了拨花，然后看到里面放着一枚钻戒。

尤妍愣住，脑海里迅速飘过之前在国外的拍卖会，那颗被席骞高价拍走的钻石。席骞在钻石到手的那一刻就跟她说，回头做成钻戒送给她。

尤妍蒙蒙地拿起钻戒，回过神，马上去摸手机，打开微信给他发消息："席骞，花里的钻戒……我怎么还给你？"

他没回。

席骞从天榭舍离开时，一脚油门踩到底，北市的大道上一路都是他驰骋的痕迹。

他回到江流时，夜幕降临了。

他停车后并没有马上下车，而是靠在驾驶座上望着不远处的湖面出神。

尤妍说得席骞都怀疑自己是不是真的喜欢她，还是只是迷恋她的容貌和身材，或是傲气十足的性子。

但是，他的难受是真的，这是他第一次主动喜欢一个人。

席骞笑了笑，轻呼一口气，下了车扯了扯西装领口，进了屋走到偏厅酒柜前，拿了两瓶酒出来。

阿姨从楼上下来，闻到空气里浓浓的酒气，不由得说："我以为你今晚有应酬呢？"

席骞坐在沙发上没说话，握着酒杯又是一口灌下。

阿姨敛眉站在旁边："这是怎么了，心情不好？"

"嗯。"

阿姨很好奇，前两天撂下美国的事情回来，被喊回家训斥了一番，但回来后很正常，若无其事地玩到半夜。什么事能让这小子心情不好？

她叹气："空腹别喝太多酒啊，阿姨给你做饭去。"说着她便去了厨房。

席骞喝光了一瓶酒，然后人松软下来，陷入沙发里。

酒进入胃里，胃被烧得难受起来，所以也分不清是胃难受，还是心难受。

反正真不真心不知道，他是第一次有点后悔以前玩得太过了。

席骞坦坦荡荡这么久，是第一次想骗她，骗她没有那件事，想让她不要介意。

要是没有那件事，席骞觉得他还是能努力让尤妍知道，他对她是真心的。

可此刻就完全没办法了。

席骞仰头，两眼无光，脑海里飘过刚刚尤妍拒绝自己的画面。

须臾，他又开了一瓶酒，仰头灌下去。

第九章 他有新欢了

阿姨做好饭过来叫人的时候，偏厅灯光下，年轻男人已经陷入沙发，闭着眼睛半躺着了。

阿姨当即皱眉，居然一个小时里喝了几瓶酒："你是不要命了啊，要气死我吗？饭都做好了你给我喝醉在这里。"

她拿了席骞早前进来脱下的大衣给他盖上，而后收走酒瓶和杯子，再上楼去拿被子。

之后就没再管他了。

直到夜深人静，听到楼下的手机响了。阿姨下楼来，找到手机，瞥了一眼。

看到来电显示是"妍妍"，她顿了顿，回头看睡在沙发上的人。

是不是闹别扭了？

阿姨摇了摇他："席骞，电话。"

男人一动不动，醉得很厉害。

阿姨叹了口气，拿起电话接通："喂，尤小姐。"

尤妍到了晚上十点还没等到他回微信消息，就忍不住打了电话过去，没想到是阿姨接的。

她沉默了片刻，问："阿姨，席骞呢？"

"他从傍晚回来就喝酒，喝了很多，醉了，这会儿倒头睡觉呢。"

尤妍愣了一下："喝……喝醉了？"

"嗯，晚饭都没吃。"阿姨叹气，又微笑着问她，"尤小姐是不是和席骞吵架了？"

尤妍不知道该怎么说，阿姨也觉得自己问得太多了，就笑着说让她明天再打。

尤妍应了一声，然后挂断电话。

她靠在自己卧室的阳台上，缓缓仰起头看星空，回想傍晚那会儿，席骞的眼神好像有点受伤。

尤妍觉得心里一阵刺痛，好像后悔故意说那件事伤他。

尤妍那会儿实在想不出什么理由能让他彻底放弃自己。

她想来想去，好像就只有这个理由是席骞没办法解决的。

虽然尤妍根本就不在意，知道这不是席骞导致的。她要是介意，压根儿不会心动。

可是尤妍硬要说在意，席骞就完全没办法。

席骞的反应也在预料之中，一听就很着急，然后就溃败了，落寞地说他不会再打扰她。

结局是她心里期盼的，但她这会儿后悔得要命，难受得心里像是充了气。

尤妍觉得自己的心都被他弄碎了。

她吸了吸鼻子，低下头，眼角的泪水顺着脸颊流淌下来，冰冰凉凉的。

她站了一会儿，被北风冻得手脚僵硬才走进去。

尤妍缩在单人沙发上，定定地看着长沙发上，奶奶在灯下拿着毛衣针在织围巾。

奶奶抬头，笑起来："怎么了？还不困，也不去做事吗？"

"不想做。"她开口。

奶奶问："听你这声音怎么有点鼻音，又感冒了吗？"

老人家叹了口气，要起身给她泡感冒药。

尤妍摇头："没有，我刚刚看了一个视频，哭了。"

奶奶失笑，坐回去，继续给她织围巾："还把自己给弄哭了。"

尤妍的手肘靠在沙发扶手上，手撑着脸颊看奶奶。半晌，她开口道："奶奶。"

"嗯？"

"你说，我父母为什么不要我啊？"

老人家的动作顿了顿，朝她看去。这孩子只在小时候问过这个问题，长大后就没问过了："怎么忽然说起这个？"

尤妍也不知道，就是好像没想过她的人生里还会被感情这种事情伤到，就是忽然觉得她的生活好像从小就不怎么顺利。

“随口问的。”她说。

奶奶笑起来，继续低头织围巾：“那个年代大部分人都没什么钱，也许是养不起我们妍妍吧，就送人了。”

“不是送，是丢了。”

奶奶道：“没关系啊，反正是爷爷奶奶的宝。”

“那他们为什么不要我？”

奶奶：“他们不要你，爷爷奶奶要你，没关系的。妍妍，爷爷以前可疼你了，你忘记了？”

“我记得。那您和爷爷养我干吗？”

奶奶失笑：“这孩子，今晚是怎么了？”她笑道，“你被放在门口，你爷爷下课回来看到，那会儿你长得特别可爱，粉雕玉琢的。你身上飘了不少雪，爷爷可心疼了，抱着你进屋想先暖暖，再看看怎么给你找父母。等奶奶下课回来，他都教会你喊‘爷爷’了。”

尤妍笑了笑。

奶奶说：“给你找父母的那段时间，我们就养着你。教师家属院的其他人抱你你都不要，就喜欢让你爷爷抱，可能是因为他会给你讲故事，给你做玩具吧。”

尤妍又笑了笑。

奶奶说：“后来啊，找不到你父母，他也舍不得送你走了，说是这样送走了，你又不要别人抱，才这么小，可不得哭哑了。”

“可是，那会儿你们都有孙女了。”

“一个孙女、两个孙女有什么区别，倪杨父母没结婚就在国外定居了，孩子也带去国外了。爷爷奶奶带着你既不会耽误他们的工作，也不需要他们出钱，自然就养着你了，总不能再一次把你丢了吧。”

“嗯。”

“就是，要是给别人养，妍妍也许就有父母了。可是那个年代很少有人去养孩子，就怕最后没人养，或者辗转到偏远的地方，那就只能吃苦了。”

尤妍的眼底渐渐湿润，她眨了眨眼逼回去，点点头：“我不需要父母，有爷爷奶奶就够了。”

奶奶笑开了：“这就好了嘛，现在没有家，以后妍妍可以自己拥有一个家。”

尤妍愣怔地听着，说：“我觉得没有。”

“怎么会没有呢？”奶奶看着她，“妍妍今晚是怎么了？”

“没事……”她闭眼，“就是觉得除了爷爷奶奶，没人真心对我了。”

老人家笑了笑：“是不是因为下午那个人心情不好啊？”

尤妍动了动唇瓣，却没说话。

奶奶看着她：“我们妍妍是不是喜欢那个人啊？”

“嗯。”

“那怎么了？怎么就不合适了？”

“他好像不是真心的。”

老人家一顿，随即温柔道：“那没事啊，有奶奶呢，怕什么。别人不对妍妍好，有奶奶在就可以了。”

“嗯。”她点点头。

也不知道为什么，这一晚上，她脑子里全是那个人的身影，前几天好像还没这么难过。

第二天是周一。

尤妍一早起来，发现席骞给她回消息了，说：“送你的，不用还。”

尤妍立刻打字：“我们没有在一起，我不可能收你这枚戒指。”

那天的拍卖会，尤妍亲眼看着席骞高价拍下的这颗钻石，她又怎么可能收下？

席骞回复：“不喜欢就丢了吧。”

尤妍深呼吸：“你是不是故意气我的？你生气了？”

那头的男人失笑：“不是，我怎么舍得。怎么说你都是我的心肝。

“钻石本来就是拍来送你的，我不可能拿去送别人。不想要你就丢了吧。”

尤妍噎住，半晌才问：“你在江流吗？”

“在机场，回美国了。”

尤妍想到前两天席骞是专门从美国回来的。

是不是事情没办完，所以现在又要走？

尤妍有些愧疚：“你回来了告诉我。”

“还告诉你做什么？以后不联系了。”

尤妍定定地看着这句话，眨眼间眼眶一阵湿意。

她也说不清是什么感觉，就觉得……她舍不得这个人，却又没有勇气和他在一起。

到了美国，席骞时差都没倒就去忙工作了。

前几日因为席骞回去，合作终止了。幸好这是他母亲家的产业，所以只有他父母会训斥他。

这天的合作人是新谈的，比原本那个要难搞很多。一开始没打算和这家合作，但是此刻没办法了，只能退而求其次。

席骞飞了十几个小时，这会儿又谈了三四个小时工作，都快吃不消了。

但是谈好以后合作人又热情得不行，非要请客吃饭。

饭桌上，对方带了几个人一起，有一个是商衫。

席骞喝了不少酒，中间实在太困了，去洗手间抽了支烟，出来时就看到了妖艳夺目的商衫。

女人靠着走廊的墙壁，朝他笑了笑："好久不见啊。"

"嗯。"他淡淡地应了句。

"席总来出差？"

他点点头。

"我也是，你来几天啊？"她走近了问。

席骞敲了敲烟灰，淡淡道："跟你关系不大。"

商衫仰起头，眨了眨眼："这么无情啊，以前你说情话的时候可不是这样的。"

"多久了？"

她笑了笑，然后伸出踩着高跟鞋的细长小腿，贴上他的西裤裤腿，缓缓磨蹭上去。

席骞咬着烟，淡淡地看着眼前的女人。

须臾，他说："这种招数，一次我可能觉得新鲜，两次就没什么意思了。"

"是吗？可是我喜欢。"她歪头一笑，继续蹭他。

席骞伸手扶住她的腰，往后轻轻一推，把人推到墙上："我的意思是，我一般是不喜欢了才分手。"

商衫的脸色一变，随即又委屈起来，跺脚撒娇："席骞，你要不要这么浑蛋！以前说的永远喜欢我都是鬼话吗？"

"嗯。"

说着，席骞淡漠地收回手，径直从她面前走过，回了包间。

他又和那个合作人喝了几杯，饭局终于散了。

回到家席骞直接睡觉。

睡了十来个小时，他梦见了尤妍，梦见她拒绝他后，转瞬和别人在一起了，生生把他虐到了，非常难受。

席骞醒来时正是深夜，他摸出手机一看，微信置顶的号在他回复了那句“以后不联系了”以后，就没再发来消息。

席骞看了一会儿，默默取消了置顶。

只一下，这个号就沉下去了。

“妍妍”这两个字，按排序几乎在最下面。

不过席骞看着又有点不舒服，想重新恢复置顶，可是想了又想，最后还是丢开了手机，什么也没做。

隔天就是三月了，尤妍这些日子都在没日没夜地工作，一停下来人还是有些难受。她脑子里有很多事，一边后悔那个说辞，一边又惦记着那枚钻戒。

尤妍本以为断了就没事了，能恢复到以前没认识席骞时的生活。但是她发现，人存在过就是存在过，喜欢了就是喜欢了，真的没办法说忘就忘。

至少，短期内她做不到。

忙了半个月后，白杨要找尤妍吃饭道谢，是上次那件事。

她推辞说不用，毕竟她自己也有私心。

不过白杨为了笼络人脉，还是坚持要约她出去。

半个月过去，尤妍心里还难受着，还挺想喝酒的。所以听到约去俱乐部，也就没再推辞。

还是上次那家，一进去，尤妍就下意识地环视一圈，想看看席骞在不在。倒不是想见他，只是觉得有他在的话有点不自在。而且，如果见到他，可以把那枚钻戒还给他。

但是尤妍找了一圈，他都不在。

不知道是不是去美国还没回来……

不过已经这么久了，他应该回来了吧。可能今晚没出来，或是在别的地方玩。

尤妍兀自去了卡座，和白杨等人打了招呼，就喝了一杯酒。

后来一杯接着一杯，她渐渐就喝多了。

中间白杨去上了个洗手间回来，蓦然问尤妍：“妍妍，你和那个席大公子，什么情况？”

“嗯？”尤妍歪头看去，“什么？”

“你们不是在一起吗？从来没听你提起过。”

尤妍笑了笑：“我不喜欢谈这种事情，也没什么好谈的呀。”

白杨理所当然地以为尤妍是分手了，所以没什么好谈的。

后来尤妍有些微醺，去了洗手间洗脸醒神。

出来时，外面一阵浅浅的烟草味飘过来，还有一个女人的轻吟细语：“抱抱，好冷，外面又下雪了。”

尤妍随意瞥了一眼，就见走廊转角处，一个熟悉的男人背靠着墙，一只手夹着烟，一只手搭在女人纤细的腰肢上。

席骞怀中的女人穿着一条银色亮片裙子，细长的手臂搂着他的腰，不断往他怀里蹭，腰后那大波浪卷发轻轻晃动，很动人。

注意到尤妍的眼神，席骞的双眸穿过烟雾看过来。

烟雾散去后，他那双明亮的眸子微微愣怔了一下，尤妍眼中的光也停止流转。

席骞怀里的女人也看了过来，不过并不觉得有什么，很快便收回目光，继续和他说话。

远处场子里的音乐声隐隐传来，女人压低了声音，尤妍也听不清她在说什么。

席骞悄无声息地放下搭在对方腰上的手，插入口袋里，又低头避开尤妍的视线，敲了敲烟灰。

尤妍脑海里飘过一个画面——这年除夕夜，两个人在兰江长廊上散步时，他说，追不到她，就恢复原来的生活。

不一会儿席骞往前走了，那个女人也跟着他离开。

尤妍靠在洗手间门口，仰头盯着头顶的灯，一动不动。她的心好像有点灼热，烧得她呼吸不畅。

倒也不是太难过，反正两人已经说开了，他和别人在一起也正常。

就是，可能是第一次喜欢一个人吧，现在看他和别人在一起，多少还是让她有点恍惚，一时间不知道该做什么。

她站着站着，眼眶还是湿润起来。

尤妍捂住眼睛，下一秒有脚步声传来。

她拿下手，看着熟悉的人影停在面前……

尤妍没去看席骞的眼睛，只看脚下，淡淡地笑道：“恭喜啊。”

席骞直勾勾地看着尤妍，没说话。

尤妍回到场子里，又喝了几杯酒，就跟白杨说她要先回去了，奶奶不让她玩太晚。

白杨马上笑了：“好乖啊，那好吧，小心点。”

“嗯。”

尤妍出了俱乐部大门，外面飘起了雪，下得还挺大。

尤妍今晚没开车来，此刻也没有叫车，一个人走在北市的街上，一会儿雪就迷了她的眼睛。

很快，一个西装革履的男人举着伞过来，给她撑伞：“尤小姐。”

尤妍抬头看了一眼，认出是席骞的司机。

她没说话，也没接伞，继续往前走。

司机被迫跟着她：“您拿着吧，我们席总让我给您的。”

尤妍依然没说话。身侧的人就继续跟着。

走了几步，尤妍停下脚步，回头看着司机：“麻烦你跟他说，说我那天说的事是骗他的。”

“什么？骗他什么？”司机不懂，看向尤妍。

尤妍和司机对视几秒，最后又摇头：“算了，没事。”

“嗯？”

“算了，你不用跟他说了。反正，他也无所谓。”尤妍以为席骞那落寞的眼神是受伤了，所以一直后悔那么说。

但现在看来是她想多了，从头到尾都是她自作多情。

司机见此情形，虽然还是不懂，却也没再追问，只说：“那您拿着伞吧，一会儿该着凉了。”

尤妍没接，撒腿就跑了。

司机愣住，想要追的时候尤妍已经不见了……

他发信息给席骞，说尤妍跑了。

彼时席骞还在俱乐部的走廊里抽着烟，没什么心情去喝酒。

收到消息，席骞转身就要走，但刚刚那个和他在一起的女人走了过来：“席骞，你去哪儿啊？”

席骞摇头：“别跟着我了。”

“什么意思啊？”她巧笑嫣然，挑眉。

“就字面意思。”说着，席骞便往大门口走去，来到自己的车边，打开车门上车。

“走哪边？”他把烟碾碎在烟灰缸里问。

司机抬手：“就前面那个路口，往下走。”

“往下？”那不是去天榭舍的路。

他扬扬下巴，示意司机开车。

开了一会儿，果然看到一个熟悉的身影。尤妍将手插在口袋里，穿着长靴，踩着雪，一个人孤零零地走在路上。

她很快便拐到了市区一个喷泉广场上。

下雪天，广场上人不多，但是喷泉还在喷水。

尤妍找了张椅子坐下，然后仰头看着天空，一个人发呆。

不远处路边的车子里，男人靠着车窗，定定地看着尤妍。

过了一会儿，席骞觉得外面实在太冷了，还是下了车走过去。

尤妍愣怔地看过来，一双眼睛里蓄着泪，满眼通红。

席骞愣了一下。

尤妍没去看席骞，好像不认识一样，看着远处喷泉里不断冒出的水流。

席骞走近两步：“妍妍，回去了，这么冷。”

尤妍：“你自己走吧，不要打扰我。”

席骞皱眉：“别这样，我让司机送你回去好不好？”

尤妍闭上眼睛，没再说话。

席骞缓了缓，伸手去牵她。

她避开了，声音有些低哑，带着哭腔：“忙你的去。”

席骞听着这个声音，当即心疼起来：“对不起。”

“不用。”

他屈膝蹲在她面前，仰头，眉头紧锁：“妍妍……”

“跟你无关，我想自己待一会儿，看看雪。”

“雪这么大，一会儿就该着凉了。妍妍，听话，好不好？我送你回去。”

尤妍没有说话。

席骞满心无力，不知道该怎么办：“你在怪我是不是？”

“没有，又不是出轨。”她笑了笑，“是我不要你。”

席骞的声音沙哑：“妍妍。”

尤妍想说一句，就是有些恨他，但是话到喉咙口还是吞了下去。

她没再开口，盯着白雪，一动不动。

席骞定定地看了尤妍一会儿，看着坐在椅子上不时地吸着鼻子的人，生平第一次有种束手无策的感觉。

“雪这么大，回去了，听话。”席骞温柔地劝着她。

“你走。席总都已经有新人了，还来这里献什么殷勤？别回头被人看见了，我什么都没得到，反倒惹得声名狼藉。”

“我没和别人在一起。”席骞解释。

他随后再次说：“回去了，好不好？”

“你自己走，别打扰我。”

席骞压低声音：“再不走我抱你了？”

尤妍没动。

席骞伸手去牵她。她拍开他的手，又踢了他一脚。

席骞的裤子一下子盖上一个脚印，他看了一眼，深呼一口气，起身脱下大衣给她盖上。

尤妍拿下来丢到他怀里。

席骞转身走到对面的椅子上坐下，然后看着相隔几米远的人。

尤妍没理会席骞，静静地淋着雪，眼泪依然时不时滚落，又时不时伸手去擦。

对面的男人看着她，自始至终眉头都锁在一起。他想要起身过去，却又不敢，看着难受至极。

他也仰头看这辽阔的夜空。

尤妍坐了一个小时。这一个小时里，席骞时不时出神，想着要怎么办，他还从来没这么犯难过。

最后他想得头疼。

一个小时后，席骞实在不能忍受她再这么坐下去。

他终于起身，过去拉人。

尤妍：“你放开我。”

席骞用力抓住尤妍的手腕将她拉到路边，塞进车子里，再吩咐司机：“送她回天榭舍。”

司机默默地落了锁，然后发动车子。

尤妍呼吸急促地坐在后座上：“开门。”

司机已经驶入主干道：“尤小姐，回去吧，太冷了，什么事都没有自己重要，是不是？”

尤妍张了张口，没说话。

她不是那种不顾自己的人，只是今晚她实在太难受了，忍不住想静一静。

司机见尤妍没动静了，长舒一口气：“尤小姐真好，很听得进劝，难怪我们席总会喜欢。”

尤妍低语："别提他了。"

司机点点头："不提了，尤小姐休息吧，我把空调开暖和点，别冻着了。"

天榭舍离广场不远，眨眼间就到了。

尤妍下了车，上楼。

司机再开回广场的时候，就看见原来的位置，男人坐在那儿抽着烟，身上落了一层雪。

席骞看到他，起身上车。

司机问："是回俱乐部，还是回家？"

"俱乐部。"

司机发动车子，犹豫着说："要不，别去了吧，喝了半个月了。"

"去。"

司机轻叹一声，看了后面一眼："您家里找过我了，席总。"

席骞看了一眼前面。

司机："就这半个月，您老是喝到天亮，醉醺醺地回去。您从来没喝得这么凶过，您家里人问我是怎么回事，我也不好说。"

席骞收回目光，抽烟。

司机欲言又止："再喝下去也伤身体。"

席骞轻呼一口气："去天榭舍。"

司机顿了顿，按照原来的路开回去，觉得总比去喝酒好。

天榭舍楼下寂静无声，路灯一盏一盏照亮周边的环境。

车子停下以后，席骞低头又点了一支烟。

司机在前面偏了偏头，说："对了，席总。"

席骞一直深深拧着的眉微微挑了一下。

司机犹豫地看着席骞。

席骞："嗯？"

司机："就是……早前，尤小姐让我跟你说件事，但后来她又让我别说了。"

"什么事？"席骞挑眉，定定地看着司机。

司机："就说……她之前跟你说的那件事，是骗你的。"

席骞茫然了一瞬。

司机："她说，麻烦我跟你说，她是骗你的。但是她说完我没明白是什么事，就问她。她想了想又说，算了，不用说了，反正你也无所谓。"

席骞愣了愣，一双眸子透过车窗，定定地看着远处路灯下的一处空地，想起那天傍晚尤妍说的她介意的那件事。

所以，她是为了让他死心吗？才故意那么说的。

但是说完她后悔了，觉得伤到了他？

席骞愣怔地坐在后座上，直到烟熄灭了也没动一下，满心觉得后悔……

席骞低头，手揉着酸胀的眉心，只觉得心一阵阵抽痛，后悔过去玩得太过……又后悔今晚还和别人暧昧。

男人低下头，手揉着太阳穴，头痛欲裂。

这么坐着几个小时过去，司机也不敢问是不是要走。到了半夜，他没扛住，就在车里睡了。

几个小时后，天边泛起鱼肚白，北市从寂静再到喧哗。

司机醒来，往后瞄了一眼，十分佩服。他们席总和睡前一样，一直保持着那个姿势，连眼神都没有变化，看着前面的楼看了一晚上。

席总眼睛不酸吗……

他轻咳一声："席总，走吗？"

后面没声音。

司机往后看了一眼："再不走尤小姐就该下楼上班了。"

席骞终于回过神，缓缓收回目光，然后微微扬了扬下巴。

司机马上启动车子，掉头回江流。

尤妍躺在床上一晚上没睡着，就觉得很后悔认识那个人，到头来什么都没有得到，只剩伤心。

那种后悔像海水一样，淹没了她。

一晚上，尤妍脑海里都是席骞和别人在一起的画面。然后那种窒息感在血液里翻涌，把她整个人弄得很难受，觉得胸口堵得慌。

直到天亮，那股难受也丝毫没有消减。

她好像又着凉了，额头有些烫。

尤妍不敢和奶奶说她发烧了，自己在上班路上买了杯感冒药喝了，然后就去工作了。

不过一整天下来她都昏昏沉沉的。

到下午她就工作不下去了，烧不仅没退，反而更严重了，胸口也又闷又疼，连呼吸都不顺畅。

尤妍离开公司，打车去了医院，一个人挂号看医生。

轮到尤妍的时候，医生检查完，眉头微皱："怎么又是感冒发烧，还烧得这么严重，还有应激性心肌症状。"

尤妍没懂，不过听字面意思，应该是她难过了一晚上，情绪不好导致的。

她没多想，只想快点输液好起来。

医生却怕她会烧得更严重，建议她住院观察一下。

尤妍的脑袋更疼了，打电话给自己的助手。很快，助手便赶过来给她安排住院的事情。

尤妍躺下的那一刻，终于放松下来，一边输液，一边闭上眼睛想睡觉。

助手在旁边说："我刚刚问了护士，她说了好几个情况。姐，你这是怎么搞的？"

"不知道。"

"你昨晚是洗冷水澡了吗？"

尤妍失笑，笑着笑着，眼眶又有点湿润："在雪地里坐了一个小时，冻到了。"

"怎么回事啊？"助手感到困惑，"那么冷，你居然坐了一个小时。"

"心情不好。"

助手："医生还说你那个应激性心肌病，就是情绪不好导致的。"

助手不懂这是什么病，拿手机查了一下，看到一个通俗的名字，叫……心碎综合征。

助手愣怔地看着她："姐，你怎么了啊？你是难过了一晚上啊？"

尤妍没说话，偏头看着外面，看着看着，她就睡着了，再醒来时，已经夜幕降临……

助手回公司处理工作，跟尤妍在微信上聊了两句，说给她叫了份外卖，让她出去拿一下，一会儿再来陪她。

尤妍不想吃，但助手已经叫了，她只好出去拿。

尤妍走到住院部门口，拿了外卖，又原路返回病房。但她刚走进去，外面就传来敲门声。

尤妍有些困惑，去开门。

一打开门，一个熟悉的身影出现在门口，拧着眉看着她。

尤妍有些茫然："谁跟你说的？"

席骞："你怎么了？怎么住院了？"

"跟你没关系，你们医院是怎么回事，还透露患者信息？"

席骞道："我看你出去拿外卖了。"

尤妍要关门，席骞抵住门，挤了进来。

尤妍没力气理席骞，放下外卖就躺下了，盖上被子侧过身去。

席骞走过去，弯腰看她："到底怎么了，妍妍？"

"不关你的事。"

席骞摸了摸尤妍有些热的手："是发烧了吗？昨晚冻到了？"

尤妍缩回手，闭上眼睛，没说话。

医生刚好进来查房，席骞一问，医生和护士就和盘托出了："除了发烧，就是尤小姐情绪不好，导致胸口不舒服。"

医生说了病名，还体贴地翻译了一遍。

听完，席骞感觉不可思议，愣怔地看向床上的人。

他坐下，温声喊："妍妍。"

尤妍翻过身跟医生说："下次我有朋友来探病，问我怎么了，麻烦就说我发烧得了肺炎，挺严重的，不要说什么心碎综合征，我丢不起这个人，像白活了二十多年似的。"

医生默默地应了，然后走出去。

四下寂静，席骞去看尤妍。

她闭上眼："你也可以走了。"

这种病住在心血管内科，席骞是家里奶奶不舒服入院，病房也在这栋楼，所以来看看。

但他没想到会遇见尤妍。

他没有走："妍妍。"

"不要打扰病人休息，行吗？"尤妍睁开眼，神情淡漠地看着席骞。

席骞轻叹："那我晚上再来看你。"

"不用，晚上有其他人来，我也不需要你。"

席骞定定地看着尤妍苍白的脸，还有布满血丝的眼底，眉敛了起来："你是骗我的？"

尤妍顿了顿，看了席骞一眼。

席骞："你不介意我那件事？你骗我的。"

尤妍重新闭上眼："骗不骗都那样……"

"妍妍，你以为我这半个月过得很舒服？"

她浅笑："你难受了半个月吗？然后……就走出来了？和别人在一起了。"

"我……"

尤妍低下头："你的真心跟我的不一样，我能难过到住院，你半个月就能搂着别的女人。"

席骞皱眉："妍妍。"

"我就很恨你，想不明白你来招惹我干吗……明明知道我要的不是那种所有人都拥有过的，你还要来招惹我。"

"不是，你永远是最好的，我这半个月都是在喝酒，我就昨天……"

"昨天不喝了？和别人暧昧转移注意力？"她淡淡地睨了席骞一眼。

席骞噎住，眼睁睁看着尤妍的泪水滴到枕头上，没进那一片雪白中。

他欲言又止，定定地看着尤妍。半晌，他只低声说了一句："对不起，妍妍，我不会再玩了。"

"你一次就要了我半条命。要是我再一次发现你对别人也这样难舍难分，我就要死了。"

"我没有，妍妍。"

"你走吧，不要打扰我了。"

席骞静了一会儿，才恋恋不舍地开口："等你出院我就不打扰你了，好不好？"

"不用，我的助手下了班就来。"

"你是因为我……我不可能就这么让你在医院待着。"席骞温柔地看着尤妍。

尤妍别过脸去不搭理他。

席骞又问了一问："你没有其他事吗？这种病的症状好像是受了很大的刺激引起的伤心才会有。"

"嗯，一般是死了老公，伤心过度才会这样。"

"……"

两个人对视一眼，她说："可是我心里也有人没了，你被我埋了。"

席骞伸手摸了摸尤妍的脑袋："你这么放不下，为什么就不能给我个机会呢？"

她拿开他的手："因为丢半条命比丢整条好啊。"

他点头："对不起。"

席骞给尤妍掖好被子，然后就出去了。

席骞走了，尤妍缓缓翻身躺好。

她输了液，胸口不再那么难受，烧也退得差不多了。

她想了想，觉得自己好傻啊，居然为他弄成这样。

还是焉晗通透，一开始就说她和席骞不合适。

好在焉晗去巴黎了，不然这会儿肯定会过来，要是刚好碰见席骞，那就完了。

尤妍起来给奶奶打了个电话，说今晚在公司加班，不回去了，让她早点休息。

电话打完助手就过来了，尤妍不想吃饭，就让助手把外卖吃了。

没过多久，尤妍就又想睡，身体疲倦又虚弱。

第二天中午尤妍一睡醒，忽然听到病房里有焉晗的声音，转眼就看到焉晗从外面走进来，然后笑道："醒了。"

焉晗走过来坐下："吓死我了，中午发微信给你没回，打电话听说你住院了。"

尤妍："就有点发烧，你怎么回来了？"

"席家奶奶病了，我就提前回来了，早上到的。"

尤妍恍然："人怎么样了？"

"没事，问题不大，每年冬天都会有些撑不住。老人家嘛，一冷就受不了。"

尤妍点头："那你去忙吧，我这儿有看护和助手呢，去看你们家长辈。"

"没关系，我早上就去过了，那边人挺多的。"

"嗯。"

焉晗摸了摸尤妍的额头："烧退了，怎么会烧得那么严重啊？还肺炎，这么冷的天，也不多穿点，还在外面久待吗？"

尤妍微笑："怪我体质弱，没事。"

话落，尤妍注意到沙发上放着一束花。

焉晗顺着尤妍的视线看过去，刚好问："对了，谁给你送的花啊？"她回头眨眼，笑了笑，"是那个追求者吗？"

"是吧。"

"你们怎么样了？他的消息好灵通啊，这就知道你不舒服了。"

尤妍内心干笑，都是他造成的。

"我拒绝了，他可能是出于礼貌送的吧。"

"是吗？怎么拒绝了？"焉晗一脸惋惜，"上次看你说的条件，很好呀，你对他没感觉吗？"

"嗯，我觉得这种人婚后会不安分。"

焉晗噎住："那……那及时刹住，我姐妹这么优秀，可不能跳入火坑。"

“嗯嗯，我也这么觉得。”

正说着，席骞给她发了微信消息。

尤妍看到名字，瞄了一眼闺密，然后偷偷看消息。

席骞：“今天有没有好点？”

尤妍回复：“非常好。”

席骞一看就知道尤妍是故意这样说，为了不让他去探病。他说：“我现在不去，我在公司，晚上去看你。”

“不欢迎席总。”

席骞轻叹：“我就看看你，你是因为我才住院的。”

尤妍回复：“你是医生吗？你来了我就能好？你也知道是因为你我才住院的，你除了祸害我还能干什么？”

他道歉：“对不起。”

“不用，你答应我别来继续祸害我就行了。”

席骞看着这话，心里非常难受，又发了一条消息，却显示一个红色的感叹号。

被拉黑了？

席骞退出来打电话过去，是空号。

席骞丢下手机，倒在办公桌前的座椅上，心里很难受。

不一会儿，手机又响了。他摸起来看了一眼，有人问他晚上有没有空一起吃饭。

席骞默默地拒绝了，回复约了女朋友。

席骞回完正要再次放下手机，想了想，又拿起来，点开微信，把里面那些女性头像的号都给删了。

席骞删完默默工作，然后晚上去应酬，忙完已经十点。

席骞去了医院，先看了奶奶，完了就去了楼下某一层。但刚出电梯他就看到门口有人进去，于是停下脚步，又进了电梯。

回公司加班到晚上十二点，席骞再次去了医院。

彼时那一层已经很安静。席骞走到门口，听到里面有声音，好像是在看电影。

席骞敲了敲门。

尤妍闻声有些困惑。

看护去开门，而后她就听到一阵熟悉的脚步声传来。

尤妍盯着电脑的目光一顿，抬头，两人的目光隔着几米的距离，幽幽地对视。

尤妍抿唇："你这么晚来干什么？"

席骞走进去："十点的时候，我应酬完过来，看到有人，就回去了。"

尤妍顿了顿："那你这么晚不睡觉，还来干什么？"

"我又去了公司加班，才下班。"

她点点头："可我不是说了不用来吗？"

席骞轻叹一声，在病床边坐下，没说话。

尤妍瞄了他一眼，缓了缓，道："那看也看了，你可以走了。"

席骞看过去："今天有没有好点？"

"早上不是说了吗？"

"早上和现在能一样？"

"你是不相信自家医生的医术吗？"

席骞失笑，摇摇头，没说话。过了一会儿，他才说："那我去问医生了。"

"医生下班了。"

"我不能打电话吗？你也知道，自家的医院。"

尤妍："我下次死也不来席氏了，钱给你赚了还老来烦我。"

他笑："我自然会给你报销的。"

"不需要。"

尤妍继续看电影，不理席骞。

席骞："告诉我，你怎么样了？还难受吗？"

"好了。"

"不要这么敷衍，说真话。"

"你都没一句真话，凭什么我要跟你说真话。"尤妍挑眉。

席骞失笑："虽然我感情方面记录不好，但是我跟你说过的每一句话都没骗你，妍妍。"

"嗯，你都说到做到，说追不到就玩你就真的玩，这世界数你最说到做到了。"

席骞点头，微笑："我不好，嗯？是我不好。但是……"

尤妍瞥他一眼。

席骞："但是妍妍，你知道我一开始和你就不是一类人。我以前就是这么过来的，心里不舒服的时候我就喝酒宣泄，毕竟我确实想忘掉你，因为忘不掉也得不到。"

尤妍动了动唇瓣，却不知道该说什么。

“但是，我确确实实是喝了半个月的酒……”席骞温柔地看着尤妍，“你那天说你介意，我就不去打扰你。我做到了吧？”

尤妍低下头去看电影画面。

席骞：“我之前跟你说过，追不到我就回到原来的生活，我也那么做了，是我不好。但我要是真半个月就喜欢了别人，我不会现在还来找你。”

尤妍没说话。

席骞：“你知道，你要是不介意我几年前的那件事，那我根本不可能放弃你。一年也好，两年三年也罢，我都可以追你。”

尤妍依然没说话，就盯着电脑画面。

席骞伸手合上尤妍的电脑。

她生气地抬头：“你干什么？”

“你半天都没声音，这么看没意思吧？”

尤妍躺入被子里，看向窗外。

“席骞，一辈子很长，你这样的人，想忘了我就和别的人在一起，根本做不到一直爱我。”

席骞立刻道：“我微信里除了工作联系的女人，其他的都删了。”

尤妍闭上眼睛：“如果你想要，不用微信。”

席骞伸手去扶尤妍的肩膀：“妍妍……”

尤妍小声说：“不早了，你可以走了，你也不要再来找我。我以后不会再搭理你了。”

席骞的心仿佛被揪了一下，尤妍生气骂人的时候他觉得都没什么，但这么云淡风轻说话的样子，就好像完全没希望了。

“妍妍……”

尤妍：“我要睡了。”

席骞安静地看了她两分钟，最后放开手：“晚安。”然后起身走了。

门关上以后，病房里完全安静下来。

尤妍伸手抱住自己，白炽灯的光把她的影子照在前方的被褥上。她看了几眼，伸手戳了戳：“不要心软，他不适合你。”

说完，尤妍又仰头轻叹一口气：就是感觉，很难找到一个比他更温柔，更宠她的人了。

别人都有两个家，她这辈子好像一个家也没有。

尤妍坐着坐着，天就亮了。她白天睡了一天，傍晚回家和奶奶吃饭，在家里待了一个晚上，早上又假装去上班，其实是回医院住院。

席骞的微信被拉黑了，但他换了一个手机号码，尤妍没再次拉黑，不过他打电话她不接，发短信她也不回。花还是每天照样送。

那几天，席骞每天下了班都挺老实的，喝酒不是去会所就是在家里，俱乐部完全没去过。

第三天晚上他实在扛不住了，看过家里的老人后，坐在车里没有走，点了烟，犹豫着要不要上楼去看她。

尤妍这天的晚餐是回家吃的，吃完才回医院。

尤妍打车到病房楼下，忽然看到不远处的车里坐着一个熟悉的男人。

席骞没有注意到她，一直在抽烟。

尤妍看了几眼，正打算离开，忽然席骞发现了她，她一顿，以为他会下车。

他只是定定地看着她，目光灼灼。

尤妍收回目光，拢了拢身上的大衣，迈上住院部的台阶。

车里的男人就这么看着，直到看不见尤妍的身影了，才收回目光，伸手把手中的烟碾在烟灰缸中。

席骞再一次发信息给尤妍："是不是真的不行？"

几天了，这一条尤妍终于回了："嗯。"

席骞盯着那个字看了好一会儿，久久没动，最后还是没忍住，下车去找她。

尤妍在病房里准备输液。

尤妍看到他，很意外："你怎么还上来？"

席骞走过去，扶着尤妍的肩膀，把她抵在床头的柜子上："妍妍，你是不是还怪我？怪我那晚和别人在一起？"

她顿了顿："没有啊。第一眼看到的时候，其实我觉得很正常。我已经拒绝你了，你和谁在一起是你的权利。"

尤妍转头看向远处的百叶窗："我只是有点……恨你。因为我有点走不出来，如果当初你没有招惹我，我就不会难受。"

尤妍又回头看他："但席总前几天不是说了，你好像也没那么浑蛋。你不是喝了半个月的酒，并不是真的没心没肺地对我。"

"妍妍……"席骞低头凑近，"那我们不能重新开始吗？"

尤妍安静了好一会儿，低头看着脚下，半晌才抬头："席骞，你不知道那天晚上，那位商小姐……"她浅笑，"还发了一张你们的照片给我。"

席骞一愣。

尤妍："照片我不在意，因为我知道你以前的生活。可是那几条聊天记录让我觉得很难受……"

"妍妍。"

"我知道你会专门回家哄我睡觉，你会从美国放弃生意回来找我，对我和别人还是有点不一样的。但是……你那么温柔地对一个人，你都不是真心的，你都分手了。我没有信心你会永远这么对我，而且你身处随时有人跟你暧昧的环境，这对我来说很不安稳。而我……你知道我以前没有家，我以后的那个……我一点儿风险都不想冒。"

男人的眉眼动了动，眼底的悲伤好像要溢出来了。

尤妍看到席骞眼中的落寞比那天被她拒绝后更深。

她低下头避开，怕自己会心软："你还是适合喜欢一个和你各方面势均力敌的人。那样，就不会像我这样小心翼翼。"

她浅笑："但凡我像周柠那么有勇气和底气，早就和你在一起了，可我和她不一样。"

席骞张口想再为自己说点什么，但是好像前几天已经说了很多。

半晌，他说："那你好好养着……"

尤妍点头。

席骞开门走了。

外面的大门合上，四周寂静下来。尤妍动了动身子，坐在床边，仰头看了一会儿头顶的灯。

灯好像有些刺眼，她伸手挡住了眼睛。然后她按了铃，让护士来给她输液。

第十章 为她改变

在医院住了一周，尤妍基本康复，就出院了。

住院落下很多工作，她之后的一段时间都很忙。中间除了周柠生孩子，她去医院探望，其余时候每天都是公司和家里两点一线。

半个月后，有一天她下班回家，看到倪杨也在。

尤妍瞥了她一眼，然后叫奶奶。

奶奶说倪杨今天休假，就过来陪她。

尤妍点点头，进了房间。

不一会儿，奶奶去超市买菜了。尤妍知道，却也没出去。她在卧室里整理衣帽间。

但倪杨进来了。

她抱着手臂，笑容清甜地靠在珠宝柜上："跟你说件事，姐姐我又回去上班了。"

尤妍淡淡地瞥了她一眼。

倪杨眨眼："听说你和那位席大公子分手了。"

尤妍淡笑："你回国这么久还没找到一个值得托付的，还有闲心来管我？"

倪杨噎了噎，然后冷笑了一下："你想知道我是怎么回去的吗？"

"跟我无关，反正你暴富了也不会给我一颗糖，关键是我自己也有糖，不需要。然后，你饿死了我也不用救济你，没那个赡养关系。"

倪杨将脸上的笑容收敛起来："我奶奶怎么会养了你这么个没心没肺的东西？"

尤妍靠在柜门上，歪头看着她："这都傍晚了，你不会想在这儿吃饭吧？我要是你，喝西北风都不上这儿来吃饭。”

倪杨哼笑：“谁要在你这儿吃饭？我就是想告诉你……你男朋友的前女友和我是好姐妹，她坐上主编的位子了，白杨不在这里，去美国的公司了。”

说完她又一笑：“我想不明白，你怎么会有胆子和席骞那种人有交集啊？你真觉得他会喜欢你这种什么都没有的……孤儿？”

尤妍定定地看着她：“是吗？那不是孤儿的倪小姐攀上高枝了？”

她莞尔：“你现在也就仗着奶奶宠你，才会对我这么不客气。要是哪天老人家不在了，你话都说不出来了。”

尤妍一眼瞄过去：“你是上次被我打了脸消肿了吗？”

倪杨冷哼一声，随即优雅地转身准备走。她忽然注意到尤妍的珠宝柜中又有新宠。

那颗钻石，她听说过，在国外的拍卖会上被席骞拍走了。此刻居然做成钻戒放在她的珠宝柜里。

倪杨默默回头看了一眼：“分手费好高啊，难怪你这种清高的人会和席骞那样的人在一起。”

“再废话我就把录音放给奶奶听，到底要我说多少遍你才能承认自己蠢。”

“呃……”

倪杨出去，换鞋出门。

没过多久奶奶回来了，她进来后问尤妍：“倪杨呢？”

尤妍坐在地毯上，靠着窗看外面的夜景，淡淡道：“走了。”

奶奶有些困惑：“不是说今晚要在这儿吃饭吗？怎么就走了？我都买好菜了。”

尤妍笑了笑：“没事，我吃，不会浪费的。”

奶奶失笑：“好啊，奶奶都觉得你最近瘦了，今晚多吃点，不管她了。”

奶奶出去了，尤妍默默想着刚刚的事情。

她对倪杨回去上班并不在意，不过商衫倒是很厉害，怎么就坐上主编的位子了？那之后和《为你》的合作岂不是很尴尬？

她拿手机给白杨发消息：“白主编调任了呀？”

那头很快回复：“嗯，对啊，刚好在休假，还没来得及跟你说呢，就这几天。”

“怎么调了？”

“商衫上去了。”

尤妍慢条斯理地打字：“那么快，不是刚在这边入职不久？”

白杨发了一条语音过来，语气里含着笑意：“老总在追她，没头脑发热把我撤职就不错了，姐妹。”

尤妍笑了。原来如此。

白杨又发来一句，这句话里含着一声轻叹：“反正我之后不负责国内的内容了，你们后续的合作注意点吧。”

“好的，谢谢姐。”

尤妍收起手机，叹了口气，追个人就坐那么高的位子，要是在一起了，岂不是合作彻底告吹。

不过也不要紧，一个《为你》而已，不重要。

为了避免焉晗在和那位大小姐说话的时候太过客气，尤妍给她打了个电话。

接通以后，那边有点喧哗，好像人挺多的。

尤妍十分好奇：“你在哪里啊？”

焉晗：“在席家老宅呢，今天奶奶出院，在这儿聚餐。”

“哦。”尤妍说，“我听说《为你》换主编了，你知道吗？”

“我知道，已经一周了，姓商的。”

“嗯，你知道呢。”

“第一时间就听说了，也挺正常，这个女人有点手段。”

“嗯，”尤妍顺着她的话说，“我也觉得不是很好对付。上次来拍视频，我就不是很喜欢这个人。你之后跟她交流的时候，不必太过客气，人家也未必会对我们客气。”

“OK，我不会和她说太多的。”

“为什么？”

“不自在，那是席大公子的前女友。”

尤妍被呛到，原地干咳了一声。

焉晗：“你怎么了？怎么忽然咳嗽？”

尤妍：“没事。”她清了清嗓子，“你怎么知道啊？”

“圈子里谁不知道啊。”

尤妍又咳了咳。

说了两句，尤妍正要挂断，忽然听到那边有两个男声在交流，其中一个比较熟悉。

她顿了顿，等回过神来，电话已经被焉晗挂断。

上一次听到席骞的消息，还是十天前去医院看周柠。闲聊时，她听周柠说了几个八卦，其中有一个就是关于他的。

周柠的原话是说："席总最近好像变了性子，俱乐部见不到他的人，上会所也是谈事，要么喝酒，身边一个女人都看不到。挺神奇的。"

尤妍不知道听到这个消息的时候是什么感觉。

她也不是很清楚，席骞变得这么老实是为了什么。

席骞从那次离开医院后，就没再找过她，她自然也不会去找他。

尤妍出去和奶奶一起做饭。

因为买了三个人的份，奶奶做完饭后剩下一条苦瓜，说是要给她做一个苦瓜炒饭，明天带去公司。

尤妍笑道："好，但一个人吃是不是太多了？"

"你不是喜欢吃苦瓜吗？小时候吃饭，你还会跟你爷爷奶声奶气地说，饭里的苦瓜太少了。"奶奶笑着说，"就当是饭炒苦瓜吧。"

尤妍失笑："我有说吗？"

"有，"奶奶温柔地点头，"那会儿你才六七岁吧。"

尤妍高兴得很："难怪我不记得了。"

"你平时在公司都吃什么？"

"吃外卖呀，有时候不忙就会和晗晗或者同事去餐厅吃。"

"总觉得你吃不胖，就是吃得不好。"

"哪有女孩子喜欢胖，我上次还上台走秀呢，我身材不好能上去吗？"

"你又不是专业模特，走不走有什么要紧的。"

"有。您不知道，那场秀，我给我们公司打了多大的广告。"

奶奶笑了，被尤妍说服："行。不过以后奶奶还是经常给你做饭吧。"

"嗯，可以……"

"也不知道能给你做多久，多做几次。"

"什么呀，我还没男朋友呢，不会那么快嫁人。"

"不是，"奶奶轻叹，"奶奶都七十六岁了，谁知道能活多久呢。如果奶奶不在了，真不知道你怎么办，连一个陪你吃饭的人都没有。"

尤妍一愣，然后没说话。

奶奶低头往菜里放调料："以前啊，觉得你没父母也没什么，有爷爷奶奶疼。但今天听倪杨和她爸妈视频，奶奶才觉得，这样也不行，爷爷奶奶走了以后你就一个人了，连一件小事都没人商量。"

尤妍的眼睛蓦地热起来，正在炒菜的老人家一回头，马上就皱起眉头："这怎么哭了……"她马上关了火过来，"这傻孩子，奶奶开个玩笑怎么还哭上了。"

她边给尤妍擦眼泪边哄道："不哭不哭，奶奶开玩笑的。奶奶身体好着呢。"

尤妍伸手擦了擦眼泪，吸了吸鼻子，浅笑道："嗯。"

奶奶又说："再说了，以后结了婚就有人陪妍妍了，不会一个人的。"

"我不结婚。"尤妍瞬间又哭了，"别人要是对我不好怎么办？我离婚了怎么办？还不如不结。"

奶奶被她吓到："不结不结，奶奶不催你，奶奶又不是养不起妍妍，是吧？不哭不哭。"

之后尤妍有些闷闷不乐。

看着尤妍红红的眼睛，奶奶真是后悔了。

晚饭后，尤妍窝在奶奶身边看她织毛衣。

"都四月份了，还织毛衣？"她表示困惑。

奶奶："冬天穿呀，小半年后就又冷了呀，你不知道北市的气温吗？"

"嗯，可是，还是有点早。"

"反正闲着也是闲着，"老人家抬头看她，笑了笑，"奶奶又没办法给你做夏天的裙子，裙子你自己做，你就是靠这个吃饭的。"

尤妍笑了。

终于把尤妍逗笑了，老人家可开心了，越发认真地给她织着毛衣。

尤妍窝在一旁玩手机，突然收到了商衫的微信消息。

她这才想起来，自己居然忘了删掉对方。

商衫发来消息："尤小姐，晚上好啊。"

尤妍回复："有事？"

"肯定啊，毕竟以我们的关系，我肯定不会没事去打扰你。"

这话说得尤妍无言以对："我跟商小姐没什么关系，你别乱攀。另外，请问有什么事？"

"哦，我不是听说尤小姐分手了吗？怎么又和席总勾搭上了？"

尤妍不懂她什么意思，茫然地眯了眯眼睛。

还没等尤妍研究透彻，商衫就按捺不住继续说道："我刚调回来的摄影师，你又是怎么让你男朋友给弄走的？"

尤妍回复："倪小姐又失业了？"

“你这个‘又’字真是好阴险啊，尤小姐就是这么对自己姐妹的？”

席骞怎么知道倪杨回去上班了？

反正否认也会被骂，尤妍干脆不否认：“她不是我的姐妹。其次，你能想象吗？她上个班还上我这儿耀武扬威来了。”

“你们是不是都以为我和他分手了？

“其实只是闹了点小别扭。”

商衫被气得精致的西餐都吃不下了，握着刀叉的手很用力。

她回复：“你是不是以为他现在宠着你，你就可以一辈子肆无忌惮？其实他对谁都宠得无以复加。你不要相信自己能长久。”

尤妍淡淡地看着，笑了。

尤妍还没回复，商衫又说：“而且，实不相瞒，我还惦记着席总呢，下次我也和他打情骂俏一下，给你看看。”

尤妍想起席骞说他把微信都删了，懒洋洋地问：“商小姐还有他微信吗？”

商衫彻底吐血了。她要是有他微信，直接质问他就行了。那人居然让特助找了杂志社的姜总，问姜总什么意思，他们席总压下去的人又调回来了？

搞得最近在追她的姜总吓得找了她，好一通问话……

她咬牙切齿地问：“尤小姐删的吗？”

尤妍很愿意背这个锅：“对，我看商小姐有些不顺眼。”

发完，尤妍退出来点入席骞的对话框，想问问他，但是又停了下来。

然后，尤妍默默点开商衫的号，选择了删除。

之后的日子挺安逸的，没人来找她的麻烦。

就是小半个月后，有件事尤妍有点纠结。周柠家的小王子一周后就满月了，周柠老早就喊了她。

但那时席骞肯定会去，回头见到了……多少有些不自在。

尤妍那几天就在想，要不要临时以工作为由去国外。

在群里聊天的时候，尤妍小心地放消息，说：“我最近法国有点事，这两天也许会过去一趟，碰巧小王子满月呢。”

周柠：“啊？你要去法国啊？我才听说席总在那儿有事不来了，你还去，哭了。”

尤妍：“席总，席骞？”

“对啊。”

尤妍默默道："我想了想，其实事情也不是很要紧，那我就不去了，吃完满月酒再去。"

"OK！"

尤妍微笑，然后又控制不住地笑出声。

满月宴那天，北市已经入夏，天气很暖和，尤妍穿了一件银色礼服，披着一头灰色鬈发，很低调优雅。

尤妍到的时候，听周柠说，上次婚宴把她安排在女方那边，没办法和焉晗在一起，这次就安排在了男方那边，可以和焉晗坐一张桌子。

尤妍一听，觉得不错，聊了几句，又逗了逗孩子，就准备去落座了。

尤妍背着手，优哉游哉地到那边时，却看到附近某张桌子旁有个熟悉的男人，穿着一身石墨黑的西装，站在那儿正与他人谈笑风生。

她停下脚步。

下一秒，席骞回头。

尤妍微愣，他不是在国外吗？

席骞走了过来。尤妍浅笑，点头打招呼。

席骞眼里含笑，上下看了尤妍一眼。

尤妍感觉不自在："怎么了？"

"尤小姐还是初见时的模样，令人心动啊。"

尤妍才想起来，两个人第一次见面就是在周柠的婚宴上。

席骞的视线落在尤妍身上："我以为你会找我，等了二十天，愣是没一条消息。"

尤妍愣了一下，随即微笑："小事，就不打扰你了。"

他温柔地点了点头，不过下一秒又道："这么生疏？你是一点儿也不想我？"

尤妍的眼珠子转了一下，见没熟人注意这边，看向他："什么意思？"

"我挺想你的。"

尤妍有点措手不及："你……你不是在医院之后就没找我了吗？"

他浅笑，一只手插在口袋里，一只手抬起来，刮了刮她挺翘的鼻子，叹息道："马上找你没用啊，不做出点实际行动，我家妍妍信不过我啊。"

尤妍之前有想过，席骞是为了让她安心，所以才循规蹈矩。

但尤妍也只是想想而已，因为席骞之后一直没有找过她。

尤妍是真没想到，席骞居然悟出来直接找她没用，他必须得改变一下。

要是席骞有心不玩，自然不会那么轻易就变心。

尤妍很意外……

席骞出声："嗯，妍妍？"

尤妍一时间不知道说些什么，转移了话题："你……我听周柠说，席总最近不是在国外出差吗？来不了。"

"知道你会来，就提前回来了。"

尤妍没想到话题又拐到了自己身上，于是看向别处："那个，我去落座了，要开席了。"

他微笑着点头："行，那……"

她挑眉。

席骞又摇了摇头："没事。"

席骞原本想说"回头再找你好不好"，但是问出来应该得不到答案。

席骞看着人走了，就也回去落座。

尤妍坐下后，喝了几杯酒就有点心不在焉。她看了一眼不远处那桌，席骞坐在那儿，颇有闲情逸致地晃着酒杯，优雅又有情调。

尤妍收回视线，余光瞥见席骞边和别人碰杯，边看了过来。

他一双眸子里含着温柔，看完就回去继续喝酒了。

尤妍闭上眼。

身侧的焉晗看过来："姐妹，想什么呢？"

尤妍浅笑："没有。就是觉得时间过得好快啊，离上次来喝喜酒有半年多了，连周柠的孩子都满月了。"

焉晗顺着话道："对啊，你什么时候谈个恋爱？"

尤妍端起酒杯和她碰了一下，感叹："目前觉得一个人还可以。"

焉晗揶揄："有人陪，你会发现更好哦。"

尤妍笑了笑，喝完酒，伸手逗她怀中的小公主："那也要找对人啊，不然更糟心。"

"是这样，可你有心思找吗？"

"看缘分吧。"

焉晗朝她眨眼睛："你看上北市哪个青年才俊告诉我，姐妹给你牵线。"

尤妍失笑："没有，暂时没有。"

尤妍的手机振动了一下，低头看了一眼，以为是微信消息，结果是导航栏上的一条微博内容推送。

居然是关于她们公司的，标题是"Sixteen 高级手工坊总监带你探访精美礼服背后”。

是《为你》杂志发布了之前录制的视频。

她知道今天会发布，前几天她已经看过原视频了。

不过尤妍还是点了进去。

尤妍笑了笑，看了看视频里的自己。

就是自己看和在微博上公布出来看有些不一样的感受，有些不自在。

她歪头对焉晗说：“感觉比那次T台走秀还要紧张。”

焉晗的目光落在她的手机上，扬起红唇：“不怕，我姐妹怎么都是绝美的。”

尤妍点点头，退出来，看了看视频下网友的评论，果然都在问是不是之前走秀的那位，都在刷她好漂亮。

尤妍看了看上面的文案，也是将她好一通夸。

不过商衫怎么对她这么客气？

尤妍再翻了翻评论里提到的工作人员表，发现主编不是商衫。

尤妍点进去，对方微博认证为“《为你》杂志主编别嘉”。

尤妍有些惊讶，歪头把手机拿给焉晗看：“怎么又换主编了？”

“啊？”焉晗眯眼研究，“不知道呢，这次没听说。”

尤妍回头看了一眼远处在喝酒的男人，不会是席总操作的吧？

宴席过半，大家都互相交流起来。尤妍也去逗周柠的小宝贝了，逗了一会儿，就见席骞过来了。

她看了一眼，碰巧撞入他的视线中。

他微微一笑。

尤妍逗完孩子转身，但是没有走远，就在附近转了转。不一会儿席骞路过，不是很确定地问：“在等我吗？”

尤妍点点头。

他有点惊喜，硬朗的眉峰往上一挑。

尤妍压低声音：“上次倪杨那件事是你办的，但我发现，商小姐好像也不在《为你》任职了……”

“嗯，也是我。”

尤妍看着席骞。

席骞：“一开始只是解决了那个姓倪的，后来商衫找我，我才知道她又找你了，抱歉。”

“那你是怎么知道倪杨又回去上班了？”她抬头，十分好奇。

男人不答反问："她找你了吗？又说了你？"

尤妍顿了顿，点点头："我也习惯了。算了，她想说就说，反正除了这一点，我身上也没什么可以拿捏的痛处了。"

他低语："以后不会了，她在国内没工作了。"

尤妍点点头，也没大发善心地说些什么："不过你到底是怎么知道的？"

他浅笑："没什么，那天在老宅，碰巧听到你和朋友打电话，就顺便让特助看看有没有什么其他变动。"

尤妍勾了勾嘴角，点点头。

尤妍正寻思着要不要走，席骞却说："你那句，情侣间的小别扭，是认真的吗？"

尤妍愣了一下，随即脑子里灵光一闪，想到她那日说了一句这样的话。

席骞柔情似水地看着她。

尤妍恍若雷劈。

对视两眼，尤妍感觉快要溺死在他的眼神里了，马上扭头看向别处："啊，那个……就随口说的，是她一直说一些很莫名其妙的话，我才故意气一下她，你看聊天记录有看全面吗？"

"没有，只有你的话。"

尤妍马上回头道："不是的，她也说了不少，我删了她，忘记留证据了！真不是我无故找她麻烦的。"

席骞从容不迫道："没关系，不用看，我就是你的证据。"

他浅笑，逼近一分："我喜欢你，就是证据。"

尤妍迅速别过脸："我只是故意说的，并没有肖想什么。"

"哦。"他颔首，"不过听着我已经很欣慰了。"

尤妍脸红了："我走了，谢谢。"

尤妍说着就迈开腿，高跟鞋敲击着地面。

席骞回头看着，笑了笑。

尤妍回到座位上，焉晗也刚好回来，然后好奇地问："你今晚好像和席骞说了两次话？你们熟悉到这种地步了？"

尤妍说："哦，第一次是打招呼，刚刚是路过时撞了他一下，就又说了两句。"

焉晗被尤妍坦然的语气搞得不疑有他。

又喝了一会儿酒，宴席也就差不多散了。

尤妍是开车来的，已经叫了司机。

席骞原本想献殷勤，但眼下没办法，所以只在路过她身边的时候，恋恋不舍地看了她一眼。

尤妍也只是和席骞擦肩而过，然后就上了车。

宴席是在席氏酒店举办，所以离天榭舍不远。

初夏不冷不热，很舒服。

尤妍回到家和奶奶坐了一会儿，然后就睡觉了。

睡前一切安好，但是她第二天醒来，发现周柠给她发了消息。

周柠："妍妍，你这两天有空吗？我想跟你聊聊工作上的事情。"

工作？她们之间有什么工作？周柠手底下是一个娱乐公司。

不过大家平常也总出去喝茶，她一口应下："有空。"

"那下午出来一下？"

"OK。"

这天是周末，因为已经有约，尤妍就没去公司，在家里的工作室忙着，再陪陪奶奶。

下午周柠来接她，尤妍上车后，车子就往市区的茶餐厅走。

她问周柠："不用带孩子？"

"放焉家了，我出来玩玩，闷了一个月。"

尤妍笑了笑："辛苦啦。那你是说什么工作？"

"哦，就是下周我们公司有个年度慈善晚宴，你来给我撑个场呗。"

"撑场？"尤妍笑道，"我哪儿来的资本啊？"

"昨晚杂志社发的那个视频，很火哦，你这集专业、漂亮于一身的人物，我真是太想你来给我撑场了。"

尤妍失笑："我可以去，但你别说得那么夸张。"

"哪里夸张了？真的。"

尤妍点点头："就这件事吗？这都还没到就说完了。"

周柠笑道："不止不止，另一件事等到了我们再边喝茶边慢慢说。"

尤妍瞥她："什么事啊？有点神秘。"

"嗯。"周柠眨了眨眼。

到了餐厅，外面刚好下雨了，初夏的第一场雨。

从高楼的落地玻璃往外看，缥缥缈缈的一层，穿过日光倾泻下来，增添了几许慵懒的气氛。

尤妍端起一杯红茶，轻抿一口后看过去："嗯？可以讲了。"

周柠捏起一块点心，朝尤妍微笑道："我昨晚，看到你和席骞……"

尤妍噎住，随即白皙的脸上泛起红晕。

对面的周柠一看尤妍这反应，不可思议地感叹了两声："姐妹，你这是闷声干大事啊。"

尤妍摇头："没……"

"什么没？我看到他对你动手动脚的。"

周柠直勾勾地盯着她，四目相对："嗯？你们是不是在一起了？"

尤妍迅速再次摇头："没有，就是……"她叹了口气，瞒不下去了，"他在追我。"

"席骞在追你？！"

"嗯。"

周柠想了想："哦，难道跨年夜你说的那个追求者，就是席总？"

"嗯。"

"天哪，不可思议，难怪你一直不肯说是谁。"

尤妍笑了笑。

周柠感叹："席骞居然会主动追人。不过真的被我说中了，"她眼里有一丝戏谑，"就你这颜值，拿下他真的轻而易举。"

"呃……"

"不过他真是太坏了，他这种玩性大的人怎么能追你啊。你是焉晗的朋友，他这样不怕他玩到最后分手了，大家见面会尴尬吗？"

尤妍："他说是认真的。"

周柠意外："认……认真的？结婚那种？"

尤妍低头吃东西，点了点头。

周柠："不是吧。那你是怎么想的？"

她微笑："我不是很相信。"

周柠点头："正常，他那种万花丛中过的人，你这样的乖女孩怎么能轻易相信呢？"

尤妍"嗯"了一声："这个人太浑蛋了，北市数他最会玩，比你家焉总过分多了。"

周柠笑道："那是你不认识焉总。要对比起来，席骞至少说他要娶你，焉昀鸣，呵……"

"怎么了？"尤妍扬了扬眉，"焉总有什么成绩？"

"当初是我要结婚嘛，然后焉总是怎么说的——"周柠端着茶杯，哼笑出声，"他说，我们就这样不好吗？"

“呃……”

“又不想结婚，又不想和我分手。”

尤妍叹为观止。

周柠喝完茶放下杯子：“后来是我决心要分手。然后我们焉总发现，嗯，好像对我是真心的，就乖乖找我结婚了。”

“所以吧，席骞呢，至少一开始就说他是认真的，比焉昀鸣好太多了。”

尤妍失笑，颔首。

周柠看过去：“然后我看昨晚席骞都敢碰你，所以你是不是也……”

她意味深长一笑。

尤妍轻叹：“我之前是已经准备和他在一起了。”

周柠惊呆了：“嗯？你喜欢他？”

“他太会撩了，好温柔。”尤妍低笑，“一边拒绝，一边心动了。”

“啧，他这种人，确实很会撩。”周柠有种听到大新闻的兴奋感，“那后来怎么没在一起？”

“后来我发现，他好像对我和对其他女人没什么区别。”

周柠一顿。

她笑了笑：“然后我就完全分不清，他现在说的到底是真是假。”

周柠惆怅地道：“那是要好好考虑一下，你可不能为了一点感觉就冲动。”

尤妍懒洋洋一笑：“所以我最后还是拒绝了。”

“那你们怎么又有交集了呢？”

尤妍有些不好意思，随口几句把后面的事情说了。

周柠听完，感慨道：“不愧是席骞，忘记一个人的方式就是重新玩，搁谁都要被伤到啊。不过这也挺符合他的个性。”

尤妍笑道：“是啊，浑蛋着呢，却也正常。”

周柠：“那席总最近好像都没出去玩了，他是不是为了让你安心？”

“嗯，他昨晚说了。”

“那你是怎么想的？”

尤妍吃东西的动作一顿：“还没怎么想。”

周柠很能理解：“再看看吧，不能他做出一点儿改变咱就一口答应。”

尤妍点点头，最后，她嘱咐道：“你别跟焉晗说。”

“为什么？”周柠笑着问。

“我之前就是想着肯定没结果，所以才不打算告诉你们。现在也一样嘛，我也不知道结果。”

周柠颔首：“行，我觉得我要是不发现，你可能要等到快结婚了才说。”

下午茶喝完，外面的雨还没停。

周柠家的焉总来接她了，她想送尤妍，尤妍却不想打扰他们夫妻俩，想自己看看雨，顺便想一想席骞。

可是尤妍才坐了一会儿，一阵熟悉的脚步声传来。

尤妍从窗外收回视线，就看到脑海里的男人出现在眼前。

席总坐下，靠在椅背上，对着她浅笑。

尤妍看席骞那惬意的模样，不得不感慨，哪个女人看到这一幕心里能平静如水。

“我都喝完下午茶了，席总还来干吗？”她随口问。

席骞：“在昀霆谈事，顺便来接你。”

“我自己打车就行。”

“雨这么大，不给我个面子吗？”

尤妍收回眼神：“也不是第一次不给你面子了。”

他失笑。

尤妍默默地扭头看外面的雨。

席骞的手搭在她的沙发上，轻轻叩了叩。

尤妍回头，瞄了一眼席骞的手臂，淡淡地说道：“跟你讲，保持距离，周柠已经知道了，回头焉晗要是也知道了，我就原地把你埋了。”

席骞笑道：“她是劝你，还是撮合？”

“你觉得呢？”

席骞和她的目光交缠了一会儿：“别人觉得不重要，你觉得才重要。嗯？我感觉你还是爱我的。”

尤妍瞄他：“想多了，我之前充其量只是心动，爱情是什么。”

席骞被噎了，忍不住笑着伸手揉尤妍的脑袋。

尤妍被碰了一下后躲开。

席骞微顿，之后就收回手：“不好意思。”

尤妍被这句猝不及防的道歉弄得很不自在。

她缓缓转过头：“走吧。”

席骞起身，跟着尤妍的脚步。

尤妍觉得刚才那个躲闪，以及他的不好意思，让他有些受伤，就说：“我自己回去就行了，雨好像停了，席总去忙吧。”

结果席骞越发受伤，看着她：“我送吧，行不行？”

他很温柔也很诚恳，是真的想送她。

尤妍心软了，没再说什么。

终归……心里还是有他的一席之地的。

下着小雨，席骞的车子穿过市区，开到天榭舍停车场，然后看着她进了电梯，他才开走。

虽然饭没吃成，但是尤妍愿意让他送，他已经心满意足了。

尤妍回到家，奶奶已经在准备晚饭，她在厨房盛了碗骨头汤喝。

奶奶问：“出去玩了吗？奶奶还想着下雨你该怎么回来呢。”

“没事，有人送我。周柠叫我去说点事，出席一个慈善晚宴。”

“慈善呀，”奶奶点点头，“那你要捐什么呢？”

“对，我可不能空手去。”尤妍放下碗，默默走出厨房。

奶奶在后面笑起来。

尤妍进了屋，到衣帽间转悠。

慈善晚宴，她总不好空手去。

尤妍在自己的珠宝柜里来回看，看看有什么东西能拿去做慈善。

说实话，她的东西都不怎么值钱，毕竟都是自己一分一分赚来的。

目前最贵的是那颗闪耀的粉钻，那东西经过完美切割，现在价值更高了。

但她不觉得那是自己的东西，总觉得只是暂时保管。

其次最有价值的是那条价值几百万的项链，但那是席总送的，她就是把自己卖了，也不能卖席总送的东西啊。

尤妍乖乖把目光移向自己的宝贝。

尤妍看了一会儿，终于看到了一条中意的项链。

那是她读书的时候买的项链，是一个国外品牌，当时就价值不菲，现在应该升值不少。

而且为了珍藏，她第二年还买了同款，平时都戴那条。

尤妍将项链取出来，决定就捐这条，应该能换个一两百万吧，这样也不算太寒酸。

尤妍搞定后就去洗澡了。

出来刚好六点，奶奶做好了晚饭，过来敲门。

她开心地出去吃饭。

雨还在下，吃着晚餐听着雨声，挺舒适。

奶奶说："倪杨说她要回美国去了。"

尤妍喝着汤，点点头，没出声。

奶奶给她夹了两片苦瓜："她跟我说是因为你才没了工作。"

尤妍抬起头，看奶奶的脸色很正常，没有怪她的意思。

尤妍："她就说了这么一句吗？"

奶奶微笑："就说是因为你。但奶奶知道，我们妍妍从来不会主动招惹她，应该是她惹了你。"

尤妍点点头，在想措辞。

奶奶问："她是怎么惹着你了？我知道了的话，走之前我还要训斥她的。"

尤妍端着饭碗，盯着碗中晶莹剔透的米粒，半晌，嘀咕："她老说我是孤儿。"

奶奶一顿，蓦地看向她："什么？"

尤妍把上次参加《为你》晚宴，和前两天在家里的事情都说了出来，老人家听完便丢下饭碗，去打电话了。

不一会儿，尤妍听到电话那头的女声有些尖锐，似乎在辩解什么。

距离有点远，她听不太清。但奶奶的话，她听得很清楚。奶奶痛心地说："倪杨，我跟你讲，你再敢混账地说妍妍是孤儿，你就别再喊我奶奶了。"

奶奶撂下电话回来，气得吃不下饭。

尤妍拿着筷子和碗，也没吃，呆呆地看着奶奶。

老人家注意到她，蓦然笑了："吃呀。"她拿起筷子，继续给尤妍夹菜，"没事啊，奶奶就是有点生气。你怎么不早点跟奶奶说。"

尤妍扒拉了一口饭，道："小事。"

"这哪里是小事，一个人但凡有一点教养，都不该说这种话。"

"嗯。"

"你现在的工作很好，奶奶别提多欣慰了。"

"嗯。"

老人家笑了，继续给她夹菜。

尤妍："您也吃呀。"

"嗯，奶奶也吃。"

尤妍也没受这件事影响，确实只是小事，而且倪杨回美国了，以后不会再来烦她了。

初夏的第一场雨断断续续下了好几天才停，那天刚好北周娱乐举办慈善晚宴。

尤妍打听了一下，焉晗有事去不了，所以由她和公司的艺术总监一起去。

举办晚宴的地方是北市一处艺术馆，初夏的雨后，豪车塞满了周边马路的停车位。

尤妍下车，碰巧看到对面一个穿着黑色西服的男人，在金色路灯下，帅气得让人心动。

公司艺术总监对她说："这位怎么会出席北周娱乐的慈善晚会？这种地方太正经，不像他会来的。"

尤妍心里有两个答案，第一个是周柠也喊了他来捧场，第二个是他冲着她来的。

不过第二个答案的可能性更大。

尤妍没说话，迈开腿和艺术总监一起进去。

席骞还在马路对面，有人和他握手寒暄。

就一会儿工夫，席骞车的副驾驶座的门被推开，下来一个穿着花色礼服的女人，一头大波浪，美艳动人，气场十足。

尤妍走进艺术馆，在签名板上签好名，就听到一阵细微的骚动，有不少女人看向入口处。

尤妍不用回头也知道是谁，矜贵的席家大公子出现在这种场合，确实很引人注目。

尤妍径直往前，朝着应酬的周柠走去。

周柠一看到尤妍就满脸笑容，对她的礼服与妆容称赞不已："这身好漂亮。"

尤妍今天上公司挑礼服，看来看去，觉得慈善晚宴还是低调点好，然后拿了一条很简单的黑色丝质礼服，绑上一条带细闪的腰带，精致又低调。

周柠不禁感叹："我发现你真的好会穿衣服，不愧是混时尚圈的。"

尤妍将手背在身后，闻言，倒是也不谦虚："那必须的，不然公司要倒闭了。"

周柠失笑。

正聊着，走过来一个穿花色礼服的女人，调侃道："聊得好开心呀。"

尤妍顺着周柠的视线看去，然后就听到周柠给她介绍："《为你》杂志的新主编别嘉。"

尤妍恍然。

还没等她反应过来，对方已经伸出手："尤小姐，晚上好。"

尤妍也马上伸出手："你好。"

对方微笑着看了尤妍两眼："我今天可是冲着尤小姐来的呢。"

尤妍挑眉。

别嘉："之前合作的时候不是我在管，所以只在视频里看过尤小姐，今天就一心想来见见本尊。这一见啊，和秀台上简直没有区别啊。"

尤妍粲然一笑："过奖了。"

尤妍觉得这个别小姐挺会说话的，之前还觉得和《为你》的合作要走到尽头了，此刻感觉又回春了。

聊了几句，舞台上有表演嘉宾在唱歌，场内安静了几分钟，然后又热闹起来。

尤妍寻思着找一找她家艺术总监，然后就去落座了。

总监没找到，却看到某个风流倜傥的男人在远处看她，然后扬了扬下巴，示意去外面聊聊。

尤妍沉默了一瞬，然后假装没看见。

席骞瞬间失笑。

尤妍看到周柠，问："是你叫席骞来的吗？"

周柠点点头："我问了他一句要不要来玩，然后他问尤妍去不去。"

尤妍没再开口，边上的周柠乐开了花："哎，我发现席骞栽了这件事真的很不可思议。"

尤妍要开口，却不知道该说什么，最后老老实实去落座了。

但不知道是碰巧还是人为，她发现席骞就在隔壁那桌。

尤妍和艺术总监坐在一起，刚坐下，就闻到一抹熟悉的冷香。她瞥了一眼，和席骞对视半秒。

下一秒，一个花色身影挨着席骞落座，然后手托腮看台上的男嘉宾跳舞，一边看一边端起酒杯，随意地和席骞碰了一下，再一饮而尽。

尤妍又看了那位别小姐一眼，对方似乎注意到了，忽然从台上收回目光朝她看来，然后抬起手打招呼，还笑了笑。

尤妍微笑着点头，然后在席骞看过来时，默默收回了目光。

尤妍喝了一口酒，手机响了。

她起身走到会场后院的长廊，吹着夏夜晚风，接起了电话。

电话是从国外打来的，接听后，她说："我买机票，这两天过去。"

"OK。"

然后就挂断了。

尤妍觉得里面太热闹了，站在原地想工作，不一会儿又拿出手机买机票。

不远处传来脚步声，她抬头看去。

席骞走过来，看了一眼她的手机："要去法国？"

"嗯。"她淡淡收回目光。

席骞："碰巧，我也去。"

"不巧。"

他笑了："那就不巧吧。确实有件事不怎么巧。"

尤妍睨了席骞一眼。

席骞："我之后要去美国出差，去挺久的，要小半年。"

尤妍默默道："你这还叫出差啊，这叫搬家。"

男人再次失笑，点头："算搬家吧。"话落，他看她，"多遗憾，就见不到你了。"

尤妍闭了闭眼，看着脚下："有什么可遗憾的。"

席骞往前迈了一步，凑近几分，而后温言低语："我去之前，能不能申请每天和你见个面？"

尤妍嘀咕："不能，你什么时候去啊？不是这两日吗？"

"还有半个月。"

尤妍噎住："那你半个月后再说你要走也不迟。"

他莞尔："你不觉得现在的每一秒都很珍贵吗？"

"不，也就那样。"

席骞轻叹："所以还是之前能随便抱你的那段时间珍贵，令人怀念。"

尤妍抬头，目光中带着困惑与不自在："你什么时候能随便抱我了？能不能不要说得好像我们结过婚，又离婚了似的。"

席骞被尤妍惹得笑得停不下来："反正也差不多。"

尤妍心梗，低头不再理他。

席骞问："你去法国做什么？"

"有工作呀，那儿有公司你又不是不知道。"

"焉晗去吗？"

尤妍摇头。

席骞："那你坐我的飞机吧。"

尤妍摇头。

他问："为什么？"

"又不同路。"

"我最近会先去法国。"

"那也不用，各走各的。"

这时，席骞的手机振动了一下，他从西裤口袋里摸出来。尤妍注意到上面弹出一条消息。

别嘉："席总去哪儿了？那么久。"

席骞看完，注意到尤妍也看到了，不由得微笑道："别误会，是亲戚。"

尤妍想起上次在国外的拍卖会上，他也带着个据说是亲戚的女孩子去了，但不是这个。

她随口道："席总的亲戚真多。"

"嗯，你要是和我在一起，我下次就带你了。"

尤妍呼气，默默垂眸。

席骞收起手机，又从容地回归正题："坐我的飞机吧，宝贝，顺路。"

"就算一张机票一百万元，我也不坐你的飞机。"

他笑着问："为什么？"

尤妍扬起头，下巴微抬："因为我有钱。"

席骞被尤妍这傲气十足的模样撩得心动不已。

但是他点了点头："行吧，不强求。"

尤妍一顿。

接着，席骞仰头看了看星光闪烁的夜空，淡淡地说："我会慢慢地追你，以前就是太急切了。"

男人的声音温柔缱绻。钻入尤妍耳朵里时，她不免看了他一眼。

席骞回头看过来："走吧。"

尤妍低下头："你走吧，我还想再待一会儿。"

席骞定定地看着她："怎么了？就那么不想和我有牵扯？"

尤妍笑了笑："不是，老男人现在怎么变得那么脆弱了。"

席骞："因为你就是故意的。"

尤妍被说得心虚。

席骞挑眉："是吧，故意的吧？"

"嗯。"

席骞当场叹气，再次仰头看天，一副心酸的样子。

过了一会儿，他回头说："不和你多见几面，岂不是半年没得见？"

尤妍抿了抿唇，依然低着头没说话。

席骞："再见面我都三十四岁了。"

尤妍失笑，掩唇："老男人。"

席骞见尤妍笑了，觉得心情瞬间好了起来，再次低语："是吧？那还怎么配得上你？"

尤妍脸一红，轻咳一声，说："感情问题先不说，我也是会长大的啊，我到时候就二十八岁了呢。"

席骞俯身逼近，在她耳边温柔道："哪里，我家妍妍永远是小公主，十八岁。"

尤妍的心一动，偏头。

男人的目光和她近距离交缠，澄澈又明亮。

尤妍缓缓低头，伸手推他。

席骞笑了笑，站直身子。

看尤妍脸色绯红，席骞只觉心情舒畅："走吗？"

尤妍没再说话，站好，迈开腿。

后院到前面会场有一段回廊，远处的歌声隐约传来。

她踩着八厘米的高跟鞋，又穿着礼服，所以走得很慢。

席骞也走得很慢，单手插在口袋里，惬意地配合她的脚步。

到了会场门口，席骞好像又收到了消息，他低头看了一眼。

尤妍见此，就自己进去了。不过尤妍感觉他是不想和她一起进去，知道她怕别人看出什么来。

台上的节目已经过半，下面酒过三巡，就到了慈善拍卖环节。

两件拍品才刚上来就被人拿下，一件是清代瓷器，一件是书画。

别嘉手托腮看着，又懒洋洋地瞄了无动于衷的席骞一眼："席总不做慈善？"

他淡然道："没喜欢的。"

"你知不知道慈善是什么意思？就是以捐款为主要目的，喜不喜欢是次要的。"

他点点头："那也得弄个勉强能入眼的，那些家里都有。"

别嘉没法辩驳，继续看。不一会儿上来一顶皇冠，她的眼睛亮了："哦，我还以为这种拍卖会都很敷衍，居然有人出这种东西。席总，拍给我。"

席骞低头看手机，随口说："自己喊。"

别嘉马上抬手出价。

席骞发消息给尤妍："有什么想要的？告诉我。"

尤妍幽幽道："席总真是本性难移。"

他笑道："你怎么不说我爱你自始至终呢。"

尤妍脸一红，不继续这个话题，表示："我不打算拍，我捐东西就行。"

席骞："嗯，你有东西？"

"有，总不能空手来，多不好意思。"

席骞满足地抬头，没过多久别嘉就拿下了那顶皇冠，开心地举起杯子和席骞碰了一下。

席骞喝完酒，又听到她说："待会儿还有一条项链我要。"

"什么项链。"

"是你那个尤小姐捐的。"

席骞眉眼微动："那我要了，你看别的。"

别嘉挑眉："什么？"

"我要了。"

"烦人，我就是冲那条项链来的。"虽然当上了《为你》的主编，但是品牌关系都在以前的主编手里。

目前Sixteen炙手可热，为了之后的工作能顺利，她要拍下尤妍那条项链，以示友好。

席骞淡笑，没说话。

别嘉还是试图挽回："人家都拿出来拍了，你还要买了再送回去吗？"

"嗯。"

"一来一回得费多少钱。"

"慈善。"

别嘉哼笑一声："你想想你早前说的。"

席骞："这就是我喜欢的。"

她终于心梗，不再说话。

没过多久，尤妍那条坠着一颗珐琅彩珠子的项链就上场了。

每次上来，台上的主持人都会报上捐赠人的名字。这次刚说这是Sixteen尤小姐捐的，场内就一阵喧哗。

尤妍觉得有点不好意思，东西没什么价值，但大家热情高涨。

过了一会儿，更让她不好意思的是，好多男人举牌。

原本这种娱乐公司举办的慈善晚宴，都是大家随意出个价，几轮后就拿下来。

可让人意想不到的是，项链从原本的五十万元，眨眼间就到了一百五十万元。

公司的艺术总监说：“我们家妍妍着实撩人，看看，这是想惹你看一眼啊。”

话落，她举杯和尤妍碰了一下。

尤妍喝杯酒的工夫，价格又加了一百万元。

这已经超出尤妍的预估了，就这会儿，后面又有位大哥加了。

尤妍已经有点不知道该怎么形容了。那条项链一两百万的时候她心里觉得还行。但一下子加到四百万元……

场内已经有些喧哗，毕竟那个价格，已经超出了原本的价值一倍。

然而这个时候，别嘉的声音传来，直接加了二分之一。

尤妍的眉毛一挑，不可思议地看去。

席骞朝她投来目光。

尤妍心里“咯噔”一声。

现场的好多人都朝席骞那桌看去。但他很淡定地坐在那儿，手端着高脚杯，轻轻晃动。

刚刚加价的那个大哥看到别嘉喊价，有些心痒，就给加了五十万元。

尤妍面上已经毫无波澜。

下一秒别嘉又喊了价，从六百五十万元直接加到八百万元。

现场一片哗然。

那个大哥就直接放弃了。

尤妍也是脑袋一晕，朝席骞看去。他也再次朝她看来，微微一笑。

尤妍快心肌梗死，低头拿手机发消息：“你干吗？”

席骞：“你的东西，我能让它落入别的男人手中？”

尤妍：“那已经不是我的东西了。”

“那就是我的了。”

尤妍深呼吸一口气，放下手机默默喝酒。

刚好三锤定音，尤妍睨过去，见别嘉和他端起杯子当场就庆祝起来。

四周围观的人顿时了然，这是席家大公子出钱拍的。

虽然东西不是自己的，但别嘉还是挺享受这种拍到手的快感。而且这样一来时尚圈和娱乐圈就都知道她了，对以后的工作大有裨益。

拍卖会结束，尤妍很有面子，全场都朝她投来艳羡的目光。

尤妍被很多女人拉着合影，虽然她不是很喜欢应酬，但是这些人无论以前有没有交集，都有可能是品牌的下一个上帝。所以，她只能老实地配合。

尤妍习惯背着手，放在别处很不自然，礼服又没有口袋。

但这种姿势无端增加了她的气场，怎么看怎么吸引人。

尤妍和人合完影，想趁机溜走，听到有人喊自己的名字，便扭头去看。

眼前的男人西装革履，年轻帅气，是那个想要拍下项链的男人。

他微笑着说："方便加个微信吗？"

边上的人都投来暧昧的目光。

尤妍只觉脑袋疼，这里这么多人，不给吧，太让人没面子了。她犹豫了几秒，还是微笑着点了点头，拿起手机找出二维码。

对方扫完，愉快道："谢谢。"

尤妍默默地转身，然后就看到了不远处的席骞，他单手插在西裤口袋里，眼神火热地看着这边。

尤妍感觉，要不是她不允许别人知道席骞在追她，他这会儿肯定会过来揽着她的肩说："我女朋友呢，有事？"

尤妍幽幽地低下头，然后趁着这会儿没人过来，马上提起裙摆往外走。

今晚尤妍是坐公司的车来的，艺术总监还在和别人聊，一时间没发现她准备走了。

尤妍边走边给她发微信消息："我先到外面透透气，你慢慢聊。"

出了大门，外面又下起了小雨，街上人不多。

尤妍在长廊刚站好，就听到席骞的脚步声传来。

她回头，又看到他后面还有人，是那个跟她要微信的男人。

尤妍收回目光，转眼肩膀就被人揽住。

尤妍还没反应过来，席骞往后一搂。她偏头去看他，刚好和那个正要与席骞擦肩而过的男人的眼神碰撞在了一起。

那个男人一愣。

尤妍想赶快找个洞钻进去。

接着，她就听到对方略显意外地说："原来尤小姐有男朋友了，还是席总？"

尤妍不知道该怎么说，席骞的手臂搭在她的肩上，她半个身子靠在他怀中，那姿势真是想解释也解释不清。

她只能微笑着点头："不好意思。"

席骞也朝对方看去，淡淡勾起嘴角。

男人点点头，走到车子旁开车离开。

尤妍下一秒就甩开席骞的手："浑蛋，这里是什么地方，说搂就搂。"

席骞拿下手，轻叹一口气，微笑道："抱歉，宝贝，但能忍到这里我已经很佩服自己了。"

尤妍："忍什么？我又没和你在一起。"

席骞瞥她一眼："什么？"

尤妍轻咳一声："有什么不对吗？好端端的，掐断我的桃花。"

席骞乐了："那我呢？没在一起？"他想了想，点点头，"嗯，人没在一起，但心在一起。"

尤妍随意瞥着夜幕下的长街，低喃："席总还挺文艺。什么心在一起？我的心已经封闭了。"

"那等我慢慢解开，我都不着急你着急什么？"

尤妍下意识地道："我二十七岁了。"

"想结婚了啊？"他笑了笑，"只要和我在一起，年内我就能给你办婚礼。"

婚礼。尤妍听席骞说了几次要娶她，却是第一次这么清晰直白地听到一句婚礼。

其他话都是虚无缥缈的，但是这句婚礼，能让人想象出画面，也增加了好多……真实感。

第十一章 他彻底改变

尤妍陷入席骞的话里，这时，不远处传来艺术总监喊她的声音。

她匆匆回神，不再聊了，免得被发现端倪。

她回头看了一眼，然后走向车子。

司机先开车送艺术总监回家，艺术总监下车后，再送她回天榭舍。

尤妍回到家时，奶奶还在看电视。

奶奶看到穿着晚礼服的尤妍，眼中溢出笑意：“我们妍妍这一身好温柔。”

“是吗？”尤妍也就没马上去换衣服，而是走过去坐到沙发上，拿出手机，“那我们合个影。”

老人家笑了：“奶奶都多大了还拍照。”

“多大您都是美人，尤瓷书美人。”

奶奶笑着拍了一下尤妍的腿：“还念起名字了，没大没小。”

尤妍举起手机：“来来来，拍一个。”

“咔嚓”一声，尤妍拿照片给奶奶看：“嗯，奶奶也好美。”

奶奶笑得直摇头：“哎呀，你开心就好，这孩子。”

尤妍真的很满意：“奶奶，我给你换成桌面好不好？”

奶奶挑眉，尤妍自顾自地拿起奶奶的手机操作起来。

换好后，嘴上说着不拍的老人，看着照片满眼都是柔光，又念叨了两句：“我们妍妍好看。”

尤妍笑眯眯地说：“那我去洗澡了，奶奶，您看完电视也去睡吧。”

“好，洗完早点休息啊。”

“嗯。”

尤妍进了卧室，奶奶就起身关了电视。

奶奶每天看电视，其实都是为了等尤妍下班。

尤妍忙完已经十二点多了。

雨还没停，她躺下，舒服地听着雨声。这种季节最舒服了，不冷不热。

她美美地睡到第二天醒来，却发现手机快炸了。

微信消息一大堆，焉晗也给她发了不少消息。

焉晗："姐妹，你和席骞在一起？"

她往下滑动，焉晗说："怎么回事，有人说见到你们昨晚参加晚宴时，在门口搂抱。"

"还说他昨晚那项链是拍回去给你的？"

焉晗："我蒙了！名媛圈都炸开了锅。"

焉晗："你怎么回事？北市那么多男人你怎么选了他？你要是被他伤了让我去刨了他家祖坟吗？"

尤妍退出来刷了刷时尚群，里面果然也有很多消息。

很多人说："我以为尤妍是事业型美人，结果还是落入席大公子这种有权、有钱的人怀中。"

"就是不说出来，很难看出席大公子会和尤妍这种搞事业的女人有交集。"

"但是两个人还挺搭的，莫名有种势均力敌的感觉。"

"搭不搭不重要，反正按照席总的习惯，几个月就会分手。"

尤妍："……"

合着都已经把流程给安排好了。

尤妍想去和焉晗辟谣，先找了席骞。

"谁发的消息，席总？"

他没回复，尤妍又继续发："你在干吗？看到消息没有，席骞？"

上班了吗？尤妍看时间，还早。

她拨了个电话过去。

几秒后那头接通，传来一道低哑的男声："喂，宝贝。"

尤妍不去计较了："你……你还在睡呢？"

"嗯，对，昨晚喝酒了。"

尤妍："席总那么晚还出去玩啊。"

席骞还没来得及说话，尤妍又说："现在枕边没人吧？"

他一顿，下意识地想要解释，最后又停下，换成："有人，你来看看。"

“呃……”

“宝贝，过来看看。”

尤妍道：“不好意思，我也有。”

席骞一口血吐出来，人彻底清醒了。

他翻身坐起来，缓了缓神，开口说：“妍妍，你刚刚说的什么问题？”

“我有男朋友了的问题。”

“不是，你打电话来是干什么？”

尤妍哼笑。

席骞一脸柔情：“你说，我听着呢。”

尤妍：“外面传我和一个男人在一起搂搂抱抱，我的名声毁了。

“都在说我也不是个认真工作的人，也是靠席总生存的。还说席总过几个月就会甩了我，总之我还没被甩就完了。”

“呃……”

“你赔我的名声。”

席骞想了想，诚恳地说：“对不起。”

尤妍一口气差点没上来，一个深呼吸：“哇，席总的对不起好值钱，镶金了吗？”

席骞微笑道：“那我把自己赔给你好不好？赔给你一辈子？”

尤妍的脸红了一下，随即又回过神，脑子很清醒地说道：“你马上给我解决这件事情，别在这里油嘴滑舌的。”

“这不是在解决吗？”男人语调慵懒，慢条斯理道，“要是我们在一起了，就可以继续睡觉了，还可以一起睡。”

尤妍：“你想得美。”

他失笑，低头揉揉眉心，轻叹：“真的啊？”

尤妍转移话题：“你要睡就睡吧，我自己来。”

“别，我来，让你来算怎么回事。抱歉，宝贝。”

道歉就道歉，又喊。

尤妍问：“要怎么说？”

席骞笑了笑：“怎么说，总不能说我有女朋友，不是你，是吧？”

尤妍没说话，也没否认，这样说她很没面子。

电话中，男人低沉磁性的声音徐徐传来：“那要么说你有男朋友了？”

尤妍：“啊？我有男朋友，不是你？”

上次那么说，是因为大家不知道两个人认识。此刻这么说，总觉得让席骞有些没面子。

席骞温柔地表示："你要想是我，也行啊。"

他浅笑，又开口说："除了这个，就只能说我在追你了。"

尤妍沉默了。

席骞说："怎么样？这么说好不好？虽然我知道对你来说没必要，你自己就很棒，但我在追你这句话对你没坏处，只会有很多便利。"

"我……我确实不是很需要你给我带来任何工作上的好处，而且别人一听你在追我，还是会说……我是靠你的。"

席骞浅笑："那就说第二种吧，说我们没关系。"

尤妍喃喃："如果你不介意，就这么说吧。"

"我不介意。虽然比不上在追你这句话让我来得愉快，但等我们在一起的时候，我就是那个男朋友。"

尤妍默默道："那挂了。"

尤妍重新点入焉晗的对话框，回复："没有，谁说的啊？"

焉晗很快回过来："假的？"

"嗯。"

焉晗："你确定是假的？"

尤妍被问得心虚："有照片吗？就传这个？"

"没有，就一个女的说自己看到了。"

"看错了吧？"

尤妍记得昨天两个人在门口站一起说话的时候附近没人啊。

焉晗表示："那有可能。"

尤妍越发心虚，马上转移话题跟她聊工作："我买了明晚的机票去法国，处理珠娅那件事。"

一个品牌有件高定和Sixteen的裙子撞了很多元素，时尚圈最忌讳这个了。

焉晗说："行，你处理完就回来，还是在那儿待着等大秀？"

"应该还会回来吧。如果等七月高定周举办完，要待两个多月。"

"行。"

说完尤妍正要去洗漱，焉晗忽然发来消息："啊啊啊——群里传有人和席骞打听了一下，他说尤小姐应该有男朋友吧，他哪儿来的那种福气。"

尤妍："呃……"

焉晗："早上真是吓死我了，我还以为你和他在一起。我真的怕你驾驭不了这个人。”

焉晗：“不过虽然辟谣了，但圈子里仍炸开了锅。大家都在说，席骞居然说没有那种福气，看来大公子也觉得你好。”

尤妍心想：就不能好好说话吗？什么福气。

她不好意思道：“他就客气这么一说。”

焉晗这时发来一句语音：“话是这么说没错，但是姐妹，席骞看上去好像一直对你不错啊，你很多次说他对你很好。”

尤妍立刻紧张地坐直身子。

焉晗：“你说他会不会心里真的觉得你很好？”

焉晗：“我觉得他也许有一天真的会追你，此刻正在酝酿。”

尤妍：“呃……”

几秒后，焉晗又发来一句语音，有点语重心长：“不过姐妹，他要是真的追你，你可要想清楚哦。”

尤妍要笑死，她姐妹真的太可爱了。

聊完尤妍便起来洗漱，出去和奶奶吃了早饭，然后跟奶奶说了要去法国几天的事。

奶奶温柔地应着：“自己一个人小心啊。”

尤妍喝着粥，喃喃：“您才要小心呢，最近老下雨。一次买多点菜，不要每天都出去。”

奶奶笑了：“就我这身子骨，每天早上都要出去和那些奶奶散步，精神着呢。”

“唉，反正我就是不放心。要不我找个阿姨吧？”

奶奶乐得笑了：“还找阿姨，她干的事还没奶奶干得好。”

尤妍失笑。她也只是提议，知道不可能。

吃完早饭尤妍就去公司了，忙了两天。

第二天晚上。

尤妍吃完饭就准备去机场。

此时微信忽然收到消息，席骞发给尤妍一句：“妍妍，下楼来一趟。”

尤妍十分好奇，踩着拖鞋下楼。

外面灰蒙蒙的天，男人坐在车后座上正在抽烟。见到她，他推门下车。

尤妍慢悠悠地走近：“怎么了？”

席骞伸出手，掌心有一条项链。在夜色中，颜色鲜明的珐琅很明艳动人。

尤妍愣了愣，然后看着席骞："给我的？"

他眼中含笑："不然我拍来干吗？"

尤妍低喃："好贵的，八百万呢。"

席骞："没有你的好心情贵。"

"可没有我心情也很好啊。"

"拿到手没什么变化吗？"

尤妍沉默了一下，而后接过项链。有，毕竟这是一件有纪念意义的东西，捐出去了，她以后就不会再戴了，因为它是拿来收藏的。

"谢谢。"

"谢什么，我也很开心。"

尤妍瞄了席骞一眼，没再说什么。

席骞："是不是准备去机场了？"

"你怎么知道？"尤妍略不解。

席总："我也是这趟航班。"

尤妍惊讶："啊？你不坐私人飞机吗？"

男人摇头。

尤妍下意识地问："为什么？"

"你又不肯坐我的，我就只能陪你坐这个了。"席骞很自然地说道。

尤妍拧眉："可你要工作，跟我坐什么飞机，自己的飞机不舒服吗？"

"没有见你舒服。"

尤妍转过头，气得跺脚。

席骞笑道："上去换衣服吧，我顺便带你一起去。"

尤妍回头："你这样不耽误行程吗？不是还要去美国吗？"

"嗯。"

"那你这样回头又得搭飞机，不是很不方便吗？"

席骞淡淡地道："没关系。"

尤妍的心瞬间乱了："烦人，你去坐自己的！"

他失笑："没办法了，要提前申请，要几十个小时后才能起飞。"

"呃……"

"上去吧，我等你。"

尤妍转身上了楼。

尤妍进屋，上衣帽间把项链重新放回自己的珠宝柜中，然后看着那条耀眼的链子，不由得一笑。

尤妍合上柜门，换了一身衣服，背起收拾好的包，出来跟奶奶说：“我走了，奶奶，你自己照顾好自己。”

奶奶笑了笑，起身。

尤妍有些不好意思：“您不用送我，奶奶，我那个……楼下有朋友来接我。”

奶奶一顿，温声问：“朋友？”

“嗯，对。”

“是上次追求你的那个？”

尤妍静了静，浅笑着点头：“是，等我过几天回来再跟你说。”

“好，去吧，这些事情你自己考虑好就行，不怕。反正无论如何，有奶奶在，奶奶会陪着你。”

尤妍笑着点点头。

去机场的路上，尤妍没有主动和席骞说话，闭目养神。他也没像以前一样动不动就撩拨她，自己看着电脑在做事。

只是上飞机时，尤妍发现席骞把两个人的位子换到了一起…………简直了，比私人飞机还坑。

至少私人飞机比较宽敞，她可以自己找位子。

这会儿就只能老老实实和席骞坐在一起，而且，如果两个人放平椅子，可以平铺成一张床，那就是睡在一起了。

尤妍悲愤，脸红，脑子发热。

席骞坐下后，就看到尤妍鼓着腮帮子一脸郁郁地看着他。

他笑道：“我怎么了？”

“你说呢？这是情侣座。”

“出门在外，别讲究了，宝贝。”

尤妍不理席骞。

她有点犯困，放平椅子后就倒下睡觉。

不一会儿空姐路过，席骞示意给尤妍拿条毯子，然后又仔细地给她盖上。

尤妍瞥了他一眼，对视一下，默默盖好。

飞到半夜，温度转变。国内五月份已经入夏，而法国那边还冷，所以毯子太薄，尤妍被冻醒了。

她翻个身拉好毯子，迷糊间，发现身侧的位子没人，席骞不知道去哪儿了。

再一歪头，从前面走来一个拿手机的男人。

席骞看见尤妍醒了，勾起嘴角。

席骞看尤妍几根纤细的手指捏着毯子，睡眼惺忪的模样好像有些冷，便脱下身上的大衣给她披上。

尤妍愣了一下，接着坐起来。

席骞按住尤妍："起来干什么，小心着凉。"

"你自己穿，我不冷。"

席骞摸了摸她的手，拧眉："这还不冷，都是冰的，小心又发烧。"

尤妍初醒，还有点没力气，被他按住后就有点迷迷糊糊的，没动。

席骞看着尤妍乖巧的表情，就觉得心里柔情似水。

尤妍缓了一会儿，感觉不是很困了，看席骞坐在身侧没动，有些不自在："席总没事了？不睡吗？"

"刚谈完事。"

尤妍点点头。

此刻舷窗外是黑夜，一排窗户映衬着夜色，有些静谧，尤妍不知道说什么。

席骞主动开口："你去几天？"

"去处理点事，也就一周左右吧。"

席骞点点头。

尤妍又觉得有些安静，就随口问："席总呢，忙完顺道去美国？"

他颔首。

尤妍："去半年？"

他再次颔首。

她好奇地问："怎么去那么久啊？"

"不久，开拓一下市场，正常都是一年半载的。"

"哦。"

席骞看着尤妍，薄唇浅浅勾起一抹弧度："除了比较想你，其他倒也没什么。"

尤妍默默移开视线："我不想你，我已经忘得差不多了。"

"别呀，"他忽然谨慎道，"你可别在我出国的时候把自己给嫁了。"

尤妍失笑，本来想说"你还有怕的事"，但是下一秒就听他说："也没事，反正嫁了我也抢。"

尤妍有些一言难尽："你能不能干点人事？"

席骞似笑非笑："干点人事？"

席骞放平自己的椅子，和尤妍的平铺开，而后忽然俯身下去。

尤妍眼前一黑，屏住呼吸，看着停在她面前的俊逸眉眼，说："你想干吗？"

他莞尔："我就想睡觉，可以吗？"

尤妍的心跳加速："那你不躺着，离我这么近干吗？"

"看看我家妍妍的盛世美貌，争取待会儿做个好梦。"

服了服了，她害羞地闭上眼睛。

席骞一笑，给尤妍掖好衣服和毯子，再缓缓起身坐好。

尤妍感觉身侧一空，知道席骞没有真的躺下睡觉。

她悄悄透过衣服下的缝隙看了看隔壁，他开着电脑，但是在看窗外。

尤妍看了好半天，夜灯照在席骞的下颌线上，侧脸铺着一层落寞与惆怅。

尤妍轻舒一口气。

他好像听到了声音，偏头看过来。

尤妍说："你不睡觉吗？坐了好几个小时了。"

席骞瞥了尤妍一眼，眼底飘过笑意。

尤妍看出了是什么意思，就说："你躺着别乱来就行，不然你把座位换在一起干吗？一夜都不能睡。"

"是吗？"

席骞果断收起电脑，重新放平椅子，而后躺下。

尤妍闭上眼睛。

席骞偏头看她，那视线实在让人忽视不了。尤妍又睁开眼，嘀咕："睡觉呀，看什么看？"

他的嘴角微扬："有点冷。"

"你……你的毯子呢？"

"毯子不保暖，你都被冷醒了。"

尤妍看着他明亮的眼睛，问道："那你想干吗？难不成想抱我取暖？"

他凑近一点儿，声音降低，道："可以吗？"

尤妍陡然脸红，想让席骞起来。但是他一夜没睡，这会儿国内时间都快天亮了，再熬下去猝死了可怎么办？

尤妍的脑子飞速转动，道："我……我想吃东西了，好像有点饿。"

说着尤妍要起来，席骞慢条斯理地伸手揽住她。

尤妍瞬间浑身发热，反手就把他压在身下，满脸绯红地训斥：“不要逼我在飞机上动手。”

席骞笑了，笑得尤其愉快。

尤妍捶他：“再笑，早前不是还在惆怅？”

席骞一脸诚恳：“不是，我是真的在惆怅，想和你在一起想得心都碎了。这辈子要是没你和我在一起，我就要孤独终老了。”

她十分好奇：“你之前不也是打算玩到老吗？”

席骞：“那不一样，以前只是不想结婚。”

尤妍手缓缓托腮，好奇道：“那你不用生个继承人吗？你那么大一个集团给谁？”

席骞微笑：“有职业经理人。再说了，这不是目前把希望寄托在你身上了吗？”

她十分羞恼：“谁？做梦，你自己这一代都要完了你还考虑下一代。”

席骞乐不可支：“人无远虑必有近忧，我要是不考虑远一点，怎么能证明我真的爱你呢，是吧？”

席骞看尤妍噎得无话可说，心情愉快地道：“再说，我不能忍受你和别人恋爱结婚，生孩子。”

“呃……”

“只能和我生。”

尤妍羞恼，这真是一对他心软他就想一夜娶老婆：“你自己都不知道外面有没有私生子，还有脸管那么多。”

席骞挑眉，又从容地发誓：“我没有。”

“也许有人悄悄生了呢？”

席骞：“除了你可能会带着我的孩子跑了，不告诉我，别人怕是不会这么操作。”

尤妍被说得哑口无言，最后在席骞的笑声中拍了他一下：“我不给你生孩子，走开。”

席骞无所谓：“没关系，我只想要你，这辈子有你就够了。”

尤妍噎住，然后看他一脸深情款款的样子，实在不知道说什么了。她翻了个身准备躺下。

席骞却坐起来，顺便把她也捞了起来。她身上的大衣滑了下去，他又贴心地拉好。

尤妍看了一眼，嘴角勾了勾，而后问：“你干吗？不睡吗？”

“不是饿了？吃点东西吧。毕竟你这会儿也不好我这口。”

“呃……”

席骞看着面前满脸红晕的人，低笑道：“吃海鲜，还是牛排？”

尤妍看着外面一望无际的星空，生无可恋道：“下次还是坐私人飞机吧。”

席骞：“我不，我已经体验到了搭飞机的乐趣。促进感情，便于照顾我家宝贝。”

尤妍又躺下，闭眼。

席骞笑了笑，直接喊空姐上餐。

席骞给尤妍点了一份简餐，加了点水果。毕竟此刻算是清晨，牛排、海鲜可能有些吃不下。

他又给她要了一杯清甜的饮料。

餐送上来以后，门重新关上。

席骞缓缓回头，手撑在她身侧，凑近：“宝贝，吃饭了。”

席骞低低的嗓音飘过耳边，尤妍感觉一痒，痒到了心尖上。

席骞看尤妍没动，继续温柔地道：“不起来啊，那我喂你好不好？”

尤妍受不了了，觉得下一秒就要控制不住一头栽入他的怀抱了。

她睁开眼，哼哼了两声，起来吃饭。

席骞此前几个小时也没吃什么，这会儿就陪着她一起吃，还喝了杯红酒。

酒足饭饱，尤妍躺下，席骞也平躺下去，没再撩拨她。他拿毯子盖上，就闭上眼睛。

尤妍看着他，小声问：“会不会太冷？”

他侧眸莞尔：“没有，早前是骗你的，我不冷。”

“哦。”

席骞摸摸她的脑袋：“睡吧，再睡一觉就到了。”

尤妍点点头，乖乖地闭上眼睛。

不过尤妍已经睡了五六个小时，这会儿也不是很困了。倒是身侧的男人，很快便呼吸均匀。

尤妍躺了半小时仍没睡着，索性坐起来，然后把身上的大衣和毯子都盖在他的身上。

尤妍默默找了耳机戴上，听着歌把头埋在双膝间，偶尔看看外面转瞬即逝的夜空，再看看熟睡的人。

席骞睡得还挺规矩的，那精致得没有一丝瑕疵的五官，睡着时依旧好看。不过眼睛合上时，少了一丝痞气，正经不少，看着挺好一个人。

想到这儿，尤妍失笑。所以席骞醒来的时候，在她心里就不是正经的好人。

坐着坐着，几个小时便过去了，飞机准时降落在法国。

彼时法国是深夜，细雨绵绵，温度是两度，一出机舱尤妍就冻得瑟瑟发抖。

尤妍穿着席骞的大衣，被他撑着伞搂在怀里，自然而然地上了他的车。

席骞在车外合上雨伞，尤妍看过去，雨丝在夜色下铺满男人肩头，他好像一点儿都不冷。

尤妍这一刻蓦然觉得，席骞似乎真的会为她挡风遮雨……

席骞进了车厢，关上门，车子就启动往市区开去。

他们先开到了尤妍的房子，因为有几个月没过来了，席骞便陪着她上楼，进屋喝了杯水，然后才走。

送走人后，尤妍把屋子打扫了一遍，再洗了个热水澡，然后舒服地躺倒在床上。

不过因为有时差，虽然这里是清晨五点，但尤妍毫无困意。

她打开电脑，开始研究工作。

珠娅是个意大利品牌，这个牌子一直主打高定，格调立得颇高，在法国有工作室。

但是最近他们品牌有件高定撞了 Sixteen 去年十二月，尤妍在北市走秀的那条裙子。

公司公关部已经联系过了，但那个品牌的设计师一口否定了这种可能性，说只是巧合，还说没看过她们的秀，逼得她亲自过来一趟。

尤妍研究了两件衣服的细节对比图，做了个 PPT，做完抄送了一份给珠娅公关部与 Sixteen 的律师。

忙完尤妍便去厨房做了一顿丰盛的早餐。

吃完早饭，尤妍又化了个精致的妆，这才优雅地去上班了。

雨停了，不过还是冷飕飕的，尤妍裹着加绒大衣也还是有些冷。

她蓦然想起昨晚下飞机时，席骞只穿着一件毛衣，却把穿着他大衣的她裹在怀里下的飞机。

尤妍开车到公司，问公关部的人她发的邮件对方有没有回信，公关部的人说没有。

尤妍就叫人开会，谈了谈这件事，又安排了后面秋冬高定系列的作品。

两个小时的会议下来，对方还是没回信，尤妍感觉对方是不想理她。

混了这么久时尚圈，这种事情尤妍早期也遇见过一两回，但这家是目前为止最厚颜无耻的。

尤妍打电话过去，问对方设计师要不要解决这件事，要是不解决，她就直接起诉。

对方这才懒洋洋地说，才起床，没有不解决，只是觉得没什么好解决的，已经说是巧合了。

尤妍约对方来公司一趟，但对方说："我不去贵公司，那不像样，要么您过来珠娅总部一趟吧。"

尤妍深呼吸一口气，而后笑了笑，优雅地说道："你那破公司你以为我会去？要么你来，要么找家咖啡馆，要么我找高定公会的人出面解决，再起诉流程走一套，到时候不要怪我不留情面搞得贵司身败名裂。我给你半天时间考虑。"

对方设计师听完，冷淡地选了后者，下午四点半去餐厅。

下午四点，尤妍带着律师去约好的餐厅。

到后来尤妍算是知道对方为什么会选择餐厅了，因为直到五点，对方的设计师都没来。

尤妍先点了餐，律师先吃了，她吃不下。

终于，待律师用完餐，那位设计师才带着一个男助手姗姗来迟。

对方是意大利人，四五十岁左右的女性，穿着一身类似睡衣的休闲装。她用不是很利落的汉语微笑着说："好塞车。"

尤妍没笑，漫不经心道："刚刚看新闻说前面有个路段出了事故，我很担心你们。"

对方设计师和助手脸色土黄地看着她。

尤妍冷淡地端起饮料抿了一口。

设计师和电话里的冷淡态度不一样，这会儿又微笑了起来，说："点餐吧，我请客。"

尤妍则和电话中的微笑态度相反，这会儿一直冷着脸，一双眼睛宣泄着她的不满。

她身边的律师对那个女人说："我们已经吃好了。"

"啊？"设计师十分惊讶，"吃好了？为什么？不是约好了一起吃饭商讨工作吗？你们那边的人不是最喜欢在饭桌上聊工作吗？"

尤妍："迟到的人在我们那儿一般吃空气。"

尤妍放下杯子："再说了，我不是来和您商讨工作的，我是来解决纠纷的。关于你新发布的一款名叫'流星天使'的高级定制服装，从上到下的设计几乎完全撞了我去年发布的一款裙子。"

尤妍把打印出来的细节对比图放到她面前。

设计师又一笑，说了句对不起，然后就开始翻图纸，解释："首先这条裙子我是去年就开始设计并且制作的，你知道高定一般要花好几十甚至数百个小时来完成……"

从对方冗长的言语中，尤妍惊讶地发现，布料、颜色、款式、低胸的幅度一模一样不说，领口几寸的地方绣的串珠颗数，腰部刺绣的长度，收工针线也一样，但这些在对方嘴里都是正常的。

最后，裙子在树叶与阳光下能投射出来的斑驳效果，这些通通都是巧合。

整件作品就只有两处明显不同，一是尤妍绣的图案是山茶花，珠娅的是鸢尾花。

第二是，Sixteen 主打早春休闲系列，为了方便穿搭又可以参加小晚宴，所以裙子整件利落一体，裙长只及脚踝。

对方是主打高定，在外面加了一层纱制作而成的披风，走动时拖在地上，钩织出晚礼服的效果。

听到最后，尤妍已经没有说话的欲望。她靠在椅背上，抱着手臂，懒洋洋地看着桌上的月光。

天好像要下雨了，月光从早前的明亮，到最后的黯淡。

设计师说："就是这样，我可以提供所有稿子的原件。"她摊手摇了摇，"你知道并不是只有你们品牌喜欢用刺绣，衣服的设计撞了是常见的事，尤小姐实在不用放在心上。"

尤妍已经不想去反驳她，只点点头，说："那就……"

对方与助手微笑着看尤妍。

尤妍："私了不行那就公了吧，到时候官司打下来是怎么样就怎么样。我是个愿赌服输的人，希望你们也是。"

对方一愣，随即与助手失笑，表示："尤小姐实在没必要，毕竟那样也很没面子。要知道我们是高定，怎么可能去模仿你们的早春裙子。"

尤妍笑了："是吗？面子什么的我无所谓，你都这么不要脸了我还在乎什么。等我与高定公会沟通后就起诉，然后我司会把两张图的对比放到各大社交平台。”

对方助手说：“这个我们不能接受，你这样会对我们的品牌名誉造成损害。”

“不接受是你们的事，你们同样可以起诉Sixteen。另外，我的律师今天都有录音，不要到时候说你没说过这些话。最后，据我所知，你们近期有一场秀要在国内举办。”

对方设计师黑着脸看着尤妍，尤妍觉得她这种脸色才符合早上在电话里的样子。见面后却一直是嬉皮笑脸的状态，她看得很烦。

尤妍微扬下巴，浅笑道：“我的要求很简单，要么我按照刚刚说的去做，你销毁那件所谓高定，再上以上网站登一篇道歉声明。”

对方摊手，无辜地道：“不可能。”

尤妍笑了笑，和律师一起起身：“那你的秀只能泡汤了。”

“尤小姐。”

“拜拜，我要去忙了。”

尤妍踩着高跟鞋走远，出了餐厅大门，呼了一口气。

气死了。

她走得比较快，加上心情不好，所以没注意到，从餐厅最里面走出来几个男人，其中有一个西装革履的人正盯着她。

席骞走着走着，似乎看到前面有一个熟悉的身影，定睛一看，还真是。

尤妍已经走出去了，席骞不由得加快脚步。

尤妍低头盯着地上，边走边听律师和她讲解一些后续安排，最后问她要不要换一家餐厅吃个饭。

天已经黑了，夜色很漂亮，但尤妍毫无心情。

直到她继续抬腿往前走的时候，一双笔直的长腿映入眼帘。

尤妍一顿，抬头，朦胧的夜色下，眼前的男人眉眼含笑，很熟悉。

尤妍定住。

男人瞥了一眼她身侧的男人，眼中有些困惑。

尤妍惊讶：“你怎么在这儿？”话落又说，“哦……是我律师。”

律师？席骞不解。

当事人已经听出来他们认识，就微笑着说：“有朋友？那你们聊吧，最好吃个饭。”

尤妍朝对方浅笑着点头：“回见。”

“回见。”

席骞问："你不是从餐厅里出来吗？怎么没吃？"

"气饱了，吃不下。"

席骞眯了眯眼，又说："那走吧。"

尤妍也不知道自己在干什么，就跟着走了。

她没车，是坐律师的车来的。

席骞肯定有，但是他也没让她上车，而是和她走在路边。

尤妍将手插在大衣口袋里，漫不经心地问："你来吃饭吗？"

"嗯，谈完事请客吃饭。"

尤妍点点头。

席骞："你呢？"

"我也来谈事，"她浅笑，"只是没谈拢而已。"

"什么事？怎么还带了律师？"

尤妍轻叹，随口讲了这次来忙的事。

席骞恍然。

尤妍说完又有些生气："我没见过这么厚颜无耻的人，还自诩高格调的高定，要是他们创始人知道了这个操作，棺材板都快压不住了。"

席骞失笑。

尤妍是真的生气，压抑了半天的怒火不好在律师面前发，蓦然想说给他听，反正他又不是外人："还说什么巧合，这是巧合那也是巧合，全世界都是巧合。"

尤妍："我的心血被全部窃取了还说我小题大做，又不道歉又不想我发上网，气死我了。"

席骞又笑了，看着尤妍清冷又甜美的脸上都是气焰，觉得特别好看。

尤妍瞥了他一眼："笑什么，等席总从美国回去了，可能我还在这儿呢。"

席骞乐不可支，边笑边伸手，长臂穿过她的腰一搂。

尤妍投入一个宽阔的胸膛，下一秒被按住脑袋："气什么？不气不气。"

尤妍呆了一下，转眼一阵夜风吹来。席骞拉开身上的大衣裹了裹她，又开口，磁性温柔的嗓音从她耳边轻轻拂过："没事，有我在呢，我帮你解决，不生气。"

尤妍抬起头。

席骞有节奏地安排："这会儿先去吃饭好不好？我吃好了，但我的房子就在附近。我给你做饭怎么样？"

话音落下，席骞伸手招呼在后面一路缓慢跟随的车。

旁边的路灯投下一片金色，像一张网，盖住两个人。这一刻法国的夜好像不冷了，所有冷气好像都被这网隔绝在外。

尤妍回神，嘀咕："那不好吧，你国内、国外的房子我都去过，里面的人都认识我。"

"那是必须的啊，女主人怎么能不认识呢。"

尤妍微愣，然后害羞地后退。

但下一秒，席骞就把她绑架似的推上了车。

席骞的房子是真在附近，拐个弯就到了，难怪会在这边遇见他。

到了他家，屋子里有个本地的阿姨，看到她时有些惊讶。

然后席骞还真的说她是女主人。

尤妍在阿姨的笑声里羞涩地拍打他。

席骞笑笑没说话，边走边脱下身上的大衣，再跟她说："去坐吧，我给你做饭，做点中餐？"

"嗯，谢谢席总。"

"客气。"

席骞去了厨房，尤妍闲来无事，拿出手机给焉晗发消息。那边已经是凌晨，不知道焉晗这会儿睡着没有。

不过发了几句后，焉晗直接打来电话，看来是在加班。

尤妍接通，焉晗已经看到她发的内容了，很意外："这么不讲道理吗？"

"对，气死我了。"

焉晗立刻道："那就不用谈了，直接起诉好了。外网我现在就让你那边公司的人操作，然后我明天上班再看看对方怎么回应。"

"OK。"

"没事，你也别气了。这会儿在哪儿呢？下班回家了？"

"我……"尤妍沉默了，转头看了一眼在厨房里忙碌的背影。

她缓缓回过头，神色不自然地说："嗯，对，我在家呢。"

"行，那倒倒时差吧，早点休息。"

"嗯，好。"

挂断电话，尤妍无所事事地欣赏了一下席骞的房子。这个房子男性气息很重，几乎都是黑色。

有个很显眼的酒柜，摆放着世界知名的酒，琳琅满目，但是很有品位。

尤妍靠近了研究，心想：这男人真的喜欢喝酒，哪处房子里都不缺酒。

酒柜上有几瓶红酒是聿翎旗下的一个牌子，好像聿翎最大的根基是在法国，他在这边有酒庄。

这男人爱玩是真的爱玩，但工作的时候也挺正经的。

大概这就是他的魅力吧。

那位法国阿姨给尤妍切了盘水果，过来示意她去吃。

尤妍点头道谢，然后顺便和对方聊了两句："他来出差就住这儿吗？"

对方点头说："就住这儿。"

尤妍："他经常来出差？"

阿姨再次颔首："平均一两个月会来一次，忙的时候在这儿待很长时间。"

尤妍了然："您一直在这儿做事？"

"对，快十年了吧。"

尤妍惊讶，这么久了。

然后听到阿姨说："第一次见先生带女朋友过来呢。"

女……女朋友，尤妍下意识地想要解释，张口又顿住，不知道怎么说。

不过，她真的是第一个，真的是女主人的姿态？

听着心情还是挺愉快的。

尤妍继续看酒柜，逛着逛着，后面有一道脚步声传来。

她偏了一下脑袋，目光撞入男人比灯还要明亮的双眸中，他微笑道："吃饭了。"

尤妍心一动，觉得这几个字好温暖。好像除了爷爷奶奶，这辈子很少有人对她说，吃饭了。

自从他们认识以后，他频频这么说。

尤妍很老实地去餐厅了。

席骞并没有跟过去，只有他家阿姨在餐厅帮她盛饭，伺候她吃。

席骞在酒柜前的沙发上坐下，拿出手机拨了个电话给此次跟过来的特助。

特助以为有工作，结果听他说起一个时装公司的名字："珠娅这个牌子，很老了？"

特助迅速反应过来，他们席总频繁接触的那个尤小姐就是这个行业的。

特助马上说："不老，这是意大利的一个品牌，也就十几年吧。"

席骞有点意外，听尤妍说创始人的棺材板都要压不住了，他还以为是二十世纪几十年代的产物。

特助听完席骞的困惑，表示：“哦，没错，这个品牌的创始人是去世了，就去年的事。”

席骞沉默了一下，而后吩咐特助：“去查一查这个设计师，然后明天找她谈个话，把事情解决了，该道歉、该赔偿，流程一样不能少。”

“好的，我知道了。”

尤妍一个人吃饭，边吃边玩了玩手机。一上外网，她发现公司官网已经很利落地发了文上去。

由于品牌名气在那儿，声明发出去后，很快便广受热议。

珠娅这个牌子名气也不错，以前还比较中规中矩，近几年被一个美国女星穿过一次，带出来了一点儿知名度。

但这种事情是丑闻，衣服在发布会刚出来时已经有人觉得和Sixteen的早春裙子一样，此刻被官方挂出来，一下子就上了所有媒体的版面。

尤妍记得以前的创始人还算可以，早些年在时装周看秀的时候还有过交流。现在这个设计师让人摸不着头脑，不知为何变得这么嚣张且没有职业道德，难道是看她们这边两个创始人都年轻好欺负吗？

尤妍一把放下手机，结果桌子是玻璃的，只听“吧嗒”一声，声音在寂静的屋子里传开，很大声。

席骞从客厅看过去，在露台给花浇水的阿姨也看了过来。

尤妍接收到两道目光，尴尬到默默把手机放入衣服口袋里，然后埋头吃饭。

席骞起身过去，走到餐厅在她对面落座：“怎么了？不好吃？吃着吃着还发脾气了。”

尤妍摇头，不好意思地道：“没有，就是想工作，想着想着就生气了。”

席骞浅笑：“不气了，气饱了还怎么吃呢？”

“嗯。”她点点头，然后继续小口吃饭。

席总的厨艺依旧很好。

尤妍平时在法国吃中餐都需要自己做，外面的不是很正宗，工作忙的时候她基本都是和同事一起吃，也不是经常自己做饭。

但席骞做的饭让她想到了除夕夜。

尤妍发现，席骞要是历史不那么斑驳，也能排进十佳好男人。

尤妍优雅地把饭吃完后，席骞脸上的表情看上去好像挺满意。

尤妍伸了个懒腰：“我走啦。”

席骞点头：“我送你。”

尤妍沉默一会儿，却也没说什么。毕竟在国外，席骞怎么可能让她自己打车回去。

路程也不是很远，二十分钟左右就到了，不过路上飘起了细雨。

到尤妍住处的时候，雨势加大了。

席骞看着挡风玻璃上忙碌的雨刷，轻飘飘地说：“妍妍，我能上楼避个雨吗？”

尤妍幽幽地看着他：“我要是说不能，是不是显得无情无义？”

他笑了：“不行的话，相信以我十几年的车技，也不是不能安全到家。”

“说得好心酸，但是刚吃了席总的饭，总不好这样混账。”

席骞愉快地点点头，把车开到尤妍的车库里，而后一起上了楼。

这雨真的很大，刚推门进屋，就感觉凉意席卷而来。

尤妍马上开了暖气，又开了灯，再听听身后的脚步声，也就不觉得那敲击窗户的声音很冷了。

她去厨房泡了壶茶出来，然后发现接下来不知道要干吗。这里没有电视，此刻又下着雨，也没什么娱乐项目。

尤妍站在沙发边，和沙发上的人你看我我看你。最后席骞笑着说：“没事？那陪我坐坐吧。”

这个“陪”字令人很不自然。

尤妍想了想，去卧室拿了电脑出来，找了部电影：“席总应该很少看电影吧？那陪你看一部。”

他挑眉，然后欣然接受。

电脑屏幕不大，所以两个人只能坐在一起。

听着雨声，窝在沙发上看电影，感觉真的挺不错的。

尤妍一开始叠着腿，坐姿优雅。看了一会儿，席骞还规规矩矩地坐在那儿，她却换了两个姿势，最后踢走棉拖鞋，缩起脚斜斜地靠在沙发背上。

这个姿势比较靠近席骞，他不知道什么时候就把搭在沙发上的手轻轻搭在了她的身上。她看得入神，没发觉。

这部电影有点恐怖，令人不由得害怕。

电影放了半个小时，尤妍最后屈膝缩起腿，把自己抱住。

席骞见此，搂着尤妍的那只手也就一直没收回来。

一个小时过去，尤妍口渴，去拿桌上的茶杯，才意外地发现肩上的那只手。她沉默片刻，回头看身侧的男人。

席骞云淡风轻地把视线从电脑屏幕上移到尤妍的脸上，淡定地问：“怎么了？”

尤妍指了指他的手，脸颊绯红：“你什么时候抱的我？”

“哦，好一会儿了。”

尤妍放下杯子，拿下他的手，羞涩地道：“你抱我干什么？”还回答得那么淡定。

席骞低笑：“怎么了？你爱人抱抱你不可以吗？”

尤妍蒙了：“席骞，你说什么？”

席骞乐了：“你不爱我吗？”

尤妍立刻道：“说了！爱情是什么玩意……”

席骞依然很从容：“你的爱情就是我啊。”

尤妍说不过他：“花心男必备是不是不只脸和身份，还需要绝佳的口才？”

他笑：“没有，除了对你，我以前挺沉默寡言的。”

“呵。以前都是女人说，席总好帅！席总我爱你。”

他低头笑了。

尤妍重新去看电影，然而经过刚刚那么一打岔，她忽然看不懂剧情了。她悲伤地嘟囔：“怪你，我现在都看不懂了。”

“那就别看了，做点别的。”

席骞环视了一下尤妍的房子：“这地方你买的？”

她摇头：“你以为是你吗？自家搞房地产的。我当初买天榭舍的房子都够呛，买完没多久就来这边了，哪儿还有钱再买。”

他勾了勾嘴角：“辛苦我们家妍妍了。”他伸手去揉她的脑袋，“赚的都是辛苦钱。”

尤妍点头：“不过租期快到了，我这次准备买个房子。”

席骞：“是吗？要不省省，以后和我住？”

“呃……”

席骞：“嗯？那地方离你的公司也不是很远。有人可以照顾你的起居。”

“呃……”

“反正我平时在这边的时间不多，应该比你少。”

“开玩笑，别说了。我之前不是跟你说了吗？我露宿街头也不可能住你的房子。”

“可是身为女主人，住自己的房子有什么要紧的。”

尤妍伸手去捂席骞的嘴：“谁是女主人，谁知道里面进去过多少女人。”

“没有，我保证。”

“你在法国发展了这么多年，都三十四岁的老男人了怎么可能没带女人来玩过。”

席骞眉目一敛，幽幽道：“真没带过，我没有带女人出差的习惯。另外，不要私自改年龄，我才三十三岁。”

尤妍失笑：“老男人怎么还介意这个？”

他挑起她的下巴：“谁让你老张口闭口‘老男人’，要是喊一声‘老公’，我能直接接受我四十岁了，五十岁也行。”

尤妍差点一口血吐出来，拿起边上的抱枕压在席骞的脸上：“你非逼我打你。你是不是千亿财产不想留给子孙，想留给我？”

席骞抽走抱枕，尤妍被那股力量一带，人往他的胸膛扑去。他有力的手臂落在她的腰上，紧紧地箍住她，让她动弹不得。

尤妍眨眨眼，眼前他明亮的眼睛里满满的都是她。

尤妍咬住唇瓣：“你……你干吗？混账。”

席骞的声音很低，如风般卷过她的耳边，有种蛊惑人心的感觉：“你要是愿意，命都可以给你。”

“呃……”

“你说你又不要钱，要钱就简单太多了。每天想着要怎么抱到你，想得我都快没心思赚钱了。”

尤妍愣住，很快，在席骞的注视下，白皙的脸变得通红。

尤妍仰头看天花板，转移话题：“雨好像越下越大了。要不席总将就去客房睡一晚吧。”

他的眼里缓缓透出一缕光芒：“可以吗？”

她温柔地喃喃：“为什么不可以？我不也在你那儿住过两次了。”

“那……我可以提个小小的要求吗？”席骞非常温柔。

尤妍心想：你都说命可以给我了，那提什么要求都可以满足的。

她乖巧地点头。

席骞：“希望我家妍妍陪我。”

尤妍定睛瞥他，重新去拿抱枕：“你不要命了吧！我发现你的血液里真的夹着离谱。”

席骞笑着松开尤妍，起身躲避她的谋杀。

然后他很不客气地走向房间：“我住哪间啊？”

尤妍跳下沙发："你没得住了，你马上出门，走。"

"不走，雨这么大。"

"不行，此处已经没有你的容身之处了。"

席骞在尤妍的训斥声中打开一个房间的门，她吓得立刻挡在他的面前，跺脚："这是我的房间。"

他问："你的房间不能进？"

"那是，女孩子的房间怎么能随便进？去隔壁的客房。"

席骞恋恋不舍地看着尤妍，她抬腿踢了他一下："走嘛，不然你就去车库，在车子里将就一晚。"

"你想冻死我啊，宝贝，晚上的温度是零下。"

"我相信席总的体格，没问题。"

席骞："你怎么知道的？"

尤妍转头看了看屋里，脑袋已经混乱了："我的厨房在哪儿，菜刀呢？"

席骞低头笑，不再难为自己，去了隔壁。

尤妍深呼吸一会儿，才回客厅关了电脑，然后再拿遥控合上窗帘，最后看了看外面的雨。这一夜怕是不会停了。

回到卧室，她又想起隔壁的男人。那边被子不厚，因为很少有人来住，所以没放什么东西。

尤妍在主卧的柜子里抽出一床被子，然后到隔壁门口敲了敲。

不一会儿席骞来开门，看他手中拿着刚脱下的西服，尤妍就没把被子丢给他，而是走进去丢到他的床上："早点睡呀，你今天应该也没休息，时差还没倒，现在国内都半夜了。"

她一边说着一边转身，却看到男人把手中的西装外套丢到不远处的沙发上，往前搂住她，再压在床上。

尤妍的脑子里一阵眩晕，下一秒席骞就扯着领口的领带，低哑的声音从她的脖颈处蔓延："宝贝。"

尤妍的四肢百骸流窜过一道细微的电流，整个人都不对劲："席……"

席骞的唇瓣落在尤妍白皙的额头上。

温热的触感让尤妍彻底被电到，脑子里卷起一个旋涡，想要把他就地埋了，但手脚都酸软无力。

屋外暴雨如瀑，卧室里却像有蒸气缭绕一般。

就几秒的时间，尤妍的脑子好像思考不了，完全短路了。

最后在席骞的唇瓣微微碰到她的嘴角时，她终于成功地喊出了声：

“席骞。”

席骞停止动作，只剩下微微的呼吸声。

尤妍睁大眼睛瞪着天花板，半晌，视线又落在他的脸上。他伸手摸了摸她的脸颊，她偏头咬住他的手指。

席骞轻轻吸了一口气，然后感受到手指上的贝齿缓缓停止了咬合，最后，她收回了嘴。

席骞动了动那两根手指，看到一圈嫣红的牙印，低语：“还挺可爱。”

尤妍碰了碰自己的脖子和脸颊，最后在他的注视下伸手去拽他的衣领：“你个浑蛋，你干吗？！”

席骞被迫逼近尤妍一分，然后勾唇痞笑：“干什么你不知道？”

尤妍被席骞直接的言语惊到，接着，他在她发蒙的时候趴下来，灼热的气息喷洒在她的耳边。

“我不是说了吗？我喜欢你很久了。”

第十二章

我要娶你

尤妍茫然地盯着天花板，动弹不得。

席骞的胸膛好厚实，整个怀抱好像只要一收紧手臂，她就一丝风雨都淋不到一样。当然，在这种时候，她也逃脱不得。

席骞搂了搂她，声音低哑道："真的控制不住这种想法。"

尤妍整个人都融化了，呼吸缓慢，有些缺氧。

席骞却觉得呼吸间，那卷入他鼻息的奶香味让他的脑神经都绷紧了："妍妍。"

"你疯了。"尤妍回过神，推他，"你给我起来，浑蛋。"

席骞抱了抱怀里的人，过了瘾后，他翻身躺倒下去，长吁一口气。

尤妍坐起来，然后捂了捂发烫的脸，再云淡风轻地拿起刚刚带来的那床厚实的被子盖住他。

他笑着拉下被子："宝贝，一会儿我可玩真的了。"

尤妍生气地坐在边上，不一会儿兴致索然地爬下床，出了门，关门声震天响。

门关上了，席骞意犹未尽地回味刚刚抱着她的感觉。

尤妍则气得不行，回到卧室马上就去洗澡。但看到镜子里，自己脖子上全是吻痕时，她定住了。

还没追到她就动手动脚，她觉得身子都要着火了。

尤妍恨不得折回去把席骞丢到外面去淋雨。

她挪到淋浴花洒下，打开水龙头，先冲洗掉自己的火气。

她越想越脸红，满脑子都是席骞那应该剁了的手搂上她时的感觉。

尤妍拿沐浴露不断搓洗，结果越搓越红。

最后洗完，她很生气，转身的时候没注意脚下有一处没冲干净的泡沫。

尤妍脚一滑，下一秒摔倒在地。

被热水泡了半天的地面虽然不冷，却依然传来刺骨的疼痛，尤妍瞬间有想生吞了他的想法。

尤妍哽咽了两下，吸了吸鼻子，爬起来，扶着墙脱下湿漉漉的浴袍，准备再找一件披上。但浴室里只放了这一件，最后只好扯下一块大浴巾，像抹胸礼服般裹住身子。

而后尤妍跳着去开门，再跳到床边坐下，裹上被子后，马上拿起手机给他发消息。

“席骞！”

席骞回复，尤妍一点开，他的声音便响起，低哑又有磁性：“宝贝，想我了？”

尤妍的耳朵一痒，居然被他撩到了。

她屏住呼吸，回复：“嗯，我想你了，你来一下。”

席骞揉揉眉心，醒了醒神，随后如踩在云端般，过去敲了敲门：“宝贝。”

“进来。”

席骞推门而入，一眼就看到房间中央的烟蓝色大床上，他家妍妍裹着被子坐在那儿，晃着两条细长的腿，一头鬈发披散在身后，歪着脑袋，真是美得不可方物。

他的喉结滚动了一下，走进去：“宝贝，怎么了？”

尤妍：“我刚刚发现你弄了吻痕。”

“呃……”

“洗好想去找你算账的时候，我在浴室滑倒了。”

她抬起那只受伤的脚，拧起眉头，搭在他的长腿上：“看看你造的孽。”

席骞生硬地屈膝蹲下，把尤妍的脚放到膝盖上。果然，他看到她的膝盖上一片瘀青。

他瞬间正经起来，眉头深锁，心底泛过一阵疼。他问：“很疼？”

“嗯。”

“是不是伤到骨头了？等着，我带你去医院拍个片啊。”席骞摸摸尤妍的脑袋，马上要起身。

尤妍立刻道：“没，不用，雨这么大。”

“下刀子我也送你去啊，不能让我家宝贝伤了骨头还硬挺。”席骞要回去穿外套。

“没有没有，”尤妍拉住他的手，混账男人这会儿倒认真了，“没事，就是磕到了，应该没伤到骨头。”

席骞犹疑地看向尤妍的腿，接着又蹲下，拇指摸上去轻轻按压。

她疼得直抽气。

席骞碰了碰，确定没伤到骨头，又马上收手：“不碰了，妍妍乖，有医药箱吗？我给你擦点药，明天再看看。”

“外面，客厅的茶几下。”

席骞小心地把尤妍的脚放下，再起身出去拿医药箱。回来后他继续在床边蹲下，把她的腿放在膝盖上。

冰冰凉凉的药敷上去，尤妍感觉舒服了不少。

他仔细给她擦了一圈药，又用纱布包裹起来，最后打好结问她：“还疼吗？”

“好一点点了。”

席骞的目光落在她的脸上，然后发现尤妍一直裹着被子。他又低头看她的脚，就注意到眼前白嫩的长腿。

尤妍也注意到了席骞的眼神，接着，还看到他的嘴角若有似无地勾了勾。

尤妍的脸瞬间烫起来，然后她动了动腿，在他的西裤上蹭了一下。

他微顿，又抬眼去看她。

尤妍腿长，当过模特，身材更不用说，惹火尤物毫不为过。那纤细笔直的腿在光下晶莹白皙，搭在西裤上更是对比明显，感官上冲击力不小。

然后她就那么往前，不断往前，最后抵住了什么东西。嗯，好像是皮带。

尤妍的脚麻了一下，能感觉席骞的身子也微微僵硬。她的脚掌被他宽大的手掌盖住，他捏了捏，开口，声音低哑：“报复我呢，宝贝。”

“嗯。”尤妍很乖地承认了。

席骞没扛住，第一次被反撩，他感受到掌心里细嫩的脚还在动。

他低叹，投降：“别，你还是打我吧。”

“我不。不犯法吗？”

“你这样你以为会没事吗？嗯？”他的目光敛了敛，忽然压低了声音，威胁她。

尤妍微微一笑。

席骞当即被那一抹笑颜勾去了魂魄，不施粉黛的妍妍像冬日清晨的玫瑰，娇艳又干净。

他移不开眼。

尤妍从容地问："我犯什么法了？我只是招惹了一个单身男人。"

"……"

"坏又不犯法，是吧？"尤妍感叹，"偶尔当坏女人也挺爽的。"

"……"

"尤其是坏在你身上。"

席骞小心地拿下尤妍的脚，把她打横抱起。

尤妍眼前一花，被子掉落在床上。她下意识地捂住自己的前胸。

席骞轻笑，抱着她往床头走，老老实实把她放下，再给她盖上被子："宝贝，别这样，我知道错了。"

"错什么呀，席总应该吃素很久了，给你。"

席骞的双手撑在她身侧，目光灼灼地与她对视："我不乱来了好不好？对不起，宝贝。"

尤妍幽幽地看着他，半晌哼了一声，躺下把自己埋进被子里。

席骞轻笑着给她掖好被子："睡吧，要是有问题就找我，嗯？自己小心点。"

她含糊地应了一声。

席骞默默地出去，关上门。

尤妍的脚很痛，但好在她很困，躺了一会儿就在一阵阵疼痛感中成功地睡了过去。

尤妍睡得挺深，这一夜雨下到几点停的她也不知道。

第二天尤妍醒来，外面已是艳阳高照。

尤妍翻了个身，疼痛感迅速把她拉回昨晚，这才想起席骞不知道走没走。

这时，外面似乎有讲话的声音。席骞应该没走，可能在打电话。

尤妍懒洋洋地起来换衣服，洗漱。

她打开门，客厅的男人马上走过来。

席骞扶着她问："还很疼吗？我带你去医院吧。"

"没事，好一点儿了，不用去医院。"

席骞仍不放心："可以吗？"

尤妍睨他，忽然道："你不要乱来就没事了。"

席骞一笑，伸手把尤妍抱入怀中。

她一口气差点没上来。

席骞又弯腰把手绕到尤妍的膝下，一把将她抱起，迈步往客厅走去："我错了，原谅我，嗯？"

"呵。"

"我晚上继续来这里住，我照顾你。"

尤妍马上摇头拒绝："不行，你不要来。"

席骞低头看着她，柔情似水道："那不然我晚上去接你下班，回我那儿。"

"……"

"你也熟悉熟悉你的新家。"

尤妍吐血，不说了。

"那我先带你去吃早餐。今天走路小心点，让人扶着你，我晚上再接你。"

尤妍想拒绝，但是话到喉咙口又没有说出来。算了……好像有席骞在确实会方便一点儿，去他那里就去他那里，反正也不是没一起住过。

很快两个人就一起出门了。

这天天气实在不错，建筑在阳光下更显风情。

吃完早餐，席骞把她送到公司，到楼下时跟她说："你那件事，我已经让特助去处理了，不要着急上火。"

尤妍看他："你真的……"

"自然。"席骞伸手摸了摸尤妍的脑袋，"小事，不用生气。"

尤妍心里真的放松不少，笑了笑："谢谢席总。"

他莞尔："那晚上见。"

尤妍点头，让助手下来扶着她上楼。

到公司后，尤妍听说珠娅昨晚连夜发了否认声明，马上上网看了看。

那声明的说辞和昨天见面聊的一样，全部否认了。

不过这件事在国内讨论度不低，此刻微博就挂着"珠娅高定礼服抄袭Sixteen"的词条，舆论不小。

助手说："他们要求我们删除发的这几条帖子。"

尤妍冷笑："回复说我等着被告，不会删。"

"OK。"

尤妍登上了自己的微博账号，还转发点赞。

尤妍最近因为一个秀与一个宣传视频，名气还挺大，一下子引起了很多人的注意，也引起了珠娅那边的注意。

珠娅开始有点着急了，因为看得出对方摆明了不会服软。但他们近期有一场秀要在中国举办，场地已经安排好了，此刻那边的舆论极其不好。

公司开会商讨对策，有人提议还是道歉，毕竟确实是抄袭了，道歉能挽回一点儿损失，秀也许能如常举行。

但此提议被老板和设计师否决了，表示绝对不道歉。因为那样品牌的声誉就会直接降到冰点，一定要让Sixteen来道歉。

就算中国的秀办不成，还有接下来的高定周，以及年尾的发布会。

他们开会的工夫，网上的舆论越发不利，设计师又让公关部拟了一篇博文发上去，否认警告一条龙，试图用底气来压下舆论。

不过刚发出去一会儿，集团老总忽然接到了一个电话。

电话里，席骞的特助问他："这件事情贵公司打算怎么解决？"

老总有些意外聿翎为什么会参与这件事情。

特助也没有回答，只是问："这件事情明眼人都知道是怎么回事，我想你更知道，无非是没办法道歉，怕名誉上受损，但是现在不道歉也不行了。"

"您……"

特助打断他："是这样的，做错了事没有道理全身而退，哪怕你们舍弃国内的秀，但后面你们还有时装周。而年底的发布会，据我所知场地是聿翎旗下的庄园酒店。现在聿翎单方面终止合作了，当然你们也应该没办法再找别的场地继续办。"

"等等，我们……"

"是销毁掉抄袭Sixteen的那件秀服，全网道歉，并且赔偿Sixteen的损失，还是等聿翎来打这场官司，让你们的设计师自己考虑一下。当然，即使道歉了，以上几场秀贵公司今年也都办不成了。这件事的区别只在于，你是主动来道歉，还是被动。我尊重你们的决定。"

老总一阵沉默。

特助慢条斯理地说："贵公司可能以为Sixteen或者尤小姐，在法国的时间不长，品牌根基也没有贵公司深厚，所以想让她自己退缩吃哑巴亏。但这种想法不太可行，聿翎在法国的根基还算深厚吧？"

老总听到最后这句话，眉头紧锁。

半小时后，珠娅品牌官网和设计师私人账号都发布了声明，说对于设计师新作品撞了Sixteen早春秀服一事，表示诚恳地道歉，并愿意赔偿品牌损失。而且公司会退出即将举办的几场大秀，集团内部进行整顿。

这份声明一出来，热度直线上升。

而网上还挂着珠娅半个小时前发的否认微博。

这就很讽刺了。

尤妍收到对方已经道歉的消息，马上上网去看。

尤妍又看了看大众的评论，除了不明白珠娅为什么在一个小时内变化这么大，几乎全网都在说，一开始道歉不就没事了，也许人家Sixteen还能不计较。结果厚颜无耻地否认，最后还是改变不了结果，反而名声扫地。

事情圆满解决了，尤妍开心到哼起了歌。哼着哼着，她接到了闺密的电话。

焉晗不懂事情为什么会这么顺利。尤妍想了想，一本正经地跟她说："哦，我那个……今天在法国遇见席騫了。"

"嗯？席騫？"

"嗯，在餐厅遇见了，然后就随口聊了两句。然后他可能帮我做了点事，我听说珠娅后面有场秀要在聿翎的庄园酒店办。"

焉晗恍然："对，太好了，果然不给点颜色就以为我们好欺负。接下来可以好好准备七月份的高定周了。"

"嗯。"

事情处理完，尤妍开心得起飞，认认真真地去工作室忙了。

忙碌的时间过得很快，直到席騫的电话打来，她才发现时间不早了，马上收拾东西下了楼。

席騫在车里看到尤妍没有人扶，立刻下车去接她："怎么自己走？回头再摔了。"

"没事，坐电梯嘛。"

席騫小心地扶着尤妍上了车，而后问她："是去你那儿，还是我那儿？"

尤妍沉默一会儿，最后嘀咕："我那儿吧，你那边我不自在。"

"OK。"

席騫开车去她那边。

到了附近的超市，两个人商量着买点菜回去，毕竟在外面吃尤妍的脚不方便。

席騫在超市门口停好车，边解安全带边问："想吃什么？"

"都可以，我不挑食。"

"是吗？"他浅笑，"那有没有最想吃的？"

尤妍歪头看他。

席骞看过去，撞入她水润的眼中。他顿了顿，往副驾驶座靠近。

尤妍眼底倒映着一个不断逼近的身影，呼吸开始有些急促，最后几乎屏息。

席骞开口："今天的眼神这么温柔。"

尤妍勾了勾嘴角："因为席总也好温柔呀，还帮了我个大忙。"

席骞的声音里含着愉悦，说道："那你要怎么感谢我？"

尤妍没说话。

席骞的薄唇扬起，直勾勾地和她对视："嗯？我想要点实质性的。"

"是昨晚那种实质性的吗？"

席骞含笑看着眼前的人，说完尤妍也不好意思，一张脸粉红粉红的。

席骞低叹："我倒是想，可有心没胆啊。"

尤妍推了推他，他没动，依旧定定地看着她。

席骞不走，尤妍有点不知所措。

席骞："嗯？你知道我想要什么实质性的。"

尤妍蓦然闭眼。

席骞见此，马上又道："我也没什么别的意思，就随口一说，你不用紧张。"

尤妍抿着红唇，沉默了。

席骞继续安抚她："真的，我又不是为了让你答应我才办的事，就算这辈子没那缘分，我也一样办。"

尤妍抬头。

席骞微笑："嗯？不用多想。"

尤妍勾了勾嘴角："真的不用多想啊？"

席骞沉默片刻，凑近问："你只要告诉我，是不是不久了？不久我就有希望了，就可以了。"

尤妍脸一红，低语："那……那要看……席总是不是在这不久里还对我好，还规规矩矩的。嗯，最重要的是没有什么新闻传到我的耳朵里。"

席骞差点原地发誓。

他笑了笑，最后揉了揉尤妍的脑袋，另一只手推开门下车："你坐着，我去买菜。"

车门合上，尤妍看着他笔挺的背影淹没到人群中，低头浅浅一笑。

趁着席骞去超市的空隙，尤妍闲来无事拿出手机拍了张远处的落日，然后发朋友圈。

一会儿，焉晗评论：“姐妹，心情不错呀。”

心情确实很好，事情解决了。她本来以为要在这儿耗很久呢。

珠娅摆明了是欺负她，把黑的说成白的。

要是没有席骞强势来一手，她就没有这番好心情了。

然后这份好心情，还有一点儿是他真的对她挺上心的。

想着想着，尤妍看到手机上好几条评论，有一条是周柠的。她评了一句：“有人陪心情不错，哈哈。”

还没等尤妍反应过来，她已经删了，然后重新评论：“好美的落日！”

尤妍掩唇低笑。

下一秒，周柠发消息给她：“惊险，你什么时候能让焉晗知道？”

她笑了笑，回复：“快了。”

“席总是不是快攻下你了？最近是真的挺老实的吧？真的为你做得很够了。”

“嗯，我知道。”

所以，应该快了。

聊着聊着，席骞买完菜回来了。注意到他的身影后，尤妍就没再看手机。

尤妍没看过席骞谈生意时的样子，但此刻看着这个男人下了班，穿着一身西装，从人潮拥挤的超市里出来……手中拎着两个购物袋，真让人怦然心动。

尤妍压住自己狂跳的心，默默低头看手机。

周柠最后看她没回复，说：“是不是席总买菜回来了？你们好好玩，夜生活愉快。”

“……”

回到家，席骞扶着尤妍在沙发上坐下就去厨房了。

尤妍闲来无事，一瘸一拐悄无声息地去了卧室，找衣服洗漱。

她拆开膝盖上的纱布，发现整个膝盖都瘀青了。

脚也比较僵硬，所以没办法伸直踩在地上。尤妍洗了个澡，很累，腰都酸了。

尤妍出了浴室正要去外面，又想起屋子里有个男人。

她默默地跳回卧室，到衣帽间里找了找，拿出一条毛茸茸的睡裙。

尤妍艰难地换上，出来时已经筋疲力尽，直接倒在沙发上。

尤妍想转头看看席骞注意到没有，却发现他不在厨房。去哪儿了？

尤妍正想着，从卧室那边走来一个男人，看她洗好了，他笑了笑。

尤妍问："你去干吗？"

"放衣服。"

"什么衣服啊？你有衣服吗？"

"没有，所以让人拿来了。"

尤妍愣了一下，白皙的脸颊飘起粉红："什么？你拿衣服来？你是要在这儿长住吗？"

"嗯，至少住几天吧。"

"……"

"等你离开了，我也刚好去美国了。"

"……"

"难得两个人都在，为什么要分居？"

尤妍跳起来，蹦蹦跳跳地穿过客厅往厨房去。那边刚到门口的人看到，马上过来："干什么？小心摔了。"

尤妍一把将席骞抵在客厅与厨房中间的墙上："什么分居啊？"

席骞勾了勾嘴角，目光落在尤妍可爱的睡裙上，又看她的眼睛："有什么问题吗？就是分居啊，反正我觉得和你分开就是分居。"

尤妍差点跺脚："我不是哦，我不觉得是分居。"

"我知道，"席骞点头，"所以我没让你去我那儿，知道你不会去。我自己来了。"

商人的逻辑就是这样吗？

尤妍要原路返回沙发上躺倒消气，但是席骞把她拦腰抱住。

尤妍惊呆了，下一秒他俯身往前，在她耳边耳语："洗好了啊？一身都奶香奶香的。"

她满脸通红，想揍他。

席骞："这裙子真可爱。"

"……"

"陪我做饭，宝贝。"

"呃……"

尤妍幽幽地道："我是个伤患啊。"

"给你拿把椅子。"

尤妍挣脱："我不要，你不想做就别做了，饿死我算了。"

他笑了。尤妍在他的笑声中越发脸红，真是越来越气了。

席骞："我哪儿舍得饿死你呀。"他抱起她走回沙发，放下她，"好好休息，等我做好了就来请你吃。"

尤妍没忍住，勾了勾嘴角，不过一秒就克制住了。

尤妍躺在沙发上，看向落地窗。

外面暮色降临，远处的铁塔上有灯在闪烁，风景靓丽。

厨房里不时传来声音，有些缥缈。

工作室在法国设立有三年多了，以往每次来都是她一个人。

还是第一次有男人进到她的屋子，给她做饭呢。

想想忽然觉得很舒服，很美好。

而且这个人身家那么丰厚，自己家里常年有人伺候着，反倒是经常亲自下厨给她做饭。

尤妍不好意思地笑了笑，闲适地靠在沙发上，抱着抱枕，乖巧地等饭吃。

不过坐着坐着，她感觉有些困，大概是这环境太美好了。

等听到一阵温言软语喊她吃饭，她都不太想起来。

席骞把尤妍抱下沙发，一路逗她："还犯困了，那吃完就睡，先吃饭。"

尤妍迷迷糊糊地到餐桌旁坐下，席骞顺着在她身侧落座她也不知道。

尤妍喝了几口汤，拿筷子吃饭，还中肯地评价："好吃，席总很棒。"

他点头："谢谢。"

"不客气。"尤妍继续吃，边上的人不动声色地给她添汤布菜，她完全没反应。

尤妍半合着眼吃到一半，终于有点醒神。

"你什么时候去美国啊？"尤妍边说边抬头看对面，却发现对面没人，然后一扭头，发现席骞在她身侧坐着。

她十分好奇："你怎么坐这儿？"

"和你坐一起有什么不对吗？"

尤妍想要说哪里对了，但是瞄了瞄桌上的菜，想到这会儿吃的每一口饭都是他的功劳，就没说了。

席骞注意到了她的眼神，被逗到："宝贝。"

"别喊，哼，吃你的饭。"

"我想跟你说话来着，你什么时候走？"

"嗯，大概就这两天吧。后天，事情已经解决了。"尤妍看着席骞，"谢谢席总，不然我真得驻扎一年，太烦了。"

他莞尔，点头："客气什么。"

“不过……你是怎么弄的？是威胁他们了？他们忽然变得这么乖。”

席骞给尤妍夹菜，淡然地道：“在证据确凿的情况下耍赖，无非就是觉得你好欺负。但如果有人给你撑腰，那事情就可以顺理成章地解决，也没什么威胁不威胁。”

尤妍点点头，然后忽然鼓了鼓腮帮子，低语：“我发现，我也确实需要靠你，没有你我什么也不是。”

“你这话说得，尤小姐风光走秀的时候，我刚认识你呢。”

尤妍失笑。

席骞：“一点儿小事，不用多想，没有我你也可以打赢官司，只是时间长短而已。”

“嗯，我知道，就是真的很长，有点闹心。”

席骞颔首：“我只是不想你烦躁，就直接省略了过程，把本来就应该属于你的呈现给你，所以也不是帮了什么大忙。”他凑近她，温柔道，“我们妍妍自己也行的，妍妍是最棒的。”

尤妍又笑了。这男人太会说话了，扛不住。

她给他夹了一筷子菜。

席骞挑眉。

尤妍轻咳了一声：“谢谢席总。”

席骞勾了勾嘴角：“这样啊，嗯，挺实在的，我很喜欢。”

“那你什么时候走啊？”她问。

他揶揄：“舍不得我？想和我多住两天？我也差不多，等你走了我再走，放心。”

尤妍勾起嘴角：“那你就直接去美国了？要去那么久吗？你中间都不回国的吗？”

席骞点头：“没什么事的话就不回，下半年的工作重心放在那儿了，回也是一两天就走。”

“哦。”她点点头。

席骞偏头看她一眼：“现在就想我了？宝贝。”

她迅速摇头：“怎么可能。”

“是吗？那你是不是怕我在国外乱来？”

也不是不担心，有那么一点点小忧心。

席骞：“我保证我不会乱来，我也没有脚踏两只船的习惯。”

尤妍喝一口汤，被呛到了。她抽来纸巾轻拭了一下嘴角，而后道：“你现在是单身，船可以随便上的。”

“谁说的，我的身和心都已经自动归到你那儿了。”

尤妍抿抿唇，想了想，嘀咕：“那席总会不会中间太久没见我，变心了？”

席骞一阵沉默。

尤妍马上看他：“真的会？”

席骞定定地看着她，摇头道：“你在我内心深处，忘不了。”

尤妍一顿，随即笑着继续吃饭。

饭后，席骞在讲电话说工作，尤妍依然有些困，就去刷牙。

尤妍忙好以后席骞还在客厅，她让他随意活动，说自己想睡觉了。

席骞起身跟上去：“给你的脚再擦点药。”

“哦。”

席骞跟着进了尤妍的卧室，像昨晚一样，拿了药箱。但是看到她的膝盖上瘀青一片，他顿时眉头紧锁。

尤妍注意到，下意识地说：“没事，今天就是青了，已经不疼了。”

席骞抬头，笑了笑：“今天不打我了，还安慰起我来了。”

尤妍哼了两下，不好意思地别过脸去。

席骞轻叹，看着那一片瘀青，真是后悔又愧疚。他小心地给她擦了药，再缠上纱布免得蹭到。

处理好以后，尤妍缩起脚放到床上：“席总，晚安。”

他点头：“晚安，宝贝。”

尤妍默默地躺下，如同昨晚一样，把自己埋入被子里。但不知道是不是外面有人，她有些睡不着。

尤妍翻滚了几圈后，变得清醒了。她叹气，默默地起身下床。

外面的席骞还拿着电脑在工作。

看到她，他的眉头一皱：“怎么了，睡不着？”

“嗯。”

他笑了：“那来陪我工作。”

尤妍哼了一声，跳去厨房泡咖啡，倒了两杯。他过来拿，她再慢悠悠地挪到客厅，坐到另一张沙发上，隔着一点距离看他。

席骞想要她去他那边坐，她没去。

不过尤妍忽略了席骞的厚脸皮，很快他就搬着电脑过来了。

尤妍只当席骞不存在，自己玩手机。

不过男人工作的时候真的很吸引人，尤妍的眼睛止不住地往他那儿瞟。

席骞没打扰她，一直在看项目企划书。

电脑放在桌上，他的身子微微前倾，手肘撑在双膝上，目不转睛地盯着屏幕。

尤妍在他右手边，侧目的时候只看到他半张脸，是一眼心动的脸。

席骞忙完了，关掉企划书页面，点开了微信，然后边说话边看过来：“妍妍，我让特助给你订机票，要什么时候的？”

尤妍躲闪不及，一下子撞入他的眼中。

席骞靠近一些，微笑道：“看我呢？怎么了，觉得还行吗？”

尤妍沉默了：“席总对自己的颜值不自信吗？”

他想了想：“还可以吧，不然配不上你。”

尤妍失笑：“太谦虚了吧，虽然年纪不小，但颜值还是相当高的。”

席骞蓦地伸手钩起她的下巴：“是吗？挺高的？”

她笑着说：“怎么？席总真的没信心吗？”

席总端详了一下尤妍的容颜，温柔地说道：“因为这样看着，我还是贪恋美色的，我们妍妍太美了。”

“呃……”

席骞凑近，压低声音：“但是我就贪恋你的美色，没办法。”

尤妍扛不住，报了她回去的行程后，匆匆溜了。

席骞失笑，让特助订票，之后就收拾了一下去和她说晚安。

后面两天大概都差不多，尤妍每天感受着他的撩人手段，不过他也只是撩，很绅士、很规矩，没再乱来欺负她。

第三天，尤妍的脚好了。两个人一起离开法国，一个飞美国，一个回北市。

北市已经入夏，和法国完全不一样，让人在隐隐的热气里时不时怀念法国冰冷的夜里，某个男人动人的情话。

五月中旬，一个周末的晚上，焉晗约了尤妍逛街。

两个人最近很少出来逛，开年后好像一直都很忙。

难得的机会，尤妍一路上都在想，要不要和焉晗说一下她和席骞的事。

虽然他们俩还没在一起，但是……好像此刻说也不算早。

不出意外，不久后两个人应该就会在一起。

两个人去了北市最繁华的地段，周末人潮如织，刚到车库就遇见不少贵妇、大小姐和她们打招呼。

尤妍虽然不是她们那个圈子的，但是好在工作不错，大家也都认识她。

两个人上了楼，路过一间茶室，焉晗又看到了熟人，便拉着尤妍进去打招呼。

那两个人，尤妍只认识其中一个，别嘉。

另一个穿着白色丝质裙子的中年女人看着五十来岁，举止优雅，很有韵味，正在品茶，尤妍没见过。

两个人没看到她们进去，别嘉不知道说了什么，中年女人回了一句："你都要结婚了，他还没个着落，你看像什么样。"

别嘉笑道："哎呀，我们席总也许私下里有女朋友呢。"

"呵，那也不是认真的。"

"也许是呢？"看他对那个尤小姐挺上心的。

尤妍正在猜这个中年女人是谁，对方就看到她们了。

然后焉晗打了声招呼："大伯母。"

"晗晗，这么巧。"

尤妍立刻就知道了，是席骞的母亲。

想到这儿，尤妍不自觉站直了。

昏黄的茶室里，对方含笑打招呼，让两个人坐："逛街呢？别嘉也拉我出来晃悠，我走几步就累了，索性来喝茶。"

焉晗和大伯母娘家的那些亲戚不是很熟，不过后面通过北周娱乐的慈善晚宴，也算知道了这个新晋的《为你》总编是谁，于是客气地点头寒暄。

下一秒，席骞的母亲看向尤妍。

焉晗介绍："我闺密，和我一起在公司工作。"

对方点头，对尤妍微笑道："我知道的，尤小姐那场秀我看过。"

尤妍朝对方点头，温柔一笑。

焉晗问她们："聊什么呢？"

席骞的母亲笑了笑："没什么，说席骞呢。别嘉要结婚了，可那个还在玩，不像样。"

尤妍："……"

焉晗挑眉："别小姐要结婚了呀。"

"对啊，下次送请柬。"别嘉手撑着下巴一笑，然后看着自家姨妈，"我说人家也许有女朋友，也许想结婚哦，就看你们同不同意了。"

说着，她朝尤妍悄悄眨眼。

尤妍："……"

席骞的母亲前段时间出国了，不知道眼前的尤妍和席骞传过绯闻，所以很平静地表示："有什么同意不同意的。"

别嘉揶揄："真的啊，只要他愿意结就 OK 了？"

席骞的母亲点头道："席骞能认识的，无非那些名媛，虽然背景不及席家，却也还可以。"

尤妍端起茶杯的手微微一顿，另一边的别嘉尴尬起来。她原本是想暗示一下自家姨妈，席总有女朋友，结果……

她默默抱歉地朝尤妍笑了笑，然后转移话题："今天这茶不错。"

尤妍浅笑着喝了一口，但心里怎么也平静不下来。

所以，他们家最低的要求就是名媛吗？就算不是门当户对，至少也要有点背景……

好像也挺正常的。

只不过要完蛋了。尤妍浅笑，碰巧她什么都没有。

那位席家的大夫人看上去不是很想聊席骞。

尤妍喝完一杯茶，对方蓦然问她："尤小姐结婚了吗？"

尤妍微顿，对面的别嘉越发尴尬，坐直起来，讪笑，差点想人间蒸发。

只有焉晗从头到尾没说话，因为她什么都不知道。

尤妍微笑着表示："没有。"

她语气温柔："那有男朋友了吧？"

"也没有。"

"是吗？尤小姐这么优秀的女孩子都单身呢。"席大夫人有些惊讶，不禁感慨。

尤妍淡然道："一个人挺好的。"

对方一下就笑了："怎么和席骞那浑小子一样，一提起他的婚事，就吊儿郎当地说一个人不舒服吗？"

别嘉和焉晗笑了。

尤妍默默喝茶。

尤妍再优秀，也只是一个平常人。对他们这些大户人家来说，差得好远，她和席骞应该完全不能相提并论。

喝完茶出去，尤妍就只逛街了，什么都没和焉晗提。

尤妍一路上都有些不开心，焉晗察觉出来，问："怎么了？怎么喝了杯茶好像没什么精神了。"

尤妍笑了笑：“没有，就是坐了一会儿走路就懒洋洋的了。”

焉晗也没多想，带尤妍去看包，说买东西可以提神。

她们逛了一晚上，买了几样东西，花了不少钱。但是回去时，尤妍的心情也并没有多么畅快。

家里奶奶还没休息，应该是在和儿子打电话，不过不知道怎么提到了她的名字。

尤妍也没去打扰，自己进了卧室。

把东西放到衣帽间后，她靠着柜门，目光落在琳琅满目的珠宝柜上。

尤妍看了看席骞第一次送的那条项链，之后又看向前阵子他一挥手，花八百万给她重新拍回来的那一条。

最后，尤妍温柔的目光又落在那枚价值不菲的钻戒上。

尤妍抱着手臂，懒洋洋地看着那抹粉色，心里说不出是什么滋味。

想想席骞以前那个想嫁入席家大门的女朋友，至少是个小名媛。

她就不一样了。除了一个公司，她什么都没有。

席骞肯定不会在意这个。

但是如果他家里不同意，她是绝对不会委曲求全看人脸色。一来她不是那种性子的人，她固然喜欢他，但不能在一起就不在一起，她宁愿遗憾也不会让人嫌弃。

二来，如果有什么不愉快的事情，焉晗和他们家的关系会变得不自在。

尤妍叹了口气，默默洗漱去了。等有空再和他聊聊吧。

尤妍洗完澡，奶奶进来，拿了一盘子草莓，说：“奶奶晚上上超市买菜，看到有草莓了，你最喜欢的。”

尤妍一下子抱过来坐到床边。

奶奶笑了，在边上坐下陪她。

“今晚出去玩啦？是和你那个……追求者？”

“不是。”尤妍拿了一颗草莓递给奶奶，自己再捏起一颗，“和晗晗。”

奶奶点点头，又看她：“那你那个追求者呢？你说你从国外回来就和奶奶说说，最近也没见他来找你。”

尤妍吃了一颗清甜的草莓，笑了笑：“他去美国出差了。目前还行，觉得他好像是真心的，就……在等着，我想再看看。”

奶奶温柔地点头：“好，你好好的就好了。”

“嗯。你刚刚和叔叔打电话？”

“嗯，对。”

尤妍："说什么了？怎么好像听到了我的名字？"

"没什么，就以前那些话，你叔叔让奶奶去他们那儿住。"

尤妍一顿："是吗？"

"嗯，我前一阵子不小心透露你去法国了，他就觉得奶奶一个人住在这儿空荡荡的，觉得还是去他们那儿好。"老人笑了笑，"今天就在电话里问你回来了没，让我再考虑一下。"

尤妍咽下草莓，舔了舔唇瓣："那您要不要去？我确实总是出门，您一个人待着不方便，也无聊。"

"哪里不方便了？我平日就出门买个菜，再不济还能叫人送上门来。"老人家云淡风轻得很，"要说无聊，我整天都在下面和一群老人家闲坐，哪里会无聊？"

尤妍笑了笑："真的啊？"

"当然，而且你最忙的时候也才去法国两个月，奶奶哪里需要去和他们住。"

尤妍将草莓递给她，老人家摇头："你自己吃，奶奶不能吃太多这东西，晚上了，胃消化不了。你是个孩子，消化能力强。"

尤妍一口吞下。

老人家笑了："你小心别噎着了。"

尤妍含含糊糊道："那这么多年，您都不会想他们吗？"

"有什么好想的呢，他们三十年前就出去了，奶奶早习惯了。要是出去住啊，奶奶得想我们妍妍想疯了。"

她笑道："那我也会想奶奶的，您就还和我住吧，这样我才有人做饭呀。"

老人家立刻笑容满面："就是，奶奶想给我们妍妍做饭，守着家，不然你一个人回家多安静啊。"她看着尤妍的脸，目光极其温柔，"我还得等妍妍结婚呢，奶奶要是出国去住，你以后就没有娘家了。"

尤妍的眼眶一下子湿了，眨了眨眼，笑了笑："有的，奶奶在我就有，无论你在哪儿。"

尤妍吃了一盘子草莓，太饱了，结果睡不着了。

深夜里，尤妍翻来覆去，一直忍不住在想晚上在茶室里听到的话，失眠到半夜才睡过去。

第二天别嘉约她，说想跟她谈一个新的合作。

尤妍想，其实这种东西应该跟设计师谈比较直接，她只是手工坊的一个工人，不太管宣传内容。

不过想来，她应该不是为了谈事情。

尤妍就爽快地赴约了。

别嘉在公司的摄影棚忙着，在盯一个艺人拍摄封面。

尤妍到了以后，喝了杯咖啡。

别嘉聊了几句工作，就话锋一转，说："昨晚对不起啊，尤妍，我不是故意要说你那个……"

尤妍笑了笑："这有什么？我没那么敏感，你不用多想。"

"啊，太好了，"别嘉是真不好意思，"你不介意就好，我怪不好意思的。"

"没事。"

坐了一会儿，尤妍更意外地看到了一个人，周柠。

听她说了尤妍才知道，今天拍摄的是北周娱乐的艺人，据说这个艺人有点难搞，所以才来看看拍摄进度。

而别嘉会过来盯着，是因为她借出了之前在慈善晚宴上拍到的那个皇冠。

周柠来了以后看到那个皇冠，就想起一件事，在一旁八卦地问尤妍："那条项链席骞最后给你了吗？"

"嗯。"

周柠立刻笑了："果然如此，席总好有情调哦。"

尤妍莞尔："他之前还在国外拍了那颗钻石。"

周柠吸了一口气："那个也送你了？"

"嗯。"

"啧……可以啊，席总。"周柠认真地赞赏。

尤妍看了周柠一眼，在想要不要问她点事，难得碰到她。

周柠也刚好有些好奇："你是专门来谈工作的？怎么需要你来谈啊？焉晗呢？"

尤妍笑了笑，看了一眼在不远处工作的别嘉，对她说："你等等，待会儿聊聊。"

周柠是个心思玲珑的人，一听就有事，直接点头："OK。"

尤妍去和别嘉告辞，事情已经说完了。

离开后，两个人沿着奈园后院的那条马路闲逛。

夏日午后，繁密的树叶缝隙中透出斑驳的影子，很动人。

尤妍穿着细高跟鞋，优雅地踩着落叶。

周柠问：“怎么了，你要问我什么？”

尤妍淡笑：“其实也没什么。”

尤妍把昨晚在茶室的小插曲说了一下。

周柠恍然：“原来如此，然后她喊你来，跟你说不好意思。”

“嗯。”

尤妍背着手，慢悠悠地往前走，轻叹：“但是，我也有点拿不定主意了。”

周柠偏头看她：“因为席骞母亲说的那句话吗？”

“嗯。”她略惆怅，“他们这种家庭的人，是真的不会和没有一点儿背景的人结婚吧？”

周柠：“也不是。”

尤妍看她。

周柠：“从表面上看，席家是让人仰望的一个存在，看上去是应该讲究门当户对没错。但现在是什么年代了，即使有那个想法应该也只是象征性的，也不会真的以此去阻挠你们。而且，席骞是什么样的人？他就不是个循规蹈矩的人，你以为席家的人赞成他这样玩吗？”

尤妍浅笑。

周柠：“但他还是照样玩，没人管得了。所以他这个性子，加上他这个年纪，自己喜欢的人，他绝对是有能力娶进门的。他有那个资本和魄力。”

尤妍缓缓点头。

周柠最后给她吃了颗定心丸：“再说了，”她歪头看尤妍，眨了眨眼，“从席总对你倾心的那一刻起，你就是全世界最好的。

“在席总眼里，他可能都要怀疑自己配不配得上你，哪里会觉得需要你门当户对。”

尤妍笑了笑：“其实对他我真不担心，我就是怕他家里，毕竟我不想去强求这些。”

“我知道你的性格和想法，应该不会的，就是有也让席总去处理，你不要操心。”

尤妍点头。

周柠：“你怎么不直接问席骞呢？”

“他出差了，在美国，要半年才回。”

“这样啊，难怪你一个人在这里黯然神伤，回头电话里和他聊聊就行，别担心。”

听完周柠的话，尤妍心里放松了一点儿。

能确定两个人不会成不了，就还是有点担心他的家人。就算席骞能不顾一切和她在一起，可这样必然会影响焉晗和他们家人之间的相处。

后面几天，尤妍也有和席骞打电话，不过聊天的时间不长，席骞似乎很忙。

不过到底也是心里有事，他忙着，她因为这件事语气有些淡。

尤妍看席骞忙，没有去问什么，也不太好意思主动去问他。

就那么过了几天。

直到那晚尤妍睡不着，工作到凌晨三点，才终于收工。

尤妍起身到窗边拍了张市区的夜景图发到朋友圈，配文：收工啦。

彼时市区车流已经不多，有一辆豪车驰骋而过。

在车里看手机的席骞不经意间看到她的朋友圈，有些意外，随后就给她打了电话。

几个小时前，两个人才打过电话。

尤妍很好奇，接通后问：“啊，你怎么又打呀？没工作？”

席骞微笑：“看到你的朋友圈了，难得你还没睡，就打一个。”

“哦，可早前不是说过话了吗？”

席骞：“怎么？就那么不想和我说话？”

尤妍淡淡地道：“没有啊，就是没什么好说的。”

席骞沉吟了一下，小心地说：“宝贝，我怎么感觉，你最近说话有些不对劲。”

见尤妍没声了，席骞的心沉了一点儿：“嗯？真有事？”

“没……”

“肯定有事，说来听听。”他敛了眉，很认真地问，“我这会儿有空，你好几天都没热情地跟我说话了。”

尤妍浅笑：“你不是忙吗？我再热情点，席总没心思工作不愿意挂电话可怎么办。”

他莞尔一笑：“真的没事？”

尤妍靠着落地窗，沉默下来。

席骞挑眉：“我在天榭舍，你下来。”

尤妍好似做梦一样：“你说什么？”

她边说边跑下楼。

夏夜洒满星光的楼下，高大的男人靠着一辆黑车，一只手放在口袋里，一只手拿着手机，什么也没做，只盯着出口。

尤妍屏住呼吸，走过去。

席骞一把抱住尤妍："想死我了。"

席骞本来想在楼下待一会儿就走，没想到尤妍还没睡。

"你怎么回来了……"

"想你了，还能是怎么回事？"

尤妍幽幽地和席骞对视，最后低头一笑。

席骞看尤妍的脸色还行，心情也好了一点："怎么了？说说，我怎么了？"

"没，就是……"尤妍叹气，"我就是在想一件事。"

"什么事？想得都不理我了。"

她轻笑："那……我问你件事吧。"

"嗯，你问。"

尤妍想了一下措辞，有些不好意思地问："如果我们在一起了，你会娶我吗？"

"这是什么话？不娶你我追你干什么？"

"嗯，"她低低地应了一声，"那……那要是你家里人不同意呢？"

席骞茫然："为什么不同意啊？"

"因为我什么都没有。"

"谁说你什么都没有？"

"我本来就什么都没有！理智点，席总。"

他失笑："这是怎么了，我不是跟你说过吗？我不需要你有背景，这东西我有就够了，你有那些让我沉迷的东西就够了，比如美貌……

"比如我很欣赏的清冷气质；比如事业；比如你那对我不屑一顾，一点都不把我放在眼里的性子。

"这就够了，反正一句话——我喜欢你就行了。"

尤妍的心被深深打动。

她和他对视："可是……可是你家里人不会这么觉得啊。你知道你们家在北市数一数二，我只是一个很平凡的人。"

席骞不疾不徐地安抚尤妍："他们不会不同意的，据我的了解。而我也不需要去征得家里的同意再娶你，知道吗？"

尤妍静静地听着，很心动。

“可是如果他们不同意，硬来的话还是不好吧。你知道那样焉晗和你们家的关系会变得有些微妙。”

席骞转而问她：“你为什么会忽然问这个问题？妍妍。”

“我……前几天出去逛街。”

她把商场茶室里的事情说了出来。

席骞恍然：“我妈这么说的？”

“嗯。”

“她也就随口一说，宝贝，不用放在心上。”

“应该不是。”

席骞幽幽地问道：“所以你……你是不是已经做好再次拒绝我的打算了？”

尤妍马上解释：“没有，我知道你不在意这种事。我是想听听你怎么说，能不能解决家里，不行再拒绝也不迟。”

席骞差点一口血吐出来。

尤妍见席骞沉默不语，小声问：“怎么了？”

“没有，”他的声音低哑，“我就是在想，美国那个破地方好像和我犯冲。”

“……”

“每次去出差，老婆就没了。

“辛辛苦苦在法国追的人，一去美国就回到最初的状态了。”

尤妍捂脸转过身。

席骞抱住她，紧紧搂在怀里：“我明天就去我父母家，说我要结婚了。”

结……结什么婚？

尤妍看席骞：“什么呀！”

他笑了，在她耳边说道：“先把路都摆平了，我们再在一起，这样才有诚意。”

“不用，不用。”

“用。你别管了，有什么问题我都会解决，嗯？困不困，你怎么工作到这么晚？”

“睡不着呀。”

“想这事想的？”

尤妍仰头看天：“今天天气真好，你看星星好多。”

席骞乐不可支：“宝贝，星星好多，所以你心里有我了，是吗？”

妈呀，扛不住了。

席骞紧了紧怀抱，说："那快去睡觉，见了我会不会睡得好一点儿？"

尤妍笑道："自恋。"

席骞看尤妍笑了，就觉得很满足。

尤妍发现席骞在盯着她的脸看，倏然脸红："那你走吧，也回去休息吧。"

"嗯，行。"

"你回来几天啊？"

"就待个一两天吧，我就想见一见你。"

尤妍默默地看他一眼，而后点头："辛苦了，那拜拜。"

"晚安。明天见？"

尤妍继续点头，然后脚步轻快地上楼去了。

楼下的男人又待了一会儿，才恋恋不舍地离开。

到江流那边，阿姨对席骞的回来表示很意外。一问，他很诚恳地说回来看看心上人。

这话把阿姨惹笑了："还没追到吗？那还有希望吗？"

席骞莞尔："有吧。"

席骞的心情还可以，便拐去吧台倒了杯酒。

阿姨本来想说"你这大半夜的不休息，还喝酒"，但转念想到他有时差，此刻应该很清醒，也就不管他了，自己回去休息了。

席骞边喝酒边打开电脑，处理美国那边的事情。

他坐到天亮，出门拐去席家老宅吃早饭，再看看长辈。

那边他的父母对他回来感到很惊讶。

他父亲问："你怎么才去半个月就回来了？"

"有事。"

他也没在人多的老宅里说什么，吃完早餐就说他要回去睡觉倒时差了。

席骞到江流后睡到下午，起来又工作了一会儿，到下班时间便去接尤妍吃晚餐。

吃完饭席骞也没安排其他娱乐活动，恋恋不舍地送人回家后，方向盘一转，就开到距离天榭舍不远的一处江边住宅区，席氏的兰江湾一号。

这边是高层住宅，入夜灯火通明。

席骞父母住在这儿，他鲜少来一趟，和父母见面都是在席家老宅。因为去探望爷爷奶奶的时候，他父母也经常在那里。

这一趟席骞拿了张不常用的卡，刷卡后进入电梯。

到了门口，大门紧闭，也不知道有没有人在家。

席骞先按了一下门铃，不一会儿，门打开了。

他父亲看到席骞，一脸茫然。

席骞笑了笑，迈开腿走进去："今晚没应酬呢。"

席开昱说了句"没有"，接着一边往回走一边问："席总今儿怎么有空造访？稀客啊。"

席骞随意道："我经常出差，在这儿的时候又基本忙着应酬，您又不是不知道。"

席开昱哼笑一下，懒洋洋地在沙发上落座，不置可否。

席骞也没再挽救自己的形象，扫了一眼餐厅的方向，问："吃饭了吗？"

"怎么，你想来吃饭？"他瞥了一眼，"那得提前预约，不然谁知道席总有空来。"

他淡然道："我已经吃过了，您放心。"

席开昱哼笑，颇有闲情逸致地看着电视："有事啊？"

席骞在屋里环视一圈，都没有看到他妈的影子，问："我妈不在？"

席开昱扬了扬下巴，指着远处的卧室区："房间里呢。"

席骞："你喊她一下。"

席开昱漫不经心地问："干什么？真有事？"

"当然，"席骞自己拿了杯茶，懒洋洋一笑，"没事谁来。"

席开昱又哼笑了一声。

席骞见他没动，看了一眼，说："我跟你们说件事。"

五十多岁的中年男人靠着白色沙发，幽幽地瞥他："什么事要找我和你妈？就你专门从美国回来的事？"

席骞颔首。

席开昱云淡风轻地起身："除了把聿翎给弄倒闭了，没必要上这儿来说事吧。"

席骞莞尔："没有，放心。"

席开昱到卧室门口敲了敲门。

不一会儿，后面便跟着穿着居家裙的席夫人。她还没看到席骞，嘴上问丈夫："干什么呀？"

席开昱指了指坐在沙发上喝茶的年轻男人："席总有事找你。"

席骞："呃……"

看到席骞，他妈的脚步一顿，随即乐了，反应和他爸如出一辙：“今天刮的什么风？不需要陪女朋友呀。”

席开昱坐下，笑笑不说话。

席骞也没什么意见，他这么喜欢玩，家里人看他不顺眼也正常。

在席家老宅的时候，人多对他还算客气。这下在家里，夫妻俩简直一条心。

席骞笑了笑，喝完茶后看着自己母亲：“我真有事，说完就不打扰您了，行吧？”

“呵。”席夫人漫不经心地端起一杯水，喝了一口，“什么事？”

席骞想了一下，随后表示：“是我感情上的事。”

席骞的父母蓦地看向他。

席骞微笑：“就是跟你们说一声，我有喜欢的人了，不出意外，最迟明年会结婚。”

整个屋子里一片寂静，好像电视的声音都没了，被外面的风声卷走了。

席骞坐在单人沙发上，正优哉游哉地品着茶。那边席氏夫妇对视一眼，面面相觑。

半晌，他妈重新看向他，问：“你说什么？你要结婚？”

席骞颔首。

他爸问：“结什么婚啊？”

席骞看过去：“结婚就结婚，还结什么婚。”

他父母再次对视，沉默了片刻，他妈又问：“谁啊？最近没听说你有女朋友啊？”

席骞笑了笑：“马上就有了。”虽然席骞知道他们最终会在一起，但这还没在一起呢。

席骞的母亲非常好奇，双眸直勾勾地盯着他：“那你怎么说要结婚？”

他认真地道：“我喜欢啊，不结婚干什么？还真玩一辈子？”

“这不就是席总的信念吗？”他爸说。

席骞懒得回他们这些风凉话，笑着喝茶。

席夫人看席骞的表情，好像是认真的。

她开口：“还真要结？是哪家的？”

席骞轻晃手中的茶杯，道：“不是哪家的，她就一个平常人。”

父母一顿，再次意外地看着对方。接着，席夫人道：“平常人？没什么背景的？”

“对，没有，而且她没父母，只有一个收养她的奶奶。”

他的父母彻底愣住。

下一秒，席夫人道：“那是绝对不行的呀，我不是看不起没身份背景的，每个人有每个人的出身，都值得尊重。但是我们家，你不娶一个门当户对、对集团有帮助的……至少也要找一个看上去差距不大的。而且这样对人家的名声也不好，会以为她是为了钱。”

席骞喝了口茶，淡然地道：“我还需要找一个对集团有帮助的？那我这些年白混了。她是什么都没有，但她很好、很优秀，和焉晗关系也挺好。你应该听过，叫尤妍。”

席夫人一愣，有些茫然：“啊？”

席开昱看向夫人：“你认识？”

席夫人不自然地笑了笑，看着丈夫点了点头，而后在脑海里回想起前几日在商城茶室里的那场偶遇。

“你……你怎么会和那位尤小姐有交集？”她很惊讶，“你知道焉晗和她关系好，还去招惹人家，回头分开了你让我们家怎么和焉晗见面？”

席骞莞尔：“我说了，我要结婚了。”

席夫人这才记起席骞早前说结婚，一下子好像没办法接受这个消息：“那你怎么会想结婚的？你以前什么时候和这种类型的女孩子接触过？”

“没有就不可以吗？”席骞看了一眼，淡笑，“就是认识了，喜欢了，就想结婚。”

席夫人定定地看着席骞：“那我那天在商城里偶遇了那位尤小姐，聊了两句，她说她没男朋友啊，也没说和你在一起。”

席骞从容地道：“她怎么可能跟您说这个？”

席夫人沉默了一下，倒是没说什么。

不过她那天好像提到了席骞认识的人都是一些名媛，身份背景还可以，只要他愿意可以结婚。

那个女孩子完全没背景，那她听了之后……

席骞也说了这件事：“您说和我结婚的只能是那些名媛？”

席夫人略不自然，微笑着问他：“那位尤小姐跟你说的？”

“她没说什么，就是听后有点想退缩了。”

他母亲愣了一下，解释道：“我就是随口提了一句，毕竟你以前只认识那些名媛。”

席骞点点头：“那我要娶她，没问题吧？”

席氏夫妇看了彼此一眼。

席开昱没有说话，过了一会儿，席夫人说："你确定吗？"

"确定。"

"这可不是能玩的人，人家是正经女孩子，而且和焉晗关系又好。"

"你只要说同意不同意就行了。"

夫妇俩你看我我看你，最后席夫人摇头一笑："你不是来通知我们的吗？你需要我们同意？"

他莞尔："不需要，确实是来告诉你们一声而已。不过，同意总比不同意强一点儿。"

他母亲点点头："是这个尤小姐的话，我没什么意见。她是没背景，但她确实足够优秀，甚至比一些有背景的人好多了。"

席骞勾了勾嘴角："行，那就好，等要结了我再通知你们。"

他父母："……"

缓了缓，他母亲还是觉得有些不真实："你怎么会忽然想要结婚？还是和这么一个女孩子？你要是认真的还行，要是玩，回头离了婚，你怎么解决？"

席骞慢悠悠地起身："放心吧，我结了就不会离。走了，不打扰了。"

第十三章

他给了她所有

出了门，席骞心情舒畅。

车子从兰江湾开出去后，席骞看了一眼时间，才晚上九点多。

席骞想了想，拿手机点开微信，进入尤妍的对话框，打字："忙不忙？"

尤妍彼时正洗好澡在擦护肤品，本来想忙完去工作室做事，结果放在洗漱台上的手机弹出了一条消息。她只看一眼就知道，今天的工作泡汤了。

但是，她的嘴角还是勾了起来。

尤妍拿起手机打字："不忙。"

席总说："请你看电影吧，宝贝。"

尤妍立刻安静下来，看了看镜子中的自己，看电影？

她的脸红起来，蒙了一层害羞。

她还没回复，手机就又振动了一下，他继续发来一句："我明天走了。"

莫名透着一股心酸。

尤妍没忍心，回复："哦。那看什么？"

席骞已经快到天榭舍了，看到消息后，立刻踩下油门，不一会儿便到了楼下，回复她："当然是由你来定了，我就想看你。"

尤妍看到席骞发来的定位，显示那个眼熟的地址。

她默默地出了浴室，上衣帽间换衣服。

天气已经很热了，尤妍拿了条白色带花的连衣裙，外面套一件纯色休闲衬衫，低调又柔美。

但是一照镜子，她发现脸上太干净了，电影院人多，还是再隐蔽一点好。

尤妍又回去找了顶鸭舌帽，暗红色的鸭舌帽戴上，还挺好看的。

尤妍出了门，跟奶奶说要去看电影，穿了一双平底鞋下楼。

那男人今晚开的车很打眼。

尤妍坐进去以后，接收到一道目光。

她不由得抬了抬帽子，偏头：“怎么了？”

席骞勾了勾薄唇：“没有，发现我家妍妍怎么穿都让我心动，纯净诱人。”

尤妍脸一红，倏地压低了帽子。

席骞失笑，边笑边单手转动方向盘，原地掉头。

路上席骞想起今晚的事，顺便说：“我父母没意见，妍妍。”

尤妍瞥了一眼驾驶座，外面飞逝而过的霓虹在他身上留下转瞬即逝的影子，车子飞驰的声音隐约钻入耳中。

看着席骞说出这么一句，尤妍莫名觉得没有真实感。

席骞没等尤妍说话，看了她一眼：“嗯？”

尤妍眨了眨眼：“真的吗？”

“嗯，当然。”

“没骗我吗？不行我们以后就不要联系了。”

被她一说，席骞的转向灯拨错了。

他淡定地换回来，然后笑着睨了身侧的女人一眼：“不联系了？那我余生怎么办？”

尤妍收回目光，垂眸看自己，语气淡淡的：“你以前怎么办，以后就怎么办。”

“我都习惯有你了，你这是让我生无可恋啊。”

“可是你家不同意。”

“谁跟你说不同意了。”席骞失笑，脚下松了油门，伸手去摸尤妍的脸，“同意呢，早知道今晚就带你一起去了。”

尤妍羞涩地拿开他的手：“开车呢，小心。”

“没事，我车技很好。”

“载女人多了车技就好了。”话落，尤妍又觉得这句话有什么不对劲，想了想，脸色绯红。

席骞拿余光瞟了她一下，看到尤妍抿唇脸红的样子，直接笑出声。

尤妍恨不得伸手捶席骞：“浑蛋。”

“是你自己说的？我可什么都没说。”席骞笑着否认。他哪会和她说这些。

在聊天中，车子开到了市区商业中心。

北市的夜晚繁华在这里彰显得淋漓尽致，夜空透着一抹浪漫的气氛。

车子穿过广场上的一排路灯，慢慢地挪动。

尤妍看了一眼开车的人，席骞在这一刻停了下来，塞车。

尤妍还在琢磨他家人是不是真的同意了。

注意到她的眼神，他也看过来。

尤妍："你父母真的同意了吗？你发誓。"

席骞看着尤妍，蓦地解开安全带，凑近她。

尤妍被吓到，外面车来车往的。

席骞又把尤妍的安全带解开，把她轻搂入怀，看着她湿漉漉的眼睛说："我发誓，并且，我爱你。"

尤妍默默地扭过头，下一秒，前面似乎松动了，有人在按喇叭。

她慌忙回头，但没想到席骞还没动，她的红唇猝不及防地擦过他的侧脸。

尤妍看见席骞的眼里闪过一道光。

随后，他开口："要不，来一个真的？"

尤妍觉得车厢里热气太重，都快把她熏蒙了。

本来不小心亲到她已经很紧张，他还顺势来了这么一句。

尤妍生无可恋地盯着席骞，最后抓狂道："席骞！"

"嗯，在。"席骞立刻笑了，捧着尤妍的脸，尽管还有些痞里痞气，但一脸宠溺，"开玩笑的，我们妍妍不生气。"

尤妍瞬间闭眼，无比羞涩。

席骞伸手给尤妍重新系好安全带，姿势有些暧昧。

尤妍催促道："你快点，可以走了。"

"还不行。"

"嗯？"尤妍瞥了一眼后视镜与前挡风玻璃，发现车龙确实还一动不动，所以刚刚的鸣笛声是别处？

席骞越发慢了，系好安全带后，手指滑过带子，又给她调整了一下长度。

尤妍眼观鼻，鼻观心："还没好？要我也给席总系一个？"

他挑眉，一脸笑容："行啊。"

她捶打他："行你个头哦。"

席骞失笑，一把握住尤妍的拳头，看着眼前明艳动人的一张脸。

尤妍抽了抽手，可没抽出来。

她眨了眨眼，忽然身子前倾，与他的身子紧密相贴。

尤妍歪头，朝他眨眼：“要不就来一个吧。”

席骞梦回那日深夜，尤妍伸脚钩着他的西裤，慢悠悠地滑动那一幕。

此刻席骞的眼底由原本的光，开始变成火焰。

尤妍觉得很轻易就能看出席骞的情绪变化，他似乎从来不对她掩藏情绪，或者说，掩藏爱意。

就像这会儿，让人觉得他随时会扑过来吃了她。

但是尤妍又好像不怕，这个男人，再怎么动情，也不会欺负她。

尤妍眨了眨眼，有恃无恐：“嗯？要不要啊？”

席骞：“问的我不要。”

尤妍笑了，推他：“席总怎么这么没勇气，你不应该吃了我吗？”

席骞莞尔，轻飘飘地问：“吃了你？现在不是时候啊，就这么三五分钟。”

“……”

“你猜猜至少得多长时间才合适？看完电影以后吧？长夜适合做事。”

尤妍气得想踢席骞，奈何伸展不开手脚。

“好了，乖。”席骞按住尤妍扑腾的手，开始哄她。

两个人玩闹的时候，车龙真的松动了。

席骞心情美妙地回去坐好，摸出安全带系上。

车开到影院车库，尤妍下了车才开始在手机上研究要看什么电影。

最近有部爱情片，尤妍到影院售票处买了两张票，而后在席骞付钱时，又拐去卖零食的地方买了饮料和爆米花。

尤妍问：“席总，吃吗？”

男人看了一眼尤妍手中的爆米花，笑着附耳道：“我不吃这个。”

尤妍莫名听出来一句潜台词，老男人心里肯定在想“我想吃你”。

电影很快开始，两个人漫不经心地走进去。

尤妍选的位子不错，在中间。

落座后，尤妍正要和席骞说她买的是什么类型的电影，就见他一坐下就把座椅中间的扶手给抬了起来，然后手自然而然地搭在她的椅背上，手指虚揽着她。

她说：“那我的零食放哪里？”

席总日常拿合同、握钢笔的手很自然地伸过去：“我拿。”

尤妍无话可说，就那么坐着，把手上的手机放到座椅上，然后一只手拿着饮料，一只手朝爆米花伸过去。

在伸了两三次后，当她再一次伸过去的时候，席骞忽然好像也要拿，“不小心”擦过了她的手指。

尤妍把目光从大银幕上收回，低头看了一眼。男人修长的手指在那不大的爆米花桶里，缓缓地，在她的注视下摩挲过她纤细的手指，然后握住。

尤妍的目光一动，随即抬眸。

席骞也云淡风轻地把目光从电影上收回，那一道光如一张网，落在她的脸上。

尤妍挑眉，红唇微张，用唇语道：“你干吗？”

席骞没说话，只笑了笑。

尤妍也没说什么，直接粗暴地解决，抽出手捶了他一下，而后又继续拿爆米花吃。

席骞被收拾得很愉快，不过后来就老老实实看电影了。

就是看上去的那一眼，荧幕上的男主角吻了女主角。

席骞那只搭在尤妍肩上的手轻轻一动，敲了敲。

尤妍瞥他，又顺着他的目光看向前面。

她定住了。

席骞凑近她：“宝贝，你买的爱情片？”

“……”

“挺好看的。”

“……”

“进展挺快，我们应该也快了吧？”

尤妍仔细一看那剧情，然后就生气了，嘟着嘴悄悄跟他说，“那男主角吻的是女二号。”

席骞：“……”

这一段撩人的剧情过去以后，果然很快就出现了另一个女人。

尤妍：“这才是女主角。”

席骞微笑。

尤妍意味不明地道：“这种男人，注孤生。”

“……”

“要么他八十岁才能收获爱情。”

席骞不看了，一把搂过尤妍。

席骞压低的声音像夜风卷过一般，让尤妍的耳朵都痒了。他说：“别这样，妍妍，我都快四十岁了。”

尤妍笑了，他果然听出来她意有所指。

她说："哪里啊，席总才三十三岁，正值青春年华。"

"……"

"正是玩的年纪啊。"

尤妍咬着爆米花，忽然睨了一眼近在咫尺的脸："席骞，你们那个圈子里，男人都四十岁以上才娶老婆吧，成功男人的标准。"

席总摇头："要么像席权那样，早早地结婚，要么就不结了，没人等到四十岁才结。"

"这样啊，那你开个先河。"

席骞捏了捏尤妍的下巴，眼睛微眯："我不开。"

尤妍乐了，这样咬耳朵好好玩。席骞压着声音说狠话的样子很撩人，让人心都酥了。

她移开下巴，低头咬爆米花，含糊道："可是我不想那么快结婚，结得好还行，不好，晚几年结就赚几年。"

"那我就输了几年。"

这男人好会说话。

尤妍正感慨的时候，耳边又传来一句："但是只要你能安心，输几年我都甘愿。"

尤妍愣了一下，接着，眼眶一阵湿润。

她默默地拿了一颗爆米花给他，然后自己继续吃，一口一口，漫不经心。

下半场电影，尤妍满脑子都是身边的男人。

之前在法国，尤妍是说这一段时间看他的表现。但是……这个人这两天想她，又回了国。他还跟父母说了，就为了让她放心。

她觉得这样已经很好了。

看电影之前，尤妍在想，席骞会不会晚上问她在不在一起。

她也在想，如果问的话，应该就答应了吧。

虽然比计划中要快。

但是这会儿席骞在她随口一说的担忧里来了这么一句，她一时间都不知该怎么办了。

尤妍觉得好像可以在一起了，却又在想，既然他愿意再等一等，那要不要顺从之前的想法，再等一等……

因为，他还要在美国待那么久呢。

这期间……

尤妍边想边吃东西，一直吃到电影结束。

尤妍拿着爆米花，起身跟着席骞出去。

已经零点了，北市的灯火在这深夜里越发夺目。

到地下车库上了车，尤妍就频频收到他不经意间投来的目光。

席骞好像不舍得就这么送尤妍回去。

尤妍知道席骞明天就要走，不舍得也是正常。

因为，尤妍也有点不舍得。

车子并入北市拥挤的车流中，尤妍找了个话题聊：“你明天早上就走吗？”

“嗯。”席骞点点头，“十点的飞机。”

尤妍转了转眼珠子，说：“你应该很忙呀，怎么还回来？下次不要回了。”

“平时还行，那几日电话打得比较匆忙，是我在压时间，想回来两天。”

尤妍静默了一会儿，随即温柔道：“那就不要再压了，超负荷工作对身体不好。”

“担心我？”

尤妍没接话，自顾自吹着风，看着他将车子开到了江边，欣赏北市兰江的绝美风光。

席骞看了她一眼：“想我你就告诉我，我回来。”

她摇头：“不可能。”

“不可能说还是不可能想我？”

“别说了，一点眼见力都没有！”

他笑出声：“是吗？那我应该有怎样的眼色呢？我就看出我家妍妍也舍不得我了。”

尤妍恨不得揍他：“老男人现在越来越得寸进尺了。”

“那必须的啊，不一口吞了你，还不允许我一点点来吗？”

这人口才和反应太好了，尤妍从来没说赢过他，只能默默地道：“再撩话连篇我就拉黑你，自己在美国过年。”

席骞被她逗笑，也不再逗她。她这是害羞呢。

车子穿过半个市区，渐渐到了商业圈，天榭舍就在附近。

尤妍摸手机打算看几点了，结果没摸到。

她低头找了找，抬起腿看看有没有压在裙子下面。

席骞问：“怎么了？”

尤妍一顿，回想早前在电影院，她一进去就把手机放在了椅子上。

然后离开的时候，她似乎只拿了爆米花，没有拿手机。

“我的手机好像落在电影院了。”

车子刚好刹停在她家楼下。

席骞定定地看着蒙圈的人：“真的？”

尤妍歪头，眯起眼看他的笑脸：“你笑什么呀？”

席总很诚恳：“这不又多了点和你待一起的时间吗？”

尤妍冷哼一声：“我自己开车去找，你回去吧。”

“开什么玩笑。”他边说边转方向盘，利落地掉头。

尤妍无话可说，只是有些忧心：“要是丢了怎么办……”

“再买一部。”

尤妍说：“我手机才买几个月，就那天，你的手废了那天才买的。”

席总轻咳一下：“我的手什么时候废了？”

尤妍的眼神轻飘飘地落在他身上：“老男人的记忆力真不行啊，就那天在饭局上，你的手废了，有女人给你夹菜那次。”

席骞没忍住，伸手去捏她的脸：“我知道，别回忆得那么清晰。”

“是你自己说不记得的。哼，怎么感觉老男人现在都不想承认历史了呢。”

席骞笑道：“没有，你想要什么历史，我一一上报。”

尤妍忽然来了兴趣：“那你有过多少女朋友啊？”

“……”

见尤妍没说话了，但是好像在算着什么。

席骞莫名有种不好的预感：“宝贝，想什么呢？”

“我在算你有多少前任。”

席骞差点踩重油门：“这怎么算？别算了，我带你去买部新手机吧。”

“还不知道丢没丢呢就买，你以为我的钱是大风刮来的？是我一针一线辛苦做礼服赚来的好不好？我的眼睛都花了，才会看上你。”

席骞被这碎碎念噎住，最后笑了笑，老老实实不说话了。

尤妍掐了掐手指：“按席总两个月一个女朋友来算……”

“……”

尤妍歪头看他：“你几岁开始谈恋爱啊？”

“……”

“十八岁？”

“……”

“可能都没有十八岁吧。”

席骞赶忙道：“没有，宝贝，我读书那个年代，还没有手机之类的，谈恋爱不方便。所以那会儿我还是挺纯的。”

“哦，那就算你十八岁好了，没意见吧？”

当事人闭嘴，不发表任何意见。

席骞把油门踩到底，飞速赶往电影院。

最终在尤妍差点算出来的时候，席骞温柔道：“宝贝，到了。”

“哦。”尤妍被打了岔。

席骞把车停好，自顾自解开安全带：“你等着，我给你去找。”

“哦，谢谢席总。”

席骞绕过车头，看了一眼车里的人。她还系着安全带，红色鸭舌帽下的小脸精致美艳，眼神猝不及防对视上的时候，她蓦地朝他一笑。

席骞的心都要化了。

他加快脚步上楼，找到影院管理人员，管理人员却说没有看到手机。

席骞敛了一下眉，还真丢了。

席骞拿自己的手机打了一下，关机了。

他估计她手机里有重要工作资料，遂让人查了一下监控，并留下电话号码，让他们找到以后告诉他。

席骞出去时，车里的人正乖巧地吹着风。

席骞走到窗边，弯下腰跟她说：“抱歉，没找到。”

尤妍一愣，随即笑道：“没事。”

虽然有点意外，但在这种公共场合，能找回来的概率确实不大。

席骞上了车，对她说：“我已经吩咐人找了，找到会联系我，先带你去买一部新的。”

“不用，我有一部备用的，不着急。”

席骞挑眉：“真的？不买？”

“嗯嗯，没事，需要的话我过几天再去买，不用大晚上的去。”

席骞点点头，原路返回。

这一趟路上车子少了一些，时间也不早了，席骞没再慢悠悠地想和她多待一点儿时间，直接开回了天榭舍。

公寓楼下一片寂静，只有路灯铺满平地。车子停在路灯下，车厢一下子就明亮起来。

尤妍睁开眼，知道该下车了。

尤妍推开门，绕着车子走过去的时候，手腕被一只温热的手掌握住。他一拉，就把她按在了怀里。

尤妍抬头。

席骞摘下尤妍的帽子，看着那双漂亮眼睛，意味深长道："我还真不放心，一回美国就总感觉要出事。"

尤妍笑着戳了戳他的肩膀："你这是心虚啊。"

席骞捧起她的脸："无论发生什么事情，我都可以解决，只要你告诉我，别一个人胡思乱想。"

尤妍缓缓点头："哦。"

席骞看了看她："下次回来，我能拥有一个女朋友吗？"

尤妍嘀咕："你怎么好像没谈过恋爱一样，这么稀罕。"

她笑了，然后就准备走。

下一秒，席骞拦住尤妍，忽然偏头压下来。

尤妍只觉眼前一黑，接着唇瓣微凉。

她的脑袋蒙了一下，好像有无数焰火绽放。

尤妍迅速伸手推席骞。

席骞按住她，把她转过身压在车上，伸手把那顶红色鸭舌帽丢入车里，俯身吻住她柔软的唇，辗转深入。

尤妍真的被亲蒙了，被压制住后更是动弹不得，只能感受到一股清冽的男性气息强烈地席卷着她，将她的神思悉数淹没。

她回过神，迅速哼出声，推了他一下。

席骞缓缓动了动，微直起身子。

尤妍睁开湿漉漉的双眸，气呼呼地低下头，然后看到他的脚，伸脚就去踩："浑蛋。"

席骞无动于衷，好像没有知觉。

尤妍又伸手去推他，却被他抱住。席骞摸着她的脑袋，揉了揉。

尤妍又踢他。

席骞抱着尤妍没反应，直到她累了，放软了身子倚着他和车身。

他垂首，蹭了蹭她的脸颊："对不起，但是好甜。"

"……"

"我家妍妍好甜。"席骞亲了一口尤妍的耳垂。

尤妍有种身子微麻的感觉，羞恼地喊："席骞！"

席骞马上松开尤妍，然后笑着说：“好了，我不乱来了。上去吧，下次回来我告诉你。”

尤妍刚提到喉咙口的火气一下子噎住，但她还是撂下一句：“你别说了，不再见了。”

席骞拉住她的手腕。

尤妍蒙了：“你又要干吗？”

他笑：“给我一个你的新号码，我可以给你打电话。”

“不说。”

席骞立刻抱住她哄：“我错了，别这样，宝贝。”

他各种温言耳语。

尤妍的心都酥了。

最后，他来了一句：“找到手机也可以告诉你。”

尤妍顺着台阶下，随口念了一串号码，然后撒腿就跑。

席骞恋恋不舍地看着那个曼妙的身影穿过大厅，走到电梯口，回头。

距离很远，很模糊的一眼，像星光一样遥不可及。但是尤妍回头的这一举动，让席骞心里的不舍舒缓了不少。

不一会儿，人不见了，席骞转身，拇指轻轻拭过嘴角的一抹嫣红，随后低低一笑。

尤妍上了楼才发现，帽子落在席骞车里了。

尤妍一边在心里骂他，一边进浴室准备刷牙睡觉。

对着镜子，她蓦然看到自己有些红的嘴唇，定住，回味了一下刚刚那个强势、深入的吻，好不容易降下一点儿温度的脸颊又烫了起来。

尤妍生着气刷完牙，准备睡觉，才发现外面客厅的灯没关。她出去走了两步，蓦然听到隔壁房间传来一两声咳嗽。

尤妍站了一会儿，奶奶又咳了一声。

她马上敲了敲房门，然后走进去。

奶奶坐在床头，笑了笑：“妍妍才回来啊。”

“嗯，看到零点，然后手机忘了拿就回去拿。”她过去坐下，“奶奶，你怎么了？着凉了？”

“估计是换季感冒了，晚上老咳嗽。”她又咳了两声，继续说，“你的手机丢了呀？难怪奶奶给你打电话没人接，还担心你这么晚会不会出问题。”

“我没事，和……和朋友在一起呢。您要我给您买药吗？”

奶奶温柔地摇了摇头。

尤妍看着奶奶难受的样子，马上起身："你坐着，我马上去买。"

"不用了，这么晚你一个女孩子不安全，明天再买。"奶奶立刻阻止。

"我不怕的，我一个成年人怕什么？你等我。"

奶奶还没来得及说什么，尤妍已经风一样出了卧室。

大半夜的，市区安静了不少。

尤妍走进附近的二十四小时药房，里面的医生和护士都在打盹，听到声音一个激灵。

尤妍跟医生说了奶奶的情况。

拿完药，她又马不停蹄地赶回家，看着奶奶吃完药。奶奶让她去睡觉。

她点头："您先睡，等您睡着了我就走，我顺便想一想工作。"

奶奶没办法，就躺下睡了，又嘱咐了她两句早点休息。

尤妍坐在床边，看着老人家入睡，听着偶尔从睡梦中溢出两声轻咳。

她很愧疚。

坐到不知几时，好像外面的星光都暗淡了，尤妍才给奶奶掖了掖被子，起身出去。

她找了部旧手机，没想到刚开机就弹出来一条短信，号码是那个熟悉的连号，发的是："晚安宝贝。"

尤妍浅笑着回复："你谁啊？发错了吧？"

过了几分钟，对方回过来："是我，刚吻你的那个。"

尤妍气得把手机一丢，结果手机从床边滑落到地上。

尤妍被吓到，马上去捞。

她捡起手机后，笑了笑，抱着手机乖巧地躺下。

没一会儿，席骞又发来一句："怎么这么晚了还没休息？"

尤妍看了，忽然忍不住打了电话过去。

接到电话的席骞很意外，把手机放到耳边，笑着问："妍妍，想我呢？"

尤妍低低地训了他一句，惹得那边的人笑意更浓。

然后尤妍也不再说他，说起了奶奶生病的事。

席骞转瞬正经起来，耐心地询问情况，听出他家妍妍这会儿正心慌。

席骞在电话里温柔地哄了她好一会儿，把人哄好天都快亮了。

尤妍打完电话，心情好了点儿。不过她还是睡不着。

夏天天亮得早，六点半，尤妍就起床到隔壁看奶奶。奶奶本来每天六点就起来，今天还在睡。

尤妍悄悄关上门，回卧室洗漱好后便去超市买今天的菜。

尤妍买完菜回来煮好粥，奶奶才醒来，见她把早饭都做好了，愣了一下，说："你这孩子，这么早起来干什么，昨晚睡得晚也不多睡一会儿。"

"我今天不去上班了，有点困。"

"你看，困还不睡觉。"奶奶疼惜又生气，轻轻拍了一下她的手。

尤妍笑道："以后还是我去买菜吧，我觉得早上的空气挺好的。"

奶奶哼笑，叹了口气："你就别捣乱了，你都买了奶奶还做什么？每天就这么点事情你还要跟我抢，太闲了也不好。"

她莞尔，好像也是："那好吧，等您好了那就还是您去买。"

"奶奶哪有什么事，一个季节性感冒，咳嗽两声而已。"

"反正你要休息几天。"

"行……听你的。"老人家笑着摇摇头。

尤妍盛出粥晾着，然后伸了个懒腰出了餐厅，给奶奶把昨晚的药按照说明分配好，再装入小袋子里，告诉奶奶一天吃多少。

老人家温柔地一一应着。

吃完早餐已经八点多，尤妍有点困，回房睡觉去了。

但她刚躺下，手机就进来一条信息，她困倦地瞥了一眼。

席骞说："宝贝，回见。"

尤妍见此，打了几个字回过去。

席骞收到信息的时候，心情十分美妙。

他关了手机，坐上去机场的车。

他昨晚也没睡，在工作，这会儿坐下准备休息了。

不过他还没闭眼，又收到了一条信息。

是影院负责人发来的，说查了监控，确定手机是被人捡走了。不过对方说捡到手机后交给了工作人员，但是工作人员并没有收到，所以推测对方是不想归还手机，要拿回来可能有点难度。

席骞知道，让影院的人去办，肯定办不到。

看完他直接把信息发给了席氏特助，让他去找回来。

虽然一部手机不贵，这么大费周章地找有些没必要。但那是他家妍妍的东西，她赚钱确实不容易，他想给她找回来，给她一个惊喜。

那边尤妍睡到中午，隐隐约约听到奶奶在讲电话。等没声了，她就起来问奶奶有没有好点。

奶奶温声说：“好点了，不用担心。给你做午饭好不好？”

“我来，您休息。”

尤妍做了一顿午饭，奶奶看着很心疼，说她是闭着眼睛在做饭。这话把她惹笑了，她确实还很困。

所以，到了晚餐时间，奶奶趁着尤妍还没醒，悄无声息地给解决了。

等尤妍醒来，已经可以吃饭了。

外面下起了雨，尤妍边吃饭边看。奶奶问她：“妍妍是不是又要去国外啦？”

尤妍点头，又摇头：“七月份的时装周，下个月再去吧，没那么快。”

奶奶温柔地颔首。

尤妍问：“怎么了？”

“没事，你叔叔阿姨老想着叫我去和他们住，要是打电话给你了，你不用接。”

尤妍夹菜的手一顿：“哦，今天中午您就是在和叔叔打电话呢。”

奶奶点头：“我已经说了不去，但是那夫妻俩今年挺热情，说什么一年一岁，不一样了，你老出国我一个人在国内待着很无聊。奶奶才不去呢，在这儿生活了一辈子，熟人、朋友都在这里，去国外哪里过得惯。”

尤妍笑了笑，知道奶奶说的是实话，也就没说让她再考虑一下。

按奶奶的意思，可能倪氏夫妇觉得奶奶不走是为了她，或者说是她不愿意让奶奶走，所以奶奶不想她接他们的电话。

不过，尤妍还是有些受影响。

毕竟奶奶……是身边唯一的亲人，尤妍只期盼奶奶活得久一点，多享些福，让她多一些时间孝敬。但她从来没有想过，有一天倪家的人会想要她出国生活。

然而要是倪家的人真的打电话给她，说奶奶不走是为了她，她连回他们一句“我就是舍不得奶奶，想要她陪我”的资格都没有。

奶奶见尤妍都没夹菜，就说：“吃菜啊，今晚给你炒了苦瓜，奶奶感冒了就不给你夹了，省得把我家妍妍也传染了。”

尤妍笑了笑：“才不会呢。”她给奶奶夹过去。

饭吃到一半，外面又起风了，雨势加大，气温降了好几度。

饭后老人家又有些咳嗽，尤妍给奶奶把药拿出来。

吃完药，奶奶还是咳得厉害，尤妍就催她去休息。

被催得没办法，奶奶笑着收起织毛衣的工具说：“去睡了，你这孩子。

自己玩吧，这种天气就别出去了。”

“好，晚安。”她笑了笑。

看着老人家将门合上，尤妍一个人在客厅里坐着。

她什么也没干，就听着雨声，担心着奶奶。

其实尤妍也知道不严重，就是感冒了，老人家抵抗力差，这很正常。以前奶奶换季时也经常这样，可能是晚上吃饭时说的那件事，让她此刻心情莫名有些糟糕。

尤妍屈膝坐在长沙发上。

外面风雨潇潇，伴随着卧室里时不时传来的轻咳，她听着，愣愣地坐了两个小时。

十点的时候，雨终于小了。

这时，尤妍的手机铃声响起，是一个陌生来电，不过号码是北市的。

她接起，里面传来一个男声：“你好，尤小姐，我是席总的特助。”

尤妍一愣：“嗯？”

席骞出国是聿翎的事，所以席氏的特助并没有跟过去，此刻他在电话里说：“席总吩咐我帮您找丢失的手机，给您找到了。”

尤妍再次一愣。

特助温声表示：“早些时候一直在下雨，我就没来，这会儿在您家楼下。”

尤妍立刻从沙发上跳下来：“哦哦哦，你等我一下，谢谢你。”

“不客气，您慢点，不着急。”

尤妍跑到玄关，穿了双拖鞋就往楼下走去。

雨幕中，一个西装革履的年轻男人撑着伞站在屋檐下，见到她，朝她点了点头。

尤妍走近，笑着接过手机：“谢谢你啊，还下着雨呢，真是麻烦你了。”

特助摇头：“小事，不麻烦。您看一下，东西应该还在。”

尤妍打开手机，里面有很多工作上的资料，挺珍贵的。

她看手机的时候，特助说：“手机被一个学生捡走了，又不想还。不过我找到的时候他还没卖掉，也说没刷机。”

尤妍看了，东西都还在，开心地道：“OK，都在。”

“那好，那您忙，我先告辞了。”

“好的，慢走。”

车子碾着水坑离开了，尤妍拿着失而复得的手机，开心地准备上楼。

她刚要转身，一个电话打了进来。

她接起来，一个熟悉又陌生的声音传来："尤妍。"

她默默地应了一声："嗯，叔叔好。"

倪钦的声音一向清冷，从电话那头传来，听着有点像这微凉的雨丝："我白天打了你几次电话，你怎么没接？"

"我的手机丢了，刚刚才找到的。"

那头一阵沉默，以尤妍对他的认知，他应该不信。

不过他并没追问下去，显然是不屑和她争执这些，只是说："我打算接你奶奶到国外来住。"

"哦。"

"你这是什么意思？"

"没有，我尊重您的想法，只要奶奶愿意。"

电话里又是一阵令人窒息的沉寂，接着，倪钦的声音越发冷淡："你这么跟我说，却又不让你奶奶走，尤妍，这么做不好。"

"我没有呀。"

"那她一直都不愿意来？说你一个人她放心不下。"

"她确实放不下我啊，她养了我这么多年，一夕分开，她怎么可能接受？"

"所以就是你不让她来的？"

尤妍哽咽，无话可说。

倪钦："你无话可说了？"

那头瞬间火气就上来了，声音冰冷："你也知道她养了你这么多年，到现在还不能享清福，你还要留着她给你做饭？给你当免费的保姆吗？"

尤妍揉了揉太阳穴，深呼吸一口气，说："叔叔，我是她的孙女，不管你承认不承认，我在她心里就是至亲。我奶奶不愿意丢下我一个人出国，她最开心的就是给我做饭。她觉得我工作辛苦，不想我回家还要自己做饭或是叫外卖，这是长辈对孙辈的疼爱，没你说的那么不耻、冷血。"

那头冷淡至极地回了她一句"目无尊长"。

"你已经是成年人了，要是愿意完全可以自己做！还是你请不起一个阿姨？那你这些年算是白混了，不要说得那么冠冕堂皇。"

"难道你给倪杨做顿饭她还要付给你工资吗？或者是她完全吃不下你做的，觉得自己已经长大了，吃了你做的饭她就罪大恶极，不孝到不配活在这个世上？"尤妍反问。

那头怒不可遏地说她讲话太放肆：“这两者之间根本没有可比性！我们有血缘关系。”

随后就挂断了电话。

尤妍拿着手机，缓缓地平息胸腔内混乱的气息。最后，她疲惫地抬头看着雨势又大起来的深夜。

风吹过，雨丝扑满她一身，她觉得心里又凉又热，交织着要把她烧干，人极度不适。

最后被雨淋湿了，尤妍才迈开腿，从屋檐下起身进去，进了电梯上楼。

这一夜，尤妍坐在卧室的落地窗边一直没睡。

直到霞光初现，她才想起要给席骞发条信息。她打开微信：“我拿到手机了，谢谢席总。”

席骞应该下飞机了，很快便回复：“自己人，客气什么。”

尤妍勾了勾嘴角。

尤妍盯着那句宠溺的话看了一会儿，忍了又忍，可还是没忍住，问他：“你现在有空吗？”

眨眼那头就打来电话，开口就问：“想我了？宝贝，我才发现，现在还很早，你怎么这么早就起来了？”

尤妍没有说话，也没有否认那句想他。

那头的人静了一会儿，一边心里被甜到，一边正经起来，问：“怎么了，没事吧？”

尤妍忽然有些哽咽：“席骞，我有点想你了。”

电话那头的人顿了顿：“怎么了？完蛋了，我才刚下飞机。”

尤妍失笑，又吸了吸鼻子。

席骞的眉头紧皱：“怎么了？嗯？妍妍乖，有我在呢，不哭，哭什么。”

“没人要我，不知道生我干吗，奶奶是别人家的，不能心安理得地拥有。”尤妍哭着说。

席骞眼底一片寒意：“我是你的，嗯？你可以心安理得地拥有，然后你就不是什么都没有了，就不用怕了，可以好好地解决所有事情。嗯？妍妍乖，不哭。”

尤妍的眼泪“哗啦啦”地往下掉，好像打电话前就知道，席骞永远会说最暖的话，当她最强的后盾，哪怕他此刻不在她身边。

尤妍吸了吸鼻子：“席骞。”

“嗯？有我在，没事。是不是你奶奶的家人找你了？”

“嗯。”

她说了几句。

席骞说：“不怕啊，如果老人家想走，那就走，没关系。以后有我陪你，想你奶奶了我随时带你去看她，好不好？她要是不想走，那下次他们找你，你就告诉我，我来帮你讲道理。”

尤妍吸吸鼻子。

“嗯？妍妍。”

“好。”

“乖，别哭。不行的话我就回去。”

“不用，”她马上道，“我可以的。”

席骞点头：“好，那有事随时找我，嗯？不难过，有我在呢。”

“嗯。”

挂断电话，尤妍去洗了把脸，然后便上超市买菜。

她回来时奶奶已经起床了，想要自己去超市，没想到还是被她截胡了。

老人家笑容满面，却又无奈。

尤妍一边做饭，一边想着要不要跟奶奶认真谈一下，让奶奶上倪家去住。其实她心里知道，奶奶并不想去。

倪钦在读书的时候就去了美国，后来娶妻生子，三十多年回国没超过二十来次。他也从来没有给过爷爷奶奶一分钱赡养费，全是她在养奶奶。

可能他们觉得，即使给了钱，爷爷奶奶也是拿来养她吧，所以干脆不给了。

可是既然一直都是这样过来的，尤妍想不通他们今年怎么突然想把老人接过去，忽然变得有孝心了？

尤妍想了想，最后还是没有说。要是说出来，老人家该气坏了，这会儿病还没好呢。

吃完饭，为了不让奶奶知道她昨晚又没睡觉，她就去上班了。

就是在开会的时候，尤妍频频犯困，一直在喝咖啡。

散会回手工坊的路上，焉晗跟了上来，调侃道：“怎么了？昨晚又没睡，奶奶还没好吗？”

尤妍浅笑着点头，把事情跟她说了。

焉晗愣了一下，随即道：“这什么混账东西，早三十年没踪影，一分钱都不出，这会儿忽然想着尽孝了？然后就一定要接走？还怪到你头上。”

尤妍很疲惫，轻叹一口气：“做人好累。我不知道为什么今年他那么想接我奶奶过去，还忽然觉得我经常出国，没有陪我奶奶，觉得奶奶一直在照顾我，我很不孝。但是我奶奶一直说她并不无聊，而且她最开心的就是给我做饭。我想请阿姨，她不同意，我们这样生活了很久，明明都很开心。”

焉晗想了想：“他们一家人不是一直以来都反对养你吗？前阵子那个倪杨不是在国内待了一阵？他是不是觉得你的生活太好了，觉得老人家养大了你，你现在却不时时刻刻陪着老人，经常出国，让她一个人待着，你一回国还都是老人家在照顾你，觉得看不顺眼？”

尤妍回想昨晚那些话，点了点头：“应该是吧，他觉得我做的一切不足以抵养育之恩，看不过。除此，也没有别的原因了。”

“呵……他自己三十多年回国没超过二十来次，然后还指责你不孝，真是滑天下之大稽。”

尤妍的脑袋“嗡嗡”的，极累：“算了，不说了，下次有情况再看。”

焉晗笑道：“好，那你去休息吧，去睡一觉，这样子怎么工作。”

“嗯。”

尤妍进了办公室，又推开休息室的门，一头扎入被窝中。

醒来后她打电话给奶奶，奶奶说状态还行，让她不要担心。

之后的日子也差不多，尤妍每天买菜、做饭，奶奶也很快就康复了。

她们的生活恢复如常。

尤妍再没有接到倪钦的电话，接到的只有同样来自美国的席骞的电话。他每天都会抽空找她，还是挺忙。

六月中旬，北市步入盛夏，雨水不断。

天气忽冷忽热，奶奶的病好了二十天后，那天尤妍下班回去，发现她又在咳嗽。

尤妍想到她上次病了一周，这次就想带她去输液，可她温柔地摇头说不用。

不过她看着脸色很不好，坐在沙发上也没说话。

尤妍从卧室放了包出来，看厨房里饭菜已经做好了……她歪头看着奶奶：“奶奶，你怎么了？不吃饭吗？”

老人家缓了缓，抬起头，忽然问她：“妍妍，你叔叔给你打电话了？”

尤妍一顿，随即笑了：“嗯，前阵子，没事，他也没说什么。”

怎么可能没说什么，从电话里听到的那些对她的指责，老人就知道。

奶奶气得直摇头：“下次就不要接，那一家人都一个德行，以为我不知道他们的心思。”老人一脸心疼地看她，边说边咳嗽，咳得比此前还要用力。

尤妍马上给奶奶拍背：“没事，不气不气。我都不气，奶奶气什么呀？都过去快一个月了，我早忘了。”

“我下午已经骂回去了，反正奶奶是不会去美国的。即使没有你，奶奶也不会去。那一家人这么多年就过年时象征性地回来一趟，没照顾过我和你爷爷一天，现在无非就是看你过得好，不开心了。”

“没事。”

“一年打不到三五次电话的人，凭什么觉得养了你现在就要时时刻刻待在身边？你不出去怎么赚钱，又怎么工作？我真是要气晕了。”

尤妍不断地给她拍着背：“别这样，奶奶，”她拧眉，“没事。你想去就去，不想去就不去，我不生气，你也别生气。”

说虽这么说，但奶奶晚上还是吃不下饭。

这一夜咳到天亮，最后尤妍还是送了她去医院输液。

尤妍没去公司，就在医院守着奶奶。

刚好高定周快到了，国内的事情不多，焉晗先去了法国，她这边告假陪在医院里。

住了两天院，深夜等奶奶睡熟了，尤妍仍睡不着。

她看了一下时间，凌晨两点，就去了楼梯间，坐下来给席骞发微信消息：“你在忙吗？”

不一会儿那头打来电话，问：“大半夜的，我的宝贝怎么又熬夜了？”

尤妍把头埋在双膝间，笑了笑：“睡不着。”

“想我了？”他调侃。

尤妍：“嗯。”

那头的人当即笑起来：“我家妍妍现在这么直爽吗？”

“哦，席总不喜欢吗？”

“嗯？”他挑眉，“怎么可能，喜欢得不行。”

尤妍笑了笑，然后眼眶又有点湿润。

席骞：“现在在做什么？怎么又睡不着？”

尤妍今天又接到了倪钦的电话，得知奶奶住院了，他又把她骂了一顿。虽然她也撑回去了，但是……不知道为什么，还是很影响心情。

她说：“奶奶住院了。”

席骞皱眉：“住院？怎么了，严重吗？”

“不算严重，就是咳得太厉害了，我害怕。检查结果没什么，说住几天，养好了就可以了。”

席骞心里松了一口气：“不怕啊，没事就好，有事跟我说，不用担心。”

“嗯。”

“姓倪的还找你吗？”

“嗯。”

席骞一愣：“又找你了？”

“骂我。”

“……”

尤妍笑着说：“虽然奶奶的钱就是奶奶的，不一定传给子孙，但是他们觉得奶奶养了我，就挺浪费钱的，就是看不顺眼。”

电话那头，男人不疾不徐，声音沉稳地说：“只要你爷爷奶奶不后悔，你就不用后悔，懂不懂？”

尤妍自我怀疑了一下午，忽然被席骞这一句给问住了。

席骞：“你知道爷爷奶奶没有错，钱是由自己支配的，不属于任何人，被养的你也没有错。所以你不用这么想，我们妍妍就是最好的。再说了，奶奶不养你，我上哪儿去找老婆？”

尤妍失笑，忽然有些羞涩：“你说什么呢！”

席骞莞尔：“事实就是如此。”

“哼。”

远在美国的男人听她这么一哼，心情别提多好，简直已经看到抱得美人的场景。

他温柔地道：“让看护看着奶奶，你去睡觉，乖。”

“那你在干吗？”

“我？我在赚钱，想养我家妍妍。”

“……”

“以后你不用努力了，我来养你。”

尤妍满脸绯红：“不用，我的积蓄足够我活得很快活了。”

“真的？可以快活到老？”席骞有点怀疑，毕竟他家妍妍才二十几岁，而且还买了房子。

尤妍小声说：“维持十年没问题，十年后我卖了房子，搬到郊区去住。”

男人失笑：“可怜兮兮的。好了，快去睡觉，不要乱想，实在睡不着就想我。”

“……”

“是吧？想我能心情愉悦。”

尤妍嘟囔了一句“老男人自恋”，就挂断了电话。不过和席骞聊完，她的心情好多了。

第二天，尤妍又接到了倪钦的电话。她不想听，但是他又打到了奶奶的手机上。

尤妍挂断后，他发来一条信息：“我母亲要是有个三长两短，你负责吗，尤妍？”

之后尤妍就没再挂电话，他打她就接。

倪钦在电话里质问怎么还没有出院，尤妍被问烦了，终于说：“不放心就自己回来看着。”

然后她又被对方一顿骂：“你奶奶养了你二十多年，你都照顾不好她，把人弄进了医院。她养你这么大有什么用！”

“她是被您气进医院的，又不是我。”

“你说什么？你再说一遍。”

“再说一遍也是倪先生气进来的。”

“你……”

“再说了，倪先生又不是什么大人物，亲自回来一趟看看你的母亲，这很过分吗？”

“尤妍，你真是越来越目无尊长了！倪家养了你这么多年，是养了一条白眼狼吗？！”

“你每天就在想，养我是养了一条白眼狼，既没有给你任何福利，又没有二十四小时陪着老人家，还总出国，老人家还要给我做一日三餐照顾我，你很难受是吧？叔叔，你觉得我应该做一个专职保姆，时刻做事回报是吧？”

“是又怎么样？事实不正是如此吗？！”

“我心想倪杨怎么总觉得我欠了她的，原来是您言传身教啊。爷爷奶奶养我用的是他们的工资，不是你给的钱。他们的钱是他们的，别说生前你没资格惦记，就是百年后也不一定是给你的。”

“说的什么混账话！所以你还以为继承权在你那儿吗？”

“我一分都不会要。”

“呵。”倪钦冷笑，言外之意是“你以为我会信”。

尤妍挂断电话，缓了缓心情，从楼道走回病房。

刚好奶奶醒了，见了她笑容满面：“妍妍去工作呀，怎么在医院待着。”

尤妍到病床边坐下："我这边没工作了，只等过一阵子去法国就好了。"

奶奶温柔地点头："那就好。自己要照顾好自己啊。"

尤妍笑了笑："我知道，我是大人了。要不，"她看着奶奶，"奶奶，出院后，我去法国，您去美国吧。"

老人家顿时皱眉："这说的什么话？奶奶不去。"她牵住尤妍的手，"这些年啊，要是没有你，奶奶不知道多孤单。你看你爷爷生病那会儿，倪钦也只是在他临终前回来了一趟，办完事就走了。这人生性凉薄，并没有什么亲情，现在顾忌的无非是那点财产，怕落到你手里。从头到尾他们一家人都不喜欢你，但没关系，奶奶喜欢我们妍妍就可以了。"

尤妍浅笑："嗯。"

这几天依然在下雨，尤妍都是下午睡觉，晚上看着奶奶。

这天晚上，尤妍依然是一个人闲逛，和远在国外的焉晗聊了聊工作，聊完天都快亮了，她便下楼去走走。

清早的吸烟区一个人都没有，细雨飘飘，空气很好。

尤妍坐在一处台阶上看雨，想着这二十几年，要是没有爷爷奶奶庇佑，她的人生不知道会怎样。

一辆车从医院后街穿过雨幕，后座的男人抽着烟，拿着手机正准备发信息，问他家妍妍在家还是在医院。

一抬头，他就看到围墙栅栏里一个熟悉的身影。

"停车。"

车子紧急停下。

席骞降下车窗。

六点，天刚亮，尤妍穿着最后见面时那条花裙子，一只手搭在膝盖上，一只手握着手机，一头鬈发微微扬起，整个人还是初见时那般动人心魄，美艳不可方物。

不过和在秀台上的闪闪发光不一样，这会儿她坐在屋檐下，孤孤单单的，像个无家可归的小可怜。

他掐灭烟蒂，抬了抬手示意继续走。

车子绕进医院大门，进了地下车库。

下车后，席骞就乘电梯到一楼。门一开，他笔直地往吸烟区走去。

尤妍正在想某个人，她觉得，她好像已经找到可以庇佑她的人了。

彼时，一阵脚步声在身后响起。

寂静的清晨，任何声音都被放大，就连听到那熟悉的脚步声时心跳忽然加速，也被放大了。她茫然地回头。

男人穿着一件黑色衬衣。

尤妍愣了一下，心中的慌乱蓦地刹停。

席骞走近两步，屈膝半蹲，和她对视了几眼，笑着揉了揉她的脑袋："才不到一个月就忘了我了？"

尤妍呆呆的："你怎么会在这儿？"

"想你了。"

尤妍回想前一晚打电话，这个时间在这儿，他是晚上就买票回来了吧……

尤妍整个人不知该作何反应，半晌，茫然地伸出手。

席骞眉眼微动，随后张开双臂把人抱住。

尤妍第一次主动抱席骞，第一次栽入他怀里后往里蹭了蹭，吸了吸那抹清冽的气息，带着一点点烟草味的熟悉气息。

席骞笑了笑，裹紧了一身微凉的人。也不知道她坐了多久，身上有点湿气，大夏天的好像被冻着了一样。

"席骞……"尤妍喊他。

"嗯，我在。"席骞把尤妍拉起来，然后抵在墙上，低头亲了亲她的脸颊。她也没有反抗，一双手搭着他的腰。

亲完，席骞再次将尤妍搂入怀中。她配合地钻进来。

"你怎么又回来了？坐那么久的飞机。"她呢喃，完了把头彻底埋在他的胸膛上。

席骞抱着她，舒心地浅笑："我家妍妍想我了，你想的就必须拥有。"

雨势加大，地面被砸出一个个小水坑。

空气湿漉漉的，有些凉意。

但是这句话，真的令人觉得这一刻浪漫至极。

尤妍忍不住蹭了蹭他，抱紧了，嘀咕："席总也太好了吧。"

他听到，笑了笑，并没有趁机说什么，只有撩人的笑声伴着雨声，钻入她的耳朵里，超级舒服，超级心动。

这个男人一如既往地沉稳，进退都很绅士。

她的心都酥了。席总最好了！

番外
幸福时刻

席骞这一句“你想的，就必须拥有”，真的让尤妍感动了。

后来在和闺密们聚会聊天的时候，大家聊到感情问题，问她是什么时候觉得心动的。

焉晗和席权是联姻的，一开始是她单恋，后来席权放弃她后，发现自己其实是喜欢她的，然后就一直追她。

但是有一天两个人因为方涵笙产生误会，吵了架。那天他说他不是对她没信心，而是对自己没信心。

堂堂席氏集团的总裁，说他对自己没信心，那一刻，焉晗就看到他的心了。人只有在至亲至爱的人面前才会卑微、不自信，唯恐她的心倾向别的男人，觉得别的男人比他好。

周柠惊叹：“席权真的看不出来啊，他要什么没有，居然还会在你面前没信心。”

焉晗颔首：“他是要什么都有，但是那段时间发现喜欢上我了，可我又不信。然后那会儿方涵笙也喜欢我，他危机感还挺重的。”她叹了口气，“他说他对自己没信心的时候，我也挺震撼的，然后就……感动了。”

周柠抿了一口咖啡，而后道：“这也正常，这样的男人在你面前温软至此，搁了我我也得感动，信他一回。”

焉晗“嗯”了一声，认真地点头：“所以我就信了。一开始联姻的时候，只是我单恋，后来听到他的那句话，真的满心满眼都觉得好幸福。”

周柠和尤妍都笑了。

笑完，尤妍问周柠：“你呢？你说过你家焉昀鸣也挺爱玩的，你们当初也不顺利。”

周柠点点头："对。焉昀鸣是真的爱玩，起初都不想结婚。直到我决定分手，甩了他出国，他忽然悔悟了，觉得离不开我，然后追到美国去找我。"

尤妍挑眉："然后你就原谅他了？这么轻易吗？"

周柠哼笑："才没有呢，怎么可能？我一晚上都没有给他机会，看都不看他，根本就没有松口复合。但是隔了一晚，第二天早上他拿了一束玫瑰花到我床前，然后我发现，他前一晚把微信头像换成了我的照片。"

焉晗想起来了："哦，那次他换了你的照片，就是在跟你求复合呢？断了自己所有的后路在表明心意呢。"

周柠点头："对，那一刻，我就有些心动了。"

尤妍感叹："好浪漫啊，他们这种男人的朋友圈都是红颜知己吧？不是真心实意也不会这么做，这是满城宣布他是你的了。"

周柠："嗯，所以那一刻，我真的心软了。"

尤妍笑："好甜啊。"

"还算可以吧。"周柠说着睨她，"席骞呢？第一次让你伤心后，现在你怎么又心动了？"

焉晗也看过来，她也挺好奇的，她之前可是完全不看好席骞。

尤妍有点不好意思，但是……又很想说："嗯，他……他也为我把微信里的女性都删了，而且，他还……"

尤妍把那天早上席骞忽然出现，说的那句话讲了出来。

焉晗和周柠都被震撼到，后者感慨道："席骞真是，改变起来果然无人能及啊。这换个平常人都未必能做到这一步，说出这种话。"

焉晗也笑，温柔地看着闺密，表示："真的是，这谁能不心动？何况是我姐妹这种没谈过恋爱的，瞬间心里就塞满了席骞吧？"

"嗯，"尤妍含笑点头，也不否认，"本来就已经心动了，然后，那天这句话说出来，我感觉心里水花泛滥，都是他给的柔软。"

周柠赞叹："席骞绝了，真的太可以了。"

尤妍又"嗯"了一声，说："其实，这辈子没有人能像席骞这样，对我无微不至地好了。所以无论他的过往如何，只要他做出改变，然后一颗心满满的都是尤妍，嗯，都是我，就够了。"

她脸红地笑了。

焉晗和周柠也都笑起来，感慨万分。

和姐妹们聚完，大家又准备换个地方，六个人一起吃晚餐。

焉晗和周柠都开了车，尤妍是从公司坐焉晗的车来的，所以这会儿席骞出门后，就顺道来接她了。

不过下了楼以后，尤妍发现外面下雨了，和那天在医院一样。

雨不大，滴滴答答的。不过在这蒙蒙细雨里，暮色都变得暧昧了。

而市区人来人往的商圈中，一辆黑色豪车停在高雅的咖啡馆门口，瞬间就吸引了不少女人的目光。

车门打开后，穿着黑衬衣和黑西裤的男人撑开一把黑伞，下了车，绕过车头走来。

尤妍见席骞一步步走近，眼里的笑意越来越深……

随后，伞撑到了她的头顶，他牵起她的手，小心地带着她到副驾驶座。

直到尤妍坐好，门关上了，男人才转身回了驾驶座。

隔着挡风玻璃与飘飘洒洒的雨，尤妍都能感觉到从咖啡馆里投来的炙热目光。

席骞注意到尤妍在看外面，问："怎么了？"

"没事。不过……"她浅笑着建议，"下次席总还是不要来这种地方接我了，或者别下车，太招摇了。"

席骞挑眉，接着意味深长地道："这个有点难，宝贝。"

"嗯？"尤妍偏头看过来，借着跑车里的灯光，看他很酷地单手转动方向盘。

席骞："别说这种天气，我恨不得把你裹在怀里上车。"

"……"

"就算天气晴朗，我也要接一辈子。"

尤妍垂眼低笑，想起刚刚和姐妹们聊的话题。

车子启动，席骞换了个话题，问："聊什么了？开心吗？"

"开心呀，聊到了你的改变史，都感叹席总改变得很彻底，可以好好地喜欢下去。"

他笑道："是嘛，那还挺不错的。"

尤妍睨了席骞一眼，随后又傲娇地扭过头。不过这一眼，她无意中瞥见外面熙熙攘攘的马路上一辆跑车驰骋而过，是焉昀鸣的车。

他的车上自然只有他自己。可能是发现席骞车里有人，所以他只是随意瞥了这边一眼，就直接踩油门走了。

接着没一会儿，他们又路过了焉晗老公席权的车。

席权也从车里看过来，不过面无表情，没笑，也没打招呼。

席骞瞥了一眼，淡笑一下，收回目光，继续不紧不慢地开车。

车子刚好停在路口等红灯。

尤妍问他："你笑什么呢？席总。"

席骞忽然凑过去亲了尤妍一下，声音苏极了："觉得幸福，只有我的车里有女人。"

"……"